Le temps
des orages

DU MÊME AUTEUR

Les Lupins sauvages, Libre Expression, 2004.
L'Heure de l'héritage, Libre Expression, 2004.

Charlotte Link

Le temps des orages

*Traduit de l'allemand
par Theresa Révay*

Libre Expression

Catalogage avant publication de la Bibliothèque nationale du Canada

Link, Charlotte, 1964-

Le temps des orages

2e éd.

Traduction de: Sturmzeit.

ISBN 2-7648-0164-5

I. Révay, Theresa, 1965- . II. Titre.

PT2672.I54S7814 2004   833'.914   C2004-941037-7

Titre original : *Sturmzeit*
Traduit de l'allemand par : Theresa Révay
Éditeur original : Goldmann

Éditions Libre Expression
7, chemin Bates
Outremont (Québec) H2V 4V7

Dépôt légal : 3e trimestre 2004

ISBN 2-7648-0164-5

LIVRE I

1

La journée de juin déclinait en rouge et or. Dans le ciel bleu pâle s'étiraient quelques nuages, les feuillages bruissaient et les grillons chantaient dans les prés. Les ombres s'allongeaient. À l'horizon, les bois de sapins se dressaient en une barrière sombre.

– Demain, je rentre à Berlin, dit Maksim.

D'un seul coup, la fin de journée resplendissante perdit tout son éclat. Felicia Degnelly, assise près de Maksim au bord d'un ruisseau, sursauta.

– Demain? Mais pourquoi? L'été vient à peine de commencer!

– Je dois retrouver des amis importants, expliqua-t-il, évasif.

– Des camarades! ironisa Felicia, tâchant de dissimuler sa déception.

Ainsi, les camarades passaient avant elle, avant un été ensemble à la campagne, avant des soirées comme celle-ci.

Elle lui lança un regard amer. Tu ne sais pas ce que tu veux! pensa-t-elle.

Pourtant, elle savait pertinemment que Maksim était bien plus attiré par un idéal que par elle-même. Jamais il ne s'écriait, comme les autres hommes, «Tu es superbe !» ou «Je crois que je pourrais tomber amoureux de toi!» Au lieu de cela, il évoquait des choses étranges, la révolution mondiale, la redistribution des biens, l'expropriation de la classe possédante. Deux ans plus tôt, à Berlin, le jour de l'anniversaire du Kaiser, alors qu'ils se promenaient parmi la foule en liesse, elle avait compris en lisant la colère et le mépris sur le visage de Maksim qu'il existait pour lui un monde dont il ne lui fournirait jamais la clé. «Cet homme n'est roi que parce que d'autres hommes se comportent en sujets», avait-il marmonné. Plus tard, elle avait appris qu'il s'agissait d'une citation de Marx.

— Qu'est-ce que tu dis? avait-elle demandé.

— Rien, avait-il répliqué avec un regard dédaigneux pour sa jolie robe et son nouveau chapeau qu'elle étrennait en son honneur. De toute façon, tu ne comprendrais pas.

Il avait raison. Elle ne comprenait pas qu'il pût s'enflammer pour une *idée*, alors qu'elle s'enflammait pour la *vie*. Il voulait changer le monde pour le bien de l'humanité, alors qu'elle était surtout préoccupée par son propre confort. Et elle voulait Maksim Marakov.

Fils d'un Russe et d'une Allemande, il avait grandi entre Saint-Pétersbourg et Berlin, passant ses étés sur la propriété de cousins près d'Insterburg en Prusse-Orientale, non loin de Lulinn, le domaine des grands-parents de Felicia. Il était de quatre ans son aîné, et, d'emblée, ils étaient devenus inséparables. Avec leurs cheveux foncés, leurs yeux clairs et leurs visages aux traits réguliers, on les avait souvent pris pour frère et sœur. Leurs jeux d'enfants s'étaient déroulés dans le décor enchanté de Lulinn, parmi ses vergers, ses forêts, ses lacs et ses prairies. Puis, un été, ils s'étaient à peine reconnus. Felicia était vêtue de robes élégantes, relevait ses cheveux, et affichait un sourire apprêté. Maksim, lui, avait le visage marqué et portait des costumes élimés. Ils avaient grandi, mais leurs premiers pas d'adultes les avaient conduits vers des chemins opposés. Désormais, leur seule complicité était celle des souvenirs et il semblait improbable qu'il y en eût une autre à l'avenir. Brusquement, Felicia fut obligée de l'admettre : je l'aime, je l'aimerai toujours.

Elle aimait son univers sombre et mystérieux, ses regards distants, ses paroles méprisantes pour la bourgeoisie établie. Elle aimait ses remarques cyniques à propos du Kaiser et son visage qui s'illuminait lorsqu'il parlait de la révolution. Elle aimait tout cela, sans comprendre son intensité passionnée, ni que leurs deux mondes s'excluaient l'un l'autre.

À dix-huit ans, Felicia faisait preuve d'une belle assurance, et n'aurait même pas imaginé lire *Le Capital*, parce que cela ne la concernait pas.

Elle préférait compter sur ses beaux yeux, sa bouche, ses cheveux soyeux, son parfum et ses toilettes audacieuses.

Ils restèrent assis, silencieux, jusqu'à ce que le soleil se couche, leur silence saluant la fin d'une époque. Puis, Maksim se leva. Il lui prit la main pour l'aider à se relever.

– Il commence à faire frais. Nous ferions mieux de rentrer à la maison.

Ils se firent face. Felicia portait un chapeau de paille laqué bleu.

Elle leva son visage vers lui, entrouvrit ses lèvres, pleine d'espoir, car il lui semblait insensé de gaspiller un tel moment. Un bref instant, elle décela dans le regard de Maksim un soupçon de la tendresse d'autrefois, mais celle-ci s'évanouit aussitôt et il déclara, avec un rire forcé :

– Non. Je ne veux pas te rendre malheureuse, et moi encore moins.

De quoi parlait-il? Comment pouvait-il la rendre malheureuse?

– Tant pis! répliqua-t-elle d'un air pincé. Libre à toi de vivre comme un moine, si ça te chante!

– Je veux aller mon chemin, Felicia. Toi, tu iras le tien. Et je ne pense pas que ceux-ci puissent un jour se croiser.

– Tu veux dire qu'on ne se reverra plus jamais?

– Nous nous reverrons, mais pas comme tu l'imagines.

– Et pourquoi donc?

Agacé, Maksim arracha une petite branche d'un arbre et la brisa en morceaux.

– Tu ne comprendras donc jamais, Felicia.

– Merci bien! J'ai compris depuis longtemps. Tu préfères passer tes nuits à vénérer Marx plutôt que d'embrasser une fille. Quelle vie excitante! Je te souhaite bien du plaisir.

Elle s'enfuit en courant, évitant les racines et les branches mortes. Elle connaissait le chemin par cœur. Quand elle s'aperçut qu'il n'essayait pas de la rattraper, des larmes de colère et de chagrin glissèrent sur ses joues. À l'entrée de Lulinn, elle se ressaisit et se sécha le visage.

La maison de Lulinn avait été bâtie deux cents ans auparavant, bien que la famille Domberg fût installée depuis trois siècles sur ces terres. La première demeure avait été dévastée par les flammes – on racontait qu'une ancêtre prise d'un accès de folie avait allumé l'incendie par jalousie – et l'on avait construit la seconde dans l'urgence. C'était une grosse bâtisse de pierre grise, recouverte de lierre, percée de nombreuses fenêtres, et qui donnait sur une roseraie. Une longue allée plantée de chênes et flanquée de part et d'autre par de vastes pâturages où broutaient les Trakehner – la fierté des anciens Domberg – menait à la porte d'entrée. L'obscurité avait déployé son voile sombre, les chênes murmuraient sous le vent, les chevaux se mouvaient comme des ombres.

Felicia s'apprêtait à remonter l'allée, lorsqu'un bruissement dans les buissons la fit sursauter.

– Mademoiselle… C'est moi, Jadzia.

– Mon Dieu, Jadzia, tu m'as fait une de ces peurs! Qu'est-ce que tu fabriques dans les buissons?

Jadzia, une vieille Polonaise, était femme de chambre à Lulinn et, selon grand-père Domberg, elle pouvait tout aussi bien se laisser écarteler pour ses maîtres que les égorger dans leur sommeil. Elle menait une vie secrète, disparaissant parfois pendant des semaines avant de réapparaître sans prévenir. On racontait qu'elle était contrebandière ou socialiste – à moins qu'elle ne fût les deux.

– Je sais des choses, dit-elle.

– Quoi donc? demanda Felicia avec curiosité.

– Ils ont assassiné l'héritier du trône d'Autriche. Aujourd'hui, à Sarajevo. On dit que le meurtrier est peut-être serbe.

– Ah bon, lâcha Felicia d'un air déçu.

– Il y aura la guerre. Une terrible guerre!

– Bien sûr que non, Jadzia. Pourquoi y aurait-il la guerre?

Jadzia grommela en polonais. Felicia se remit en route. Sarajevo – où était-ce? Elle n'en avait jamais entendu parler. De toute façon, quelle importance! Elle repensa à Maksim. Tous les autres garçons qu'elle connaissait, si charmants fussent-ils, la faisaient périr d'ennui. Ils étaient si affreusement bien élevés! Ils n'avaient rien de mystérieux, n'offraient aucun défi à relever. Elle les comprenait, oui, mais elle les méprisait. Felicia avait justement envie d'aventures, et seul Maksim pouvait répondre à ses aspirations.

Ce 28 juin 1914, Johannes, le frère de Felicia, devait fêter ses vingt-cinq ans. C'était aussi le jour de sa promotion au grade de lieutenant. Et le premier jour de ses vacances.

À l'aube, en compagnie de son ami Phillip Rath, Johannes avait quitté sa morne garnison, située sur les rives du Rhin, pour passer, comme chaque année, les vacances d'été à Lulinn. Ils s'étaient arrêtés à Berlin afin que Phillip pût rendre visite à sa famille. Ils se retrouvèrent le soir chez Johannes, dans l'appartement vide de ses parents sur la Schloßstrasse.

Phillip amena sa sœur Linda, une délicate jeune fille de dix-huit ans, qui était allée en classe avec Felicia et qui était fiancée à Johannes depuis six mois. Ils étaient accompagnés par un homme que Johannes ne connaissait pas, un certain Alex Lombard, de Munich.

— Nos pères ont été associés, expliqua Phillip. J'ai croisé Alex par hasard. Et, comme il était seul, je lui ai proposé de se joindre à nous.

Johannes lui serra la main. Un homme intéressant, pensa-t-il. Il a dix ans de plus que moi, au moins.

— Lombard, fit-il en fronçant les sourcils. Seriez-vous... ?

— La fabrique de textile munichoise, en effet. Elle appartient à mon père. De temps à autre, je suis son représentant de commerce, quand je ne joue pas au mouton noir de la famille.

14

La soirée fut agréable. Johannes avait acheté du champagne, le gramophone tournait et l'air tiède de la nuit entrait par les fenêtres ouvertes. Alex était le plus animé. Il avait un don d'imitateur, racontait des histoires drôles, se moquait effrontément de lui-même et du monde. Il aurait été très amusant, si son ironie avait été moins mordante, sa dérision moins venimeuse. Ses interlocuteurs hésitaient entre l'hilarité et la consternation.

Toi, quelqu'un t'a un jour profondément blessé, estima Johannes. Et tu bois un peu trop.

Vers minuit, alors que les invités se décidaient à rentrer chez eux, la soirée prit un tour dramatique. Alex Lombard s'immobilisa dans l'entrée.

– Ça alors! Je ne l'avais pas remarqué en arrivant.

Il contemplait le portrait d'une jeune fille assise sur l'accoudoir d'un sofa, parfaitement détendue, comme si elle s'y était posée par hasard. Elle portait une robe pastel de couleur parme et tenait un chapeau de paille à la main. Une rose blanche était épinglée dans l'échancrure de sa robe. Ses cheveux brun foncé lui arrivaient à la taille. Elle ne répondait pas aux critères de beauté de son époque qui privilégiaient les femmes douces, éthérées, et délicates comme de la porcelaine. Elle n'avait rien de pâle, ni de fragile, mais un visage étroit, un nez droit et une bouche bien dessinée qui affichait un sourire confiant. Le front haut et blanc lui donnait un air distingué.

– Qui est-ce? demanda Alex, fasciné.

– Ma sœur Felicia, répondit Johannes. C'est un portrait peint par mon oncle Leo et il est plutôt ressemblant.

– Felicia, murmura Alex, comme s'il laissait fondre ce prénom sur sa langue.

Il détailla le tableau, imaginant la voix de Felicia, ses attitudes, son rire. Dans chacun de ses gestes, il devait y avoir un brin d'ironie et comme un défi. Elle paraissait être la provocation incarnée. À la fois jeune fille du monde et femme fatale. Aristocrate chapeautée et gantée, mais aussi modeste paysanne foulant de ses pieds nus les chemins poussiéreux.

Mais le véritable mystère résidait dans son regard.

Ses yeux étaient d'un gris limpide, sans le moindre soupçon de bleu ou de vert. Des yeux froids qui contrastaient avec des lèvres souriantes. Étrangement distants et impérieux. Des yeux pleins de secrets qui ne trahissaient rien, comme si la jeune inconnue refusait de se livrer.

Jamais elle ne se donnera complètement, songea Alex. Et il eut l'étrange impression de voir son propre reflet. Il se ressaisit. Quelle pensée absurde! Cette fille était tout à fait normale. Le peintre lui avait probablement donné un regard froid parce qu'il ne l'appréciait pas.

– Jolie fille! lança-t-il d'un air détaché. Vous avez une sœur ravissante, lieutenant.

– Elle tourne la tête à tous les hommes qui la croisent, ajouta Johannes, amusé. Mais, au lieu de se ranger et de se marier, elle s'est entichée d'un socialiste fanatique qui la méprise.

– C'est normal. Les femmes comme elle ne supportent pas d'être adorées.

Ils avaient quitté l'appartement et discutaient sur le palier. Linda et Johannes se tenaient par la main et n'arrivaient pas à se séparer, tandis qu'Alex et Phillip vantaient les mérites des vins français et allemands. Soudain, la porte de l'appartement du rez-de-chaussée s'ouvrit, et le vieux conseiller au tribunal passa la tête par l'embrasure. Malgré l'heure tardive, ses yeux brillaient d'un éclat passionné.

– Avez-vous déjà entendu la nouvelle?

– Non. Que s'est-il passé? questionna Johannes.

– Le couple héritier du trône d'Autriche a été victime d'un attentat. À Sarajevo. Ils sont morts tous les deux. Il paraît que l'assassin fait partie des réseaux clandestins serbes. (Johannes lâcha la main de Linda.) Les éditions spéciales ne parlent que de ça. L'archiduc François-Ferdinand est mort!

Un instant, ils restèrent tous pétrifiés.

– «La prochaine guerre sera déclenchée sous n'importe quel prétexte dans les Balkans», murmura Phillip. C'est Bismarck qui l'a dit un jour.

– Eh bien, mes amis, je pense que nous le tenons, ce prétexte, ricana Alex. Bonne nuit!

Il mit son chapeau et partit en sifflotant, laissant les jeunes gens s'enflammer.

– Ça bouillonne depuis trop longtemps chez les Serbes et les Croates. L'Autriche n'encaissera pas cette provocation.

– Dans ce cas, on y sera mêlé nous aussi. L'Allemagne a signé un pacte avec l'Autriche. Mais personne ne sait si le gouvernement serbe est responsable…

– Mon père répète que, s'il doit y avoir une guerre, elle éclatera à la frontière française, car les Français n'ont toujours pas renoncé à l'Alsace et à la Lorraine.

– Il a sûrement raison, Linda.

– Qu'en pensez-vous? Les Autrichiens vont-ils…?

– Pourrais-tu envisager de mourir? demanda tout à coup Christian.

Son ami Jorias, qui somnolait, se redressa.

— Qu'est-ce que tu veux dire?

— L'année prochaine, nous passerons notre examen d'aspirant. Si la guerre est déclarée, et si elle dure assez longtemps, nous serons sûrement mobilisés. Ça me paraît tellement fou!

Jorias hocha la tête d'un air pensif. Les roues tressautaient sur les rails; la locomotive lâcha un sifflement aigu. Les deux garçons regardèrent par la fenêtre, mais il faisait déjà nuit noire, et la vitre ne leur renvoya que le pâle reflet de leur compartiment.

— On n'en a plus pour longtemps avant d'arriver à Insterburg, s'exclama Christian d'un air joyeux.

À seize ans, le frère cadet de Felicia Degnelly était l'un de ces élèves-officiers dont le Reich s'enorgueillissait. Il avait suivi le parcours qui, dans la plus pure tradition prussienne, transformait des enfants en soldats, les entraînait jusqu'à l'évanouissement et leur inoculait un amour sacré pour le Kaiser, la patrie – et pour la mort.

Christian et son ami Jorias, un orphelin que la famille Degnelly avait recueilli, venaient de terminer leur école préparatoire. Ils s'apprêtaient à entrer à l'école militaire des cadets de Lichterfelde. Leurs uniformes gris aux cols rigides, leurs gants immaculés, et les épaulettes blanches qu'ils arboraient fièrement indiquaient leur grade.

En dépit de leur apparente maturité, ces apprentis officiers n'avaient que seize ans et c'était le début des vacances. Lulinn les attendait. Lorsqu'ils se retrouvaient dans ce train, ils avaient l'habitude de ne parler que des cinq semaines à venir, mais, ce soir-là, ils restèrent silencieux. Bien que la liberté fût à portée de main, ils ne pouvaient oublier les paroles de leur capitaine avant leur départ: «L'héritier du trône d'Autriche et son épouse ont été assassinés à Sarajevo. Probablement par un Serbe. Il n'est pas impossible que, pendant vos vacances, Sa Majesté le Kaiser appelle à la mobilisation s'il y a menace de guerre. Le cas échéant, vous êtes priés de vous présenter sans attendre à votre régiment. »

Menace de guerre, menace de guerre…, chuchotaient inlassablement les roues du train.

Je n'ai pas vraiment peur, songea Christian. Mais c'est tellement incroyable. Je n'arrive pas à imaginer la guerre.

– Quelqu'un est-il monté à Königsberg?

Le contrôleur regarda les jeunes gens d'un air satisfait.

– Voilà la jeunesse dont l'Allemagne peut être fière! Les gardiens de la grande tradition prussienne. Êtes-vous prêts à mourir sur le champ d'honneur pour le Kaiser et la patrie?

Il parle comme si l'on était déjà en guerre, observa Jorias, avec malaise. Mais, forts de leur solide éducation militaire, les deux jeunes cadets répondirent d'une seule voix :

– Oui!

Ils échangèrent un long regard complice, comme s'ils ajoutaient : « Mais pas encore. » Pas maintenant. L'été ne fait que commencer…

2

Le vieux Ferdinand Domberg avait coutume d'affirmer qu'il pouvait arriver bien des désagréments à un homme dans sa vie, mais le pire était sans aucun doute d'engendrer des filles.

Certes, les fils pouvaient vous échauffer les oreilles (Victor, son aîné, était imbu de lui-même et Leo, le plus jeune, gâchait sa vie comme peintre sans le sou) mais, de temps à autre, on pouvait les houspiller et se consoler en attirant sur eux toutes les foudres du ciel.

Mais, des filles… Elles ne se laissaient pas réprimander si aisément, on ignorait toujours le fond de leurs pensées, et, de toute façon, elles n'en faisaient qu'à leur tête. Même lorsqu'elles feignaient d'écouter ses récriminations d'un air contrit, Ferdinand savait qu'elles ne l'entendaient même pas.

Ses deux filles l'avaient profondément blessé en épousant des hommes qu'il n'appréciait pas. Elsa, la mère de Felicia, sa petite-fille préférée, ne lui avait même pas présenté son prétendant, un médecin berlinois, et s'était contentée de le mettre devant le fait accompli. Et Belle, la cadette, qui ne respectait rien ni personne, lui avait ramené un Balte allemand. Pis encore, un officier haut gradé dans l'armée russe. Malgré les années, Ferdinand ne leur pardonnait pas ces erreurs de jugement.

Ce soir-là, une chaude soirée de juillet, le vieux monsieur était d'humeur morose. Assis dans la salle à manger de Lulinn, sous les ramures de cerfs et les portraits d'ancêtres, il avala ses gouttes pour le cœur et jeta un regard courroucé en direction de la table. Dix minutes de retard : les nombreux membres de sa famille ne jugeaient même plus nécessaire d'être ponctuels. Seule son épouse Laetitia était installée près de la fenêtre, avec leur fille Elsa. Elles contemplaient la lumière qui déclinait. Comme d'habitude, Elsa semblait mélancolique. Personne ne comprenait comment cette femme douce, effacée et sensible, avait pu naître au sein d'une famille tumultueuse. Depuis quelques jours, elle souffrait pour son fils Johannes. Il n'était pas venu à Lulinn à cause de Sarajevo. *Je reste à Berlin pour me tenir prêt*, avait-il écrit. Prêt à quoi ? s'inquiétait Elsa.

— Autrefois, les retardataires étaient privés de repas, grommela le vieux Domberg. Désormais, on attend que le dernier daigne faire une apparition. C'est un scandale !

Il frappa du poing sur la table et les couverts tressautèrent. Laetitia se tourna vers lui. Dans sa jeunesse, elle avait été l'une des plus jolies filles des provinces de l'est et, malgré son âge avancé, son visage conservait les traces de sa très grande beauté. Elle avait les yeux gris des femmes de sa famille, un nez droit et des lèvres fines. Elle parlait d'une voix profonde et rauque et régnait sans partage sur Lulinn.

— Ne t'énerve pas, Ferdinand. N'oublie pas que tu as le cœur fragile. Victor et Gertrud viennent d'arriver. Ils ne vont plus tarder.

En entendant le nom de sa belle-fille, Ferdinand se renfrogna. Il avait caressé des projets ambitieux pour son fils aîné, mais alors que Victor devait épouser une jeune fille distinguée d'excellente famille, il avait choisi Gertrud, une petite boulotte insignifiante qui ouvrait à peine la bouche. Toute la famille se demandait ce qu'un beau garçon comme Victor avait pu trouver à cette bourgeoise empruntée. Ferdinand ne s'en était toujours pas accommodé.

– Cette famille part à la dérive, Laetitia, lâcha-t-il avec irritation.

Laetitia partageait l'opinion de son époux sur Gertrud, mais, par loyauté, elle se taisait. Gertrud faisait à présent partie de la famille, et Laetitia était convaincue que, pour être forts, il fallait se serrer les coudes.

– Voilà Belle qui arrive avec Nicola! s'écria-t-elle soudain. Comme la petite est mignonne!

Belle, que l'on avait prénommée Johanna Isabelle mais que tous appelait «Belle», était une grande femme un peu trop ronde, mais si séduisante que chaque kilo superflu semblait précieux. Elle était vêtue d'une robe en mousseline claire et ses cheveux aux reflets mordorés brillaient dans la lumière du soir. Elle donnait la main à sa petite fille de six ans.

Depuis son prestigieux mariage avec le colonel Julius von Bergstrom, Belle habitait Saint-Pétersbourg où elle menait une vie mondaine et fréquentait le palais du tsar. À la pensée que sa petite-fille Nicola grandissait parmi des Russes, Ferdinand s'empourprait de colère. Il était convaincu que ces Slaves ne manqueraient pas d'attirer encore bien des malheurs sur l'Allemagne.

– J'aimerais savoir ce que fera Belle si la guerre est déclarée, marmonna-t-il. Elle doit se sentir comme une traîtresse à cause de ce fichu Russe qu'elle a épousé.

– Il n'est pas russe, lui opposa Laetitia. Il est allemand.

– Un Allemand des pays baltes. Les Baltes se battront avec les Russes.

– Il n'y aura pas de guerre.

– Ah, pas de guerre! Et comment doit réagir l'Autriche après l'assassinat de Sarajevo?

– Quoi qu'il arrive, la Russie ne s'en mêlera pas. Elle ne prendra pas la défense d'un pays régicide.

– Si ça leur donne un prétexte pour envahir la Prusse-Orientale, ils n'hésiteront pas, rétorqua Ferdinand, certain que toute bataille était menée pour conquérir ce magnifique pays situé entre Memel et la mer Baltique.

Qu'y avait-il de plus beau sur terre que ces douces collines, ces prés verdoyants, ces forêts foisonnantes et ces grands lacs qui s'étendaient sous le ciel le plus bleu d'Europe? Pourquoi se battre, si ce n'était pour ces champs de blé infinis, ondoyant sous la brise, pour ces chênes centenaires que dix hommes ne pouvaient en-cercler? Chaque printemps, lorsqu'il entendait les cris des oies sauvages, l'orgueilleux Ferdinand Domberg reconnaissait que c'était un honneur de vivre ici.

Mais c'était l'été, les fleurs parsemaient les prés, et Ferdinand ne pensait pas à l'honneur mais au droit. Qu'elles viennent donc, les hordes slaves! Qu'elles osent poser un seul pied sur la terre de Lulinn! Pour la deuxième fois de la soirée, il frappa du poing sur la table.

– Où diable est passée Felicia? cria-t-il.

– Elle est partie se promener à cheval avec des amis, dit Elsa. Elle ne va sûrement pas tarder.

– Quels amis?

– Des jeunes gens des propriétés voisines. Ils sont tous de bonnes familles.

– Maksim Marakov se trouve-t-il avec eux? se méfia Ferdinand.

Elsa secoua la tête d'un air ingénu.

– Je crois qu'il est retourné à Berlin.

– Bah… Cette relation entre Marakov et Felicia n'est pas innocente. Un jour, Gertrud les a surpris et il paraît que leur comportement laissait à désirer.

– Gertrud est un monstre, répliqua Elsa, froidement.

Ils se turent quelques instants, unis par le même sentiment.

– Je me fiche de savoir avec qui elle s'amuse, poursuivit Ferdinand, mais Marakov fait beaucoup parler de lui. On dit qu'il est socialiste.

– Et alors ? s'agaça Elsa. Il n'y a rien entre eux.

Elsa connaît mal sa fille, songea Laetitia qui se sentait très proche de Felicia, en qui elle se retrouvait. Autrefois, elle aussi avait été farouche, charmeuse, manipulatrice, et follement éprise de la vie. Felicia ne pouvait pas la duper : cette histoire avec Maksim Marakov n'était pas terminée. Depuis quelque temps, son visage avait changé et son regard était empreint de sagesse.

Ferdinand, fatigué par la chaleur, et exaspéré par l'inexactitude de ses enfants qui lui rappelait que l'époque où il régnait en maître sur Lulinn était révolue, continuait à chercher querelle.

– Tu ferais mieux de surveiller les fréquentations de ta fille, Elsa. À moins que tu ne lui souhaites la même chose qu'à toi ?

Elsa blêmit. Des gouttes de sueur perlèrent sur son nez.

– Que tu oses encore en parler, père…, fit-elle sans conviction.

Pour la troisième fois, le poing de Ferdinand s'abattit sur la table.

– Ce n'est pas toi qui vas me dicter ce dont je peux parler ou non ! cria-t-il.

Les lèvres pincées, Laetitia se leva.

– Nous nous étions mis d'accord pour ne plus aborder ce sujet.

Ferdinand, qu'elle intimidait depuis toujours, baissa la tête en marmonnant. Laetitia posa un regard glacial sur Elsa, en qui elle avait toujours trouvé une adversaire opiniâtre. Sa fille pâlit encore un peu plus mais elle ne cilla pas.

– Pour toi, se mettre d'accord signifie que tu prends une décision, seule, et que les autres s'y plient.

– C'est comme ça que tu l'entends? reprit Laetitia. Et moi qui pensais qu'il était aussi dans ton intérêt de ne plus évoquer cette... mésaventure.

– Une mésaventure? Tu appelles ça une mésaventure! Seigneur Dieu...

Elsa dut s'asseoir. Elle ne voulait pas pleurer, mais elle ne put retenir ses larmes. Recroquevillée près de la fenêtre, elle se mit à sangloter alors que sa mère lui tendait un mouchoir.

Le visage de Laetitia se durcit, comme chaque fois qu'elle repensait à cette journée. Trente ans auparavant, Elsa, alors âgée de seize ans, avait reçu un télégramme de son amour d'enfance, le charmant Manuel Stein. Il lui annonçait son mariage avec une jeune fille de Kiel. Elsa s'était effondrée. Laetitia avait essayé de la consoler : Manuel n'était qu'un écervelé, il lui rendait un fier service en la quittant. Ferdinand, lui, avait pris l'humiliation d'Elsa pour un affront personnel, et la famille avait été soulagée que Manuel fût loin, car Ferdinand n'aurait pas hésité à provoquer le jeune homme en duel.

– Tu rencontreras d'autres jeunes gens, l'avait réconfortée Laetitia. Ne le répète pas à ton père, mais, avant de le connaître, j'ai fréquenté un garçon que j'aurais adoré épouser. Hélas, nos pères étaient opposés au mariage. Tu vois, avait-elle conclu en riant, cela ne m'a pas brisé le cœur!

Elsa avait regardé sa mère d'un air désespéré.

– Mais j'attends un enfant de lui, maman, avait-elle murmuré.

La nouvelle avait fait l'effet d'une bombe. Même Laetitia avait mis plusieurs jours à s'en remettre. Dans sa rage, Ferdinand avait cassé un vase du XVIe siècle et congédié trois fidèles valets.

– C'est donc à ça que tu jouais quand tu prétendais monter à cheval avec le jeune Stein! avait-il rugi. Jusqu'où êtes-vous allés? Jusqu'à la première grange? Mon Dieu, tout ça dans mon propre foin!

Laetitia n'avait pas condamné le comportement d'Elsa. La jeunesse était propice à ce genre de dérapages, même dans les bonnes familles – elle-même n'était pas arrivée chaste dans le vaste lit matrimonial des Domberg – mais ces incidents devaient être soigneusement dissimulés.

– Tu ne peux pas avoir cet enfant, avait déclaré Laetitia. Tu le comprends, n'est-ce pas, ma chérie?

– Non. C'est l'enfant de Manuel. Il ne lui arrivera rien de mal.

Laetitia s'était tordu les doigts, Ferdinand avait tempêté, mais en vain. Et puis, un jour, Laetitia avait préparé ses valises et celles d'Elsa.

– Nous partons pour Vienne.

– Pour Vienne? Pourquoi?

Pendant le voyage, soumise aux questions incessantes de sa fille, Laetitia avait fini par lui expliquer:

– Il est préférable que tu mettes cet enfant au monde loin de la maison. Nous éviterons ainsi les questions et les regards importuns des voisins.

– Mais je vais revenir avec lui. Que dirons-nous?

– On verra bien, avait répondu Laetitia, évasive.

À Vienne, elles s'étaient installées chez une amie de Laetitia. Toute sa vie, Elsa se souviendrait comme d'un cauchemar de ces semaines passées dans l'appartement sombre au luxe oppressant. C'était un mois de mai ensoleillé, les arbres fruitiers embaumaient, mais Elsa n'avait pas eu le droit de sortir, car l'amie de Laetitia ne voulait pas que les voisins fussent au courant. Prisonnière, Elsa avait arpenté sa chambre, pensant à Manuel et souhaitant mourir.

Elle avait donné naissance à un garçon, un mois avant terme, dans une maternité d'État. Là, des aristocrates accouchaient «sous le masque», ce qui signifiait qu'elles n'avaient pas besoin de donner leur nom, leur âge ou un quelconque renseignement. Bouleversée, Elsa avait signé un papier avant de quitter l'hôpital, elle portait le «numéro 33 de l'année 1885».

Elle était repartie sans son fils, le médecin ayant prétendu que la faiblesse de l'enfant lui imposait de rester quelques semaines sous surveillance. Aussitôt, Laetitia avait déclaré ne pas vouloir abuser de la générosité de son amie.

– Mais je ne peux pas rentrer à la maison sans mon enfant, avait protesté Elsa.

– Ma chérie, nous inviterons notre chère amie à nous rejoindre dans quelques semaines. Nous lui rendrons ainsi son invitation et elle en profitera pour amener ton fils. D'ici là, il aura repris des forces.

Encore sous le choc d'avoir perdu Manuel, et épuisée par sa longue réclusion, Elsa avait capitulé.

De retour à Lulinn, elle avait fondu en larmes en retrouvant les souvenirs de l'été précédent, et s'était retirée dans la solitude de sa chambre pour y attendre son bébé. Mais les semaines avaient passé sans qu'elle entendît parler de l'amie ou de l'enfant.

Devant l'impatience de sa fille, Laetitia avait fini par lui expliquer la fonction de l'établissement d'obstétrique : non seulement on y accouchait incognito, mais on débarrassait les mères de leur encombrant fardeau, la ville de Vienne prenant à sa charge le nourrisson en échange d'une importante somme d'argent.

– Pardon ? fit Elsa.

– La ville s'occupe de l'enfant, poursuivit Laetitia d'un ton apaisant. Tu n'as plus besoin de t'inquiéter.

– La ville ?

– Il existe des lieux qui…

– Tu veux dire des orphelinats ! Maman, comment as-tu pu faire une chose pareille ?

– Ton enfant va bien, Elsa, tu peux en être certaine. Ton père a payé très cher pour que…

– Tu as vendu mon enfant… À une ville !

Sentant la colère d'Elsa monter, Laetitia se leva pour fermer la fenêtre.

– Il n'a pas été vendu, Elsa. Nous l'avons confié et nous avons donné beaucoup d'argent pour qu'il grandisse dans de bonnes conditions. De nombreuses jeunes femmes dans ta situation font la même chose.

– Ce n'est pas possible, murmura Elsa, prise de vertige. Tu n'as pas pu faire ça !

– Je l'ai fait pour toi. Pour que tu sois libre. Bonté divine, Elsa, ce n'est pas moi qui ai inventé la morale ! Mais elle existe et nous devons nous en accommoder. Tu es trop jeune pour payer toute ta vie une imprudence de jeunesse. Plus tard, tu te marieras et tu auras d'autres enfants.

Les yeux pleins de larmes, Elsa n'écoutait plus. Elle ouvrit la bouche pour hurler.

— L'affaire est close, répliqua sèchement Laetitia. Oublie Manuel et oublie cet enfant. Un jour, tu me seras reconnaissante.

Ce ne fut pas le cas. Inconsolable, Elsa avait refusé de quitter son lit et cessé de s'alimenter. Ferdinand avait même fait venir les meilleures friandises de Königsberg. En vain.

— Que devons-nous faire? avait demandé Laetitia, désespérée.

Elsa avait alors ouvert ses yeux qui paraissaient immenses dans son visage amaigri.

— Je veux mon enfant.

Comprenant que sa fille était décidée à mourir, Laetitia était repartie pour Vienne, où une terrible nouvelle l'attendait : le fils d'Elsa était mort à la suite d'une épidémie de coqueluche à l'orphelinat.

Quand elle avait appris la nouvelle, Elsa n'avait pas pleuré. Elle s'était levée, chancelante, avait bu quelques gorgées de lait et grignoté un peu de pain. Quatre jours durant, elle s'était contentée de manger et de manger encore, jusqu'à ce qu'elle eût retrouvé une partie de ses forces. Ensuite, elle avait quitté Lulinn avec la ferme intention de ne jamais y revenir. Pendant deux ans, la famille était restée sans nouvelles. Puis, un jour, elle était réapparue avec son mari, le jeune médecin berlinois Rudolf Degnelly, et leur petit garçon Johannes. Elle avait vieilli, son visage garderait à jamais une expression mélancolique, mais elle ne semblait plus attirée par la mort.

— Est-ce que ton mari est au courant? avait questionné Laetitia.

– Il sait tout. Mais personne d'autre ne doit l'apprendre. Même pas mes enfants.

Chaque été, Elsa était revenue en Prusse-Orientale retrouver ses frères et sa sœur. Ces séjours ne semblaient pas lui faire plaisir, mais elle y tenait dur comme fer.

– Ses racines sont ici, disait Ferdinand. Elle ne peut pas les renier.

Il avait raison. En voyant Elsa s'abandonner à sa nostalgie avec une certaine complaisance, Laetitia avait compris que même les mauvais souvenirs pouvaient vous retenir quelque part.

Ce soir-là, pour la première fois depuis le drame, Elsa pleura. Mais ses sanglots ne durèrent que quelques minutes.

– Pardonnez-moi, dit-elle. Ça ne se reproduira plus.

Ferdinand, qui n'avait jamais su faire face aux larmes des femmes, fut soulagé. Il savait qu'il avait commis une faute, mais il n'avait pas l'intention de faire des excuses ce soir. Un silence pesant tomba sur la pièce.

Brusquement, la porte s'ouvrit en grand et les murs résonnèrent de voix enjouées. Victor entra le premier en bombant le torse, suivi de Modeste, sa fille renfrognée de quatorze ans, et de Gertrud, son épouse morose, attifée d'une robe de dentelle blanche qui la faisait ressembler à une mariée sur le retour. Belle fredonnait une chanson d'amour, tandis que sa fille Nicola brandissait un bouquet de fleurs des champs qu'elle jeta dans les bras de Laetitia avant de grimper sur les genoux de son grand-père. Leo, vêtu d'un costume sur mesure et d'une chemise de soie ivoire – qu'il avait sûrement achetés à crédit, pensa Elsa –, agitait une enveloppe.

– Un télégramme de Berlin! Pour la charmante Elsa!
– De Rudolf?

– Non, d'un autre homme. Elsa, combien de fers as-tu au feu? plaisanta Leo.

Laetitia et Belle éclatèrent de rire, Gertrud rougit.

– C'est inconvenant, souffla-t-elle à Victor.

Elsa s'empara du télégramme.

– C'est Johannes. Que peut-il bien vouloir?

Jadzia fit son apparition avec deux cruches de petit lait. Elle alluma les bougies, apporta du pain frais et du fromage battu. Ils s'assirent à table. L'atmosphère s'apaisa, alors que le soleil se couchait lentement derrière les collines. Seul Ferdinand continuait de s'agiter de temps à autre.

– Il manque Christian et Jorias. Et Felicia. Ils n'auront plus rien à manger.

Personne ne le prit au sérieux. Tous savaient que, même si Felicia arrivait au milieu de la nuit, Ferdinand l'accueillerait à bras ouverts. Elle lui rappelait tant la jeune Laetitia que Ferdinand retrouvait sa flamme d'autrefois.

– Qu'est-ce que raconte Johannes? demanda Laetitia.

– Il va épouser Linda ce mois-ci, répondit Elsa d'un air songeur.

– Linda? reprit Ferdinand en fronçant les sourcils. Qui est-ce?

– Tu la connais, père. Elle est venue en vacances ici. C'est la sœur du meilleur ami de Johannes, Phillip Rath. Une jeune fille ravissante mais…

Tous se tournèrent vers Elsa.

– Mais quoi? s'enquit Belle.

– C'est si précipité, sourit Elsa, perplexe. Je ne comprends pas pourquoi il est si pressé…

– Moi, je comprends parfaitement, bougonna Ferdinand. Johannes est si amoureux qu'il aimerait se

31

marier avant de retourner dans sa caserne au bout du monde.

– C'est sûrement ça, conclut Laetitia, satisfaite.

Ils comprenaient tous pourquoi Johannes, comme beaucoup d'autres jeunes gens, était si pressé de se marier ; les soldats ne redoutaient pas la fin de leurs vacances, mais le déclenchement d'une guerre.

Arrivée face à l'allée de chênes, Felicia arrêta son cheval et regarda les deux cavaliers qui la suivaient. Le soleil se couchait et les ombres s'étiraient sur les prés. Elle portait une tenue de cavalière en drap bleu. Elle rejeta en arrière sa longue chevelure bouclée et caressa l'encolure moite de sa monture.

– Bon sang, je suis encore en retard ! Ils sont sûrement à table depuis longtemps et grand-père va encore pester contre moi. J'ai presque envie de vous demander de m'accompagner !

Les deux hommes éclatèrent de rire. Dans la région, on savait que Felicia menait son grand-père par le bout du nez.

Benjamin et Albrecht Lavergne étaient frères. Ils habitaient le domaine voisin de Skollna. Albrecht faisait son service militaire et Benjamin étudiait à Heidelberg. Depuis le départ de Maksim, ils passaient leurs journées avec Felicia. Enfants, tous trois avaient souvent joué ensemble ; plus tard, ils s'étaient retrouvés au cours des chasses automnales fréquentées par le Kaiser et l'aristocratie. Ce jour-là, ils rentraient d'une excursion à la mer, et se sentaient las, heureux et affamés.

Avant de se séparer, ils se fixèrent rendez-vous pour le lendemain, puis Felicia continua seule son chemin.

Comme chaque fois qu'elle remontait l'allée, elle éprouva ce bonheur immense qui chassait ses impatiences et ses colères. Enfant déjà, elle ressentait la même chose. Tous ses soucis s'envolaient quand elle galopait entre les haies de chênes.

Soudain, elle tira sur les rênes. Son frère Christian et son ami Jorias arrivaient au même moment, leurs chemises blanches tachées d'herbe et les bras griffés par les ronces et les chardons. Ils marchaient pieds nus et leurs cheveux ébouriffés auréolaient leur visage hâlé par le soleil.

– Salut, Felicia! appela Christian. Si tu es là, c'est qu'on est sûrement en retard.

– En effet. D'où venez-vous? Vous avez l'air de deux vagabonds.

– On s'est promenés, expliqua Jorias. On vient de découvrir un nouvel étang.

Il agita le filet qu'il portait sur l'épaule. Felicia jeta un coup d'œil dans le seau vide de Christian.

– Et vos efforts ont été manifestement couronnés de succès! plaisanta-t-elle.

Elle savait que Christian et Jorias remettaient toujours leurs poissons à l'eau, n'ayant pas le cœur de les tuer. Vexés, ils enfouirent leurs doigts de pieds dans l'herbe mouillée par la rosée du soir.

Felicia les regarda avec tendresse. Ils semblaient si jeunes sans leur uniforme de cadet. Il n'y a pas si longtemps, ils jouaient encore aux Indiens, songea-t-elle. Je n'arrive pas à les imaginer adultes, mariés, avec des enfants. Pour moi, ils resteront toujours les mêmes.

Felicia laissa son cheval aller au pas, afin que les deux garçons puissent la suivre. Arrivée au perron, elle confia son cheval à un palefrenier. Les bougies brillaient derrière les fenêtres de la salle à manger.

– Il vaudrait mieux nous changer, dit-elle. Tante Gertrud aura une attaque si elle nous voit dans cet état.

Dans le vestibule, une ombre s'approcha. C'était Jadzia qui tenait un bouquet de roses rouges à la main.

– Jolies fleurs, murmura-t-elle. Un courrier les a apportées pour Mlle Felicia.

– Pour moi?

– D'Insterburg. D'un inconnu…

Visiblement, Jadzia avait déjà étudié la carte de visite. Felicia s'en empara.

– Elles sont sûrement de Maksim.

Christian éclata de rire.

– Mais non! Il est à Berlin.

– Le courrier a aussi apporté des nouvelles, continua Jadzia sur un ton furtif. L'Autriche a lancé un ultimatum à la Serbie. Veut contrôler la Serbie. Oh… Il va y avoir la guerre! L'Allemagne avec l'Autriche, la Russie avec la Serbie. Grande guerre!

– Tu racontes des sottises, Jadzia! s'agaça Felicia.

Les fleurs ne venaient pas de Maksim, mais d'un homme qu'elle ne connaissait pas. Alex Lombard. *À Berlin, j'ai récemment été invité par votre frère, le lieutenant Degnelly*, écrivait-il. *J'ai vu votre portrait dans l'appartement. Comme j'étais de passage pour affaires à Insterburg, j'ai voulu en profiter pour me présenter.*

– Comme c'est curieux, murmura-t-elle, il ne me connaît même pas.

Jorias et Christian, eux s'inquiétèrent de l'ultimatum autrichien.

– La Serbie n'acceptera jamais de passer sous la férule autrichienne, déclara Jorias.

– Mais elle ne peut pas risquer une guerre.

– Si elle peut compter sur le soutien des Russes…

Felicia n'écoutait pas. Elle gravit lentement l'escalier. Ses doigts jouaient avec les roses dont les pétales foncés paraissaient presque noirs au crépuscule. Des roses rouges... Qu'est-ce que cet homme avait bien pu trouver à son portrait?

C'est bien de savoir qu'il existe d'autres hommes que Maksim Marakov, songea-t-elle, et elle se mit à rêver au mystérieux Alex Lombard. Est-ce que je le rencontrerai un jour?

Avenue Unter den Linden, devant l'université, se déroulait une manifestation. Maksim ralentit le pas. Des étudiantes brandissaient des pancartes et distribuaient des tracts. Une cinquantaine de passants observaient la scène. Un peu à l'écart, deux policiers hésitaient à intervenir. Alors que Maksim se faufilait dans la foule, les commentaires fusaient : « Des suffragettes... On devrait les enfermer ! – Ce qu'il leur faut, à ces filles-là, c'est des hommes pour leur rappeler qu'elles sont des femmes ! – Elles feraient mieux de se marier et de faire des enfants. Elles oublieraient vite ces sornettes ! – Mais qui voudrait d'une fille comme ça ? »

Maksim se retrouva au premier rang. Une étudiante aux yeux sombres et immenses lui tendit un tract. Sous les murmures mécontents de la foule, il parcourut le texte. L'auteur, la plume acérée, se plaignait de la discrimination dont étaient encore victimes les femmes à l'université. Officiellement, elles avaient le droit d'étudier, mais certains professeurs refusaient de les admettre à leurs séminaires ou se montraient si odieux que les étudiantes délaissaient les amphithéâtres.

– Nous réclamons les mêmes droits pour les hommes et les femmes dans les universités allemandes, précisa-t-elle.

– Vous avez parfaitement raison de défendre cette cause.

– Comme c'est généreux à vous! ironisa la jeune inconnue.

Maksim se sentit brusquement stupide.

– Pardonnez-moi. Je voulais seulement dire que…

– … vous êtes un libéral, je comprends.

Maksim la regardait, hypnotisé. Il baissa la voix et lui dit d'un air complice :

– Je soutiens l'idéologie socialiste.

Alors elle sourit, et Maksim comprit ce qui le fascinait, ses yeux étaient fiévreux, voraces, fanatiques. Sans le savoir, c'était ce regard-là qu'il avait toujours recherché.

– Je m'appelle Maksim Marakov, déclara-t-il, tout en pensant qu'elle devait le trouver pédant et importun.

– Je suis Maria Ivanovna Laskin, répliqua-t-elle d'un air désinvolte. Mes amis m'appellent Macha.

Sans ajouter un mot, elle abandonna Maksim et rejoignit les autres manifestantes.

3

Felicia trouvait que la vie à Lulinn était devenue ennuyeuse. Il n'était question que de la guerre. Les gens n'avaient plus que ce mot à la bouche.

Bien que la Serbie eût déclaré qu'elle traquerait sans répit les ennemis de l'Autriche, tout en insistant sur sa souveraineté nationale, l'Autriche avait rompu les relations diplomatiques et appelé à une mobilisation partielle. Que devait faire l'Allemagne? Comment allaient réagir les Russes? Et qu'en était-il de l'Angleterre? de la France? Chacun avait son avis. Ferdinand clopinait au bras de son fils Victor et pestait à longueur de journée. Il était furieux, car désormais, s'il y avait la guerre, elle se déroulerait sans lui, ce qui excluait toute victoire. Avec sa canne, il dessinait des plans de bataille sur le sable devant le portail d'entrée, déplaçant des divisions imaginaires qui devaient repousser l'invasion russe. Un jour, il devint fou de rage lorsque la maladroite Modeste passa au galop au beau milieu de l'attaque victorieuse des forces allemandes. Ferdinand accabla Modeste de reproches si vulgaires que Gertrud vint défendre sa fille et exigea des excuses. Cela déclencha chez Ferdinand une colère qui couvait depuis de longues années. Il lui lança à la figure ses quatre vérités de manière si blessante que Gertrud ne s'en remit jamais complètement.

– Si ça continue, on se sera tous entre-tués avant même le début du conflit! s'irrita Laetitia. Ça suffit maintenant!

Jadzia choisit ce moment-là pour apporter à tante Belle un télégramme de son mari, de Saint-Pétersbourg.

– Il veut que je rentre tout de suite à la maison avec Nicola, déclara-t-elle après l'avoir lu. Il ignore s'il y aura encore beaucoup de trains civils.

Elle semblait soucieuse, ce qui troubla les autres, car Belle était toujours de bonne humeur.

– Mais vas-y donc! s'emporta à nouveau Ferdinand. Rejoins ton mari à Pétersbourg où tu te sens visiblement plus chez toi. Tu pourras te réjouir quand il se mettra à tirer sur les soldats allemands!

– Les soldats du Reich lui tireront dessus en retour. Les deux choses me déplaisent autant!

– Moi aussi, je vais partir, ajouta Elsa. Je dois être à Berlin pour le mariage de Johannes.

Elle aurait eu le cœur brisé de ne pas le revoir avant son départ pour la guerre.

Christian et Jorias décidèrent de partir à leur tour. Ils n'avaient pas oublié les paroles de leur capitaine; la menace de guerre s'était précisée.

– Vous, vous restez ici et vous profiterez de vos vacances, protesta Elsa. Les enfants n'ont pas leur place dans la guerre.

Tous deux la dévisagèrent, choqués.

– Maman, tu n'es pas sérieuse! s'écria Christian. Nous devons…

– Chacun doit faire son devoir, marmonna Ferdinand. Les soldats doivent rejoindre leurs casernes, quel que soit leur âge. Ça ne se discute même pas.

– Et moi? s'exclama Felicia. Que vais-je devenir si vous partez tous?

– Toi, tu m'accompagnes, déclara sa mère.

– Non. Je veux rester ici jusqu'à l'automne. À Berlin, l'été, la chaleur est étouffante.

– Tu ne sais pas de quoi tu parles, se mêla Leo, un canotier incliné sur le front. Tu ne connais pas la douceur des soirées berlinoises. Promène-toi sur l'avenue Unter den Linden par une nuit chaude et sombre, bras dessus, bras dessous avec un homme, et respire le doux parfum de la vie et de l'amour…

– Leo, je ne tiens pas à ce que Felicia déambule la nuit avec des inconnus, le coupa Elsa. Dans ce cas, il vaut mieux qu'elle reste ici. Mais écoute-moi bien, Felicia, si jamais la situation s'aggrave, tu reviens tout de suite à la maison. Je n'ai pas envie que, en cas de malheur, mes enfants soient éparpillés à droite et à gauche.

Brusquement, Lulinn était redevenu très calme. Du bonheur des dernières semaines, il ne restait que les souvenirs. Leo, qui s'ennuyait toujours à la campagne, était parti lui aussi. Felicia l'avait accompagné jusqu'à la gare d'Insterburg. Penché à la fenêtre de son compartiment, il avait agité son mouchoir et lancé, d'un geste théâtral, la rose rouge qu'il portait à la boutonnière aux pieds de sa nièce.

– Au revoir! Au revoir, très chère Felicia, n'oublie pas ton vieil oncle!

La locomotive avait sifflé. Elle avait ramassé la rose dans la poussière.

De la jeune génération, il ne restait que Modeste. Aussi bornée et abrutie que sa mère Gertrud, elle avait, en outre, le cheveux gras et une vilaine peau. Elle ricanait sottement et s'imaginait que tous les valets de Lulinn étaient tombés sous son charme.

– Ils ne me quittent pas des yeux, confia-t-elle un jour à Felicia. C'est vraiment pénible. Tu veux que je te dise un secret?

Felicia la regarda d'un air maussade.

– Non, répliqua-t-elle, ce qui ne découragea pas Modeste.

– L'un des garçons d'écurie m'a embrassée l'autre soir! (Elle pouffa.) C'est excitant, non? Est-ce qu'un garçon t'a déjà embrassée? s'enquit-elle, anxieuse, espérant, pour une fois, être la première, car elle craignait toujours de passer pour une provinciale auprès de sa cousine berlinoise.

Felicia repensa à cette soirée de juin, dans les bois, à la voix douce de Maksim : «Je ne veux pas te rendre malheureuse, et moi, encore moins.» Elle se leva d'un bond sans daigner répondre à sa cousine.

Seul Benjamin Lavergne était resté. Son frère avait rejoint sa caserne, tandis que Benjamin se demandait s'il devait s'inscrire pour un nouveau semestre à l'université.

– Si la guerre éclate, je ne peux pas continuer à me prélasser dans un amphithéâtre à Heidelberg, pendant que les autres se battent! s'emporta-t-il.

Il s'allongea sur le dos et regarda le ciel bleu. Ils avaient fait une excursion jusqu'à la mer et, après avoir joué au badminton, ils se reposaient sur l'herbe. Felicia avait retiré ses chaussures et ses bas. Elle déchiquetait une fleur de camomille.

– Ne commence pas, toi aussi! On ne sait même pas s'il y aura la guerre. Décidément, vous les hommes, il vous tarde de vous jeter dans la bataille.

– Tu ne comprends pas, Felicia. Si les autres sont au front, je ne peux pas rester le nez dans mes livres.

– Bien sûr que si! Et puis maintenant, tais-toi, sinon je te mets à l'eau, cela t'éclaircira les idées. (Elle sourit.) Que va-t-il nous arriver, à nous les filles, si tous les hommes déguerpissent? La vie sera drôlement ennuyeuse!

Benjamin se redressa, l'air anxieux.

– Tu le penses vraiment?

Felicia cueillit un coquelicot rouge vif et le lui tendit.

– Bien entendu. Je serais inconsolable si tu m'abandonnais, toi aussi. Il ne me resterait plus qu'à rentrer à Berlin.

– Felicia…, murmura-t-il en lui saisissant la main.

– Qu'est-ce qu'il y a? demanda-t-elle, embarrassée. Pourquoi es-tu soudain si solennel?

– Je ne sais pas… Peut-être suis-je amoureux de toi… Depuis longtemps déjà.

Felicia ne sut que répondre. Elle regarda la mer étincelante, les fourrés d'aulnes qui bordaient la rive. Le soleil chauffait les troncs rouge-brun des pins. Quelque part, un merle sifflait.

C'était un garçon si gentil. Elle ne voulait pas lui faire de peine. Mais, d'un autre côté, la situation lui plaisait; son cœur battait normalement, ses mains restaient fraîches. Alors que le front de Benjamin perlait de sueur. Mon Dieu, il prend tout cela un peu trop au sérieux! s'agaça-t-elle.

– J'espère que tu n'es pas froissée? dit-il enfin.

– Pas du tout. Mais c'est un peu inattendu.

– Tu n'avais jamais rien remarqué?

– Non… Je crois bien que non…

– Je n'ai jamais osé te l'avouer, Felicia. Je n'aurais probablement pas eu le courage de t'en parler, s'il n'y avait pas eu cette histoire de guerre…

Benjamin contempla ce visage aux magnifiques yeux gris clair qu'il connaissait depuis son enfance. Pour la première fois, il ne se sentait pas décontenancé par le regard insondable de Felicia. Elle avait l'air si douce. Mais il ignorait que Felicia avait toujours l'air douce lorsqu'elle dissimulait ses véritables sentiments. Elle se pencha en avant; alors, il respira le parfum de sa peau dorée par le soleil, entortilla l'une des longues mèches soyeuses autour de ses doigts. Jamais il n'avait senti son souffle le frôler d'aussi près, jamais ses lèvres ne lui avaient semblé aussi prometteuses. Juste avant de l'embrasser, il s'étonna de voir son visage se figer, devenir distant, presque étranger.

Elle est ailleurs…, songea-t-il, mais cette pensée fugace s'en fut aussi rapidement qu'elle était venue.

Il effleura son sein et sentit battre le cœur sous l'étoffe légère de sa robe. Deux pinsons piaillaient, un canard sauvage s'envola des roseaux en claquant des ailes.

Felicia détourna la tête.

– Un court instant, j'avais tout oublié, murmura-t-elle.

Ces mots étaient bien choisis, car elle laissait ainsi Benjamin imaginer ce qu'il voulait. Il lui semblait si vulnérable, blotti contre elle. Lorsqu'il s'aperçut de l'endroit où reposait sa main, il la retira en rougissant.

– Veux-tu m'épouser, Felicia?

Comme nombre de gens timides, Benjamin avait tendance à s'emballer lorsqu'il osait enfin s'exprimer. Felicia se passa la main dans les cheveux.

– Je t'aime beaucoup, Benjamin. Sincèrement. Mais je te connais depuis si longtemps…

Bouleversé, il la regarda d'un air abattu.

– Tu connais Maksim Marakov depuis aussi longtemps, non?

Elle sursauta. Son visage se fit plus dur et, soudain, ses lèvres se pincèrent.

– Pourquoi me parles-tu de Maksim? rétorqua-t-elle si violemment que Benjamin regretta d'avoir prononcé son nom.

– Comme ça, grommela-t-il.

– Pourquoi? insista-t-elle.

– Je… Modeste a dit que…

– Quoi donc?

– Que toi et Maksim…

Il se tut et regarda la mer, tandis que Felicia se levait et ajustait nerveusement sa robe froissée.

– Cette chipie va avoir une belle surprise quand elle trouvera dix grosses araignées dans son lit ce soir! (D'un geste rageur, elle enfonça son chapeau sur sa tête.) Je rentre à la maison. De toute façon, il se fait tard.

Sur le chemin du retour, Benjamin resta silencieux. Lorsqu'ils arrivèrent à Lulinn, il s'arrêta et la contempla avec tendresse.

– Quoi qu'il arrive, je serai toujours là pour toi.

Elle se sentit irritée. Elle n'agissait jamais de manière désintéressée et cette grandeur d'âme l'agaçait.

– Merci, c'est bon à savoir, lâcha-t-elle. Au revoir, Benjamin. Et, si tu t'engages dans l'armée, fais-le-moi savoir. Je viendrai te saluer à la gare.

Elle rit et, le cœur à nouveau léger, elle se hâta le long de l'allée. Ce cher Benjamin! Elle l'aimait beaucoup, mais, même avec la meilleure volonté du monde, elle ne pouvait en éprouver davantage pour lui. Elle fredonna une chanson en pensant à Maksim, lorsqu'une voix aiguë la fit tressaillir. Modeste se dressa soudain devant elle.

– Alors, d'où viens-tu? C'était comment avec Benjamin?

Felicia saisit l'une de ses ternes nattes blondes et tira d'un coup sec. Modeste poussa un cri.

– Aïe! Qu'est-ce qui te prend?

– Tu le sais pertinemment. Et si tu l'ignores, tu l'as quand même bien mérité. Espèce de petite sournoise!

Modeste se mit à pleurer.

– Maman, maman, viens vite! Felicia m'arrache les cheveux.

Gertrud apparut à bout de souffle. Elle avait des taches rouges sur le visage et sa robe collait à son corps.

– Laisse Modeste tranquille! cria-t-elle. Qu'est-ce qui te prend? Ton grand-père est très souffrant, et tu...

– Grand-père est malade?

– Très malade, se délecta Gertrud, car Ferdinand Domberg était la personne qu'elle haïssait le plus au monde. Le médecin est auprès de lui. Il s'est écroulé pendant qu'il prenait le thé. Une crise cardiaque.

Pour la première fois, Felicia vit combien le visage de sa grand-mère était marqué. Son incroyable vitalité s'était envolée. Elle se tenait devant la porte de la chambre à coucher et regardait partir le médecin qui avait ordonné un repos absolu pour Ferdinand. Elle semblait perdue.

– Ah, te voilà, Felicia, dit-elle en se laissant tomber sur une chaise dans le couloir. C'était affreux, tu sais. Nous prenions le thé sur la terrasse quand grand-père a soudain lâché sa tasse. Il n'arrivait plus à respirer. Au début, j'ai pensé qu'il me taquinait, mais ensuite... J'ai besoin d'une cigarette.

Felicia savait que sa grand-mère fumait de temps à autre. Laetitia sortit un paquet de sa poche.

— Tu en veux une, toi aussi? Parfois, ça aide. Je ne sais pas comment j'aurais survécu sans mon schnaps et mes cigarettes.

Felicia aspira quelques bouffées. Elle toussa, les larmes lui montèrent aux yeux, mais elle adressa un sourire à Laetitia qui le lui rendit.

Cet instant de complicité fut soudain interrompu par l'arrivée de Victor qui gravissait les marches deux par deux. Le souffle court, les cheveux en bataille, il leur jeta un regard courroucé.

— Maman, je t'ai dit cent fois…

— Tais-toi! l'interrompit Laetitia. Ton père ne va pas bien.

— Est-ce que c'est grave? Dois-je aller le voir?

— Le médecin pense qu'il survivra. Laisse-le dormir. Il a besoin de se reposer.

— Bien. Je… je suis désolé de l'annoncer maintenant… (Victor était si excité qu'il en bafouillait.) Je vais m'engager comme réserviste. Je pars demain matin pour Königsberg.

— Tu ne peux pas faire ça! Je vais mourir de peur! gémit Gertrud, qui venait de les rejoindre avec Modeste.

On comprenait, à son visage sournois, qu'elle se voyait déjà en épouse de valeureux militaire.

— Papa, reste avec nous, supplia Modeste en se pendant au bras de son père.

Victor afficha un air héroïque.

— La gravité de la situation exige que les hommes fassent preuve de loyauté envers la mère patrie, et que les femmes soient courageuses… La Russie a déclaré la guerre à l'Autriche.

Ils restèrent un instant silencieux.

— Mais en quoi ça nous regarde? demanda Modeste.

Felicia la toisa en lui soufflant une bouffée de fumée à la figure.

– L'Allemagne a signé un pacte d'alliance avec l'Autriche, dit-elle. Si l'Autriche est en guerre avec la Russie, nous le sommes aussi.

Victor, qui se faisait une joie d'expliquer l'affaire à un auditoire de femmes affolées, eut un regard agacé pour sa nièce.

– J'aimerais que vous veniez toutes avec moi à Königsberg, annonça-t-il. Vous serez plus en sécurité là-bas.

– Et qui va s'occuper de la propriété? demanda Laetitia.

– Le régisseur. Les domestiques.

– Et tu crois qu'ils resteront après notre départ? ironisa sa mère. Il leur suffira d'entendre le mot «Russe» pour déguerpir. De toute façon, Ferdinand n'est pas en état de voyager, et je ne partirai pas sans lui.

– Elle veut nous forcer à rester! grogna Gertrud. Mais moi, je vais tout de suite préparer mes valises.

– Moi aussi, renchérit Modeste.

Felicia réfléchit. Partir pour Königsberg avec Victor et sa clique? Quelle horrible pensée! Se retrouver à l'hôtel avec Gertrud et Modeste, peut-être dans la même chambre… Elle préférait encore rentrer à Berlin.

Laetitia se leva.

– Très bien. Victor va défendre la patrie, Gertrud et Modeste iront se barricader à Königsberg, grand-père et moi, nous allons garder la maison. Felicia, tu retournes à Berlin. C'est là qu'est ta place.

– Pas question, grand-mère! s'indigna Felicia. Je reste à Lulinn.

– Non, mon enfant. Nous sommes à moins de soixante kilomètres de la frontière russe. Si la guerre éclate, c'est ici qu'auront lieu les premiers affrontements.

– Je sais. C'est pourquoi je ne veux pas vous laisser seuls.

– Ils ne feront pas de mal à une vieille femme. Mais pour toi, la situation n'est pas sans danger. Je t'en prie, pars pour Berlin.

Felicia se remémora les histoires terrifiantes qu'on lui avait racontées sur les «hordes slaves». Mais, malgré la peur, un profond sentiment de loyauté envers Lulinn et sa famille naissait dans son cœur. Elle en fut troublée, car, jusqu'à maintenant, ses pensées et ses actes avaient toujours été dictés par l'égoïsme.

Les derniers rayons de soleil illuminaient les cheveux blancs de Laetitia et ravivaient les couleurs des portraits de famille accrochés aux murs. Felicia sourit à sa grand-mère. Elle ne pouvait en aucun cas déserter Lulinn et son passé.

4

À Berlin, au centre télégraphique, la panique régnait. Des milliers de gens se pressaient devant les guichets. Dehors, des voitures d'officiers filaient à toute allure. Des soldats agitaient le drapeau allemand en chantant l'hymne national prussien.

Hommes, femmes, enfants, bourgeois et ouvriers, riches et pauvres s'attroupaient, discutaient, gesticulaient, s'égosillaient. En cette fin d'après-midi, la ville entière était en effervescence, et le soleil d'août transformait les rues en une marmite bouillante sans qu'aucun souffle de vent vienne annoncer la nuit.

Depuis une demi-heure, l'Allemagne était en guerre.

Elsa avait bataillé jusqu'au guichet avec une détermination qu'on ne lui connaissait pas. Malgré une neurasthénie chronique, elle demeurait la fille de Laetitia et cette hérédité éclatait parfois au grand jour, comme en ce 1er août 1914.

Son mari, Rudolf, avait été retenu à son cabinet dont la salle d'attente était bondée. Heureusement, Linda avait proposé de venir avec elle.

La veille, lors d'une cérémonie hâtive, elle avait épousé Johannes; leur voyage de noces avait duré exactement douze heures, Johannes avait reçu son ordre de mobilisation et avait dû rejoindre sa garnison dans l'ouest. Linda l'avait accompagné jusqu'au train avant de se précipiter en larmes chez Elsa, qu'elle ne quittait plus.

La troisième du groupe était une jeune fille aux cheveux bruns, Sara Winterthal, une ancienne camarade de classe de Felicia et de Linda. À leurs yeux, Sara passait pour une souris; elle était pâle, timide et effacée. En revanche, elle était douée d'un sens aigu de la prémonition et d'une grande force intérieure, ce que Felicia et Linda auraient pu remarquer si elles avaient été moins égocentriques. Celles-ci la traitaient avec une légère condescendance sans s'apercevoir que la fidèle Sara était toujours présente quand elles avaient besoin d'aide, comme ce jour-là.

Elsa s'agrippa au rebord du guichet et lutta avec un homme joufflu qui essayait de la pousser. Des cernes noirs soulignaient ses yeux et les jointures de ses doigts avaient blanchi sous la pression.

– Je dois immédiatement envoyer un télégramme!

L'employé, qui semblait sur le point de s'évanouir de chaleur et de nervosité, secoua la tête, désolé.

– Rien à faire. Le service télégraphique est désormais réservé aux militaires.

– C'est impossible! s'affola Elsa. Je dois tout de suite télégraphier à ma fille, à Insterburg. Elle y est quasiment toute seule.

On lui jeta des regards apitoyés. La malheureuse, alors que les cosaques arrivaient! Les rumeurs les plus folles couraient sur des atrocités commises à la frontière, et tous les Allemands avaient les yeux braqués sur la Prusse-Orientale où l'on attendait les premiers affrontements.

– Cela n'est pas si grave, ma brave dame, la consola un inconnu. Un soldat allemand digne de ce nom ne laissera jamais un Russe poser le pied chez nous.

– Je ne pense pas que les Russes soient aussi affreux qu'on le dise, ajouta un autre, ce qui lui attira des regards furibonds.

49

On avait besoin d'un ennemi et l'on ne supportait pas ceux qui se montraient rassurants.

«On nous met l'épée à la main!» avait proclamé le Kaiser, la veille, du balcon de son palais, devant une foule exaltée.

Ils voulaient tous se battre, et le plus tôt serait le mieux. Quand Elsa avait rejoint les milliers de personnes massées devant le palais, les yeux fixés sur les aiguilles de l'horloge, elle avait perçu autour d'elle les folles pulsions guerrières qui animaient ses congénères. La veille, par un ultimatum, les Allemands avaient exigé que les Russes retirent leurs troupes de la frontière autrichienne. À midi, l'ultimatum avait pris fin, sans qu'aucune réponse fût arrivée de Pétersbourg. Selon les rumeurs, des troupes de cavaliers russes auraient alors franchi la frontière allemande et dévasté de nombreux villages. Après la tension des semaines précédentes, l'orage devait éclater. Les plus pragmatiques s'étaient précipités dans les banques, car on racontait que la Bourse s'affolait et que l'argent serait davantage en sûreté sous les matelas que dans les coffres du Trésor.

En songeant à ses enfants, Elsa avait essuyé d'une main crispée la sueur qui perlait sur son front, Johannes partait pour l'ouest, alors qu'on ignorait encore si les Français allaient soutenir les Russes, tandis que Felicia se trouvait à l'est, à Lulinn, où l'on s'attendait au pire.

À cinq heures, un officier s'était posté devant le portail du château pour annoncer la mobilisation. Pendant quelques instants, les gens étaient restés pétrifiés, puis dans la douce lumière du soleil d'été, une voix avait entonné *Nun danket alle Gott* et mille voix avaient repris en chœur le refrain. Beaucoup avaient les larmes aux yeux. Sur les visages, jeunes ou vieux, se lisaient la même gravité, le même élan inconditionnel. Seule Elsa ne pleurait, ni ne chantait. Elle pensait à ses enfants et elle avait eu envie de hurler. Ces gens allaient à la guerre comme des moutons partent à l'abattoir, et, par-dessus le marché, ils jubilaient!

Elle avait pris par la main Linda et Sara en pleurs et elle les avait entraînées à sa suite.

– Nous allons voir ce que nous pouvons faire pour Felicia.

Elle s'était hâtée le long des rues, en dépit de son corset qui l'empêchait de respirer. Linda était tout essoufflée et Sara sanglotait, non plus à cause de la guerre, mais parce que ses chaussures la faisaient souffrir. Près d'elles, un jeune officier avait arrêté sa voiture.

– Mobilisation! avait-il crié.

Une vieille dame s'était effondrée en hurlant, saisie d'un patriotisme hystérique. Une autre avait montré du doigt un homme qui lisait une affiche sur un mur.

– C'est un espion russe! Arrêtez-le!

Aussitôt, une demi-douzaine de citoyens fous furieux l'avaient roué de coups.

Elsa en eut la tête qui tournait. Les gens semblaient prêts à tout, à se battre, à tuer et, le cas échéant, à mourir pour la gloire. L'exaltation chassait la peur et la mort se drapait d'héroïsme. Criant et chantant, ils s'embrassaient, se sentant tout à la fois unis et invincibles.

Dépitée par le refus de l'employé, Elsa se fraya un chemin jusqu'au trottoir. Elle était au bord des larmes.

– Tiens, voilà Alex Lombard! s'écria Linda.

Soulevant son chapeau, un homme séduisant s'inclina comme s'ils se rencontraient à une réception.

Linda se chargea des présentations :

– Alex Lombard, un ami de mon frère. Mme Degnelly, la mère de Johannes. Et Sara, une amie.

En lui serrant la main, Elsa pensa qu'il ressemblait à un félin qui trompe ses ennemis par une apparente indolence, alors qu'il s'apprête à assener le coup de grâce.

– Fêtez-vous aussi le soulèvement de l'Allemagne contre ses ennemis? demanda-t-il avec ironie et en adressant un sourire à Linda, qui recula d'un pas.

– Nous ne fêtons rien du tout, répliqua Elsa, découragée. Ma fille, Felicia, se trouve toujours en Prusse-Orientale et je dois absolument lui envoyer un télégramme pour lui dire de revenir à Berlin.

– Pourquoi est-elle encore là-bas?

– Parce que c'est la personne la plus têtue que je connaisse! Ils ne me laissent pas télégraphier. Seuls les militaires…

– N'ayez crainte. Quand elle aura vent de la déclaration de guerre, elle partira sûrement sans plus attendre. (Il sourit en repensant au portrait de la jeune fille.) De toute façon, Felicia saura certainement se débrouiller avec les Russes.

Aveuglées par son sourire éclatant et ses yeux brillants, les trois femmes ne remarquèrent pas son air inquiet et le trouvèrent bien superficiel.

– Mais, si cela peut vous rassurer, je vais envoyer un télégramme chiffré, ajouta-t-il.

Quelques minutes plus tard, il réapparut, toujours aussi impassible.

– Tout est arrangé. Felicia sera bientôt de retour parmi nous. Mesdames, puis-je vous inviter à prendre un café? La journée est si belle.

– Je n'ai pas le cœur à cela, répondit Elsa. (Elle se sentait mal à l'aise, car, malgré le service qu'il venait de lui rendre, Alex Lombard ne lui était pas sympathique.) Tous ces gens… je ne comprends pas leur enthousiasme. On dirait qu'ils sont devenus fous.

– Ils attendaient ce moment avec impatience, expliqua Alex. Il n'y a rien de plus enivrant que le sentiment d'être unis. Mieux vaut mourir ensemble que de vivre seul. Ainsi, ils peuvent oublier les grèves, les socialistes, la faim. Tels des poussins apeurés, ils fuient les difficultés de la vie quotidienne pour se réfugier sous les ailes protectrices de la patrie.

– Mais la guerre ne va pas durer longtemps, n'est-ce pas?

– Bien sûr que non! se moqua Alex. Pas plus de huit semaines, dit-on. Mais, en attendant, nous n'allons pas gâcher nos vacances. Vous êtes-vous déjà baignées dans le Wannsee? Pas encore! Dans ce cas, il faut rattraper le temps perdu. Et si nous y allions demain? Je ne pense pas que vos convictions patriotiques en pâtiront.

Felicia traversait avec lassitude les prés de Lulinn. Elle transpirait, sa robe lui collait au corps. Elle se pencha pour retirer ses chaussures vernies. Il faisait vraiment trop chaud! Elle avait marché pendant une heure jusqu'au relais de chasse, perdu au fond des bois, où elle avait caché deux chevaux à qui elle apportait tous les jours de l'eau fraîche et du foin. Elle se félicitait d'avoir dissimulé les montures les plus robustes juste avant la réquisition des troupes allemandes. Il avait fallu se montrer polie et feindre de considérer comme un honneur le sacrifice des chevaux pour la bataille, mais Felicia avait été outrée par ce vol, comme elle l'appelait. Comment feraient-ils, s'il fallait brusquement s'enfuir? Les soldats ne leur avaient laissé qu'une vieille rosse. Mais elle avait été prévoyante; grâce aux chevaux et au chariot camouflé sous la paille, elle était plus tranquille, même si elle redoutait toujours de voir un bataillon de Russes remonter l'allée. Comme tout le monde, elle avait suivi les événements de la semaine. Effrayée, elle s'était sentie coupée du monde. La plupart des nouvelles provenaient des réfugiés qui fuyaient les régions situées à l'est et s'arrêtaient à Lulinn pour faire une halte.

Ce matin-là, des soldats venus au domaine demander un peu d'eau leur avaient appris que le général Prittwitz allait être relevé.

– Ils vont chercher Ludendorff sur le front de l'ouest et ils ont aussi rappelé un général à la retraite, avait raconté un soldat. Je crois qu'il s'appelle Hindenburg ou quelque chose comme ça.

– Savez-vous ce qui se passe sur le front de l'ouest? s'était enquise Laetitia.

– Il paraît que les Français opposent une résistance plus énergique que prévu. À votre place, je partirais sans plus tarder. Nous sommes les dernières troupes.

– C'est impossible. Mon mari est très souffrant. Il ne survivrait pas au voyage.

– Vous êtes très courageuse.

C'est bien la seule chose qui nous reste! pensa Felicia, nerveuse. Je me demande vraiment pourquoi ils laissent les Russes progresser. Au début de la guerre, le général François avait déclaré : «Pas un Slave ne pénétrera sur le territoire allemand!» Et voilà qu'ils arrivaient en masse!

Lorsqu'elle vit apparaître Lulinn dans le lointain, silencieux et écrasé de chaleur, son cœur s'emballa. Les Russes étaient-ils venus pendant son absence? Mais les poules couraient dans la basse-cour et elle entendait cacarder une oie. Si les ennemis étaient arrivés jusque-là, les animaux n'auraient pas survécu.

Mais alors, pourquoi tout était si calme? Malgré sa fatigue, Felicia hâta le pas. Elle poussa la porte d'entrée.

– Jadzia! cria-t-elle en vain. Grand-mère! Grand-mère, où es-tu? paniqua-t-elle.

Laetitia apparut en haut de l'escalier.

– C'est bien que tu sois revenue, Felicia. Je commençais à me sentir un peu seule.

– Mais où sont-ils tous? Jadzia, les servantes, les valets? C'est si silencieux…

– Ils sont partis. Ils ont eu peur. Nous sommes seules désormais.

Felicia blêmit. Laetitia se dépêcha de descendre et la prit par le bras.

– Tu ne vas pas t'évanouir, ma petite fille? Tu aurais dû obéir au télégramme de ta mère. Si tu veux partir, tu le peux encore…

– Non. Je reste, bien sûr. Je me suis seulement sentie faible… Il fait si chaud dehors…

Avec un sourire, Laetitia s'assit sur les marches et déclara, comme si souvent, que Felicia était bien sa petite-fille, car la fidélité était un trait caractéristique de la famille.

Felicia se laissa tomber sur une chaise.

– Tu es gentille, grand-mère, mais je ne crois pas que je sois aussi héroïque que tu veuilles bien le dire. Je suis quelqu'un de très égoïste, tu sais…

– Bien sûr que tu l'es! Je le suis moi aussi, tout comme ta mère et tante Belle… Mais nous le sommes autrement que la grosse Modeste. Cette idiote ne pense qu'à elle, tout en étant l'esclave de son bien-être. C'est un véritable petit tyran. Nous autres, nous avons tendance à être autoritaires, mais nous sommes aussi courageuses et responsables. Quand nous aimons quelque chose, nous le défendons jusqu'à notre dernier souffle, non pas par grandeur d'âme, mais parce que nous savons que nous dominons mieux ceux que nous protégeons. C'est pourquoi nous sommes restées ici, n'est-ce pas?

Elle se tut et tendit l'oreille.

– Est-ce que grand-père a appelé?

Elle remonta l'escalier au pas de course, Felicia sur les talons.

Ferdinand Domberg semblait perdu dans son vaste lit. Ses mains fines et transparentes comme du parchemin s'agitaient sur la couverture. Des cernes bistre creusaient son visage livide. Lorsque Laetitia se pencha vers lui, il se détendit et son regard redevint lucide.

– Laetitia, murmura-t-il en essayant de lever un bras.

Son souffle était faible. Laetitia fut effrayée par la couleur bleuâtre de ses lèvres, mais elle ne le montra pas. Elle sourit, et il s'accrocha à son sourire comme pour ne plus le lâcher.

Il dépend entièrement d'elle, songea Felicia, fascinée. Depuis toujours.

Elle s'approcha timidement. Mourant, son grand-père l'intimidait davantage que lorsqu'il était en bonne santé et colérique. Elle avait su manipuler le vieux tyran acariâtre mais à présent la maladie l'effrayait. Elle était impuissante devant la faiblesse.

– Qu'est-ce que je peux faire pour toi? souffla-t-elle.

Le vieil homme tourna la tête. Felicia n'était pas certaine qu'il la reconnût.

– Fenêtre, marmonna-t-il. Ouvre la fenêtre.

Felicia s'exécuta. Une chaleur moite, entêtante, aux effluves de roses, pénétra dans la chambre. Dehors, pas un brin d'herbe, pas une feuille ne frémissaient. Seul le bourdonnement des abeilles troublait le silence de l'après-midi.

– Il va y avoir de l'orage, décréta Felicia. Il règne une ambiance de mort… (Elle s'interrompit brusquement.) Tu n'as rien entendu?

Laetitia leva la tête. D'un regard perçant, sans dire un mot, elle ordonna à Felicia de ne pas inquiéter son grand-père. La jeune fille se pencha par la fenêtre, elle sentit le soleil sur son visage. Un court instant, elle imagina que c'était une journée d'été comme une autre, que Benjamin remontait l'allée pour l'inviter à nager ou à jouer au tennis. Mais ce n'était ni Benjamin ni les vacances. C'était la guerre. Des hommes à cheval venaient d'apparaître parmi les chênes, à l'ombre des feuillages. Leurs baïonnettes étincelaient au soleil… Ils ne portaient pas des uniformes allemands.

Felicia referma la fenêtre, en tremblant. La gorge sèche, elle articula d'une voix rauque :

– Des soldats arrivent. Ce sont…

Le regard glacial de sa grand-mère l'interrompit.

– Ils sont plutôt nombreux, se reprit-elle.

Ferdinand ouvrit les yeux.

– Des soldats?

– Des soldats allemands, précisa Laetitia. Ils veulent sûrement se reposer et se désaltérer. Je vais descendre les accueillir.

Elle voulut se lever mais Ferdinand agrippa ses mains.

– Non, ordonna-t-il avec son autorité d'autrefois. Je n'en ai plus pour longtemps et il n'est pas question que je reste seul les dernières minutes de ma vie.

Laetitia sourit d'un air rassurant.

– Je reste. Felicia…

– Moi? Mais…

Elle se mordit la lèvre et repensa à leur conversation. Elle comprit que sa grand-mère avait voulu lui donner du courage.

Les jambes flageolantes, elle se dirigea vers la porte aussi calmement que possible. Elle pouvait entendre les sabots des chevaux résonner dans la cour. Un animal hennit, une voix sévère cria un ordre dans une langue incompréhensible. Quelqu'un frappa à la porte avant de l'ouvrir. Des bottes piétinaient bruyamment les dalles du vestibule…

Felicia craignit de s'évanouir. Elle n'avait jamais eu aussi peur de sa vie.

– Je descends, lâcha-t-elle, livide.

Elle avança dans le couloir. En atteignant l'escalier, elle releva soudain la tête. Lentement, elle descendit les marches. Les soldats russes voulaient surtout de la nourriture. Depuis le début de la guerre, ils connaissaient de graves problèmes de ravitaillement. Les routes étaient difficiles d'accès et ils ne pouvaient utiliser le réseau ferroviaire, car les Allemands ne leur avaient pas concédé un seul train – l'écartement des rails russes était différent.

Les soldats avaient encerclé la maison et la cour. Certains étaient à la recherche de soldats allemands, d'autres vidaient le garde-manger de Jadzia et pourchassaient les poulets et les oies. D'autres, épuisés, s'étaient affalés dans les fauteuils. Un jeune officier, le pistolet à la main, s'apprêtait à monter au premier.

Il s'arrêta, surpris, en voyant apparaître Felicia, la main posée sur la rampe. De sa main libre, elle effleura nerveusement son cou, mais elle se força à la laisser retomber. Sa pâleur était accentuée par la courbe sombre de ses sourcils.

Le lieutenant sourit.

– Mais qui voilà? demanda-t-il dans un allemand parfait. Belle enfant, que faites-vous ici toute seule?

Intrigués, les autres s'approchèrent. Rassemblés au pied de l'escalier, les uns derrière les autres, ils levèrent leurs visages hâlés par le soleil vers la jeune fille et la dévisagèrent en riant. S'étant attendue à une horde de Mongols cruels aux yeux bridés, dignes descendants de Gengis Khan, Felicia se sentit rassurée. C'est ridicule, pensa-t-elle. Ils ne sont pas si effrayants.

– Je ne suis pas seule, répliqua-t-elle vertement. Pardonnez-moi, mais vous ne pouvez pas monter.

Le lieutenant éclata de rire.

– Avez-vous entendu? La jeune dame vient de nous interdire de monter.

L'un d'eux dit quelque chose en russe et ils rirent de bon cœur. Le lieutenant posa le pied sur la marche supérieure. Ses yeux foncés lançaient des éclairs.

– Et mon trésor, que se passera-t-il si nous insistons pour visiter le premier étage?

La légère irritation qui perçait dans la voix de l'officier fit frémir Felicia.

– Mon grand-père est à l'agonie. On ne doit pas le déranger.

Son calme impressionna les hommes. Le lieutenant secoua tristement la tête.

– Je suis désolé. Mes hommes doivent fouiller toute la maison. Mais je promets qu'ils se comporteront convenablement.

Il fit un signe à quelques soldats qui gravirent les marches deux par deux. Felicia resta immobile. Le lieutenant étudia avec intérêt le visage fin, la ligne douce de la bouche et ces yeux gris pâle qui révélaient une détermination farouche.

Une vraie dame, pensa-t-il, tandis qu'il la dévisageait de la tête aux pieds, et il sourit.

Irritée, Felicia suivit son regard et rougit : Dieu du ciel, elle avait oublié de remettre ses chaussures! Sous la robe d'été à fleurs qui lui arrivait aux mollets, on pouvait voir ses jambes nues, griffées par les épines et les ronces, pleines de poussière et de terre.

– Nous n'allons pas vous déranger très longtemps, déclara le lieutenant. Nous voulons seulement nous reposer et nous ravitailler. Vous n'avez plus de chevaux?

– Non. Ils ont tous été confisqués par nos troupes.

Il haussa les épaules.

– Tant pis. De toute façon, dans quinze jours, nous passerons par la porte de Brandebourg.

Felicia ne sut jamais quelle mouche l'avait piquée, mais elle s'entendit s'exclamer :

– Ne racontez pas de sottises!

Aussitôt, elle prit peur. Comment pouvait-elle être si idiote? Le lieutenant, qui s'apprêtait à partir, pivota lentement vers elle. Ses yeux ne riaient plus. Les autres retenaient leur souffle.

– Dites-moi, y a-t-il quelque chose qui vous fasse peur?

Felicia sentit ses jambes devenir en coton et l'escalier parut se dérober sous ses pieds.

– Non, je n'ai jamais peur, répondit-elle d'une voix mal assurée.

L'homme semblait admiratif.

– Vous mentez, mademoiselle. Mais vous êtes très courageuse. Si nous nous étions rencontrés dans d'autres circonstances, je vous aurais invitée à danser.

Avec une raideur toute militaire, il aboya un ordre et les soldats s'empressèrent de retourner à la cuisine pour rafler les dernières provisions. Dehors, les chevaux s'abreuvaient et des hommes s'aspergeaient le visage. Ceux qui avaient fouillé les étages redescendirent les mains vides. Quelques instants plus tard, ils prirent leurs fusils et quittèrent la maison. Le lieutenant partit en dernier. Sur le pas de la porte, il leva la main.

– Au revoir, mademoiselle. Dommage que nous soyons en guerre, n'est-ce pas?

Felicia inclina la tête. Dès qu'il eut disparu, elle s'effondra sur les marches, le visage entre les mains, écoutant le battement affolé de son cœur. Le sifflement de ses oreilles se mêla au bruit des sabots qui quittaient la cour.

L'atmosphère était redevenue chaude et paisible. Le trèfle et le jasmin enbaumaient. On entendait à nouveau le bourdonnement des abeilles.

Ils sont partis, songea Felicia. Ils sont vraiment partis! Elle se sentait si faible qu'elle aurait voulu rester assise à profiter du calme. Mais, en pensant à Laetitia, elle se leva d'un bond. Il fallait la prévenir qu'il n'y avait plus de danger. Ses pieds nus glissèrent sur l'escalier.

– Grand-mère!

Laetitia sortit de la chambre. Elle tendit une main vers Felicia qui, effrayée, s'aperçut qu'elle tremblait.

– Que se passe-t-il? Pourquoi trembles-tu? Tout est fini?

– Oui, murmura Laetitia. Tout est bien fini.

Felicia jeta un coup d'œil vers le lit de son grand-père qui ressemblait à un champ de bataille et poussa un soupir lamentable.

– Grand-père est mort, ajouta Laetitia.

Couvertes de poussière, épuisées et affamées, elles arrivèrent enfin à Königsberg. Felicia était fourbue. Pendant des heures, elle avait tenu les rênes et encouragé les deux chevaux fatigués à avancer. En repensant aux leçons d'attelage que lui avait données son grand-père, elle s'était mise à pleurer.

– Pleure, mon enfant. Ça soulage, lui avait murmuré Laetitia.

Il avait suffi de cette phrase pour la faire éclater en sanglots.

– C'est horrible, grand-mère. Je l'aimais tant.

– Je sais. Moi aussi, je l'aimais.

– Vous alliez si bien ensemble. Il était tout pour toi…

– Oh, il n'a pas été le plus grand amour de ma vie…

– Ah bon?

– Il y a eu quelqu'un d'autre, mais c'était il y a si longtemps…, avait-elle ajouté d'un air rêveur. Pourtant, j'ai été heureuse avec lui.

Un paysan avait fait venir un cercueil d'Insterburg et creusé une tombe dans le cimetière familial. Un pasteur, barricadé chez lui par peur des Russes, avait accepté, devant l'insistance de Laetitia, de venir à Lulinn célébrer un service pour les morts. Felicia et sa grand-mère, debout, à l'ombre des sapins du cimetière, avaient été les seules à y assister. En temps de paix, la cérémonie aurait été grandiose, avait songé Felicia. Son grand-père aurait détesté cet enterrement modeste et expéditif. Elle avait jeté un bouquet de roses sur le cercueil. Les roses avaient été la fierté de Ferdinand Domberg, tout comme les chevaux, l'allée plantée de chênes et son nom qui inspirait le respect. Il était réconfortant de penser qu'il s'était éteint sur ses terres de Lulinn et qu'il reposait désormais à l'ombre de ses pins.

– Nous partons pour Königsberg, aussi vite que possible, avait déclaré Laetitia en revenant à la maison.

– Il n'y a plus de trains.

– Nous avons une voiture et des chevaux.

– Mais nous ne pouvons pas abandonner Lulinn.

Laetitia s'était arrêtée.

– Si, nous le pouvons. Nous sommes restées pour grand-père et il n'a plus besoin de nous. Nous n'avons plus rien à manger. Par ailleurs, nous ne savons ce qui peut se passer ici, et je me suis juré de ne plus jamais te mettre en danger. Quand je pense à ce qui aurait pu arriver… (Elle avait frémi.) Nous partons sur-le-champ!

Elles avaient réussi à contourner les troupes russes sans croiser un seul soldat. Ignorant où se trouvait l'armée, elles avaient emprunté des chemins vicinaux, traversé des ruisseaux tumultueux, des prés silencieux, des champs de blé ondulant sous la brise qui n'évoquaient désormais que des souvenirs douloureux. Ici, dans ce ruisseau, Felicia avait trempé ses pieds lors d'une promenade avec Christian et Jorias, alors que leurs chevaux reprenaient leur souffle. Là, Linda s'était tordu la cheville. Brusquement, il avait semblé à Felicia que tout cela remontait à une éternité. Sa vie avait basculé et son heureux passé se voilait déjà de la nostalgie du souvenir.

Königsberg était bondé. D'innombrables réfugiés campaient dans les pensions et les hôtels, se rassemblaient dans les rues, attendant les éditions spéciales. Tous discutaient, s'interrogeaient ou se disputaient.

Avait-on eu raison de remplacer Prittwitz par Ludendorff? Que fallait-il penser du vieil Hindenburg? Que Dieu les aide à chasser ces maudits Russes du territoire allemand!

Un gros policier, l'air sérieux, accrocha un avis à un arbre : *La ville belge de Louvain occupée par les troupes allemandes*, lisait-on, avec comme en-tête les paroles du général von Kluck : «*Nous allons apprendre aux Belges à respecter l'Allemagne!*»

– Pas seulement les Belges! cria quelqu'un, pour le plus grand plaisir de ses voisins. Le monde entier va comprendre qu'il ne peut pas nous mener en bateau!

Laetitia ajusta son chapeau.

– Je ne comprends pas pourquoi le patriotisme allemand reste toujours si vulgaire, fit-elle remarquer. On ne peut s'empêcher de penser aux Huns.

Elles arrêtèrent le chariot devant l'hôtel Berliner Hof, où tante Gertrud et Modeste avaient prévu de descendre. Felicia ne voulait pas croiser les deux harpies; elle leur arracherait les yeux si elle décelait chez elles la moindre satisfaction à l'annonce du décès de grand-père. Elle n'avait qu'une envie : rentrer au plus vite chez elle. Ici, son monde n'existait plus. Elle avait besoin de retrouver un univers familier, d'être consolée par sa mère et d'entendre son père lui dire qu'elle était courageuse. Elle sauta du chariot et tendit les rênes à un valet de l'hôtel.

– Grand-mère, je vais voir à la gare s'il y a un train pour Berlin. Veux-tu venir avec moi?

– Non. Si la situation s'apaise suffisamment pour permettre un retour à Lulinn, ce ne serait pas une bonne chose que Victor, Gertrud et Modeste s'y installent en grande pompe. Il est préférable que quelqu'un les surveille.

– Est-ce que je dois…?

– Non. Je peux me débrouiller seule. Emporte donc ton sac de voyage, mais, s'il n'y a pas de train, reviens tout de suite, compris? Et méfie-toi des étrangers. Je trouve qu'il y a un peu trop de soldats dans cette ville.

– Je ferai attention.

Felicia déposa un baiser sur la joue flétrie de la vieille dame, respira son parfum de violette et de savon, pressa ses mains dans les siennes. Elle hésitait, mais sa grand-mère secoua la tête.

– Pars. L'été est terminé.

Quelque chose dans sa voix fit frissonner la jeune fille.

Sa sacoche à la main, elle se fraya un chemin parmi la foule. Pourquoi ce mois d'août était-il si chaud? Elle s'aperçut trop tard qu'elle avait laissé son chapeau dans la voiture.

La gare grouillait de soldats des garnisons de Königsberg et des brigades des troupes territoriales. Beaucoup étaient blessés, la jambe plâtrée, un bandeau noir sur l'œil, ou le bras en écharpe. Certains s'appuyaient sur des infirmières, parmi lesquelles Felicia reconnut des filles de familles voisines de Lulinn. Elle repéra Ernestine, en uniforme de la Croix-Rouge, qui aidait un soldat à marcher. Elle babillait gaiement et le jeune homme fiévreux, ne pouvant lui échapper, prêtait poliment l'oreille. Ernestine se prenait visiblement pour quelqu'un de très important.

– Felicia, qu'est-ce que tu fais là? s'exclama-t-elle. Je pensais que tu étais retournée depuis longtemps à Berlin.

– Je n'ai pas voulu abandonner la Prusse-Orientale à un moment aussi critique, répliqua Felicia. Je vois que toi aussi, tu accomplis ton devoir avec abnégation.

Agacée, Ernestine la toisa. Elle se sacrifiait pour la bonne cause et voilà que Felicia se moquait d'elle! Cette peste ne se privait pas non plus de sourire au soldat blessé qui l'en avait oubliée. Il contemplait d'un air subjugué la jeune fille aux yeux gris clair.

– Venez! ordonna sèchement Ernestine en l'entraînant si vite qu'il faillit tomber à cause de sa jambe blessée.

Felicia étouffa un rire devant l'indignation de la jeune fille.

Alors qu'elle traversait la gare, elle aperçut son oncle Victor, assis derrière un guichet.

– Oncle Victor!

Il sursauta et la regarda d'un air sombre.

– Que diable fais-tu ici?

– Et toi, oncle Victor? Je pensais que tu étais au front et que tu abattais un ennemi chaque minute.

Victor était furieux d'avoir été démasqué. Il avait déjà préparé les récits de ses actes de bravoure, et voilà que sa nièce le surprenait derrière un guichet en se montrant insolente.

– Tu peux garder tes commentaires pour toi, ma chère demoiselle. Je fais un travail indispensable : je supervise l'évacuation des blessés.

Felicia ravala le fiel qu'elle avait sur le bout de la langue.

– Grand-père est mort, annonça-t-elle.

Victor parut effaré.

– Il est mort? Est-ce que les Russes…?

– Non. Tu n'as pas besoin de le venger. Son cœur a lâché.

Le visage de Victor prit une teinte grisâtre, son menton se mit à trembler. Il n'arrivait pas à imaginer la disparition de ce père si plein de vitalité, dont il avait redouté la langue acerbe toute sa vie. Felicia eut presque pitié de lui.

– Grand-mère est descendue au Berliner Hof, et moi, je voudrais rentrer à la maison. Quand part le prochain train?

– Tu n'es pas bien futée! s'exclama Victor avec morgue. Un train! Aujourd'hui et demain ne partiront que des convois de blessés. Et Dieu sait ce qui se passera après-demain!

– Mais je veux rentrer à Berlin.

– Crois-tu qu'en temps de guerre les gens se préoccupent de ce que tu souhaites? C'est le moment ou jamais de comprendre que tu n'es pas le centre du monde! (Victor fut ravi d'avoir enfin l'occasion de remettre sa nièce à sa place. Elle l'avait toujours exaspéré.) Retourne à l'hôtel. Peut-être que Gertrud sera assez gentille pour te faire installer un lit pliant dans sa chambre.

Plutôt dormir dehors! songea Felicia.

– Merci, mais je préfère continuer à me renseigner, lâcha-t-elle d'un air hautain.

Victor haussa les épaules. Felicia prit son sac de voyage et se jeta à nouveau dans la fournaise.

La foule se pressait le long des quais. Elle était sans cesse bousculée par les infirmières qui transportaient les civières.

– Poussez-vous! s'écria l'une d'elles. Bon Dieu, pourquoi est-ce que ces dames du monde viennent toujours bloquer le passage?

Felicia se retourna, furieuse. On lui avait rarement parlé sur ce ton. Sur la pointe des pieds, elle regarda autour d'elle, cherchant quelqu'un qui pouvait lui venir en aide. C'est alors qu'elle aperçut Maksim Marakov.

En uniforme gris, l'air soucieux, il bavardait avec un soldat, tirant sur sa cigarette. Il avait maigri et, même de loin, il semblait las. Felicia s'affola en voyant l'épais bandage blanc qui lui enserrait le bras droit. La veste de son uniforme était posée sur ses épaules.

Elle se hâta de le rejoindre.

– Maksim! Qu'est-ce qui t'est arrivé?

– Felicia! Que fais-tu là? s'étonna-t-il.

– J'étais à Lulinn. Mais les Russes sont arrivés et nous avons dû partir. Et grand-père est mort.

Elle fut soulagée de parler de son chagrin et de sa peur. Maksim aurait pitié d'elle, il lui dirait qu'elle avait été courageuse, peut-être la serrerait-il dans ses bras…

Elle leva les yeux vers lui, comme une enfant. Le regard de Maksim s'attendrit.

– Pauvre petite, dit-il d'une voix douce. Tu as dû vivre des moments difficiles.

– C'est vrai… Mais, toi aussi! s'exclama-t-elle en effleurant son bras en écharpe.

– La bataille de Gumbinnen a exigé des sacrifices, sourit-il. C'est charmant, non? Mon bras restera probablement paralysé à vie. Malheureusement, je ne pourrai pas me jeter de sitôt au-devant des ennemis de l'Allemagne!

Gêné, l'autre soldat détourna la tête. L'ironie de Maksim ne lui avait pas échappé.

– Tu pars en voyage? questionna Maksim en remarquant le sac de Felicia.

– Je cherche un train pour Berlin.

– Ça va être difficile. Il n'y a plus de trains pour les civils. Et encore moins des compartiments de première classe.

– Peu m'importe. Je veux rentrer à la maison, même si je dois voyager dans un wagon à bestiaux!

– Alors que Königsberg est devenu un endroit tellement intéressant!

Elle se demanda si c'était sa manière de lui dire qu'il avait envie qu'elle reste.

– De toute façon, moi aussi je vais bientôt m'en aller, ajouta-t-il. Berlin, c'est quand même mieux.

– Il n'y a donc aucun moyen de partir d'ici?

Maksim la scruta attentivement. Un sourire malicieux éclaira son visage.

– J'ai peut-être une idée. Attends-moi ici.

Il disparut dans la foule. Felicia serra sa sacoche contre elle. C'était merveilleux que Maksim lui vînt en aide! Elle l'avait choisi comme le grand amour de sa vie et, bien qu'elle restât réaliste au sujet des hommes, elle tenait dur comme fer à ce rêve romantique. Seul Maksim avait su toucher cette émotion particulière, profondément enfouie en elle, qu'elle n'aurait permis à personne d'autre d'éveiller.

À son retour, il semblait fort satisfait, mais elle se méfia de l'étincelle dans son regard.

– J'ai trouvé un train! Dépêche-toi, il part dans cinq minutes.

Maksim prit le bagage de Felicia et la précéda le long du quai. La jeune fille lui emboîta le pas. Oncle Victor serait bien étonné lorsqu'il recevrait un télégramme de Berlin. Quel goujat d'avoir prétendu qu'il n'y avait plus de trains!

Maksim s'arrêta devant des wagons à marchandises.

– Voilà, nous sommes arrivés.

Les portes étaient grandes ouvertes. Les infirmiers chargeaient les civières avec les blessés. Leurs visages hagards reposaient sur des coussins durs, leurs yeux fiévreux s'affolaient sous les bandages, leurs barbes sales mangeaient leurs visages aux lèvres blafardes. Des voix rauques quémandaient un peu d'eau, de la morphine, ou l'ultime délivrance. Ce monde ensanglanté vibrait de râles et de gémissements. Felicia porta une main à sa gorge.

– Oh… Mais c'est… C'est affreux…

Au même instant, une civière passa près d'elle. Le blessé lui tendit la main.

– Aidez-moi…, murmura-t-il.

Felicia recula d'un pas, si bien que la main ne rencontra que le vide. La bouche de Maksim se durcit, son regard brilla de colère et de dédain.

– C'est beau et héroïque de mourir pour l'empereur, n'est-ce pas? lui lança-t-il d'un ton amer.

69

– Oh, ça va! Je sais que tu n'aimes pas le Kaiser. Montre-moi plutôt mon compartiment.

– Il n'y a pas de compartiment, Felicia. Je t'ai dit que les trains civils étaient suspendus. Mais ce transport de blessés part pour Berlin et ils ont besoin de toutes les bonnes volontés. Je me suis entendu avec un médecin. Tu as le droit de voyager avec eux en tant qu'infirmière.

Il plaisantait bien sûr, mais parfois, elle ne le trouvait pas drôle du tout.

– Maksim, arrête de raconter des sornettes…

– Vous êtes la dame qui va nous aider?

Un petit homme aux cheveux gris, vêtu d'une blouse blanche de médecin, lui prit la main.

– Dépêchez-vous! On a besoin de vous dans le troisième wagon. Un blessé grave.

– C'est une erreur! s'écria-t-elle en retirant sa main avec dégoût. Je ne suis pas infirmière. Je ne peux même pas voir du sang sans… Je ne veux pas voir de sang! (Elle lut dans le regard du médecin ce qu'il pensait d'elle, mais elle s'en fichait.) Maksim, comprends-moi…

Les mots moururent sur ses lèvres : le mépris de Maksim était presque palpable.

– Je comprends parfaitement que tu n'apprécies pas de côtoyer ces jeunes types moribonds, fit-il froidement. Les hommes se doivent d'être séduisants et élégants, et de ne pas crever dans leur sang et leur pus. Tu veux bien leur faire des signes de la main quand ils traversent la ville en chantant, dans leurs beaux uniformes gris, avant d'aller se battre pour défendre l'honneur de l'Allemagne, mais tu n'es pas prête à les accueillir s'ils reviennent déchiquetés. Tu veux voir la vie seulement sous l'éclat des lustres et des miroirs. Ce qui me fait plaisir, c'est que cette guerre, qui va durer des années, révélera à des gens comme toi ce qu'est la véritable vie. Le temps de l'Empire est révolu. Vous allez fondre comme la cire au-dessus d'une flamme!

Felicia l'écoutait, abasourdie. Elle lui connaissait ce genre de discours, mais jamais il n'avait été aussi haineux. Jamais il ne l'avait si violemment prise à partie. Elle était furieuse, parce qu'il était la seule personne au monde qui pouvait la blesser si profondément.

– Rassure-toi! Jamais je ne fondrai comme de la cire! répliqua-t-elle. Qu'importe la durée de cette guerre! Si l'un d'entre nous doit sombrer dans la misère, ce sera toi! Et si tu préfères fréquenter les dames du monde qui jouent aux infirmières parce que cela flatte leur sens du devoir et du patriotisme, libre à toi! Moi, au moins, je suis sincère. Je hais la guerre, et je ne veux rien avoir à faire avec elle!

– Ce n'est pas la guerre que tu hais, mais ses désagréments, rétorqua Maksim à Felicia, qui ne l'entendait plus.

Sa colère s'était envolée. Il ne lui restait qu'une sourde douleur et la volonté de s'en aller aussi dignement que possible. Elle tendit la main au médecin.

– Aidez-moi à monter, je vous prie. Je vous accompagne jusqu'à Berlin.

Lorsqu'elle entra dans la pénombre du wagon, la puanteur la prit à la gorge. Des mouches bourdonnaient, de gros cafards noirs rampaient sur les plaies ouvertes. Un homme tourna la tête et vomit. La locomotive poussa un sifflement strident. Elle eut envie de sauter du train qui s'ébranlait, mais elle ne ferait pas ce plaisir à Maksim.

Recroquevillée sur une caisse en bois, elle enfouit son visage dans ses mains et, telle une petite fille, elle se mit à pleurer.

5

Il était aux alentours de minuit et Felicia se demandait pourquoi elle avait accepté de passer une soirée avec l'inconnu de Munich. Il était descendu à l'hôtel Esplanade, dans la Bellevuestrasse, près du Tiergarten où ils avaient dîné. Ils avaient commandé du champagne, des huîtres et du caviar avec des blinis. L'inconnu – elle appelait ainsi Alex Lombard – faisait étalage de son argent, mais, curieusement, cela lui semblait moins risible que lorsqu'il s'agissait de jeunes gens dépensiers dilapidant l'argent de leurs papas.

L'homme était sympathique, certes, et elle s'était rarement autant amusée avec quelqu'un, mais comme il ne ressemblait en rien à ceux qu'elle avait côtoyés jusqu'alors, elle ne trouvait que le mot «inconnu» pour le qualifier.

Peu de temps après le retour de Felicia, son père était parti pour l'est en tant que médecin détaché auprès des troupes allemandes. Elsa avait passé les heures suivantes, immobile, à observer la cour.

Puis Alex Lombard s'était présenté Schloßstrasse, tirant Elsa de sa mélancolie. Il avait décliné son nom, rappelant qu'il avait fait parvenir un télégramme à Felicia le jour de la déclaration de guerre. Il voulait savoir si la jeune fille était arrivée saine et sauve à Berlin.

– Elle est bien arrivée, merci. Felicia! Viens voir.

Les hommes éveillaient chez Felicia un sentiment instinctif de rapacité, et Alex Lombard tout particulièrement. Elle le trouva séduisant et différent de ses amis. Il ressemblait un peu à Maksim par sa taille, ses cheveux sombres, son regard altier, ses traits cyniques. Rien de comparable, en revanche, au regard placide et langoureux d'un Benjamin Lavergne qui prenait toujours tout au sérieux. L'inconnu dédaignait les préludes compliqués qui caractérisent les relations naissantes entre un homme et une femme. Au grand dam d'Elsa (il n'aurait pas dû faire ça, pensa-t-elle, il en profite parce qu'il m'a rendu service), il demanda d'emblée à la jeune fille :

– Aimeriez-vous dîner demain soir avec moi, Felicia?

Elle accepta pour quatre raisons : elle aimait sortir, il ressemblait à Maksim Marakov, elle échappait à la réunion de tricot de sa mère, et toutes les occasions étaient bonnes pour oublier son terrible voyage de Königsberg à Berlin.

Un enfer... Elle avait changé les pansements, lavé les plaies, chassé les mouches, essuyé le sang et nettoyé les vomissures, jusqu'à en avoir le corps endolori. Le médecin l'avait houspillée, un blessé devenu fou avait essayé de l'étrangler, un soldat était mort pendant qu'elle le soignait, elle s'en était aperçue en voyant les yeux ouverts qui fixaient le vide. S'écartant d'un bond, elle avait hurlé mais personne ne lui avait prêté attention. Tout le monde était trop occupé. Comment pouvaient-ils supporter tout cela?

Probablement était-ce leur patriotisme qui les animait. Felicia avait vu des femmes chanter l'hymne national prussien, les larmes aux yeux, le visage illuminé. La guerre devenait supportable si on l'élevait au rang d'une bataille sacrée. Le drapeau, les armes, le sang, la mort, le danger, la peur, la fuite, la séparation étaient sanctifiés. Tout comme la souffrance. Parfois, Felicia avait l'impression d'être la seule à éprouver du chagrin.

Elle était reconnaissante à l'inconnu de ne pas avoir prononcé le nom de Tannenberg pendant la soirée. Elle ne connaissait personne, excepté Maksim, qui se serait abstenu de lui faire un commentaire fastidieux sur la bataille qui s'était déroulée la dernière semaine d'août.

Tannenberg avait attisé l'enthousiasme, la guerre était presque gagnée! Hindenburg avait réglé le problème à l'est! Et à l'ouest, les choses se présentaient plutôt bien : après des victoires à Neufchâteau, Longwy et Montmedy, les Allemands se trouvaient sur la Marne, le gouvernement français s'était réfugié à Bordeaux. On racontait que la guerre serait terminée avant l'automne. La foule poussait des cris d'allégresse.

Alex Lombard ne parlait pas de la guerre. Il racontait des anecdotes, ses voyages, ses rencontres. Felicia éprouvait pourtant un malaise diffus, car elle n'était pas habituée à son cynisme, ni à sa manie d'épingler les gens – sans d'ailleurs s'épargner lui-même – dans leurs travers les plus intimes. Il aimait mettre les faiblesses à nu, ramener les personnes et les événements à leurs imperfections. Il s'en délectait, puis, de façon inattendue, un large sourire venait atténuer l'aigreur de ses propos. Il semblait apprécier ce petit jeu, mais Felicia détestait qu'on jouât avec elle.

Je ne crois pas que je vais le revoir, songea-t-elle, lorsqu'ils quittèrent le restaurant.

– Votre mère avait donné son accord pour la partie de la soirée qui vient de s'écouler, Felicia. Désormais, une question se pose. Voulez-vous rentrer ou désirez-vous découvrir un endroit dont il faudrait éviter de lui parler?

Felicia ouvrit grand les yeux et Alex éclata de rire.

– Ne me regardez pas comme ça, mon enfant, je ne vais pas vous manger. Je veux seulement savoir si vous voulez m'accompagner dans une boîte de nuit?

– Oh…

Felicia n'était jamais allée dans une boîte de nuit, mais elle en avait toujours rêvé. Sous le regard attentif d'Alex Lombard, son appétit de vivre l'emporta sur son malaise.

– Bien sûr! lança-t-elle d'un air de défi.

– Bien sûr, répéta Alex en hélant un taxi.

Chez Mona se trouvait dans la Friedrichstrasse. En descendant de voiture, Felicia regarda autour d'elle, fascinée. On entendait de la musique, des rires, des cris, des bribes de chansons. Toutes les lumières étaient allumées.

– Pourquoi ici? demanda-t-elle.

– J'aime bien cet endroit. On y trouve un cynisme particulièrement prononcé, avec une abondance de cristal et de velours.

– Pourquoi aimez-vous tant le cynisme?

– C'est une manière de démasquer le mensonge, non?

– Le velours et le verre sont eux-mêmes mensongers. Ils imitent quelque chose dont ils sont très éloignés.

– Vous avez raison, Felicia. Seulement, quand quelque chose ment aussi effrontément que Chez Mona, c'est aussi une manière de dire la vérité. Prenez ma main et restez près de moi. Vous êtes trop jolie pour que je vous laisse déambuler seule.

Ils furent accueillis par un vacarme incroyable.

Dans la petite salle, une centaine de personnes, assises sur des bancs, des tabourets, et même sur les tables, fumaient, buvaient et parlaient fort. Parfois, quelqu'un riait à gorge déployée. Une femme poussa un cri strident.

75

Des bijoux scintillaient. Des hommes en gilets de soie côtoyaient des filles à peine vêtues.

Un soldat, un pansement sur la moitié du visage, martelait les touches du piano en braillant une chanson sentimentale!

– Ils lui ont fait éclater les tympans en France, expliqua une blonde échevelée. Malheureusement, il était compositeur. Pour lui, la vie est finie.

– La guerre ne va pas durer.

– Nous avons Hindenburg. Nous sommes imbattables.

– Ce sera fini avant que ne tombent les premières feuilles, c'est ce qu'ils disent tous.

– Encore un mot au sujet de la guerre, et je fais sauter cet établissement de merde!

Tous éclatèrent de rire. Le pianiste fit une fausse note. Une brune plantureuse s'approcha d'Alex et de Felicia.

– Alex, où as-tu dégoté cette ravissante poupée? cria-t-elle en lui prenant le bras. Un teint de porcelaine, de belles joues roses… Tu ne trouves pas qu'elle est trop innocente pour venir ici?

– Elle est certainement plus innocente que toi, Mona, répliqua Alex en l'embrassant sur les deux joues. C'est pourquoi je ne la quitte pas d'une semelle.

– C'est comme si on demandait au loup de surveiller les brebis! plaisanta Mona. Ma petite, je crains de devoir veiller sur vous. Alex a un penchant prononcé pour les jeunes filles. Est-ce que votre mère est au courant que vous sortez avec lui?

Le visage d'Alex se crispa.

– Sa mère sait parfaitement qui je suis, répliqua-t-il, agacé. As-tu une table pour nous?

– Ne me dis pas que c'est sérieux cette fois-ci? Bien sûr que j'ai une table pour toi!

Elle les précéda jusqu'à une alcôve, à peine éclairée par une bougie posée sur une petite table. Alex tira une chaise pour Felicia.

– Qu'aimeriez-vous boire ? Un whisky avec de la glace ?

Felicia ne voulut pas lui avouer qu'elle n'avait jamais bu de whisky de sa vie.

– Ce serait parfait.

Décidément, Alex Lombard ne ressemblait en rien aux hommes qu'elle connaissait. Aucun d'eux ne l'aurait amenée dans un endroit pareil ni ne lui aurait offert un whisky sans sourciller. Elle pensa à Benjamin, à sa demande en mariage, à son regard où se reflétait son âme. Les yeux de Lombard ne trahissaient aucun secret.

– Pourquoi n'êtes-vous pas mobilisé, monsieur Lombard ?

– Je suis capitaine de réserve, mais nous avons une usine textile à Munich et nous fonctionnons à plein régime pour produire les uniformes. Quand j'ai voulu partir pour le front, ils ont refusé, sous prétexte que l'industrie allemande ne devait pas s'effondrer.

– Vous vouliez faire la guerre ? Seriez-vous un patriote ?

– Non, fit-il avec une grimace. Mais j'aurais préféré faire la guerre plutôt que de rester chez moi.

– Pourquoi ?

– Décidément, vous êtes curieuse. Buvez donc et parlons d'autre chose.

Felicia but une grande gorgée. Une sensation de feu lui brûla la gorge.

– Je n'aime pas le whisky ! s'exclama-t-elle. Je n'en boirai plus jamais !

– À la bonne heure, jeune fille ! Ainsi, je ne vous aurai pas détournée du droit chemin. (Il vida son verre d'un trait.) Écoutez, ce pauvre pianiste a enfin arrêté de jouer et Mona a mis le gramophone. Voulez-vous danser?

Sans attendre de réponse, il lui prit la main et la guida jusqu'à la petite piste de danse située devant le bar. Ils étaient les seuls à danser et tous les regardaient. Alex dansait extrêmement bien. Elle respira son parfum : un mélange de whisky, de tabac et d'eau de toilette.

Elle s'efforçait de garder un air détaché, ce qui venait aussi du champagne qu'ils avaient bu. Lorsque le disque fut terminé, elle lui demanda effrontément :

– Quel âge avez-vous?

– Je suis un vieillard, répondit-il en riant. Plus de trente ans.

– Vraiment?

– Oui… Je suis un homme dangereux, vous savez. Il vaut peut-être mieux que je vous raccompagne.

– Déjà?

– Les moutons doivent rentrer à la bergerie quand les loups commencent à avoir faim.

Ce ton-là lui était familier. Soudain, l'inconnu ne lui sembla plus aussi étranger, il n'était plus qu'un homme qui s'intéressait à elle.

– Je sais faire attention à moi, répliqua-t-elle en se dirigeant vers leur table.

Elle s'arrêta si brusquement qu'Alex faillit la renverser. Maksim Marakov venait d'entrer dans la boîte de nuit avec une femme qu'elle ne connaissait pas.

Ils se dévisagèrent, empruntés, ne sachant quoi dire.

– Alex Lombard de Munich. Un ami de Phillip et de Johannes.

– Maria Ivanovna.

Maria Ivanovna – rien de plus? Qui est-elle, d'où vient-elle, depuis quand la connais-tu, pourquoi te promènes-tu avec elle au milieu de la nuit? Les questions se bousculaient dans la tête de Felicia, alors qu'elle scrutait sa rivale. Une jolie femme, un peu trop pâle, qui semblait épuisée. Elle avait des yeux et des cheveux sombres, une bouche mince et énergique, des mains délicates. Felicia comprit que Maksim la connaissait intimement.

Désemparée, elle se tourna vers Lombard, qui se contenta de lui adresser un sourire équivoque. Le mufle! On aurait dit qu'il avait tout deviné et qu'il s'en amusait.

– Comment se fait-il que tu te trouves à Berlin, Maksim? demanda-t-elle d'une voix rauque. La dernière fois que je t'ai vu…

– J'étais encore un combattant fidèle de Sa Majesté, en effet. Mon bras n'est toujours pas guéri. (Felicia vit qu'il avait encore un bandage.) Je suis en permission jusqu'à Noël. De toute façon, il paraît que la guerre sera finie d'ici là.

La fille eut une moue narquoise. Avec une intuition toute féminine, Felicia sut qu'elle était exactement comme lui. D'où cette intimité. Elle est probablement socialiste, songea-t-elle. Probablement féministe. Probablement… Ne pas y penser! C'était trop douloureux. Elle se tourna vers Alex avec un sourire forcé.

– Nous n'allons pas partir maintenant, n'est-ce pas? Je boirais volontiers encore un verre. Et nous pouvons danser. (Elle lui saisit le bras.) Commandez-moi encore un whisky, je vous prie.

– Petite, vous devriez…

– Puisque vous faites le difficile, je m'en charge. (Elle fit signe à Mona.) Un double whisky pour moi!

Elle vida le verre comme si c'était de l'eau. Elle se sentit à la fois légère comme une plume et affreusement mal. Vacillante, elle entraîna Alex vers la piste de danse.

– J'aimerais danser maintenant.

Autour d'elle, tout disparaissait dans un brouillard, le sol et le plafond se confondaient. Les gens chuchotaient en l'observant. Maksim paraissait consterné. Du moins, c'est ce que Felicia crut déceler dans son regard, avant de prendre la fuite, pour la première fois de sa vie, en se réfugiant dans l'alcool. Elle refusait d'admettre que Maksim lui avait échappé. Elle voulait transformer son humiliation en une gaieté exaltée.

Si seulement elle ne se sentait pas si mal! Au début, l'exaltation et le malaise s'étaient côtoyés; désormais, seul le malaise demeurait. Elle se laissait aller, telle une poupée de chiffon, dans les bras d'Alex Lombard, ses genoux se dérobaient, elle ne parvenait plus à marcher droit. Elle crut l'entendre murmurer «pauvre enfant», puis ses yeux se voilèrent et elle tomba dans un trou noir.

À son réveil, elle était allongée sur un lit. Une lampe brûlait sur la table de chevet. Elle avait mal à la tête, ses yeux larmoyaient, mais les affreux vertiges avaient cessé. C'est curieux, je suis encore habillée, et pourtant je me déshabille toujours pour dormir, pensa-t-elle, avant de réaliser qu'elle ne se trouvait pas dans sa chambre. Elle voulut se redresser, mais une douleur subite lui traversa la tête et elle retomba sur les oreillers.

– Par pitié, restez allongée! s'exclama Alex Lombard, à la fois inquiet et amusé. C'est un miracle que vous ne vous soyez pas empoisonnée avec tout cet alcool.

– Où suis-je?

– À l'Esplanade. Dans ma chambre.

– Oh mon Dieu!

– C'était la seule solution. Si je vous avais ramenée dans cet état à votre mère, vous auriez eu de gros ennuis.

– Vous aussi!

– Mais ma chère Felicia, je suis totalement innocent, fit-il en riant. Je ne pouvais pas prévoir les complications de ce drame.

– Il n'y a pas eu de drame.

– Non? Alors, quelque chose a dû m'échapper. Quand vous avez vu cet homme – comment s'appelle-t-il déjà? –, Maksim Marakov, vous vous êtes brusquement transformée en bâton de dynamite. J'ai pensé que c'était à cause de la personne qui l'accompagnait que vous avez soudain délaissé votre rôle de jeune fille de bonne famille pour avaler du whisky comme si vous en buviez depuis le biberon. Je me suis rarement autant amusé, ajouta-t-il en s'asseyant dans un fauteuil.

Felicia lui jeta un regard furibond.

S'il avait fait preuve de tact, il n'aurait mentionné ni Maksim, ni Maria, ni ce maudit whisky. Et il n'aurait pas profité de la situation pour la faire monter dans sa chambre. Le sentiment d'être à sa merci, allongée ivre morte sur son lit, incapable de lever le petit doigt sans gémir de douleur, la rendait encore plus furieuse.

– Quelle heure est-il? souffla-t-elle.

– Environ cinq heures du matin.

Il se pencha en avant et posa la main sur son front.

– Restez allongée.

– Ma mère a sûrement alerté la police. Elle doit être affolée.

– N'ayez pas peur. Je l'ai appelée.

– Vous l'avez appelée? Et vous lui avez dit que je... que nous...

– Je sais fort bien m'y prendre avec les mères, plaisanta-t-il. J'ai tout enjolivé. D'abord, je lui ai caché votre état d'ivresse. Je ne lui ai pas raconté non plus que nous avions croisé l'amour de votre vie, ce qui vous avait mis la tête à l'envers.

Quel monstre! pensa-t-elle.

– J'ai prétendu que vous aviez eu un malaise. Que vous aviez trop bien dîné et qu'un trajet en voiture risquait d'entraîner des désagréments…

C'est l'homme le plus affreux que j'aie jamais rencontré!

– … et que j'avais donc décidé de vous confier pour la nuit à ma sœur Kassandra qui habite avec moi dans le même hôtel.

– Quel raffinement dans le mensonge!

– N'est-ce pas? Pour couronner le tout, j'ai laissé votre mère parler avec Kassandra.

– Et vous avez déguisé votre voix?

– Non. Mais une cliente de l'hôtel qui me veut du bien a eu la bonté de jouer le rôle de ma sœur. Elle a trouvé la situation très amusante. (Sa voix s'adoucit.) Et vous aussi, cela vous amuse, Felicia. Vous détestez l'ennui et la routine. Vous préférez vous évanouir dans les bras d'un inconnu plutôt que de suivre les chemins battus.

Sans répondre, elle fixa le plafond. Sa bouche était pâteuse et elle craignit d'avoir été vraiment malade. Cette pensée était si humiliante qu'elle se jura de ne jamais poser la question à l'inconnu. Elle préférait ignorer certaines choses comme ce qu'elle avait pu raconter alors qu'elle titubait sur la piste de danse. Maksim avait été témoin de sa honte, tout comme cette petite garce, cette Maria aux yeux noirs…

Avec ce qui lui restait de dignité, elle déclara :

– Je ne me suis jamais intéressée à Maksim Marakov.

– Vraiment?

Un court instant, le regard ironique de Lombard se fit plus attentif. Mais, aussitôt, il redevint l'homme qui semblait ne jamais rien prendre au sérieux.

– Dans ce cas, es-tu prête à m'épouser?

– Pardon?

Cette fois-ci, Felicia se dressa sur son séant, ignorant les milliers de coups d'épingles qui parcouraient ses tempes.

– Auriez-vous trop bu, vous aussi?

– Je ne bois jamais plus que de raison. Et je suis parfaitement lucide. J'aimerais t'épouser.

– Pourquoi?

Il éclata de rire.

– Voilà une bonne question. Tout simplement parce que tu es ravissante et que quelque chose en toi m'attire. Peut-être tes yeux. Il suffit de les voir une seule fois pour ne jamais les oublier.

– Vous ne me connaissez pas.

– Toi non plus, tu ne me connais pas. Ainsi, nous serons à égalité.

– C'est la demande en mariage la plus romantique qu'on m'ait jamais faite, se moqua Felicia qui commençait à se sentir mieux, car elle était persuadée qu'il plaisantait ou qu'il avait trop bu.

– Je ne crois pas que tu sois une fille romantique.

Il vit qu'elle réfléchissait. Une lueur particulière s'était glissée dans ses yeux embrumés d'alcool. Il s'étonna de ressentir soudain de la colère. Car un sentiment romantique existait bien chez Felicia, mais ce n'était pas lui qui l'éveillait. Il se heurtait à un mur, à une volonté tenace de préserver pour un autre ce qu'elle avait de doux et de tendre.

Il se pencha pour l'embrasser sur les lèvres, lui caressa les bras, lui prit les mains.

– Maintenant, dis oui ou non, exigea-t-il, avant de l'embrasser une nouvelle fois.

Felicia se sentit défaillir. Les paumes de ses mains étaient moites. Elle se pressa contre lui mais, comme s'il avait deviné qu'il avait déjà gagné, il s'écarta.

– Épouse-moi, Felicia. Viens avec moi à Munich. C'est une belle ville.

À présent qu'il s'était éloigné et que le souvenir de ses baisers s'estompait, elle put reprendre ses esprits et réfléchir calmement. Si elle quittait Berlin, elle s'éloignerait de Maksim. Il serait sûrement agacé d'apprendre qu'elle en épousait un autre. Peut-être même serait-il jaloux?

Et puis, Alex Lombard était riche. Elle regarda autour d'elle. Ce n'était pas une chambre, mais une suite. Elle repensa aux pourboires. Une fabrique de textiles…

Par ailleurs, il était séduisant, et avisé.

Felicia savait que jamais elle ne pourrait épouser un homme qui la laissait indifférente. Et Dieu sait si Lombard l'intriguait! Il lui fallait bien épouser quelqu'un. La vie pourrait être agréable avec lui. Elle ne réfléchit pas davantage.

Elle releva la tête. Ses yeux, légèrement voilés, brillèrent de défi.

– C'est d'accord, je vais vous épouser.

Elle s'attendit à ce qu'il exprimât sa joie, mais il resta impassible.

– Je ne me leurre pas sur tes raisons, Felicia, mais je me fiche toujours de savoir pourquoi j'obtiens quelque chose. L'essentiel, c'est de l'obtenir.

Il se leva et tituba légèrement. Felicia comprit qu'il avait bu davantage qu'il ne l'avait laissé entendre.

– Dors maintenant. Je suis à côté si tu as besoin de moi.

Felicia sourit. Ce joueur aux nerfs d'acier avait sûrement calculé que sa présence la troublait. Or, elle était convaincue d'avoir l'avantage sur lui parce qu'il l'aimait et qu'elle ne l'aimait pas.

6

L'annonce du mariage prit tout le monde au dépourvu. Désespérée, Elsa se demanda comment elle pouvait faire apparaître une robe de mariée digne de ce nom, et surtout pourquoi sa fille s'était entichée de cet illustre inconnu qu'elle n'avait vu qu'une seule fois dans sa vie? (En la ramenant à son hôtel, que sa sœur eût été présente ou non, Lombard avait placé Felicia dans une situation impossible et le mariage précipité en accentuait le caractère embarrassant.)

— Tu n'es pas assez mûre, reprochait-elle à sa fille. Tu n'as aucune idée de l'engagement que tu prends.

— Je le sais parfaitement, répliqua sèchement Felicia.

Elle étonnait les autres par son sang-froid. Aux remontrances inquiètes de Sara et de Linda, elle répondait: «Vous rêvez trop. L'amour n'a rien de romantique. C'est une chose nécessaire, voilà tout.» Et elle contemplait son beau visage pâle dans le miroir avec une certaine satisfaction. En détruisant les illusions romantiques de ses amies, elle étouffait ses propres rêves.

Felicia ne pleura pas pendant la cérémonie, Linda et Sara s'en chargèrent pour elle. Lorsqu'elle dut répondre «oui», elle perdit la voix, mais c'était à cause d'un léger refroidissement qu'elle avait attrapé la veille en ressassant ses idées noires devant la fenêtre ouverte. Son père et Johannes étaient absents, mais Christian avait obtenu une journée de permission de son école d'officiers. Assis dans l'église, il semblait sérieux et quelque peu abasourdi.

Les rares invités discutaient de la bataille de la Marne et semblaient moins intéressés par le destin de la jeune mariée que de savoir si le retrait de la deuxième armée, ordonné par le général Bülow, avait été indispensable. Felicia s'agaçait que personne ne s'occupât vraiment d'elle. Falkenhayn, Bülow, Kluck… Les noms des généraux l'ennuyaient à périr.

– Les Allemands gagnent, se rengorgea un vieux patriote. La Marne n'a pas été une défaite pour nous.

La voix cinglante d'Alex Lombard vint le contredire :

– Elle ne fut pas non plus une victoire! Le front s'est enlisé. Nos soldats sont bloqués en France dans les tranchées, ce qui deviendra diablement inconfortable en hiver, lorsque la boue se transformera en glace.

L'hiver! Les invités esquissèrent des sourires entendus. La guerre serait gagnée bien avant. Avant que les premières feuilles ne tombent, disait-on. Les jeunes recrues allemandes n'avaient-elles pas fait preuve de leur esprit combatif dans les Flandres? Certes, beaucoup étaient tombés, et les soldats n'avaient pas réussi à arracher Dunkerque ni Boulogne aux Anglais. Mais bientôt, très bientôt, viendrait la victoire décisive, comme celle de Tannenberg, et les hommes reviendraient à la maison, dans ce Reich qui les attendait les bras ouverts.

– Tu es heureuse? murmura Sara.

Felicia sursauta.

– Évidemment, répliqua-t-elle d'un air renfrogné.

Elle éternua dans son mouchoir. Son regard tomba sur le monogramme orné de fioritures qu'Elsa avait brodé à la hâte sur le linge de sa fille. F. L. Désormais, elle s'appelait Lombard, et non pas Marakov. À la grande surprise de Sara, elle éclata en sanglots.

Felicia savait peu de chose de l'amour. À Lulinn, elle avait parfois entendu les plaisanteries et les remarques ambiguës qu'échangeaient tante Belle et oncle Leo, mais ses notions restaient floues.

La veille, les allusions hâtives d'Elsa l'avaient davantage troublée qu'éclairée.

– Certaines choses risquent de te déplaire, mon enfant, mais sache que tout peut être merveilleux quand tu aimes sincèrement un homme.

C'est quoi, ce «tout» dont tu parles? aurait-elle aimé demander. Mais c'est Maksim que j'aime! avait-elle songé.

Pourtant, bien qu'elle n'aimât pas Alex, sa première nuit avec lui – la première dans les bras d'un homme – lui procura un plaisir inespéré. Elle avait pensé rester froide et distante, sans deviner que son corps réagirait si ardemment aux lèvres, aux mains et à la voix tendre de cet inconnu. Elle se pressa contre lui, espérant que la nuit ne finirait jamais, et tout ce qui se déroulait au-delà de la chambre lui sembla irréel.

Lorsqu'elle se réveilla le lendemain matin et qu'elle vit les lueurs de l'aube poindre derrière les rideaux, elle souhaita qu'Alex se réveille à son tour et qu'il la prenne à nouveau dans ses bras. Les sentiments forts, presque avides, qu'elle éprouva en le regardant dormir, l'effrayèrent. Soit elle avait mal compris sa mère, soit Elsa ne connaissait pas tout de l'amour, soit… quelque chose clochait chez elle. Puisqu'elle n'aimait que Maksim, comment pouvait-elle trouver tant de plaisir au corps d'un autre homme?

Il a quelque chose…, pensa-t-elle, perplexe.

Alex se réveilla.

– Bonjour, Felicia, dit-il d'une voix chaleureuse.

Elle l'enlaça et déposa un baiser sur sa bouche.

J'appartiens à Maksim pour toujours, toi, tu n'auras que mon corps, rien d'autre!

Ils passèrent trois jours à l'hôtel Adlon de Berlin, avant de partir pour Munich. Felicia ne connaissait pas le sud de l'Allemagne. Elle admira, enchantée, le ciel bleu foncé, les forêts aux flamboyantes couleurs automnales, les clochers en forme de bulbes des églises nichées au creux des prairies, les fermes imposantes, les balcons fleuris et les asters colorés des jardins. Mais, soudain, un lac scintillant sous le soleil lui rappela le Wannsee, le sable et les pins sylvestres du Brandebourg, les couleurs mélancoliques du nord, et elle ressentit alors la nostalgie de Berlin, un mal qui ne la quitterait plus jamais.

Pourtant, Munich lui plut. Les tours vertes de la Frauenkirche, le miroitement des eaux sombres de l'Isar, l'hôtel de ville sur la Marienplatz, les jardins enchanteurs du Palais Nymphenburg. Alex demanda au taxi de sillonner la ville, avant de tourner dans la Prinzregentenstrasse.

– Voilà, nous y sommes, dit-il.

Felicia n'avait jamais vu une maison de ville aussi grande. Avec ses trois étages, sans compter les chambres sous les toits, elle était large et imposante, la porte d'entrée vaste comme un portail. Les murs jaune pâle étaient décolorés par le soleil, les tuiles rouges flamboyaient dans la douce lumière de la fin d'après-midi de septembre, et un large escalier en grès menait de la rue à la porte d'entrée. Une femme de chambre leur fit la révérence.

— Soyez le bienvenu, Monsieur.

Elle dévisagea Felicia avec curiosité.

— Mon épouse, annonça Alex d'un ton neutre. Je me suis marié à Berlin. Est-ce que mon père est là?

— Oui... Sûrement...

La jeune fille semblait décontenancée. Felicia devina qu'elle n'était au courant de rien. Elle suivit Alex qui grimpait l'escalier à toute allure.

— Dis-moi, Alex... Tu as tout de même... Je veux dire, ton père est au courant...

— Non.

— Comment, non?

— Tu parles de notre mariage, n'est-ce pas? Mon père l'ignore.

— Tu voulais lui télégraphier!

— J'y ai renoncé.

— Tu veux dire qu'il ne sait pas que je suis ta femme?

— Ce sera sa plus grande surprise de l'année, précisa Alex avec un plaisir acerbe.

Il frappa. Lorsqu'une voix donna la permission d'entrer, il poussa la porte et prit la main de Felicia.

— Père, puis-je te présenter mon épouse? Felicia Lombard. Nous nous sommes mariés à Berlin la semaine dernière.

L'homme aux cheveux gris, assis derrière un bureau, se leva. Il avait la même corpulence imposante qu'Alex, bien qu'il fût voûté. Ils se ressemblaient : mêmes yeux sombres, des lèvres fines, un sourire ironique. Mais ce sourire ne dura que les quelques secondes pendant lesquelles il crut que son fils lui jouait un mauvais tour. Quand il aperçut les alliances, son visage se figea.

– Qu'est-ce que cela signifie? demanda-t-il.

– C'est comme ça que tu accueilles ta bru? ironisa Alex.

– Ne raconte pas de bêtises. Tu ne t'es pas marié.

– Mais si. Veux-tu voir l'acte notarié?

Son père marqua un temps d'hésitation.

– Veuillez me pardonner, dit-il en s'adressant enfin à Felicia. Les blagues de mon fils vont parfois un peu loin, mademoiselle…?

– Madame Lombard, répliqua Felicia d'une voix claire.

Il la scruta de la tête aux pieds.

– Je suis Severin Lombard. Et maintenant, redites-moi, les yeux dans les yeux, que vous avez épousé mon fils.

Felicia sourit. Elle n'avait pas peur. Cet homme lui rappelait son grand-père, et elle ne l'avait jamais craint, lui non plus.

– C'est la vérité. Alex et moi sommes mariés.

Severin parut surpris. Il n'avait jamais rencontré une femme qui lui tînt tête. Lorsqu'il comprit que l'incrédulité et la colère ne lui serviraient à rien, il laissa son admiration l'emporter. Comme beaucoup de tyrans, il était toujours à la recherche de quelqu'un qui oserait s'opposer à lui. Bien qu'il fût égocentrique, autoritaire et cupide, il devinait chez cette jeune fille une âme sœur. Elle ne ressemblait pas aux autres femmes. Et elle n'était pas amoureuse de son fils. Pas le moins du monde. Il ricana d'un air sournois.

– Bienvenue, Felicia. Vous avez de très beaux yeux.

Le lendemain matin, lorsque Felicia entra dans la salle à manger, Alex n'y était pas. Elle trouva sa sœur

Kassandra, une jeune fille de seize ans aux longs cheveux noirs et aux yeux foncés, qu'elle avait rencontrée la veille. Kat avait encore tout d'une enfant. Elle était capricieuse, coquette et tendre. Felicia, qui avait rarement eu des femmes comme amies – excepté Linda, cette gentille tête de linotte, et la lucide Sara –, fut étonnée quand Kat Lombard lui offrit son amitié.

– Bonjour, vous avez bien dormi? demanda la jeune fille enjouée. Est-ce que l'on peut se tutoyer?

– Il faut me tutoyer, déclara Felicia en s'asseyant. Où est le café? Ah, le voilà.

– Tu as de la chance, soupira Kat. Moi, je dois boire de la crème caillée au petit-déjeuner. Pour mes nerfs. (Elle fit la moue.) J'ai déjà fait plusieurs cures. Pour grossir. Mais ça n'aide pas.

Felicia étudia le corps gracile qui semblait flotter dans la longue robe grise. Kat était beaucoup trop pâle. Sous la lourde chevelure noire, le visage effilé aux cernes bleus restait pourtant attrayant, car il était très expressif.

– Alex a accompagné papa à la fabrique, expliqua-t-elle. Il doit s'y passer de ces choses… L'industrie textile s'est adaptée pour produire des uniformes, et l'on distribue tous les jours des tracts aux ouvriers pour les encourager à augmenter la production. La patrie a besoin de toutes les forces disponibles! (Elle sourit.) Je devrais être à l'école, mais j'ai préféré rester pour parler avec toi. Pourquoi as-tu épousé mon frère?

Sur le point de mordre dans un petit pain à la marmelade, Felicia s'arrêta brusquement.

– Parce que… Parce que…

Kat éclata de rire.

– Est-ce que tu le connais bien?

– Pas vraiment.

— Moi non plus, je ne le connais pas, reprit-elle, fronçant les sourcils. Il est très difficile à comprendre. Parfois, je me dis qu'il n'a jamais surmonté la mort de notre mère. Il a connu des moments pénibles après sa disparition.

— Il ne s'entend pas bien avec votre père, n'est-ce pas?

— C'est un euphémisme! Dans tout Munich, tu ne trouveras pas deux personnes qui se haïssent davantage. Papa menace toujours de le déshériter et Alex cherche constamment à l'exaspérer. Papa est un affreux tyran, mais…

Elle fut interrompue par la femme de chambre qui lui apporta une carte de visite sur un plateau en argent. Kat poussa un cri.

— Tom Wolff? Oh non, Fanny, je ne veux pas le voir! Dis-lui que j'ai la migraine ou une crise de nerfs…

— Ma chère, comme c'est merveilleux de vous trouver aussi gaie et radieuse, lança une voix.

Kat et Felicia se retournèrent. Un homme grand et légèrement empâté, vêtu d'un costume de ville gris, se tenait à la porte.

— Pardonnez-moi d'entrer ainsi sans façon, mais comme je suis déjà venu trois fois en vain, et que Mlle Fanny m'a appris votre triste état, je voulais m'assurer que vous étiez encore de ce monde. Vous êtes un peu pâlotte, mais à part cela, vous êtes ravissante, tout à fait ravissante!

Kat prit un air distant.

L'homme s'intéressa ensuite à Felicia. Il avait des yeux très clairs et une façon si intense de l'examiner qu'elle éprouva un sentiment de dégoût.

— Tom Wolff, déclara Kat froidement. Le concurrent. Il possède lui aussi une fabrique de textile. Voici Felicia, ma belle-sœur.

– Ah… Je ne savais pas qu'Alex avait aussi bon goût.

Personne ne releva sa remarque. Wolff se racla la gorge.

– Je suis venu inviter Kassandra au bal qui doit avoir lieu à la fin de la semaine. Le comité des industriels munichois organise une soirée dansante pour soutenir l'effort de guerre. Les recettes iront à nos soldats.

Kat arqua un sourcil d'un air ennuyé.

– Je sais. Mais j'ai déjà un autre cavalier. Vous vous êtes fatigué pour rien, monsieur.

Tom Wolff blêmit. Felicia remarqua qu'il serrait les poings. Elle échangea un regard amusé avec sa belle-sœur.

Kat aime bien jouer avec les hommes, songea-t-elle. Et comme elle partageait ce trait de caractère, elle ressentit un brusque élan de sympathie pour la jeune fille. Puis, elle se souvint que l'époque des flirts était révolue pour elle. Saisie d'une bouffée de jalousie, elle regretta de ne pas être à la place de Kat.

Un silence pesant régnait dans la pièce. Wolff avait courbé la tête, avec humilité, mais la colère se lisait encore sur son visage.

– Puis-je solliciter d'être votre cavalier pour le prochain bal ?

Kat fit semblant de réfléchir.

– Non, je ne pense pas que ce soit une bonne idée.

La porte s'ouvrit. Alex entra dans la pièce.

– Tiens, tiens, Wolff, s'étonna-t-il. Qu'est-ce qui vous amène chez nous ?

– Nous avons déjà tout réglé, répliqua Tom Wolff sur un ton pincé.

Alex appela la domestique.

– Fanny, raccompagnez notre visiteur. Adieu, Wolff !

Felicia savait qu'Alex agissait là avec une impolitesse rare. Seuls les représentants de commerce indésirables étaient ainsi congédiés. Et encore.

– Vous ne pouvez pas le supporter, n'est-ce pas? s'enquit-elle après son départ.

– C'est un nouveau riche, expliqua Kat. Il n'est pas admis dans la bonne société. C'est pourquoi il veut absolument m'épouser, mais je n'y songe pas un instant. Il n'a pas de manières et il ne sera jamais vraiment des nôtres.

– Ne le dis pas trop fort, ajouta Alex en se servant un whisky. Pendant la guerre, la société est sens dessus dessous. Ceux qui étaient en bas de l'échelle se retrouvent en haut, et ceux qui étaient en haut… Enfin, nous verrons bien! Comment te sens-tu, Felicia? demanda-t-il tendrement à sa jeune épouse qui lui rendit son sourire.

– Très bien, Kat et moi, nous nous entendons à merveille.

Alex avala une gorgée de whisky.

– C'est merveilleux que tu apprécies ma famille! lança-t-il avec amertume.

Felicia devina qu'il pensait à son père. Tiens, tiens… c'est donc là ton talon d'Achille, pensa-t-elle.

Alex changea brusquement de sujet.

– La Turquie vient d'entrer en guerre.

– Non! Du côté de l'Entente?

– De notre côté.

– Tant mieux! s'écria Kat. La paix est peut-être pour bientôt.

Alex vida son verre. Ses yeux brillaient de mépris.

– On raconte que la guerre sera finie avant l'automne.

Avec un sombre plaisir, il regarda une rafale de vent projeter des feuilles jaunies contre la vitre. Il prit son verre et la bouteille, et se dirigea vers la porte.

– Je serai dans la bibliothèque. Je crois que je vais abuser de la boisson ce matin et je ne voudrais pas vous imposer ça. Continuez à rêvasser sur le dénouement de la guerre, et demain, Kat, tu me feras le plaisir de retourner à l'école, c'est compris?

La porte claqua derrière lui.

– Est-ce qu'il est coutumier de ce genre de… (Felicia chercha un terme désobligeant.)… soûleries?

– Bien sûr. Tu l'ignorais? Il boit trop. Depuis longtemps. Il est souvent méprisant envers la vie et, parfois, son attitude se retourne contre lui. J'ai espéré le voir plus heureux, et je pense qu'il le sera grâce à toi, conclut-elle avec un sourire lumineux.

Se sentant coupable, Felicia baissa les yeux.

Quelle étrange famille, songea-t-elle. Un père despotique, une fille aux nerfs fragiles, un fils qui boit trop…

Une pensée inattendue la traversa : Alex et Maksim ne se ressembleraient-ils pas? Ne souffraient-ils pas autant de la vie? La seule différence serait que Maksim désirait rendre le monde meilleur, alors qu'Alex préférait sombrer avec lui?

– Plus que quatre mois jusqu'à l'examen, déclara Christian. Qu'est-ce que tu en penses, Jorias? La guerre sera-t-elle finie d'ici là?

Attablés dans un café de Lichterfelde, les deux garçons grignotaient un gâteau trop sec et contemplaient d'un air morose le ciel plombé de décembre. On était dimanche, mais Christian n'avait pas eu envie de rentrer chez lui. Il ne voulait pas être couvé par Elsa, tandis que Johannes se trouvait dans les tranchées en France et son père dans un hôpital militaire sur le front de l'est. Elsa avait peur pour son aîné, et cela l'incitait à dorloter son plus jeune fils, à la grande exaspération de Christian qui brûlait d'envie de participer à la guerre et détestait être traité comme un enfant.

– Que va dire ta famille quand tu rejoindras le front? demanda Jorias.

– Ma mère va s'y opposer, mais elle devra se résigner.

Les yeux gris de Christian brillaient de ferveur et d'impatience, ce qui attisa la flamme de Jorias.

Il y avait de quoi devenir fou avec les leçons, les exercices sur le champ de manœuvres et le café morne des dimanches matin. Pendant les heures d'étude, ils rédigeaient des dissertations sur le thème «Pourquoi j'aime le Kaiser», mais le papier leur semblait bien terne sous leurs mains fiévreuses. Ils ne voulaient pas écrire, mais se battre! À quoi bon jurer fidélité à l'empereur avec des mots stériles, alors qu'on pouvait lui en apporter la preuve sur le champ de bataille? Ils étaient jeunes, vigoureux, et les années passées à l'école d'officiers leur avaient inculqué le patriotisme et le don de soi. Ils préféraient mourir, plutôt que de continuer à se tourner les pouces.

– Mon tuteur m'a écrit qu'il se réjouissait de me compter bientôt parmi les héros en France, poursuivit Jorias. Nous ne devons avoir peur de rien. Penses-tu que nous y parviendrons?

Un vieil homme aux sourcils en broussaille passa près d'eux et s'irrita :

– Bon Dieu, ils vous ont contaminés avec ce foutu engouement pour la mort! grommela-t-il. Si c'est pas malheureux!

Sa voix fut couverte par celle d'un homme assis à une table d'à côté.

– Le blocus maritime des Anglais ne nous fait ni chaud ni froid, ma chère, déclara-t-il à sa voisine. Ils veulent empêcher l'Allemagne de s'approvisionner en matières premières, mais ils sous-estiment notre industrie. On nous prive du salpêtre chilien pour fabriquer les munitions? Nos chimistes en fabriqueront eux-mêmes. Ce matin, je lisais qu'un procédé analogue était sur le point d'être trouvé.

Il posa un regard bienveillant sur l'uniforme de Christian et de Jorias.

– Voilà l'avenir de l'Allemagne! Alors, les garçons, c'est pour quand le départ pour la France?

– Le plus tôt possible.

– C'est bien. Pensez à l'exemple de notre plus grand héros, le vainqueur de Tannenberg, notre glorieux et respecté feld-maréchal von Hindenburg!

L'homme parlait de plus en plus fort, sa voix tremblait d'émotion. Quelques personnes applaudirent en entendant le nom de Hindenburg.

Christian et Jorias échangèrent un regard.

– Tu sais quoi? murmura Jorias. J'ai le sentiment que nous avons vieilli depuis que la guerre a été déclarée. Je repense parfois à notre dernier été à Lulinn. Je crois que c'est la dernière fois que je me suis senti jeune.

Les flocons de neige tombaient lentement, étouffant les bruits, recouvrant d'un tapis blanc soyeux les rues et les places de Berlin.

Linda remonta la couverture en frissonnant. Elle regardait Johannes s'habiller. Quand il eut enfilé son uniforme et bouclé son ceinturon, elle se redressa.

– Dois-tu vraiment retourner en France?

– Noël est passé. Certains soldats n'ont pas eu de permission du tout.

– Mais le temps est passé si vite!

– Je sais. Moi non plus, je ne pars pas de gaieté de cœur.

Johannes s'assit sur le bord du lit et caressa tendrement le visage de Linda. Son air grave inquiéta la jeune femme.

– Est-ce que tu as peur?

Johannes esquissa un sourire, pensant à ce que l'on lui avait répété depuis l'âge de onze ans : le soldat allemand ne connaît pas la peur!

– Je ne sais pas. On a chassé tout sentiment de peur chez moi. Mais je ne ressens aucun enthousiasme. L'école d'officiers, c'est une chose, la guerre, c'en est une autre. Depuis le début, je savais que j'allais être amené à tirer sur des êtres humains. Mais je n'aurais jamais pu imaginer certaines choses. Lorsque nous avons traversé la Belgique… Mon Dieu, Linda, j'ai vu tuer des civils… des vieillards, des femmes, des enfants rassemblés sur les places des villages, et abattus. Deux soldats allemands étaient morts lors d'une embuscade, qu'est-ce qu'on s'est vengé! (Il fit une grimace.) Quand Louvain s'est embrasé et que j'ai entendu les hurlements, j'ai eu envie de m'enfuir. Chaque jour qui passe, mes doutes grandissent, et un soldat qui commence à douter est un mauvais combattant.

Il se tut, soudain submergé par les images et les souvenirs. Linda lui caressa le bras. Il frémit et contempla le joli visage de sa femme, le nez retroussé, les lèvres douces, les grands yeux enfantins. Ses paroles l'avaient effrayée, mais elle ne pouvait les comprendre. Linda n'était pas faite pour réfléchir à la guerre et à la paix, pour chercher le sens et la valeur des choses. C'était une gentille fille, élevée dans un monde qui n'exigeait des femmes que la beauté et la grâce, d'être dévouées à leurs maris et à leurs enfants. Un monde où les hommes affrontaient les difficultés de la vie, et les femmes patientaient à la maison pour les réconforter quand ils rentraient fatigués, leur devoir accompli. Parfois, Johannes se demandait si cet univers survivrait à la guerre. Au plus profond de son être, il redoutait que l'éclat, la beauté et l'insouciance du Reich ne soient en train de se fissurer.

— J'aimerais tellement quitter Berlin, soupira Linda. Je me sens si seule sans toi. Et sans Phillip. Je pense tout le temps à toi, et je n'ai personne pour me distraire.

— Ne veux-tu pas emménager chez ma mère?

— Non… Elle pleure toute la journée, surtout en ce moment, parce que Christian va bientôt partir pour le front. Elle me rend encore plus triste.

— Et si tu rejoignais Felicia à Munich?

Le visage de Linda s'éclaira.

— Tu crois que cela serait possible?

— Envoie-lui un télégramme. Je suis certain qu'elle t'invitera.

— Bonne idée! J'enverrai le télégramme après t'avoir accompagné au train.

À la gare, ils croisèrent Sara et oncle Leo. Ce dernier portait un chapeau melon noir, un manteau aux revers de fourrure, et une imposante rose en papier à la boutonnière.

— *Mon Dieu!* s'écria-t-il en français, ce qui provoqua quelques frémissements autour d'eux, car s'exprimer dans cette langue était considéré comme un manque évident de patriotisme. Qui vois-je? Mon cher neveu Jo et sa ravissante épouse! (Il détailla avec bienveillance Linda, vêtue d'un élégant manteau et d'une toque en fourrure.)

Des joues aussi roses, en plein hiver! Vous avez profité de vos vacances jusqu'à la dernière minute, n'est-ce pas?

Linda détourna les yeux, tandis que Johannes murmurait d'un air gêné :

— Voyons, oncle Leo.

— Pas de fausse pudeur, je t'en prie! Je sais profiter des bonnes choses de la vie. Qu'est-ce qu'on a pu s'amuser lorsqu'on avait ton âge!

— Où vas-tu, oncle Leo?

— Pas au front, en tout cas. Je pars pour Hambourg. J'y ai quelques amis sympathiques, et cette charmante Sara a eu la bonté de m'accompagner jusqu'ici.

Sara esquissa un sourire. Elle avait rencontré Leo chez Felicia, quelques années auparavant. Felicia avait demandé à son oncle de distraire la «petite souris grise». Il avait ainsi gagné l'affection de la jeune fille timide, sans jamais vraiment l'apprécier. Car Leopold Domberg ne s'intéressait pas aux femmes comme Sara.

«Sara lui prédit probablement un destin tragique», s'était moquée Felicia, car les prémonitions de Sara étaient toujours dramatiques. Ce jour-là, justement, sur le quai glacial, elle semblait troublée, les mains enfouies dans son manchon de fourrure, une longue écharpe en cachemire noir autour du cou. Linda eut brusquement une idée.

— Est-ce que tu aimerais m'accompagner à Munich? Je vais rendre visite à Felicia pour quelques semaines. Nous avons toutes les deux besoin d'un peu de distraction.

Sara hésita, n'ayant jamais osé partir aussi loin. Aussitôt, Linda balaya ses inquiétudes en l'entraînant jusqu'au guichet télégraphique où elle dicta son message d'un air enjoué : «*Arrivons jour de l'an à Munich. As-tu envie long séjour? Sara et Linda.*»

7

Leur visite, en effet, se prolongea. En mai, Sara et Linda se trouvaient toujours à Munich.

Heureusement que j'ai mes amies, se répétait Felicia tous les jours. Seule, je ne tiendrais pas le coup.

Autrefois, elle leur avait accordé peu d'attention, trouvant d'autres personnes tellement plus intéressantes. Les hommes, notamment; ils lui manquaient beaucoup. Ceux-ci étaient en train de s'entre-tuer sur le front, alors qu'elle-même était retenue à la maison, prise entre les mailles du Comité des femmes patriotes.

Quelques dames énergiques s'étaient dévouées à la patrie, et l'on disait en plaisantant que, sans la détermination inflexible de ces généraux féminins, l'Allemagne serait en mauvaise posture. En février dernier, la bataille de Masurie avait permis de chasser les Russes du territoire allemand; une heureuse nouvelle pour Felicia qui, depuis l'arrivée du printemps, pensait souvent à Lulinn, à ses cerisiers en fleurs, à ses prés constellés de fleurs blanches. Elle songeait avec nostalgie au soleil brûlant, au vent revigorant qui balayait les lacs, les forêts et les eaux salées de la Baltique, tandis que la brise tiède de Munich lui donnait des maux de tête.

Peu de temps auparavant, le général Falkenhayn avait conduit la victoire contre les troupes russes à Tarnow-Gorlice. Certes, la guerre durait plus longtemps que prévu – l'attentat de Sarajevo avait eu lieu près d'un an auparavant – mais ce n'était sûrement plus qu'une question de semaines. Seules les difficultés économiques rendaient la vie plus dure. Le blocus des Anglais se révélait efficace et l'agriculture allemande ne pouvait plus subvenir aux besoins du pays. Beaucoup de fermiers se trouvant au front, on manquait de bras dans les champs. Il était donc grand temps d'organiser le marché intérieur et de maintenir l'élan patriotique. Et personne n'était mieux adapté à cette tâche que le Comité des femmes patriotes.

Le nom de Lombard jouissait d'une bonne réputation à Munich, surtout parce qu'il était synonyme de richesse. Ainsi, dès l'annonce du mariage du jeune Lombard, une délégation s'était présentée Prinzregentenstrasse, afin de convaincre la jeune Berlinoise de les aider. Toutes ces dames étaient de bonne famille, les épouses des partenaires de la fabrique Lombard, et Felicia, prise au dépourvu, n'avait pas su les éconduire. En un clin d'œil, elle avait été nommée membre. Désormais, tout son temps était planifié et l'on veillait à ce qu'elle remplît sans faillir ses obligations.

– Je déteste le tricot! s'emporta-t-elle. Tout comme ces après-midi interminables et inutiles. Elles discutent des meilleures recettes pour cuisiner sans gras ni farine, pour accommoder les restes, et chaque fois, elles vident la moitié de mes armoires pour la Croix-Rouge… J'en ai assez!

Alex éclata de rire.

– Où sont passés tes sentiments patriotiques?

– Je n'en ai jamais eu, tu le sais bien.

– En effet. C'est bien là ton problème, n'est-ce pas? Tu ne t'intéresses à rien d'autre qu'à toi-même. Ce trait de caractère n'a-t-il pas déjà indisposé certaines personnes?

Felicia détestait par-dessus tout ce genre d'allusions.

– Si seulement tu arrêtais de parler de choses que tu ne comprends pas, grommela-t-elle.

Parfois, elle se demandait, désemparée, pourquoi elle l'avait épousé. Chaque jour il lui devenait un peu plus étranger. Pourtant, à présent qu'elle habitait cette vieille et sombre demeure où il avait passé son enfance, elle aurait pu essayer de mieux comprendre celui qu'elle avait épousé sur un coup de tête, ses humeurs, son penchant pour les alcools forts et son mépris des autres. Mais elle n'en avait pas envie.

Elle ne voyait d'Alex que l'image qu'il voulait bien donner de lui-même et cette image lui déplaisait. Elle était persuadée qu'elle n'avait jamais été aussi malheureuse et elle exécrait la guerre qui l'obligeait à participer à des activités détestables.

Le comité de tricotage se réunissait deux fois par semaine. Cela agaçait Felicia, car elle était obligée d'offrir une collation à ces dames. Le sucre et la farine étant rationnés, il fallait des coupons pour en obtenir, et Felicia, qui n'avait jamais manqué de douceurs, regardait avec une colère contenue la grosse Clara Carvelli enfourner des gâteaux dans sa bouche, tandis que l'exubérante Augusta Breitenmeister avalait comme de l'eau de source un café hors de prix. En outre, ces femmes tricotaient ou enroulaient de la gaze à pansements avec une telle ferveur que c'en était à vous couper le souffle.

Lydia Stadelgruber venait avec sa fille Clarisse qui faisait grand cas de son fiancé sur le front de l'est. À l'écouter, la victoire de Tarnow-Gorlice était entièrement due au jeune homme. Clarisse aimait se livrer à des considérations profondes sur l'abnégation de la femme allemande. Elle gagnait ainsi la sympathie de Clara Carvelli, dont le fils se battait en France, et celle de Linda qui attendait un enfant, ce dont elle était très fière. La question de savoir si cet enfant connaîtrait son père était un des sujets favoris du petit groupe. La peur qu'éprouvait Linda pour Jo n'avait jamais été feinte, mais alors qu'elle avait souffert d'être livrée seule à son angoisse à Berlin, ici, entourée de ces femmes compatissantes, elle arrivait presque à la trouver agréable. Exaltée par les discours sur le sacrifice et le courage, Linda s'était juré d'être digne de son destin.

Cette guerre insupportable se terminerait beaucoup plus vite si les femmes ne parlaient pas à tort et à travers d'honneur et de sacrifice! s'irritait Felicia. Pourquoi une femme comme Linda n'osait-elle pas dire à son mari : nous sommes mariés, je suis enceinte, je veux que tu restes auprès de moi et que tu cesses de jouer avec ta vie! Ce serait son droit le plus absolu. Mais non… La nuit, elle sanglotait dans son lit, et la journée, elle se félicitait que le père de l'enfant combattît en France, prêt à mourir pour l'Allemagne et le Kaiser! Comment s'étonner que les hommes trouvent grisant de partir sur le front?

Par une chaude journée de mai, elles étaient réunies dans le salon et tricotaient avec zèle. Le soleil pénétrait par la fenêtre ouverte et l'on entendait les rires de quelques soldats qui flirtaient dans la rue. Felicia levait sans cesse les yeux au ciel, regardait dehors et poussait de longs soupirs. Elle portait une ravissante robe en mousseline violette, avec un large empiècement en soie rose foncé qui soulignait sa taille mince, mais sa joie était ternie et contrariée – cela n'avait aucun sens de s'habiller avec soin alors que personne ne vous voyait, excepté de vieilles rombières. Si seulement elle avait pu sortir se promener dans le jardin anglais!

— Il fait trop beau pour rester enfermé, lança-t-elle, pleine d'espoir.

Personne ne réagit, excepté Kat, qui souffrait autant que sa belle-sœur de son inactivité.

— C'est une journée pour se mettre au soleil, renchérit-elle.

Augusta la toisa d'un air mécontent.

— Vraiment, Kassandra, la guerre n'est pas faite pour s'amuser. Nos courageux héros ne peuvent pas se promener non plus.

— Mais ils ne s'ennuient sûrement pas autant que nous, marmonna Felicia, heureusement trop bas pour être entendue.

Pendant quelques minutes, on entendit les aiguilles cliqueter.

— J'ai une idée, poursuivit Augusta. Il y a un jeu très en vogue qui nous permettrait de rassembler un peu d'argent pour la Croix-Rouge, tout en nous amusant et en améliorant notre connaissance de la langue.

— De quoi s'agit-il? demanda Clara.

— N'avez-vous jamais remarqué le nombre de mots étrangers que nous employons? Notamment des mots français. Sans y réfléchir, nous disons *Pompadour* quand nous voulons parler d'une pochette, ou *porte-monnaie* alors que nous pourrions dire portefeuille. Par les temps qui courent, je trouve cela peu patriotique.

— C'est juste, fit Linda.

— Ces gens-là tirent sur nos maris, nos frères et nos fils. Nous devons nous soustraire à l'influence pernicieuse de leur langue. Désormais, chaque personne qui prononcera un mot français ou anglais au sein de notre petit groupe devra verser dix pfennigs. Quand nous aurons assez d'argent, nous en ferons don à la Croix-Rouge.

La proposition fut acceptée avec enthousiasme et Augusta se rengorgea. Kat posa une coupelle au centre de la table afin de recueillir les amendes. Chacune essaya de penser à des mots français.

– *Pardon*, dit Clarissa, en laissant tomber une aiguille, avant de s'écrier en feignant d'être consternée : Comme je suis sotte! Je voulais dire «excusez-moi».

Linda, qui luttait contre ses nausées, demanda la permission de se reposer sur la *chaise longue*.

– Sofa, mon enfant, sofa! s'écria en riant Clara Carvelli. Dix pfennigs, je vous prie.

Et Lydia leur posa une colle en demandant s'il était permis de parler de la couleur *bordeaux* alors qu'il s'agissait d'une ville française…

Le menton appuyé sur la paume de sa main, Felicia regardait par la fenêtre. Assaillie par l'ennui et le mal du pays, elle retenait ses larmes. Elle ne pourrait jamais partager l'enthousiasme de ses amies. Son cœur ne palpitait pas lorsqu'elle pensait à l'Allemagne et il ne se révoltait pas en entendant un mot français. Il se contentait de souffrir en songeant à l'oncle Leo qui aimait tant la France et les Français et qui l'avait toujours appelée *ma petite* ou *mon amour*.

Sara agita la coupelle qui tintait de manière prometteuse.

– Nous avons déjà récolté une coquette somme. Il n'y a que Felicia qui n'ait rien donné.

– Je ne me suis pas trahie en bavardant sottement.

– Toi aussi, tu dois donner quelque chose, protesta Linda. Dis un mot français…

– Je n'en connais pas…

– N'importe lequel. Celui qui te passe par la tête.

Felicia regarda la chaussette grise entre ses mains, et fut éblouie par un rayon de soleil.

– *Tristesse*, dit-elle.

Christian a été reçu à son examen d'officier avec mention, écrivait Elsa d'une main tremblante. *Je regrette qu'il ait jamais mis les pieds dans une école d'officiers! Encore quelques exercices et il partira pour le front. En France…*

Là, il y avait une grosse tache d'encre noire. Johannes plia la feuille de papier et la rangea dans une poche de son uniforme. Comme toutes les autres lettres, il l'avait relue une dizaine de fois.

Pauvre maman, pensa-t-il, en imaginant le secrétaire sur lequel écrivait Elsa, ainsi que les rideaux bleus qui filtraient une lumière trop crue. Un instant, il crut respirer le parfum de sa mère. Puis, l'image s'évanouit.

Il se trouvait dans un village bombardé de l'Aisne et il souffrait de crampes d'estomac. La faim était encore plus pénible à supporter que la fatigue. La nuit précédente, après une brève escarmouche avec les Français, tout s'était apaisé, et les soldats avaient alors mené une lutte sans merci contre le sommeil. En cet été 1915, alors que le front ne se déplaçait plus d'un millimètre, les véritables ennemis des Allemands étaient désormais la faim, les poux et la dysenterie. Les problèmes d'approvisionnement s'aggravaient, et il n'y avait guère de soldat qui n'eût pas maudit ses intestins.

Il avait fallu tuer des cochons à la hâte, car les fermiers ne pouvaient plus les nourrir. Pendant huit jours, ils en avaient mangé à satiété. Johannes avait réussi à se maîtriser, mais les autres s'étaient jetés sur la nourriture, et cela avait failli les tuer. La compagnie avait vomi pendant toute une nuit, visages blafards, fronts en sueur et lèvres tremblantes, perdant toute dignité.

Pendant des heures, Johannes avait tenu un camarade dans ses bras. Brisé, le garçon avait rendu son repas jusqu'à ne plus pouvoir tenir debout. Il se demanda si Christian savait ce qui l'attendait sur le front. Pouvait-il imaginer l'épuisement des «héros» après une année de guerre, combien ils se sentaient anéantis et démunis? Ils avaient résisté dans les tranchées, pendant un hiver glacial, ils avaient vu des lignes entières de camarades s'effondrer sous la grêle des balles…

Johannes n'avait jamais éprouvé de l'enthousiasme pour la guerre. Il avait toujours ressenti un léger frisson quand d'autres évoquaient avec exaltation les batailles. Il était révolté, surtout lorsqu'il repensait à ses étés à Lulinn (dans les combats les plus durs, il revoyait l'allée de chênes ou entendait les hennissements des chevaux à l'aube) ou qu'il songeait à sa mère, à Linda et à son enfant.

Linda lui avait annoncé la naissance prochaine de manière si alambiquée qu'il avait mis des heures à décrypter son message. Depuis, son mépris pour la guerre et sa volonté d'y survivre s'étaient décuplés. Mais il savait que la vie ne reprendrait pas là où elle s'était arrêtée, en août 1914, avant ce tourbillon insensé et mortel. Rien ne serait plus comme avant. Pour Christian non plus, songea-t-il avec un mauvais pressentiment. Ce gamin est incapable de tuer un poisson, mais il va partir pour le front, croyant participer à la plus grande aventure de sa vie, la tête farcie des paroles de ses maîtres qui parlent de devoir et d'honneur et de tradition prussienne… Alors qu'il ne connaît rien des hôpitaux militaires, des râles des blessés, de la dysenterie, de la faim, de la boue glaciale des tranchées…

– Alors, Degnelly, comment ça va?

Un camarade officier de Johannes, dont l'œil gauche tressautait nerveusement depuis six mois, s'essuya le front avec un mouchoir.

– Bonté divine, quelle chaleur aujourd'hui! Je reviens de l'hôpital. Ce n'est plus tenable, à l'intérieur. C'est à vous rendre encore plus malade.

– Avez-vous vu Phillip? demanda Johannes.

Depuis trois semaines, Phillip souffrait d'une fièvre étrange et Johannes s'inquiétait beaucoup pour lui.

– Il va mieux, mais il a une mine terrible. Le veinard, ils l'envoient quinze jours en permission.

– Il rentre à Berlin?

– À Munich. Il veut voir sa sœur. C'est votre femme, n'est-ce pas?

– Oui, acquiesça Johannes en prenant un papier et un stylo. Je vais lui donner une lettre pour elle.

Alors qu'il rédigeait quelques phrases sereines et confiantes, il regretta de ne pas pouvoir dire son malaise à Linda, cette impression terrible d'être vieux et usé. Mais Linda aurait été effrayée. Et elle n'aurait pas compris.

Il avait suffi d'une seule rencontre pour que Kat et Phillip tombent amoureux. La famille, qui pensait qu'il s'agissait encore d'un emballement passager de la jeune fille, avait dû se rendre à l'évidence : l'histoire était sérieuse. Durant les deux semaines de permission de Phillip, ils ne se quittèrent presque pas, se séparant seulement la nuit, sous l'œil vigilant de Jolanta, la gouvernante.

Elle soupçonnait les jeunes amoureux de vouloir passer outre les lois de la morale et des convenances et restait éveillée la nuit durant à écouter les bruits de la maison. Au moindre craquement suspect, elle saisissait une lampe, s'enroulait dans un châle et quittait sa chambre pour surprendre les coupables. Elle fit une peur bleue à la pauvre Sara, partie à la recherche d'un verre d'eau fraîche, et découvrit Severin, sérieusement éméché, qui titubait dans l'escalier. Elle démasqua aussi Linda qui avait pris l'habitude d'attendre que tout le monde fût endormi pour descendre grignoter à la cuisine.

– C'est fou ce qui se passe dans cette maison après minuit, s'indigna-t-elle auprès de Fanny, la bonne. Mais au moins, cet officier ne s'est pas rendu chez notre Kassandra, j'en mettrais ma main au feu.

Felicia était quelque peu vexée, car Phillip s'était autrefois intéressé à elle, et elle n'avait pas pensé qu'il se consolerait aussi vite.

– Je suis curieuse de voir combien de temps leur histoire va durer, dit-elle à Alex. Kat se lasse très vite des choses.

– Elle a besoin de quelqu'un de solide. Je crois que Phillip est celui qu'elle attendait.

– Pourquoi penses-tu que chaque personne attend quelqu'un de particulier? s'étonna-t-elle.

– Tu ne le crois pas?

Elle aurait voulu lui répondre avec insolence – elle avait parfois l'impression de ne pas pouvoir discuter autrement avec lui – mais cette fois-ci, curieusement, elle ne trouva pas de réplique cinglante. Il arrivait rarement qu'Alex touchât quelque chose de profond chez elle. Son visage s'attendrit.

Alex rit avec dédain.

– Tu le crois, se moqua-t-il.

Il attrapa la bouteille de whisky et se versa un verre qu'il vida d'un trait.

– Il doit peut-être se passer quelque chose pour que tu deviennes adulte. Cela arrivera, tôt ou tard. Toi et tes semblables, vous êtes charmants et distingués, mais vous flottez sur votre petit nuage sans vous rendre compte que vous approchez de l'abîme. Mais quelle importance…

Severin ouvrit la porte.

– Connaissez-vous la dernière? Kat veut donner un bal pour les soldats blessés. Ça va encore me coûter une fortune! (Il s'assit en geignant, car ses rhumatismes le faisaient souffrir.) Alors que tout est rationné… Je parie qu'elle a besoin d'une nouvelle robe. Il lui a joliment fait tourner la tête, le jeune officier de Berlin! N'a-t-il pas été l'un de tes soupirants autrefois? demanda-t-il à Felicia, avec un regard en coin pour son fils. Il y a quelque chose entre vous…

Felicia savait que le vieil homme la provoquait, et elle sourit. Mais Alex reposa son verre vide.

– Autrefois, tes allusions étaient moins grossières, père, lança-t-il avant de quitter la pièce.

– Allons-y! déclara Felicia.

Elle se tenait avec Sara et Linda derrière la porte à deux battants qui donnait sur le grand salon où se pressait un monde fou. Lorsque Kat voulait quelque chose, elle l'obtenait toujours. Un petit orchestre jouait au fond de la pièce. Devant les fenêtres, des bouquets qui embaumaient l'air. Les vases regorgeaient de marguerites, de giroflées, de coquelicots rouge sang et de jasmin parfumé. On avait disposé des chandeliers, certains très grands en or, d'autres en porcelaine ou en argent à douze branches. Entre les bougies rouges et jaunes, on avait piqué des petits drapeaux allemands, et un immense drapeau se déployait du plafond jusqu'au sol. Au fond, était accroché un portrait du Kaiser dans un cadre argenté, décoré aux couleurs nationales avec des fleurs de soie, rouges, blanches et noires.

Les combattants de l'empereur s'étaient installés juste au-dessous du tableau. Ils avaient plutôt l'air pitoyable; on aurait dit des coqs déplumés, avec leur teint cireux et leurs yeux enfoncés dans les orbites. Leurs uniformes flottaient autour de leurs corps amaigris. Ils s'étaient traînés de l'hôpital jusqu'ici, décidés à s'amuser et à admirer les jolies filles.

Beaucoup se déplaçaient avec des béquilles ou dans une chaise roulante, poussés par une infirmière, certains avaient le front bandé ou le bras en écharpe, mais ces visages blêmes n'avaient plus rien de téméraire.

Les femmes s'étaient faites aussi belles que possible, afin de faire oublier aux hommes les terreurs passées, et celles à venir. L'industrie du textile connaissait aussi des restrictions, mais l'on pouvait découdre de vieilles robes pour en confectionner des nouvelles. Depuis le début de la guerre, la mode était redevenue très féminine : décolletés profonds, tailles marquées et jupes amples, décorées de dentelles et de ruches qui voletaient comme des ailes colorées autour des danseuses. Ces «crinolines de guerre», comme ironisaient certains, prouvaient qu'un changement radical s'était opéré depuis le mois d'août 1914. Les réformes et les mouvements féministes étaient passés à l'arrière-plan. Beaucoup de femmes avaient retrouvé avec joie leurs anciens rôles : elles voulaient être les mères, les épouses, les sœurs et les fiancées des valeureux soldats et leur prouver chaque jour qu'elles mettaient une confiance aveugle en leur courage et en leur supériorité.

Felicia appréciait cette nouvelle mode qui soulignait sa taille mince et dévoilait ses épaules délicates. Elle avait exigé une nouvelle robe – une georgette lilas bordée de véritable dentelle de Bruxelles – et, pour la première fois depuis longtemps, elle s'amusait. Il y avait encore suffisamment de soldats valides, et flirter avec eux relevait de l'effort de guerre. Assises à l'écart, les matrones s'éventaient, car cette soirée de juillet était d'une chaleur accablante.

Consciente de son devoir, Felicia avait pensé réserver la première danse à Alex, mais adossé au mur, les bras croisés, il considérait d'un air amusé et hautain toute cette agitation.

– Non, non, tu dois te consacrer à nos braves combattants, protesta-t-il. Regarde ce beau jeune homme pâle qui te dévore des yeux. Allez, fais-lui un sourire!

Elle sourit à l'inconnu. Aussitôt, il s'approcha et la pria de danser avec lui.

Attends voir! pensa Felicia, furieuse. Je peux avoir tous les hommes dans cette pièce. Mais toi, je vais te laisser fulminer!

Elle flirta de manière si éhontée avec chaque homme qui croisait son chemin, que l'on commença à faire des réflexions. Augusta se pencha vers Lydia.

– Tu ne trouves pas qu'elle exagère?

– Elle sait que les soldats vont bientôt retourner vers un destin incertain et qu'ils ont besoin d'emporter en souvenir le sourire d'une jolie femme.

Augusta, bien moins tolérante, s'agaça.

– Il est stupide de penser du bien de Felicia Lombard. Cette fille a un cœur de pierre. Crois-moi, Lydia, elle

114

ne s'intéresse qu'à elle-même. Il y a quelque chose de dépravé chez elle.

– Regarde comme Kat est heureuse, reprit Lydia qui détestait les médisances. Elle a dansé presque toute la soirée avec son officier.

– Je me demande pourquoi Alex et sa sœur sont allés chercher leurs élus à Berlin. Comme si nous n'avions pas de bons partis à Munich! (Augusta observait avec la plus grande méfiance tout ce qui se passait de l'autre côté du Danube.) Kat devrait épouser Tom Wolff. Il est prêt à tout pour elle.

– Enfin, Augusta! s'écria Lydia, consternée. Il n'est pas digne de son rang.

– Il a un avenir radieux devant lui. Un jour, ce Tom Wolff sera riche comme Crésus.

– Kat n'a pas besoin d'argent.

– Qui peut préjuger de l'avenir? Son père ne sera pas éternel, quant à Alex…

Augusta considérait l'alcool comme le plus grand vice de l'humanité, et comme le penchant d'Alex était de notoriété publique, elle n'avait aucune estime pour lui.

– Tiens, n'est-ce pas justement Wolff, là-bas? Il est surprenant de voir avec quelle décontraction il se promène parmi nous.

À ce moment précis, Wolff se sentait pourtant très mal à l'aise. Il avait remarqué les froncements de sourcils et essayait de dissimuler sa nervosité sous une expression arrogante.

Un jour, ils me le paieront! songea-t-il, furieux.

Depuis que ce fils de paysans de la forêt bavaroise avait tourné le dos à son ivrogne de père et à sa mère poitrinaire, avec la ferme intention de devenir riche, l'aristocratie de Munich l'avait traité avec indifférence, dérision, ou une condescendance blessante. Ils se fichaient de savoir qu'il travaillait plus dur qu'eux, qu'il économisait avec un acharnement qui aurait fait honneur au plus grand avare du monde. Au contraire, ils en riaient. Sans rien dire, Wolff notait chaque sourire méprisant, chaque rejet, chaque coup de pied qu'il devait encaisser. Un jour ou l'autre, et c'était là son inébranlable conviction, son heure viendrait. Il était plus intelligent, dans ses veines coulait un sang frais, son corps et son esprit ne s'étaient pas avachis après des siècles d'une existence facile. Il pouvait attendre, puis se rappeler. Et enfin se venger.

Il remarqua Felicia qui se reposait entre deux danses, en grignotant l'un des gâteaux de Jolanta. Maudissant les tickets de rationnement, la vieille femme avait réussi à préparer, à partir d'ingrédients inexistants, une sorte de pâte qu'elle avait longuement étirée pour en produire un nombre considérable de beignets. Comme elle n'avait utilisé que peu de matière grasse, la pâtisserie était très friable. Une fois que l'invité avait survécu à l'indignité de mordre dans un beignet et de se retrouver couvert de miettes sous les regards apitoyés de ses voisins, il n'y touchait plus et déclarait ne plus avoir faim.

Felicia, elle, n'avait aucun scrupule. Wolff l'avait compris dès leur première rencontre. Il ne la trouvait pas sympathique, car il devinait en elle une volonté et une opiniâtreté semblables aux siennes, et comme toutes les personnes orgueilleuses, il n'aimait pas retrouver chez les autres ses propres forces. Mais bien qu'elle appartînt à la classe qu'il détestait, et qu'elle fût encore jeune et sotte, il n'éprouvait pas pour elle le même mépris qu'envers les autres convives. Ces snobs prétentieux et dégénérés voguaient sur un navire avarié en pleine mer, et si jamais leur bateau venait à couler, ils se noieraient, le regard étonné et la bouche grande ouverte. Mais Felicia, elle, saurait s'accrocher à une bouée de sauvetage. Même un ouragan ne pourrait troubler le plus profond de son être.

Il s'approcha et lui sourit.

– Bonsoir, madame Lombard.

– Ah, c'est vous. C'est Kat qui vous a invité?

La question le frappa comme une gifle, mais il avait l'habitude de masquer ses émotions.

– On vendait des invitations au marché noir, plaisanta-t-il. Kat mérite tous les sacrifices.

Felicia eut un sourire ironique mais son regard resta froid. Elle n'était pas son genre, mais elle avait des yeux qui pouvaient hanter un homme jusque dans ses rêves!

– Vous devriez cesser de faire des sacrifices pour Kat, lança-t-elle sèchement. J'ai bien peur qu'ils ne soient inutiles.

Elle épousseta les miettes d'un air désinvolte, avant de tourner les talons. La colère qu'il éprouva n'était pas mêlée de haine, mais d'une sorte de joie farouche. Tôt ou tard, nous aurons notre duel, pensa-t-il. Et je m'amuserai bien davantage qu'en écrasant ces imbéciles!

– Tu vas m'épouser, n'est-ce pas, Kat? s'inquiéta-t-il.

– Bien sûr, sourit-elle.

Philip poussa un soupir de soulagement.

– Est-ce que tu accepterais de m'épouser cette semaine, avant que je ne reparte pour le front?

– Oui, Phillip! Si c'était possible, je t'épouserais dans la minute.

Ils avaient quitté la salle de bal pour s'isoler dans le jardin d'hiver. Kat avait remonté ses longs cheveux noirs en chignon. À ses oreilles brillaient les anneaux en or de sa mère. La coiffure la vieillissait, mais sa robe blanche très simple lui donnait un air enfantin et innocent.

Elle n'a que seize ans, pensa Phillip.

Autrefois, un mariage aussi hâtif aurait été impensable, mais depuis la guerre, les choses avaient changé.

Pourquoi perdre un temps si précieux en longues fiançailles quand l'amoureux passait son temps dans les tranchées, sans savoir s'il survivrait au lendemain, et que la fiancée se contentait de chastes baisers et de cartes postales, se demandant si elle reverrait un jour l'homme qu'elle aimait? Les gardiens des traditions, les pères soucieux, les mères méfiantes et les vieilles tantes luttaient avec détermination, mais en vain. La guerre avait mis le monde sens dessus dessous. Tous les jours, une parcelle du passé mourait et l'avenir n'était porteur d'aucune promesse. Il ne restait que le présent, qui n'offrait aucune certitude.

— Nous devons demander la permission à ton père, fit observer Phillip. Tu n'as que seize ans. Il ne sera peut-être pas enchanté.

— Il sera d'accord. Sinon, je lui rappellerai que ma mère avait le même âge quand elle l'a épousé.

— Je vais lui parler, dit Phillip en se levant du canapé. J'ai dix ans de plus que toi, ma chérie, es-tu sûre que tu ne le regretteras pas un jour?

— Crois-tu vraiment que l'âge ait de l'importance? Tu es l'homme que j'aime, et j'aime tout ce qui fait que tu es toi.

Kat le suivit des yeux. Elle trouvait la vie très excitante et très belle. Elle s'abandonnait à ses rêveries lorsqu'elle en fut brusquement tirée par une voix sévère.

— Monsieur Lombard? C'est vous?

Jolanta, bien sûr! Elle apparaissait toujours quand on avait envie d'être seul.

– Non, c'est moi, s'agaça Kat. Qu'est-ce qu'il y a?

– Un télégramme pour votre père. J'aimerais bien savoir où il est passé.

Jolanta regarda autour d'elle d'un air soupçonneux, mais n'aperçut aucune trace de Phillip. On sonna à la porte de service.

– Encore quelqu'un! Il est pourtant presque minuit. Bon, j'y vais. Fanny et les autres filles ont disparu. Elles sont sûrement en train de faire les yeux doux à des soldats.

Elle repartit d'un pas pressé en maugréant.

Sara était restée toute la soirée auprès d'un jeune soldat, condamné à vie à la chaise roulante depuis qu'une grenade française lui avait emporté les deux jambes. L'air fatigué et mélancolique, il avait observé l'agitation joyeuse avec une résignation qu'elle trouvait plus accablante que la colère ou l'amertume. Vers minuit, il s'était endormi et une infirmière l'avait raccompagné.

Sara aperçut Felicia qui venait de se débarrasser d'un cavalier ennuyeux et qui avait rejoint Linda, assise avec les matrones.

– Felicia, Linda! appela-t-elle, tout enjouée. Je viens d'avoir une idée. Je sais où nous pourrions être beaucoup plus utiles qu'ici… à tricoter ou confectionner des bandages… Nous devrions aller au front comme infirmières.

– Seigneur Dieu! s'exclama Felicia, atterrée.

– Je ne peux pas, à cause de l'enfant, répliqua aussitôt Linda.

– Mais Felicia le pourrait. Et Kat aussi.

– C'est une excellente idée, renchérit Clara Carvelli. Felicia, je pense que vous devriez accepter.

Il ne manquait plus que ça! Horrifiée, elle repensa au convoi de blessés, au voyage interminable entre Königsberg et Berlin.

Non, plus jamais! Je ne veux rien avoir à faire avec la guerre. Je n'ai pas voulu cette guerre, je n'ai pas feint d'être exaltée. Je refuse de payer les pots cassés. Qu'ils médisent sur mon compte, mais je n'irai pas!

– Alors? insista Augusta, prête à en découdre.

Tous les regards convergèrent vers Felicia. La gorge nouée, elle jeta un coup d'œil effrayé autour d'elle. Quand Fanny s'approcha, elle faillit lui sauter au cou.

– Un monsieur vous attend à la cuisine, Madame. Il aimerait vous parler.

– À la cuisine? Pourquoi ne monte-t-il pas? Quel genre de «monsieur» est-ce donc? s'enquit Augusta.

Mais Felicia, enchantée de pouvoir s'éclipser, s'était déjà levée en s'excusant.

– Il n'a pas dit son nom, ajouta Fanny alors qu'elles dévalaient l'escalier. Mais c'est vraiment un monsieur et ça aurait été une erreur de le renvoyer, n'est-ce pas?

– Vous avez bien fait, Fanny, la rassura Felicia.

Jolanta se dressait comme un dragon devant la porte. Le visiteur contemplait une carpe morte aux yeux globuleux posée au milieu de la table.

C'était Maksim.

Felicia se retint de crier, mais elle ne put maîtriser totalement son émotion. Elle se sentit blêmir et ses yeux s'écarquillèrent. Heureusement, les servantes ne s'en aperçurent pas. Il ne portait pas d'uniforme, le bras de son costume pendait sur le côté. Il semblait épuisé, mais son regard était toujours aussi pénétrant.

– J'ai de la chance que tu sois encore debout. Bonsoir, Felicia.

Jolanta arqua un sourcil.

– C'est Maksim Marakov, bafouilla Felicia. Un ami d'enfance, d'Insterburg. Nous nous connaissons depuis toujours.

Elle se mordit la lèvre : elle n'avait pas à se justifier auprès d'une domestique.

– Est-ce que je peux te parler en tête-à-tête? demanda Maksim.

Elle remarqua alors comme il était nerveux.

Il gravit l'escalier derrière elle, traversa le vestibule sombre jusqu'au petit salon où l'on recevait les visiteurs. On entendait la musique dans la salle de bal. Felicia alluma la lumière, ferma la porte et s'y adossa comme pour exclure le monde entier de la pièce.

– Maksim, je…

Il l'interrompit aussitôt.

– Mon taxi m'attend dehors. Est-ce que tu pourrais le payer pour moi?

S'il s'était agi de quelqu'un d'autre, elle aurait eu une réplique moqueuse toute prête, mais elle était troublée.

– Bien sûr, mais…

Elle n'avait pas d'argent sur elle. Puis, elle vit la coupelle dans laquelle ces dames avaient déposé l'argent des amendes. Elle plongea les mains dans les pièces.

– Tiens.

– Tu n'aurais pas de la monnaie? plaisanta-t-il. Je reviens tout de suite. Attends-moi.

À son retour, il alla droit au but.

– Felicia, j'ai besoin d'argent.

– D'argent?

C'était insensé. Depuis quand Maksim avait-il besoin d'argent?

– Oui, s'impatienta-t-il. Cent marks-or. Peux-tu me les prêter?

– Je ne comprends pas…

– Je ne peux pas accéder à mes comptes en banque. Le gouvernement les a gelés. Cela devrait te suffire comme explication. Alors, tu me les prêtes?

Il se retient de me brusquer, pour être sûr de les obtenir, remarqua Felicia. Les paroles de Maksim lui parvenaient assourdies. Elle n'arrivait pas à se concentrer, elle détaillait les courbes familières et aimées de son visage, comme si elle le voyait pour la dernière fois.

Il va devenir quelqu'un d'autre, pensa-t-elle, incertaine. Il va devenir un étranger pour moi, parce que nos souvenirs, ceux qui nous unissaient, vont se faner, et que tout ce qui arrivera dorénavant entre nous sera déterminé par la précipitation et la nervosité avec lesquelles il me traite; il a besoin de moi avant de me laisser à nouveau tomber…

– Pourquoi as-tu besoin d'une somme aussi importante?

Sa voix avait enfin retrouvé un timbre normal, mais en posant cette question, elle jouait avec les nerfs de Maksim. Les doigts de sa main droite se crispèrent; son pouls battait sur sa tempe.

– Je quitte l'Allemagne. J'ai abandonné l'armée. Mon bras est foutu. (Il souleva légèrement son bras raide.) Je prends le large. Mais je ne doute pas que le Kaiser et la nation sauront se débrouiller sans moi.

– Où vas-tu?

– Vers l'est.

– En Russie?

Maksim passa une main épuisée dans ses cheveux.

– Felicia, est-ce que je peux avoir l'argent, oui ou non? Crois-moi, je ne serais pas venu te déranger si ce n'était pas très important.

Non, tu ne l'aurais pas fait, songea-t-elle. Sa fatigue évidente et son irritation à peine contenue déteignaient sur elle, et la jeune femme commençait à se sentir malheureuse et agacée. En même temps, elle éprouvait le besoin désespéré de se cramponner à ces quelques instants, mais Maksim n'était pas présent, ses pensées étaient ailleurs, et Felicia ne représentait pour lui qu'une étape contrariante mais nécessaire. Elle devinait déjà que, dans un avenir lointain, quand elle lui rappellerait cette soirée, il ne lui dirait pas : «Mais si je me souviens, ma chérie, il était déjà minuit, tu portais une ravissante robe de bal, tu étais très belle, et je me suis demandé pourquoi diable tu avais épousé cet autre homme. »

Non, il dirait plutôt, fronçant les sourcils : « En juillet 1915? Tu veux me rappeler que je te dois encore cent marks-or? Tu les auras, promis. C'était vraiment gentil de ta part de m'aider à l'époque!» Cent marks-or. C'était tout ce qu'elle représentait pour lui, ni plus ni moins.

– Je ne possède pas une somme pareille, répondit-elle. D'ailleurs, je n'ai pas d'argent à moi.

– Mais quelqu'un dans cette maison pourrait...

– Je ne peux tout de même pas les demander à Alex.

C'était la première fois qu'elle mentionnait son mari, mais Maksim ne réagit pas.

– Non, se contenta-t-il de grommeler. C'est impossible, en effet. (Il regarda autour de lui d'un air indécis.) Bon, dans ce cas...

– Attends-moi ici, je reviens! s'écria-t-elle soudain.

Il sourit, pour la première fois.

– Dépêche-toi. Ce serait gênant si quelqu'un venait me poser des questions.

Elle quitta la pièce. Elle savait qui lui donnerait l'argent. Si elle se montrait habile, il le ferait même avec plaisir.

Elle arriva devant la porte de Severin en même temps que Phillip qui paraissait bouleversé. Le poids de sa requête lui pesait. Il aurait préféré s'en débarrasser au plus vite, mais la politesse l'obligea à s'effacer devant Felicia qui était blanche comme un linge. Il se demanda ce que cette dernière pouvait bien attendre de Severin Lombard à une heure pareille.

Felicia s'étonna de trouver Severin devant une valise dans laquelle il fourrait des chemises, des pantalons et sa trousse de toilette. Il leva à peine la tête quand sa bru entra.

— Bonsoir, Felicia, qu'y a-t-il? Pourquoi n'es-tu pas au bal?

— Vous partez en voyage?

— Je dois prendre le train de nuit pour Francfort. J'ai reçu un télégramme. Mon frère aîné est mourant, et si je ne fais pas attention, mes deux sœurs me piqueront l'héritage sous le nez.

— Je suis désolée de vous déranger à un moment pareil…

Severin sourit.

— Allons, ma chérie, pas de simagrées! Tu as quelque chose à me demander et tu te fiches du reste, aussi bien de mon frère que de mes soucis d'héritage. Alors?

— J'ai besoin de cent marks-or. Maintenant. En espèces.

— Tiens… Et trouverais-tu importun si je te priais de me dire pourquoi tu as besoin de cette somme au beau milieu de la nuit?

Felicia esquiva la réponse.

— Je ne savais pas à qui d'autre m'adresser.

— Si tu as besoin d'argent, tu devrais aller voir ton mari.

– Oui, mais… Je n'en ai pas besoin personnellement. C'est pour quelqu'un que je connais.

– Qui est-ce ? Un invité ?

– Non. Un vieil ami d'Insterburg. Il attend en bas. Je ne peux pas vous expliquer pourquoi, mais il a absolument besoin d'argent. Il le remboursera dès que possible.

– Pourquoi dois-tu cacher tes anciens amis à Alex ? Et comment s'appelle-t-il ?

– Maksim Marakov.

Ce ne fut pas intentionnel, mais elle remercia le ciel qu'en prononçant son nom le rouge lui montât aux joues. Severin s'en aperçut, bien sûr. Il plissa les yeux. Ainsi il ressemblait encore davantage à un renard rusé.

– Je comprends, s'amusa-t-il. C'est donc le rival d'Alex. J'avais d'emblée deviné qu'il en existait un.

Felicia baissa les yeux d'un air faussement gêné. Il va me donner l'argent ! pensa-t-elle, triomphante. C'est un vieux grippe-sou, mais, pour ennuyer Alex, il est prêt à se séparer de cent marks-or.

– Tu es une petite chose intelligente, dit Severin en sortant son portefeuille. Tu sais comment t'y prendre, hein ? (En ricanant, il lui tendit le billet.) Tiens, voilà pour ton Roméo. Maintenant je dois me dépêcher, sinon je vais rater mon train.

Il ferma la valise, prit son manteau sur le bras et mit son chapeau.

– Tout cela restera entre nous, n'est-ce pas ? s'assura Felicia.

Severin lui tapota l'épaule pour la rassurer, mais elle eut le pressentiment qu'Alex serait mis tôt ou tard au courant de l'intrigue.

Dehors, Phillip leur barra le chemin, mais Severin ne lui laissa pas le temps de parler.

– Pas maintenant, lieutenant. Je dois attraper le train de nuit pour Francfort. Je suis déjà en retard.

– Quand revenez-vous ?

– Je l'ignore. Au revoir, lieutenant. À bientôt, Felicia, petite perfide !

Puis, il disparut.

– Merde ! lança Phillip. Vraiment, Felicia, tu ne pouvais pas choisir un pire moment…

Mais déjà elle dévalait l'escalier, aussi vite que le lui permettait sa robe longue.

Maksim eut l'air soulagé quand elle lui donna l'argent.

Il rangea soigneusement le billet dans la poche intérieure de son veston, et s'assura par deux fois qu'il était bien à sa place.

– Tu ne peux pas savoir comme je te suis reconnaissant, Felicia. Si jamais je peux faire quelque chose pour toi…

– Comment le pourrais-tu ? répliqua-t-elle avec un sourire forcé. Puisque je ne saurai même pas où te joindre.

– Je ne le sais pas encore moi-même. Macha va…

Il s'interrompit. Les yeux de Felicia s'assombrirent.

– Elle t'accompagne ?

Il hocha la tête sans la regarder. On n'entendait plus que les sons étouffés de l'orchestre.

– Je dois partir maintenant. N'aie pas peur, je ne m'enfuis pas avec l'argent. Je te promets que je te le rendrai.

– Ça n'a pas d'importance.

– Prends soin de toi, Felicia.

Il s'immobilisa en entendant son exclamation désespérée. À contrecœur, il se retourna. Elle se tenait au milieu de la pièce dans sa robe vaporeuse, mais, en dépit de son élégance, elle avait soudain l'air jeune et vulnérable, très différente de la jeune fille qu'il avait connue. Elle n'était plus l'éclatante Felicia qui patinait sur le lac gelé du Tiergarten de Berlin et attirait des hordes de jeunes gens, ni la sauvage jeune fille qui galopait à travers les prés de Prusse-Orientale, qui riait aux éclats en rejetant ses cheveux en arrière ou plongeait ses pieds nus dans l'eau claire des ruisseaux. L'enfant gâtée, aux humeurs capricieuses, avait disparu. Découvrant une femme dont il n'avait jamais soupçonné l'existence, Maksim se sentit étrangement troublé. Des désirs confus s'éveillèrent en lui, mais il les étouffa sans merci. La beauté de Felicia l'avait toujours laissé indifférent, car son mépris pour tout ce qu'elle représentait l'avait emporté sur son penchant pour le charme féminin. Étonné, il s'apercevait soudain qu'elle pouvait entamer ses défenses.

Felicia, qui ne devinait rien de ces pensées, revêtit ce sourire charmeur dont elle savait abuser. Maksim esquissa un sourire lui aussi : au fond, elle était tout de même encore une enfant.

– Ne veux-tu pas me donner un baiser d'adieu? demanda-t-elle.

Il hésita, mais il se sentit obligé d'accepter. Il s'approcha et se pencha pour lui déposer un baiser sur la joue. Elle leva les bras, lui enserra le cou et l'attira à elle. Les lèvres de Felicia étaient si brûlantes qu'il en frémit.

En un instant, le temps s'arrêta : il n'y avait plus de guerre, de morts, de convois de blessés, plus de misère, d'oppression, ni d'exploitation, il ne devait plus lutter pour changer le monde, car le monde était bien ainsi, il n'avait plus besoin de courir derrière des idéaux, de parler et de convaincre. Il pouvait s'abandonner à l'étreinte de

Felicia, une femme forte et sereine, auprès de qui il retrouvait des souvenirs que Macha ignorait. Les étés de Lulinn, les longues et chaudes journées, si loin de la réalité, la douce brise qui embaumait la résine...

– Alex ne signifie rien pour moi! lança-t-elle rapidement, comme si elle craignait de ne pas avoir le temps de dire ce qu'elle avait sur le cœur. Ce n'était que...

– Tais-toi, je t'en prie.

– J'ai tellement souffert parce que tu étais toujours si distant, si froid... si dédaigneux. Je ne savais pas ce que je faisais de mal...

– Arrête, Felicia!

– Si tu veux, je peux quitter Alex maintenant...

Elle vit son visage prendre une expression effrayée, presque épouvantée.

– Je n'ai épousé Alex que parce que j'étais jalouse de Macha. Mais j'ai...

– Tais-toi, bon Dieu! Tais-toi enfin!

Sa voix tremblait de colère. Il la saisit par les épaules et la secoua brutalement.

– Ferme-la, je te dis!

Tout à son obsession, elle n'avait pas senti le courant d'air, mais désormais, alors qu'elle restait pétrifiée et comme dégrisée, elle remarqua qu'ils n'étaient pas seuls. Lentement, elle se retourna.

Dans l'embrasure de la porte se tenait Alex, le visage blême. Et derrière lui, Phillip, qui continuait à courir çà et là, tout à sa requête, et qui ne saisissait visiblement pas ce qu'il venait d'entendre.

Le carillon de l'église sonna minuit. Dans la salle de bal, il y eut un silence, puis des bruits de chaises. L'orchestre attaqua l'hymne à l'empereur et les invités se mirent à chanter. La voix de soprano vacillante de Clara

Carvelli couvrit celles des autres. Pour Felicia, cette nuit resterait à jamais celle de la fausse note stridente de Clara qui, en tentant le do majeur, atteignit sa limite.

8

Des années plus tard, en repensant à ces journées, Felicia les imaginerait encore voilées d'une lumière nébuleuse.

Autour d'elle, les gens se mouvaient comme des ombres. Face à eux, elle ressentait amèrement une distance qu'elle n'avait jamais éprouvée auparavant. Une nouvelle sensibilité la rendait craintive. La lumière lui semblait trop vive, les voix trop fortes, la pénombre menaçante.

Ce soir-là, Alex s'était enivré plus que de coutume. Fanny l'avait découvert le lendemain matin, vautré sur le sofa de la bibliothèque, assommé par les vapeurs d'alcool.

Jolanta avait poussé des cris horrifiés en s'apercevant que la monnaie de la coupelle avait disparu.

Sara n'avait pas cessé de lui taper sur les nerfs en parlant de devenir infirmières à la Croix-Rouge.

Linda, ayant soudain décidé que son enfant devait naître à Berlin, était revenue en larmes à la maison lorsqu'elle avait trouvé les trains bondés à la gare de Munich.

Le même jour, Alex avait fait ses valises en silence. Il avait appelé un taxi, et il était parti.

Jolanta avait expliqué à Felicia que la famille possédait un petit chalet sur le lac de Starnberg où Alex aimait à se retirer lorsqu'il avait envie d'être seul.

Les jours suivants, Phillip ne cessa d'appeler Severin à Francfort, obtenant toujours la même réponse laconique : «Je ne peux décider de cela au téléphone, lieutenant. Venez me rendre visite lors de votre prochaine permission, et nous en reparlerons.»

Nerveuse, Kat insistait auprès de Phillip pour qu'il l'accompagne à Francfort afin de mettre son père au pied du mur. «Nous ne pouvons pas l'importuner alors que son frère est mourant», protestait-il.

Tandis que les éditions spéciales annonçaient triomphalement la conquête de la Lituanie, de la Pologne et de la Courlande, Jolanta maugréait à cause des mesures de rationnement qui se durcissaient un peu plus chaque jour.

Quand Phillip retourna au front, Kat, la plus lucide d'entre toutes, déclara, le visage grave : «Je sais que c'était notre seule et unique chance.»

Au petit-déjeuner, Linda fut saisie de contractions.

– Je vais avoir mon enfant! s'écria-t-elle, avant de se mettre à gémir de façon théâtrale.

Une grande agitation s'empara de la maison, car Linda avait convaincu tout le monde que cet événement allait être le plus crucial de l'année.

– Accroche-toi à mon bras, proposa Felicia. Est-ce que tu peux encore marcher?

Linda hocha la tête en se mordant la lèvre.

– Veux-tu prendre ma chambre? demanda Kat. Elle est plus fraîche que la tienne.

– Je ne sais pas... Oui... Non. Oh, vous avez de la chance que cela vous ait été épargné!

En voyant la pâleur de Linda, Felicia remercia Dieu de lui avoir, pour le moment, évité cette tragédie.

– Sara, dis à Fanny d'envoyer chercher le médecin, ordonna-t-elle. Dépêche-toi! Tu sais bien que ce sera un accouchement difficile.

En fin d'après-midi, l'enfant était né, sans complications et sans que Linda se fût évanouie de douleur, comme elle l'avait prédit.

– C'est un garçon, annonça le médecin en sortant dans le couloir où Felicia, Kat et Sara attendaient, avec inquiétude. Il n'y a pas eu le moindre problème. La mère et l'enfant sont en pleine forme.

– Ça alors! Il n'y avait pas de quoi en faire toute une histoire! protesta Felicia avec lassitude.

Le médecin, un vieil ami de la famille, lui souleva le menton pour l'observer.

– Vous m'inquiétez, mon enfant. Des lèvres si pâles, des joues creuses. Vous aviez meilleure mine à votre arrivée il y a un an.

Une année déjà, depuis son départ de Berlin! Tant de mois vides et gaspillés…

– Il vous faut davantage de vitamines, ajouta le médecin. Et cessez de ressasser ces idées noires. Le mieux pour vous serait d'avoir un bébé. Cela vous changerait les idées.

Au même instant, Alex apparut au bout du couloir. Il portait un costume clair, légèrement froissé, et sa cravate était négligemment nouée. À la main, il tenait son chapeau blanc. Une barbe de trois jours lui mangeait les joues et il s'était aspergé d'une eau de toilette trop forte.

– Docteur, que faites-vous ici? Quelqu'un est malade?

Alex parlait clairement. Visiblement, il n'avait rien bu.

– Linda a eu son bébé, c'est un garçon, expliqua Felicia.

– Quelle bonne nouvelle! Un petit garçon? Un futur soldat courageux. Ses parents peuvent être fiers. Il faut écrire sur-le-champ au bienheureux père, afin qu'il sache au moins pourquoi il risque sa vie.

Il éclata de rire, savourant la consternation qui se peignait sur les visages.

– Voulez-vous boire à la santé de ce nouveau mortel?

– J'ai un rendez-vous urgent, s'empressa d'ajouter le médecin. Veuillez m'excuser, Alex.

– Bien entendu. Et vous autres? Kat, tu aimes autant le schnaps que Phillip, n'est-ce pas? Allons, ne fais pas de manières.

– Je dois m'occuper de Linda, déclara-t-elle, et Sara renchérit aussitôt.

Alex s'inclina de façon exagérée, balayant le sol avec son chapeau blanc.

– J'excuse tout. Il n'existe personne de plus compréhensif que moi. Allez tenir la main de la jeune maman. Transmettez-lui mes meilleurs vœux. Je ne suis probablement pas le bienvenu auprès de la sainte couche.

Kat et Sara s'empressèrent d'ouvrir la porte de la chambre. Felicia se détourna sans un mot pour les suivre, mais Alex lui saisit le bras si violemment qu'elle faillit crier.

– Toi, tu restes. Je veux te parler.

– Lâche-moi! Linda a besoin de moi.

– Linda est suffisamment entourée. De toute façon, jusqu'à aujourd'hui, tu ne t'es jamais préoccupée du sort des autres, alors je t'en prie, mon cœur, cesse de faire semblant!

– Parle-moi sur un autre ton!

– Je connais un autre ton que tu comprendrais sûrement mieux, mais je me domine en présence de Sara et de Kat.

Aussitôt, les deux jeunes filles fermèrent la porte de la chambre. Elles ignoraient ce qui s'était passé entre Felicia et Alex et jugeaient plus prudent de ne pas s'en mêler.

Tenant le bras de Felicia, Alex l'entraîna le long du corridor et la poussa dans une pièce. La porte claqua derrière eux. Il la relâcha si brusquement qu'elle faillit perdre l'équilibre.

– De quoi voulais-tu me parler ? demanda-t-elle froidement.

Alex souriait mais son regard restait glacial. Brusquement, elle prit peur. Il était fou de rage. D'habitude, l'alcool émoussait son hostilité et lui permettait de se moquer du monde et de lui-même. Mais, cette fois, il était parfaitement lucide, les nerfs à vif, dangereux. Elle devinait qu'il se maîtrisait avec peine. Il avait disparu pendant des semaines, mais il ne s'était pas calmé.

– Si tu ne t'étais pas aussitôt enfui, commença-t-elle prudemment, j'aurais pu t'expliquer…

– Pourquoi tu as embrassé Marakov ? Quelle scène mémorable, n'est-ce pas ? Cette pièce sombre, toi et ton grand amour dans les bras l'un de l'autre. (Il jeta son chapeau.) Si tu avais vu le visage de Marakov, quand il m'a aperçu ! C'était à mourir de rire ! Et toi qui n'avais rien remarqué et qui déclamais ces paroles malheureuses : «Je n'ai jamais aimé Alex…» Ton cher Maksim t'aurait arraché la langue pour te faire taire.

– Alex, si seulement tu voulais bien…

– Comprendre ? Mais j'ai tout compris. Je sais ce que Marakov représente pour toi. J'aurais pensé que tu avais plus de fierté, mais bon… Je ne suis pas opposé à ce que tu t'amuses un peu. Tu n'as que dix-neuf ans, n'est-ce pas ?

Il alluma une cigarette. Ses mains tremblaient légèrement.

Felicia ne savait que penser. Elle se sentait perdue. Que voulait-il ? Bien sûr, il était jaloux – tout homme aurait été jaloux à sa place – mais cela ne semblait pas être l'unique raison de sa colère.

– Je suis allé au bord du lac. Nous avons une petite maison là-bas. Enfant, j'y ai passé des étés entiers avec ma mère. Elle aimait cet endroit, surtout parce qu'elle y était loin de mon père. Nous allions nous promener le long des rives. Je courais pieds nus, et je me souviens encore d'avoir pleuré parce que les galets me blessaient.

– Je… j'aimerais bien connaître cette maison. Nous pourrions y aller un jour tous les deux.

Il haussa les épaules.

– Peut-être. Dis-moi, il y avait un cendrier quelque part… Ah, le voilà… Avant-hier, mon père est venu me voir là-bas.

Le ton de sa voix n'avait pas changé, mais Felicia eut l'impression qu'il parlait différemment.

– Son frère est mort, dit-elle prudemment.

– Le pauvre vieux! Comme des vautours, ils se sont rassemblés pour lui extorquer son argent avant même que son corps ne fût froid. Mon père ne pense qu'à l'argent, tu sais. C'est la seule valeur qu'il connaisse.

– Beaucoup de gens lui ressemblent.

– Tu as probablement raison… (Ses yeux brillaient d'une lumière intense.) Et tu ne trouves pas d'autant plus surprenant qu'un avare comme lui prête cent marks-or à un inconnu sans aucune garantie, et seulement parce qu'une ravissante jeune femme le lui demande?

Elle blêmit. Severin avait parlé. Elle n'en avait jamais douté, mais elle avait pensé qu'il patienterait un peu.

– Alors, il te l'a raconté, lâcha-t-elle bêtement.

Alex écrasa sa cigarette à peine entamée comme s'il voulait la broyer.

– Et comment! Il a rarement pris autant de plaisir. «Felicia avait besoin d'argent pour son ami. Elle est venue me voir et je le lui ai donné. » Tout simplement. Pas un mot de plus. Mais ce sourire qui me raillait en criant : j'ai gagné! Elle et moi – au bout du compte – on est complices. Tu ne signifies rien pour elle, même pas assez pour qu'elle vienne te voir quand elle a besoin de quelque chose. (Il rit doucement.) Pour pouvoir me dire ça, il aurait probablement donné un million à Marakov.

– Alex, je…

Il se dressa devant elle. Son visage était si tourmenté, si cruel, que Felicia laissa échapper un cri. Il la gifla avec une telle violence qu'elle ressentit une douleur fulgurante à la mâchoire.

– Tais-toi! Tais-toi, ou je vais oublier mes bonnes manières!

Mais tu les as déjà oubliées, songea-t-elle, horrifiée et furieuse, tandis que les larmes lui montaient aux yeux.

– Écoute-moi bien, continua-t-il. Avant notre mariage, je t'ai dit que je ne me faisais pas d'illusions sur toi, je ne peux donc pas feindre d'être blessé de t'avoir découverte dans les bras de Marakov. J'aurais seulement trouvé plus digne que vous ne vous soyez pas donné rendez-vous chez moi. Continue à te consumer d'amour pour lui, fais un pacte avec Satan et tous les monstres de l'enfer, mais si tu complotes encore une seule fois avec mon père dans mon dos, tu le regretteras amèrement, je te le jure!

Il recula d'un pas et son visage se détendit. Il alluma calmement une deuxième cigarette. Sans la barbe et les cernes, il aurait presque eu l'air normal.

– Ne monte pas sur tes grands chevaux, je fais ce que je veux! répliqua-t-elle, aussi fermement que lorsqu'elle avait parlé au soldat russe à Lulinn.

Incrédule, Alex la regarda, puis il jeta sa cigarette sur la table où elle se consuma lentement. Il saisit Felicia. Elle se débattit, mais les mains qui la retenaient étaient trop puissantes. Dans le regard d'Alex, la colère s'était envolée, on ne lisait plus que du désir, un désir dépourvu de tendresse et d'amour, une avidité si violente, si entière, que la jeune femme laissa échapper un gémissement affolé.

– Lâche-moi! Tu es devenu fou? Lâche-moi tout de suite!

Il se pencha vers elle, la dévisagea. Et, brusquement, elle n'eut plus envie de résister.

À contrecœur, Felicia revint à la réalité. Les faibles rayons de soleil annonçaient la fin de l'après-midi. Dans la rue, on entendait les jurons d'un cocher.

Elle se releva, tira sur sa jupe froissée et lissa ses cheveux. Elle chercha ses boucles d'oreilles sous les coussins du sofa. Assis dans un fauteuil, les jambes croisées, Alex fumait une cigarette. Sa décontraction irrita la jeune femme.

– Tu es fou! Si quelqu'un était venu.

– La porte est fermée à clé.

– Tout de même… On aurait pu nous entendre. Bon sang, où sont passées mes boucles d'oreilles?

Elle plongea sous le sofa et cette position, à genoux, les mains dans la poussière, lui souleva le cœur. Tout lui paraissait si pitoyable. Elle était furieuse qu'Alex la traitât comme bon lui semblait.

Les mains tremblantes de colère, elle saisit les bijoux et, pensant ébranler l'impassibilité d'Alex, elle lança :

– Je m'en vais!

– Vraiment? Où ça?

– Je… je…

– Autant retourner chez ta mère. Les jeunes épouses malheureuses adorent aller pleurer dans le giron maternel.

C'était justement ce qu'elle avait envisagé : Berlin ou Lulinn, Elsa ou grand-mère, un endroit où se laisser dorloter. Mais Alex salissait toujours tout, et voilà qu'elle trouvait déplaisant de rentrer à la maison où chacun saurait qu'elle fuyait son mari.

– Non, je ne vais pas retourner chez ma mère.

L'idée la traversa tel un éclair. Avant d'y réfléchir davantage, elle déclara d'un air triomphant :

– Je vais partir au front comme infirmière!

Au moins, elle avait réussi à le surprendre, mais pas de la manière espérée. Un instant stupéfait, Alex éclata de rire.

– Ah, mon Dieu… C'est trop drôle… Je n'aurais jamais pensé que tu en arriverais là… (Il se leva et prit son chapeau.) Que le diable m'emporte, Felicia, mais tu es la personne la plus surprenante que je connaisse. Au front! Ne m'en veux pas, mais… (Il riait à gorge déployée.) Jamais une femme ne se sera dévouée à la bonne cause avec un cœur aussi pur! Felicia à l'hôpital, avec le sang, les poux et la dysenterie… Bon sang, si je ne l'avais pas entendu de mes propres oreilles, je ne l'aurais jamais cru!

Riant toujours aux éclats, il quitta la pièce.

LIVRE II

9

Le vent froid de février soufflait dans les rues de Berlin. Emmitouflés dans leurs manteaux, des lainages autour de la tête, les passants se protégeaient le visage sous des écharpes. Les joueurs d'orgues de Barbarie portaient des gants épais, les enfants qui gambadaient avaient le nez rouge et les lèvres bleues. Le charbon et le bois étaient devenus des denrées rares, et chaque jour, les queues devant les épiceries se rallongeaient. Ici et là s'élevaient les voix des socialistes et de ceux qui étaient fatigués des combats. L'année 1916, et la guerre qui n'en finissait pas.

Dans le salon, un feu crépitait dans le poêle ; la femme de chambre économisait les morceaux de charbon. Les volets claquaient au vent. Blottie dans son fauteuil, un châle sur les épaules, Elsa semblait dépérir.

Leo, qui se tenait devant la bibliothèque en feignant d'examiner les livres, se tourna vers elle. Pour la énième fois de la journée, Elsa songea qu'elle ne s'habituerait jamais à sa nouvelle tenue. Son frère était né pour avoir des cheveux ébouriffés, pour porter un gilet croisé à fils d'argent, un costume de dandy et l'incontournable rose en papier à la boutonnière. Cet autre Leo, dans son uniforme militaire gris, les cheveux courts, ressemblait à un acteur à qui l'on aurait donné le mauvais rôle. Il paraissait si malheureux que c'était à vous fendre le cœur.

– À ta place, j'irais rejoindre maman à Lulinn, dit-il. Au moins là-bas, tu aurais de quoi manger. Je sais, Victor et Gertrud t'agacent, ainsi que cette sotte de Modeste. Mais rester à Berlin sans ta famille… Tu sembles perdue dans cette grande ville. (Il lui pinça affectueusement la joue.) Pour une fois, écoute ton petit frère.

– Mon petit frère… (Elle posa un regard douloureux sur son uniforme et le pistolet accroché au ceinturon.) Plus si petit à dire vrai.

– Le vert-de-gris, en effet, me confère une certaine dignité, tu ne trouves pas ? plaisanta-t-il. Leopold Domberg, serviteur dévoué de Sa Majesté l'empereur!

Il claqua les talons et porta la main à son calot. Ses joues molles tressaillirent, tandis que ses lèvres mélancoliques s'étirèrent en un sourire crispé. Les cernes sous ses yeux aux lourdes paupières étaient plus prononcés que d'habitude. Il se jeta dans un fauteuil et croisa les pieds sur la table. Il savait qu'Elsa n'aimait pas les mauvaises manières, mais elle les avait toujours tolérées chez lui.

– Quand je pense qu'ils m'ont mobilisé, moi, le vieillard! C'est incroyable.

– Tu n'es pas vieux. Tu n'as même pas quarante ans.

– Toute ma vie les jolies filles m'ont pris pour une réplique de mon père, et pour une fois que mes rides pouvaient me servir, seule ma date de naissance compte. «Vous êtes jeune, vigoureux et en pleine santé, Domberg!» En pleine santé, ah! S'ils voyaient l'état de mon foie. Lui, ça fait vingt ans que je ne le ménage plus. De toute façon, j'allais crever d'alcoolisme, conclut-il sur un ton morose.

– À ton retour, tu feras une cure de désintoxication.

– Quelle horreur, ne dis pas une chose pareille! Je préfère encore périr sous les balles. Tu sais le pire?

Ils m'envoient en France. Moi, Leo, je dois tirer sur des Français! Alors que j'aime les Français, que j'ai des milliers d'amis en France! Avec Jacques et Pierre, on a fait les quatre cents coups à Paris. Mes plus belles années… (Son visage sombre s'éclaira.) Ah, les Parisiennes! Une certaine Mme Daphné tenait une maison à Montmartre. Elle avait un corps… (Le regard de sa sœur l'arrêta net.) Quoi qu'il en soit, c'était une superbe femme, grommela-t-il.

— Tu la reverras un jour, Leo.

— Tu crois? Tu ne penses pas qu'après cette guerre rien ne sera plus comme avant? Est-ce que je me promènerai à nouveau dans le Bois, respirant cet air unique et merveilleux de Paris? Et les cabarets, les bistrots d'artistes, les cafés sur les Champs-Élysées… Mon Dieu, on vivait de vin rouge et, quand maman m'envoyait de l'argent en cachette, on trinquait au champagne. Je dépensais tout en une seule nuit. Le lendemain, je n'avais plus un sou, mais c'était la vie, c'était ma vie, ma passion! Paris, le champagne et l'amour… Putain de merde, ajouta-t-il, épuisé.

Elsa sursauta, mais ne le gronda pas. Il ôta ses pieds de la table.

— Fais-moi plaisir, Elsa, retourne à Lulinn. Si tu restes ici à attendre des nouvelles de ton mari, de Jo, de Christian et de Felicia, tu ne tiendras pas le coup. Ce qui est arrivé entre maman et toi, c'est terminé maintenant. Elle est peut-être tyrannique, mais elle t'aime. Elle nous aime tous.

Elsa détourna son visage. Le passé n'avait jamais cessé de la hanter. Elle refusait de franchir l'abîme qui la séparait de Laetitia, et si elle rentrait maintenant, ce serait un pas déterminant. Sa mère et elle, deux femmes attendant des nouvelles de la famille, et la fin de la guerre… Une tendresse naîtrait peut-être de cette peur partagée.

– C'est impossible, fit-elle.

– Quoi donc? s'étonna Leo. Que maman nous aime?

– Non. Je veux dire qu'il m'est impossible de rentrer à Lulinn. Je t'en prie, Leo, n'insiste pas.

Il haussa les épaules.

– Est-ce que Felicia écrit de temps à autre?

– Elle m'écrit toutes les trois semaines. Elle travaille dans le même hôpital militaire que son père. Sa belle-sœur Kat l'a accompagnée. Je ne crois pas que Felicia soit très heureuse…

– Dieu sait s'il y a des choses plus agréables à faire quand on est une jolie jeune femme!

– Si ce n'était pas si dangereux, je dirais même que cela lui fait le plus grand bien. Mais elle aurait dû…

– Tu penses qu'elle aurait dû rester auprès de son mari? poursuivit Leo.

Elsa hésitait à se confier, mais elle n'avait jamais eu de secrets pour son frère.

– Je sais par Linda qu'ils ont eu une grosse dispute. C'est probablement la raison pour laquelle Felicia s'est soudain décidée à devenir infirmière. Elle voulait s'éloigner d'Alex, mais elle était trop fière pour venir vers moi.

Leo éclata de rire.

– Je me doutais bien que Felicia ne s'était pas découvert l'âme d'une Florence Nightingale… Elle veut laisser Lombard mijoter et elle se camoufle sous une bonne action. C'est une vraie teigne, ta fille!

– Leo!

Il enfila son manteau. Le visage encadré par le col en fourrure, il ressemblait à un vieil ours en peluche.

144

– Mon train part dans une heure. Crois-moi, ce Falkenhayn, je pourrais…

– Chut! Il est général en chef.

– Justement. Pourquoi a-t-on besoin d'un homme comme lui? Pourquoi a-t-on besoin de la guerre? Ma chère Elsa… (Il la serra violemment dans ses bras pour cacher son émotion.) J'ai aimé beaucoup de femmes, mais de toutes les femmes sur terre, c'est toi que je préfère. Ma grande sœur!

Le visage crispé, Elsa se mordit la lèvre.

– Leo, si tu croises Jo ou Christian…

– Je leur dirai bonjour de ta part! Dans quel foutoir se trouvent-ils en ce moment?

Elsa remua ses pieds glacés. Que pouvait-on éprouver par un froid aussi intense, dans une tranchée?

– Ils sont à Verdun, répondit-elle d'une voix tremblante.

Leo sourit d'un air encourageant.

– Verdun? Ne t'inquiète pas, Elsa. Ce ne sera probablement pas si terrible…

L'obus éclata tout près de Christian.

Cette fois-ci, c'est pour moi, pensa-t-il. Un court instant, il s'étonna de ne pas avoir peur, comme si l'appréhension de la mort avait été pire que la mort elle-même. Dans cet enfer assourdissant de balles qui sifflaient, de feu, de fumée, de boue et de sang, la mort était moins une ennemie qu'une délivrance. Plus d'une fois ces derniers jours, allongé dans la tranchée, rechargeant son fusil de ses mains tremblantes, il avait succombé quelques secondes à la tentation de cesser ce combat opiniâtre et angoissant, afin de s'abandonner à la mort. Il était si épuisé que seule cette idée lui permettait de persévérer, heure après heure. Je peux mourir à tout moment, se répétait-il. Si je ne veux plus continuer, je mourrai tout simplement. Je m'accroche, parce que je le veux bien, mais le choix de mourir est entre mes mains, et je m'en servirai quand cela deviendra trop dur.

Il était encore en vie. L'obus avait fait un cratère à côté de lui. Il avait atteint de plein fouet le camarade qui, trois minutes auparavant, lui avait confié qu'il rêvait d'une petite blessure «juste ce qu'il faut pour passer deux semaines de permission à la maison». Il était allongé un peu plus loin dans la boue et son ventre lacéré se vidait de son sang et de ses intestins.

— Regarde, c'est Ulli! appela une voix. Je dois…

— Laisse-le! Il est mort. Attention!

À nouveau ce ronflement qui annonçait les obus. Christian se plia en deux. Chaque fois, sa maudite peur reprenait le dessus et l'inondait de sueur. Il ne pouvait pas dominer ses tremblements. Il avait honte, il se disait qu'il était prêt à mourir, mais en réalité, il tenait encore à la vie.

— Nous sommes trop jeunes, avait dit Jorias quelques semaines plus tôt, après l'assaut du Fort Douaumont qui avait coûté des milliers de morts.

Trop jeunes… Les paroles du professeur de l'école militaire résonnaient encore aux oreilles de Christian : «C'est votre devoir, pour le Reich et pour le Kaiser.»

Notre devoir… Notre devoir… L'obus éclata, plus loin cette fois-ci. En dépit du vacarme, on entendit les cris d'un soldat touché par un éclat. Il hurlait avec la détresse d'une bête blessée.

Christian s'accroupit. La peur l'assaillit telle une vague, effaçant les leçons de sept années d'école militaire.

Lorsqu'il succombait à sa frayeur, il essayait de se souvenir de l'enthousiasme avec lequel il était parti pour la France. « Épaulez ! Feu ! » Bon sang, si jamais il retrouvait un peu de cette ardeur joyeuse, peut-être parviendrait-il à oublier cette foutue trouille !

– Je repense souvent à Lulinn, avait dit Jo l'avant-veille, alors qu'ils partageaient une cigarette. C'est dingue, non ? Les balles sifflent autour de ma tête, on dirait que c'est la fin du monde, et je revois Lulinn, comme une vision, une promesse.

J'aimerais bien pouvoir penser à Lulinn, songea Christian, désemparé. J'aimerais penser à n'importe quoi pour oublier ma peur.

À cinq cents pas de là, le camarade continuait à hurler. Soudain, Christian se demanda avec effroi s'il s'agissait de Johannes. Comme souvent depuis son arrivée, il regretta d'avoir un frère et des amis avec lui, cela rendait tout plus grave encore. La peur et l'imagination prenaient d'autres dimensions.

Était-ce encore utile de tirer salve après salve ? Il ne voyait rien et tirait à l'aveuglette. Encore recharger. Il saisit les munitions. Agenouillé près de lui se trouvait Max, un fils de pasteur. Il priait sans arrêt depuis le matin, et ses murmures incessants irritaient Christian. On aurait dit que Max avait perdu la raison. Il ne savait plus réciter une prière, un psaume une chanson en entier, mais répétait des formules sans lien entre elles : « Ordonne tes chemins... Car c'est à toi qu'appartiennent le règne... Et si je me retrouve dans le bois obscur... Dans le monde vous avez peur, mais... »

Malgré lui, Christian achevait mentalement les lambeaux de phrases. « Dans le monde vous avez peur, mais voyez, j'ai vaincu le monde. » Non ! Il ne devait pas s'y

147

soumettre. S'il priait, c'est que tout était perdu. Les prières, c'était bon pour les morts.

Mais il fallait occuper son esprit d'une manière ou d'une autre. Jorias lui avait confié qu'il récitait les cours de latin : « *Gallia est omnis divisa in partes tres…* »

Les Français semblaient préparer une nouvelle offensive, car le bombardement était incessant.

Christian essaya de reprendre son souffle, de s'orienter dans l'obscurité. Il ne voyait plus rien ni personne. Terrifié, il se demanda s'ils étaient tous morts et s'il était le seul survivant. Puis, il sentit un corps vivant se presser contre le sien.

– Christian, c'est toi? haleta Jorias. Dis, je crois que j'ai chopé un éclat. C'est bizarre, je n'ai pas mal mais je l'ai senti.

– Où est passé Max? s'enquit Christian, s'apercevant que les prières avaient cessé. Il était à côté de moi.

– Il y a quelqu'un couché, là. Je crois…

La voix de Jorias fut dominée par le tonnerre des armes qui se rapprochaient. Les mains de Christian étaient moites.

– Reculez! hurla quelqu'un.

C'était le capitaine von Stahl, le chef de la compagnie, qui était enroué depuis des jours et n'arrivait à crier les ordres qu'avec difficulté.

– Repliez-vous! Nous abandonnons la première ligne! Reculez!

Sous le déluge des balles et des obus, les soldats rampèrent à reculons. Les quelques mètres gagnés avaient coûté des vies innombrables et autant de vies seraient perdues à les abandonner. Glissant sur le ventre comme un serpent, son arme collée à lui, tâtant le terrain avec ses pieds, Christian recula. Après un moment de silence, le blessé avait recommencé à hurler. Quelqu'un parviendrait-il à l'emmener? Peut-être criait-il parce qu'on essayait de le dégager et de le tirer vers l'arrière? Il ne leur restait pas beaucoup de temps pour le sauver. Désormais, l'attaque des Français était imminente.

L'épaisse fumée noire empêchait d'y voir clair. Christian devait se concentrer pour ne pas se tromper de direction. Tout vacillait devant ses yeux. Lorsqu'un obus tomba devant lui, son visage s'écrasa dans la boue, ses mains protégeant instinctivement sa tête. Il pleurait. Rassemblant ses dernières forces, il se laissa tomber dans la tranchée de la deuxième ligne de front.

Il lui fallut quelques minutes avant de trouver la force de regarder autour de lui.

– Jorias? appela-t-il à mi-voix, mais personne ne lui répondit.

La fumée se dissipa et il reconnut certains soldats.

– Jorias!

Il se souvenait parfaitement que, quelques instants plus tôt, ils étaient côte à côte. Où, sur ces quelques mètres, avaient-ils été séparés? Le plus vite qu'il pût, Christian se traîna parmi ses camarades dans la tranchée.

– Jorias! L'un de vous a-t-il vu Jorias?

Des visages couverts de suie se tournèrent vers lui.

– Non. Reste à ta place. T'es dingue ou quoi, de t'agiter comme ça?

– Je crois qu'ils l'ont eu, Jorias, dit un garçon blond qui paraissait avoir à peine quinze ans. Il est resté là-bas.

Les armes crachèrent. Tous se baissèrent. Éberlué, le jeune soldat contempla son bras droit d'où coulait un filet de sang. Avec un soupir affolé, il s'écroula et son visage prit une teinte livide.

Christian retourna à sa place. Jorias devait se trouver à ce niveau-là.

Dans toute l'horreur qui s'était emparée de lui, la peur n'avait plus sa raison d'être. Il ne pensait plus qu'à son ami, chaque respiration lui rappelait cruellement le temps qui s'écoulait, et son hésitation pouvait coûter la vie de Jorias. Il quitta la tranchée jusqu'à laquelle il venait de se traîner.

– Reste ici ! Tu es devenu fou ou quoi ? cria quelqu'un.

– Jorias est là-bas, expliqua un autre soldat.

– Mais ça fait longtemps qu'il est…

Le sifflement des balles coupa court à toute discussion. Christian continua de ramper vers un enfer en ébullition, sombre et meurtrier. Les Français ne cessaient de tirer, les Allemands de riposter. Chaque seconde, un obus explosait. Jorias se trouvait exactement sur la ligne où se rejoignaient les bombardements des deux ennemis. Christian ne l'aperçut que lorsqu'il lui tomba dessus. Jorias était étendu sur le sol, les bras curieusement écartés. L'obus – sûrement celui qui avait failli faire perdre la raison à Christian – lui avait arraché les deux jambes. Elles avaient disparu, tout simplement. Immobile, Jorias baignait dans son sang. Christian fut envahi par une étrange léthargie. Calmement, il prit les mains de son ami, le traîna avec ténacité, sans aucun moment de faiblesse, à travers l'orage de feu, telle une fourmi qui emporte une proie trop grande vers sa fourmilière. Il est mort, il est mort, répétait une voix en lui. Mais Christian ne parvenait pas à l'envisager, ce qui lui évitait de plonger dans un abîme de désarroi et de souffrance. Plus tard, la réalité surgirait, lui dérobant à jamais la sérénité et la tendresse qui faisaient la spécificité de son caractère et qu'il avait réussi à préserver jusque-là.

Alors qu'il pensait ne plus pouvoir continuer, des mains le tirèrent à l'abri tandis que d'autres saisissaient

Jorias. Malgré les déflagrations, Christian percevait son propre halètement. Il n'était pas en état de parler et il se contenta de regarder Jorias, étendu sur le dos.

Sous la poussière et la suie, son visage n'avait plus de couleur. Même les lèvres étaient blanches, des poches grises ombraient les yeux. Détendu, paisible, il semblait assoupi. Il avait l'air si jeune maintenant que la tension des derniers jours s'était effacée de ses traits, et si vulnérable.

Des mèches de cheveux lui tombaient sur le front, comme autrefois, lorsqu'il dormait près de Christian à l'école des cadets, ou dans la petite chambre sous les toits de Lulinn avec ses murs irréguliers et son papier à fleurs.

Devant les yeux de Christian, les images défilèrent à toute allure, celles d'une enfance et d'une jeunesse partagées avec Jorias, insouciantes et heureuses. Ils avaient eu la certitude que la vie serait toujours ainsi, mais à présent ces souvenirs s'effaçaient au profit de cet instant que Christian ne comprenait pas, et qui, plus tard, serait froidement mentionné dans les archives de la famille Leonardi : *Jorias Leonardi, tombé le 24 février 1916, à Verdun.*

L'homme avait d'immenses yeux fiévreux. La douleur tordait sa bouche. Il serrait si fort le bras de Felicia qu'elle se mordait les lèvres pour ne pas crier.

— Je vous en prie, prenez mon autre bras, marmonna-t-elle, mais il ne sembla pas l'entendre et enfonça davantage ses doigts dans sa chair.

Il hurla quand le couteau du médecin lui entailla la jambe. La balle était profondément enfouie. Autour de la plaie, le tissu suppurait. Les médecins avaient été formels : il fallait extraire la balle. Personne ne semblait se soucier de l'absence de morphine et de chloroforme, et les patients devaient subir les interventions sans anesthésie.

– Demain, nous serons ravitaillés, avait annoncé une infirmière.

– Alors pourquoi est-ce que vous ne me retirez pas cette foutue balle demain ? avait protesté le blessé.

– Vous n'y survivriez pas. Il faut opérer tout de suite.

Il avait supplié Felicia de lui tenir la main. Comme la plupart des soldats de ce maudit hôpital de la région de Czernowitz, il était amoureux d'elle. Elle était la plus jolie de toutes et elle semblait incapable de parler à un homme sans flirter. Elle n'était pas bonne infirmière et elle ne cachait pas son aversion pour le sang, les poux, la crasse, les corps déchiquetés et les hurlements, mais on le lui pardonnait volontiers.

Un voile devant les yeux, le soldat essayait de s'accrocher au regard gris de Felicia, dans lequel il lisait à la fois l'effroi, la pitié et le dégoût, mais il s'évanouit avant d'avoir pu en percer le secret.

Soulagée, Felicia s'aperçut que la poigne de fer qui lui enserrait le bras s'était relâchée.

– Je crois qu'il a perdu connaissance, papa.

– C'est ce qui pouvait lui arriver de mieux, répondit le Dr Degnelly. Nous aurons terminé avant son réveil.

Mon pauvre père a l'air épuisé, songea Felicia tendrement. Cet homme doux et paisible, dont le mariage avait été une vaine tentative pour guérir de la mélancolie une femme qui ne l'aimait pas, avait peu compté dans sa vie. Lorsque Felicia voyait son regard las, elle ne pouvait s'empêcher de se sentir coupable, car elle se débrouillait pour s'assurer le plus grand confort possible. Elle trouvait difficile de se sacrifier et seul son orgueil l'empêchait de repartir sur-le-champ. Elle ne voulait pas capituler devant Alex, ni devant sa mère et encore moins son père, qui accomplissait son devoir nuit et jour, le dos courbé et les yeux cernés. Elle espérait qu'il ne remarquait pas qu'elle travaillait à contrecœur.

Comme beaucoup de scientifiques, le Dr Degnelly faisait parfois preuve d'une étrange naïveté. Il ne s'étonnait pas que Felicia eût choisi d'aider sur le front, alors qu'il aurait dû la connaître suffisamment pour savoir que cette tâche ne lui convenait pas le moins du monde. Il n'imaginait pas une seconde que le mariage de sa fille battait de l'aile. Parfois, même, il s'inquiétait du sort d'Alex : «Comment va-t-il? Que se passe-t-il à Munich?»

Felicia n'avouait pas qu'elle ne recevait aucune lettre d'Alex – elle ne lui écrivait pas non plus – et se contentait de marmonner une vague réponse. De toute façon, la plupart du temps, son père était trop épuisé pour l'écouter. Il souriait d'un air distrait : «Je suis heureux que tu sois là, petite. C'est merveilleux d'avoir quelqu'un de confiance avec soi.»

Alors, elle l'enlaçait et il posait la tête sur son épaule, comme s'il avait trouvé un endroit où se reposer. En contemplant ses rares cheveux gris, elle songeait que les années l'avaient rongé petit à petit et que la vie n'offrait à chacun que fort peu de temps. Elle avait envie de se blottir contre lui chaque fois que cette pensée désespérée lui traversait l'esprit : tout est allé de travers, rien ne se passe comme je le voulais. Quelle fichue guerre!

Felicia, Kat et Sara avaient quitté ensemble la maison de la Prinzregentenstrasse. Sara était heureuse que les autres l'aient écoutée. Kat, en revanche, s'était étonnée de la décision de Felicia, mais elle l'avait accompagnée, ne voulant pas rester seule pour aller à l'école et attendre Phillip.

« S'il est parti au combat, je peux le faire aussi, avait-elle déclaré. Et puisqu'il ne trouve pas le moyen de parler à mon père, qu'il ne s'attende pas à ce que je reste à pleurer à la maison ! » Ses paroles bravaches cachaient sa peur et sa résignation. Sans cesser d'aimer Phillip, Kat avait le sentiment que chaque jour qui s'écoulait les rapprochait d'un drame. Elle n'en parlait pas à Felicia, tout comme celle-ci ne partageait pas ses soucis avec sa belle-sœur. Les deux jeunes femmes protégeaient jalousement leurs chagrins les plus intimes.

Lors de leur courte formation à Munich, elles avaient d'emblée déclaré qu'elles refusaient d'être séparées. On avait cédé face à leur ténacité. Seule Sara avait été envoyée sur le front de l'ouest. Felicia l'avait accompagnée à la gare. La dernière image qu'elle gardait de son amie était celle d'un visage triste avec une tache de suie sur le nez, ce qui lui donnait un air à la fois nostalgique et grotesque.

Felicia quitta le long baraquement dans lequel les médecins opéraient les blessés derrière des paravents. Elle frotta son poignet endolori et inspira profondément l'air pur de la soirée. Le soleil était déjà bas dans le ciel, mais il faisait encore chaud. Quelle région désespérante que cette Galicie du bout du monde ! Les soldats considéraient comme une punition d'y être mutés. « Celui qui perd la guerre obtient la Galicie », disait-on dans les milieux défaitistes, une boutade tristement absurde mais véridique, car c'était ici que la moitié de l'armée austro-hongroise avait été massacrée.

Une brise montait de la rivière. Felicia scruta le ciel. Si seulement il pouvait pleuvoir.

Elle aurait aimé enfiler une jolie robe d'été, se coiffer, déposer quelques gouttes de parfum sur son cou et au creux de ses bras… Avec un soupir, elle retira ses chaussures. Ses pieds étaient couverts d'ampoules.

Benny, le brancardier rouquin, fumait une cigarette, un luxe convoité dans le campement.

– Salut, Benny, je peux prendre une bouffée?

– Si madame l'ordonne, plaisanta-t-il.

Elle tira sur la cigarette à la dérobée. Il était interdit aux infirmières de fumer, mais Felicia repensait souvent aux paroles de sa grand-mère : « Il y a des situations dans la vie qui ne peuvent être surmontées qu'avec du schnaps et des cigarettes. »

– J'ai appris quelque chose, murmura Benny en jetant un coup d'œil furtif autour de lui. Il paraît qu'on risque de subir une offensive russe. Ça pourrait se gâter sérieusement.

– Bah, encore des paroles en l'air, rétorqua Felicia d'un air las. Tu répands ce genre de nouvelles toutes les semaines.

– Mais, cette fois, la source est sûre.

– Et alors? Il y aura encore des milliers de blessés et nous travaillerons jour et nuit. Si tu savais comme j'en ai marre!

Benny écrasa le mégot sous son talon. Son visage jovial semblait soucieux.

– Il y a peut-être un moyen de t'en aller. Après-demain, un transport de blessés part pour Vienne. Et devine qui est le médecin de service? Ton père.

– Dieu soit loué! Il va enfin pouvoir quitter cet affreux hôpital. Il est épuisé.

155

– Ensuite, ils lui donneront trois semaines de permission. Je les ai entendus en discuter. Mais rien n'est encore décidé pour les infirmières qui l'accompagneront. Tu ferais mieux de te dépêcher. Ce serait pas mal de revoir la mère patrie, non?

– C'est ce qui pourrait m'arriver de mieux. Peut-être aurai-je même deux ou trois jours de libre? J'ai tellement envie de changer d'air, Benny. Parfois, je me dis que je vais passer toute ma vie avec des mourants et des infirmières en chef acariâtres. Et puis, il y a la chaleur, la poussière, les mouches…

– Pourquoi es-tu devenue infirmière?

– C'est une histoire compliquée, soupira-t-elle en se rechaussant. Merci du tuyau, Benny. Je vais m'en occuper tout de suite.

– N'oublie pas l'offensive russe. Il vaut peut-être mieux ne plus être là quand cela arrivera.

Elle sourit. Benny et ses prophéties. Il aimait agiter le campement avec ses prédictions pessimistes.

Un quart d'heure plus tard, tout était réglé. Avant de donner son accord, Paula, l'infirmière en chef, avait scruté Felicia d'un regard inquisiteur.

– J'aimerais savoir comment vous arrivez toujours à vos fins, madame Lombard.

Felicia s'était alors inquiétée de Kat.

– Kassandra Lombard? Elle vous accompagne. Et elle aura trois semaines de congé. La malheureuse est si fragile!

– Et moi, je n'y ai pas droit?

– Vous? Et pourquoi donc? s'était indignée l'infirmière. Est-ce que vous faites autre chose que de prendre des vacances?

– Voulez-vous votre thé, Madame?

Linda sursauta.

– Quelle heure est-il, Fanny?

– Cinq heures passées. M. Lombard n'est pas encore rentré.

– Apportez-moi mon thé tout de suite, je vous prie.

Linda se leva du coussin sur lequel elle jouait avec son fils qu'elle avait prénommé Paul, en hommage à Paul von Hindenburg. Il avait dix mois, des cheveux blonds soyeux et des yeux bleus rieurs. La plupart du temps, il gambadait à quatre pattes, mais parfois, il essayait de marcher. De ses mains maladroites, il agrippa la jupe de sa mère en babillant.

Elle s'assit devant la table près de la cheminée. Fanny y déposa le plateau. Les petits gâteaux secs étaient grisâtres, comme s'ils avaient été confectionnés avec de l'eau et de la poussière.

La jeune femme venait de finir son thé quand Alex entra dans le salon. Linda le trouva très séduisant avec sa barbe de trois jours et son écharpe en soie ivoire autour du cou.

– Bonjour, Linda. Nous avons quelque chose à fêter.

Il sortit une bouteille de gin et deux verres du placard. Puis, il souleva Paul et le fit tournoyer.

– Alors, monsieur, avez-vous appris quelque chose de nouveau aujourd'hui? Vous savez, Linda, ce petit embellit de jour en jour. (Il déposa l'enfant sur les genoux de sa mère et prépara deux verres.) Aujourd'hui, j'ai enfin réalisé un vieux rêve.

– Lequel? demanda-t-elle poliment, songeant qu'Alex avait sûrement beaucoup bu.

– Je m'engage dans l'armée. Le capitaine Lombard s'est présenté au bureau de recrutement et il a été accepté. Tous les réservistes sont rappelés. La semaine

157

prochaine, je pars pour la France. (Il vida son verre et le remplit aussitôt.) Qu'est-ce qui vous étonne autant? s'amusa-t-il.

— Je pensais… Enfin, j'ai toujours cru…

— Que je n'étais pas un patriote?

Gênée, Linda acquiesça. Bien que ce fût une terrible offense, Alex se contenta de rire avant d'avaler son deuxième verre.

— J'aime l'aventure, madame. Et cette guerre est une vraie aventure.

— Seulement une aventure? murmura-t-elle.

Les paroles insouciantes d'Alex la heurtaient, mais, intimidée, elle n'osa pas le lui dire.

— Oui, seulement une aventure. Je n'ai rien à perdre, Linda. Ce qui est beau, c'est que je m'en fiche. Je suis libre de faire ce qu'il me plaît. Ceux qui sont attachés à la vie m'ont toujours fait de la peine. Ils doivent constamment avoir peur. Pas moi!

Il termina son troisième verre, alors que Linda prenait sa première gorgée.

— J'espère que vous ne partez pas à cause de Paul et moi.

— Bien sûr que non! J'adore les enfants et les femmes. (Il rit en voyant son visage effaré.) Je pars car j'ai enfin réussi à les convaincre que mon père était apte à diriger la fabrique seul. « Messieurs, je serai plus utile à l'Allemagne sur le front », leur ai-je annoncé. Mais buvez, voyons! Ne soyez pas timide. Si vous trinquez avec moi, vous comprendrez mon bonheur.

— Felicia ne sera pas heureuse de l'apprendre.

Alex releva la tête.

— Felicia…? répéta-t-il, désorienté, comme si on l'avait brusquement tiré d'un profond sommeil.

– Elle se fera du souci quand elle apprendra votre décision.

– À mon avis, Mme Lombard s'en fiche comme d'une guigne, rétorqua-t-il.

On frappa à la porte, et Fanny entra.

– Un télégramme pour Mme Degnelly. De France.

Linda blêmit.

– Merde, grommela Alex, soudain dégrisé.

Elle déplia le papier.

– C'est de Johannes. Dieu merci, il n'est pas…

Elle parcourut le télégramme et poussa un cri. D'une voix tremblante, elle lut à haute voix :

– *Christian tombé lors de l'assaut du Fort Thiaumont – sois avec maman à Berlin quand elle apprendra la nouvelle – Johannes.*

– Le jeune frère de Felicia, murmura Alex. C'était un garçon charmant. Il ne devait pas avoir plus de vingt ans.

– Il en avait dix-neuf, répliqua Linda en se levant. Je dois rentrer à Berlin. On ne peut pas laisser mère toute seule.

– Je vais vous aider à faire vos bagages, Madame, proposa Fanny en pleurnichant. Doux Jésus, seulement dix-neuf ans! On a toute la vie devant soi à cet âge-là, et voilà qu'un sale Français vient le…

– Ça va t'étonner, Fanny, lança Alex, mais il y a aussi des Français qui meurent dans cette guerre. Des garçons de dix-neuf ans. Abattus par des Allemands. Par des hommes comme moi. (Il prit une bouteille de whisky dans le placard.) Je vais boire encore un peu. Comment dit-on déjà? Je vais noyer mon désespoir… (Son visage se crispa de tristesse.) Pauvre Christian! La vie est une saloperie, mais chacun devrait avoir l'occasion de le découvrir par lui-même.

10

Dans le train se trouvait un soldat gravement blessé au ventre. Personne ne supportait plus ses gémissements. Le Dr Degnelly lui avait donné de la morphine, mais cela ne servait plus à rien.

On ne laisserait pas souffrir un cheval dans le même état, songea Felicia, saisie d'effroi. Si papa lui donnait une surdose de morphine…

Mais elle n'osait pas le lui suggérer. De pareilles pensées l'auraient bouleversé. Tendrement, elle essuya le front de son père avec un mouchoir.

– Merci, petite. Celui-ci n'en a plus pour longtemps. C'est pour le mieux.

– Bien sûr, papa. Et tu auras fait ton maximum. (Elle lui tendit un verre d'eau.) Tu dois boire davantage. Que se passerait-il si tu tombais malade?

À l'autre extrémité du wagon, Paula se tourna vers Kat.

– Si elle s'occupait aussi bien des blessés que de son père… Je connais les femmes comme votre belle-sœur. Elles se feraient mettre en pièces pour défendre les choses qui leur sont chères, mais le reste de l'humanité… il peut crever à leurs pieds.

– Felicia n'est pas comme ça! protesta Kat. Je suis heureuse qu'elle soit entrée dans ma famille. Je l'aime beaucoup.

L'infirmière contempla la jeune fille exaltée d'un air pensif.

– Un jour, vous vous souviendrez de mes paroles, grommela-t-elle. Et maintenant, au travail! Il faut changer les pansements. Dois-je toujours tout répéter deux fois?

Cahotant sur les rails, le train traversait un paysage plat et monotone. Felicia écoutait le claquement des roues. Elle aurait pu chanter une mélodie pour les accompagner tant le rythme imprégnait ses membres. Chaque minute qui passait les rapprochait de Vienne. Et une fois à Vienne… Jamais plus elle ne remettrait les pieds dans un hôpital militaire! Au pis, elle rentrerait à Berlin. Tout valait mieux que cette guerre et ces horreurs. Elle se gratta le cou. Encore ces satanés poux! Ces bestioles répugnantes n'épargnaient personne.

Soudain, le train freina si brusquement que Felicia faillit perdre l'équilibre. L'homme blessé au ventre tomba de son brancard. Sa tête glissa en arrière et ses yeux fixèrent le vide. Les autres soldats s'accrochèrent à leurs civières et à leurs fauteuils roulants en maugréant.

– Qu'est-ce qui se passe? Pourquoi s'arrête-t-on?

– Qu'est-ce qu'il croit transporter, l'autre? Des planches de bois?

– Silence! ordonna Paula. Inutile de s'énerver. Felicia, allez demander pourquoi nous sommes arrêtés. Si c'est un problème mécanique, je nous souhaite bien du plaisir!

Les nerfs à fleur de peau, Felicia enjamba le soldat mort. Pourvu qu'il n'y eût pas de retard! Elle ne le supporterait pas.

D'un geste décidé, elle tira la porte coulissante du wagon. Une chaleur étouffante s'engouffra à l'intérieur. Des visages menaçants la contemplaient. Elle aperçut des uniformes déchirés, des cheveux en bataille, des chevaux poussiéreux. Aucune trace de bienveillance, aucun sourire n'éclairait les visages aux yeux sombres. Il lui fallut un moment pour comprendre.

– Que se passe-t-il? s'écria la voix nasillarde de Paula.

– Inutile de s'énerver. Il ne s'agit pas d'un incident mécanique, répondit un blessé d'un air blasé. Ce ne sont que quelques Russes.

Ils n'avaient pas le droit de parler. Ils attendaient sous le ciel bleu, écoutant chanter les grillons, qu'on leur envoyât une locomotive afin de les emmener dans la direction opposée. Malgré tout, les rumeurs couraient. Un Russe avait dû se confier.

«Grande offensive russe – percée importante – plus grande victoire depuis le début de la guerre – général Brussilov à la tête de l'armée – deux cent mille prisonniers…»

Des bribes de phrases passaient, on les attrapait au vol avant de les transmettre. Brussilov, Brussilov, Brussilov… Felicia était assise dans la prairie, à l'ombre des roues. Elle aurait dû rester auprès des blessés mais elle n'en avait pas eu envie. Kat, Paula et les autres se débrouillaient aussi bien sans elle. Le général Brussilov – maudit soit-il! Il avait tout gâché. Un Russe s'approcha d'elle.

– Cigarette? proposa-t-il.

Elle secoua la tête. Non, elle ne voulait pas fumer, elle voulait rentrer à la maison.

Le Dr Degnelly sauta du train et s'adressa à un jeune officier russe.

– Nous avons un mort. Pouvons-nous l'enterrer?

Après une courte hésitation, l'officier donna sa permission. Armés de pelles, Degnelly et deux blessés légers se mirent à creuser à l'ombre d'un pin.

Felicia les observait. Si seulement... Ses pensées cherchaient désespérément un coupable. Oui, si seulement elle n'avait pas épousé Alex! C'était à cause de lui qu'elle se trouvait dans cette situation. Seigneur, comme elle le haïssait...

– Pas avoir peur, dit soudain le soldat. Vous être emmenés au camp et échangés bientôt contre prisonniers russes.

– Mais pourquoi nous? Est-ce que vous faites aussi la guerre aux infirmières et aux médecins?

Il ne la comprit pas.

La voix stridente de Paula résonnait dans le train. Elle donnait des ordres, inlassablement.

– Susanne, est-ce que vous appelez ça un pansement? Faites votre travail correctement et ne louchez pas constamment vers l'extérieur.

Felicia regarda à nouveau les hommes qui s'activaient sous le pin. Son père se redressa et s'essuya le front.

– Ça suffit. De toute façon, on n'arrivera pas à creuser plus profondément.

L'un des soldats russes s'approcha d'eux. Il était trapu, avec de larges pommettes et des yeux bridés. Un rictus provocant se dessina sur ses lèvres. Il dit quelque chose sur un ton menaçant. Soudain, l'un des soldats allemands brandit sa pelle. Felicia eut l'impression que tout se déroulait au ralenti. Le prisonnier au visage fiévreux leva son arme improvisée au-dessus de sa tête. Dieu du ciel, il est devenu fou! pensa-t-elle. Il va tuer le Russe!

Parfaitement calme, le Russe pointa son pistolet, mais au même moment, le Dr Degnelly saisit le bras du malade et le repoussa. L'Allemand trébucha, et la balle frappa Degnelly de plein fouet. Surpris, le médecin baissa les yeux pour regarder la tache rouge qui s'élargissait sur sa poitrine. Son regard croisa celui du Russe. Les deux hommes se considérèrent, consternés.

– Papa! hurla Felicia. Mon Dieu, il a tiré sur mon père!

Elle traversa la prairie en courant. Kat criait derrière elle. Elle s'effondra près de son père qui était tombé à genoux et l'entoura de ses bras.

– Papa, est-ce que tu as mal? Ce n'est qu'une éraflure, n'est-ce pas? Il y a beaucoup de sang mais ce n'est rien…

Elle essayait de le maintenir droit, alors qu'il se débattait faiblement. Il voulait s'allonger mais elle l'en empêcha, car s'il s'allongeait, il ne se relèverait peut-être jamais.

À chaque battement de cœur, le sang s'écoulait un peu plus de la blessure, inondant sa robe grise d'infirmière. Degnelly ouvrit péniblement la bouche.

– Laisse-moi. Laisse-moi, je suis fatigué…

Doucement, elle le laissa glisser jusqu'à terre. Elle se retourna et appela d'une voix tremblante :

– Le médecin! Où est le médecin?

Le second médecin, un très jeune homme, arriva en courant. Il examina la blessure, puis il secoua légèrement la tête. Degnelly ouvrit les yeux.

– Felicia, ma chérie, dit-il en cherchant sa main. Je suis si fatigué.

– Je sais, répondit la jeune femme, la gorge nouée. Tu dois te reposer. Dors un peu, après tu te sentiras mieux…

Il sourit avec difficulté.

– Il n'y aura pas d'après. C'est fini. Je suis heureux que tu sois là.

– Papa, ne parle pas comme ça…

– Écoute-moi, petite, tu dois embrasser ta mère pour moi. Rappelle-toi le jour de ma mort. Ta mère voudra savoir la date.

164

– Mais tu ne penses tout de même pas…

– Je t'en prie… (Son regard devint grave, comme si l'approche de la mort lui conférait une lucidité nouvelle.) Je t'en prie, rejoins ton mari aussi vite que possible. Il ne faut pas perdre de temps. La vie est trop courte. Ce n'est pas bien de faire du mal aux autres.

Que voulait-il dire? Il ne pouvait savoir qu'Alex et elle… Mais elle ne souhaitait pas en discuter. Elle devait supplier son père de rester auprès d'elle, lui expliquer qu'il n'avait pas le droit de mourir maintenant. Pas ici, pas sous ce soleil de plomb et dans cette terrible solitude.

– Bien sûr, papa. Je ne ferai plus jamais de peine à Alex. Je vais le rendre heureux…

Elle lui aurait juré n'importe quoi en cet instant.

– Dis à ta mère que je l'ai beaucoup aimée. Dis-le-lui, s'il te plaît!

– Bien sûr, je te le promets. Et je sais qu'elle t'a aussi beaucoup aimé. Elle t'a toujours…

Un sourire triste apparut sur les lèvres du Dr Degnelly. Ses yeux se voilèrent.

– Elle ne m'a jamais aimé. Elle m'a seulement épousé pour oublier… (Il s'interrompit, une pensée lui traversa l'esprit.) Que va-t-il t'arriver désormais?

– Ne t'inquiète pas pour moi! On vient de m'annoncer que toutes les infirmières allaient être renvoyées chez elles. Je m'en sortirai, papa.

Il la contempla avec tendresse. Un instant, le trouble figea son visage, puis ses traits se détendirent. Il rendit son dernier soupir.

Saisie d'un désespoir indicible, Felicia le dévorait des yeux. En dépit de son expérience d'infirmière, elle n'avait jamais été bouleversée par la mort. Les souffrances des soldats inconnus ne l'avaient pas ébranlée au plus profond de son être. Or cette fois-ci, c'était un morceau de son âme qu'on lui arrachait.

Je ne dois pas pleurer. Si je pleure maintenant, je vais devenir folle… Mais sa douleur cherchait un exutoire. Felicia fixa froidement le jeune médecin.

– Pouvez-vous faire autre chose que de rester planté là ? lança-t-elle.

– Je ne peux plus rien, déplora-t-il. Le D^r…

– Il est mort, je sais.

Un frisson d'horreur la parcourut lorsqu'elle s'aperçut que son père était tombé près de la tombe qu'il venait de creuser. Il s'était préparé sa propre… D'un bond, elle se releva. Son visage était livide, la bouche tordue de douleur. Une grosse tache de sang s'étalait sur sa robe grise.

Elle devait veiller à ce que l'on enterrât dignement son père. Il lui fallait trouver une Bible et en lire quelques passages, prendre son alliance, sa montre à gousset, le pendentif avec la photo d'Elsa, afin de les remettre un jour à sa mère… Et malheur au Russe qui chercherait à l'en empêcher !

Elle retourna d'un pas rapide vers les wagons, Kat tendit une main hésitante vers elle, effrayée par son visage impénétrable, mais quoi qu'elle ressentît en cet instant terrible, Felicia ne le partagerait avec personne.

Alex et oncle Leo se croisèrent, par hasard, dans un petit village de la Somme. Alex venait d'être promu commandant et il avait pris la tête du bataillon auquel appartenait Leo. Dès le premier jour, il y avait eu un incident. Au cours d'un engagement, alors qu'Alex avait donné l'ordre de quitter les tranchées et de s'élancer vers l'ennemi, Leo était resté accroupi derrière le mur protecteur, regardant ses mains qui tremblaient.

– En avant! avait hurlé Alex dans le bruit assourdissant des mortiers et des obus.

– Je ne peux pas, avait répondu Leo qui essayait en vain de serrer les poings. Mes jambes tremblent autant que mes mains. Je ne peux pas courir.

À cause de cette hésitation, Alex avait raté le moment décisif de l'offensive. L'ennemi tirait sans interruption. Alors, il avait glissé jusqu'à Leo et sorti sa flasque de schnaps.

– Bois une gorgée. Ça nous arrive à tous de craquer.

– Je n'ai pas encore eu l'occasion de me présenter, mon commandant. Je m'appelle Leopold Domberg.

– Domberg? Vous êtes…

– Oui, je suis l'oncle de Felicia Degnelly. Nous nous sommes croisés à votre mariage.

– Notre rencontre d'aujourd'hui est moins romantique. Alors, est-ce que vous parviendrez à rejoindre la prochaine tranchée?

Leo avait avalé une deuxième gorgée.

– Bien entendu, mon commandant, avait-il répliqué d'un air enjoué.

Sara était devenue le point névralgique de l'hôpital, si bien que même les infirmières en chef venaient lui demander conseil. Durant ces terrifiantes journées sur la Somme, personne ne sut comme elle montrer autant de sang-froid et de confiance.

On manquait de lits, les civières encombraient les couloirs, les infirmières devaient enjamber les blessés et s'arracher aux mains qui les agrippaient au passage. La bataille de la Somme était l'une des plus terribles depuis le début de la guerre. Cent quatre divisions françaises et anglaises essayaient de percer le front allemand, sans pour autant arracher la victoire. Des deux côtés, c'était un vrai massacre. Les hommes mouraient par milliers, dans d'atroces souffrances. Les survivants resteraient marqués à jamais : membres déchiquetés, yeux brûlés, traumatisés... Les blessures n'épargnaient personne. Sara priait souvent pour trouver un peu de chloroforme. « Du chloroforme, rien qu'un peu, pour les amputations. Je vous en prie, Seigneur ! »

Sara, la jeune fille timide et silencieuse, faisait preuve d'une force et d'un courage insoupçonnés. On obéissait sans rechigner à sa voix douce. Un jour, quatre transports de blessés graves étaient arrivés en même temps. Parmi les râles, on respirait les relents âcres de sang frais. Les blessés étaient restés à la porte, car on manquait de place. Beaucoup d'infirmières exténuées s'étaient évanouies sous l'effet de la chaleur ou de l'horreur, mais Sara avait conservé des nerfs d'acier.

Efficace, sans perdre de temps, elle accomplissait toujours le geste nécessaire et seuls son visage livide et son corps amaigri trahissaient son manque de sommeil. Tout le monde l'aimait et l'admirait, et l'amour comme l'admiration des autres étaient des émotions nouvelles pour elle. Parfois, le cœur serré, elle se disait que tout changerait après la guerre. C'était peut-être un péché, mais c'était pourtant la vérité : la guerre lui était nécessaire. Pour s'exprimer, ses qualités si appréciées avaient besoin de l'embrasement d'une fin du monde. Et il lui semblait impensable de renouer un jour avec un quotidien monotone qui la condamnerait à nouveau à l'anonymat.

Leo avait un plan. À vrai dire, il y pensait depuis qu'il avait été envoyé au front. Mais ce qui lui avait traversé l'esprit comme un éclair – «je ne resterai pas longtemps là-bas» – se précisait en France : «Je ne resterai plus longtemps ici!»

Il savait que c'était une folie de déserter. Il était pratiquement impossible de franchir les lignes allemandes et de parvenir à la maison, mais il n'avait rien à perdre. Encore quinze jours en première ligne et il ferait une dépression nerveuse. Soit il se tirerait une balle dans la tête, soit il se jetterait sur la baïonnette de l'ennemi. En essayant de fuir toute cette horreur, il avait une chance infime de survivre.

Un jour, il croisa Sara Winterthal dans le village devenu le quartier général de son régiment.

Elle lui sourit timidement.

– Bonjour, monsieur Domberg. Je suis Sara Winterthal, une amie de Felicia, lui rappela-t-elle.

Sara – bien sûr! Voyant qu'il l'avait blessée en ne la reconnaissant pas, il essaya aussitôt de se rattraper.

– C'est votre coiffe d'infirmière. Elle vous change le visage. Je me souviens très bien de vous, Sara.

Il prononça son nom d'une voix douce et pénétrante.

– Je dois retourner à l'hôpital, murmura-t-elle. Au revoir, Leopold.

Il la regarda s'éloigner. Ne la touche pas, s'ordonna-t-il en silence. Elle est trop bien pour toi.

Il ne la trouvait pas attirante, mais il avait décelé une étincelle dans son regard serein qui lui donnait à réfléchir. Dévouement, disponibilité… Cette femme traverserait le feu pour l'homme qu'elle aimait. C'était une autre raison pour la laisser en paix. Cette abnégation, tel un courant qui emporte tout sur son passage, l'effrayait. Il se méfiait de son égoïsme qui pourrait l'inciter à utiliser cette jeune fille.

Il continua de la croiser, par hasard. Plus tard, il se dirait qu'il l'avait inconsciemment recherchée. La nuit, insomniaque, il profitait de l'obscurité pour se promener dans le village. Sara partageait cette habitude. Le plus souvent, elle s'appuyait contre le vieux tilleul devant l'hôpital : une mince silhouette blanche, les bras croisés. C'étaient les seuls instants où elle pouvait souffler. Ils discutaient alors de choses anodines, de la bataille de Skagerrak entre les Anglais et les Allemands, du retrait de l'amiral Tirpitz qui n'avait pas su imposer au Kaiser ni à Bethmann-Hollweg son projet de guerre sous-marine à outrance. Ils s'interrogeaient sur l'éventualité d'une intervention des États-Unis et d'une révolution en Russie, mais, au fond, cela ne les intéressait pas. Un soir, Sara apporta des cigarettes qu'un mourant lui avait données.

– Prenez-les, dit-elle. Vous n'en avez sûrement plus depuis longtemps.

Les cigarettes étaient un luxe précieux. Leo les regarda longuement.

– Vraiment ? Gardez-en au moins quelques-unes pour vous.

– Je ne fume pas. C'est encore une preuve de mon caractère ennuyeux.

– Comment cela ? Croyez-vous qu'une femme devient intéressante à cause d'une malheureuse clope ?

– Toutes les femmes que vous connaissez fument, murmura Sara.

Leo prit une profonde bouffée.

– Les femmes que je connais ne vous arrivent pas à la cheville.

– Vous le pensez vraiment?

Il posa doucement une main sur son bras.

– Pourquoi vous raconterais-je des histoires?

Il était parfaitement sincère. Il admirait Sara, car pour rien au monde il n'aurait fait son travail. Mais il savait aussi que son attirance pour les blondes plantureuses se réveillerait dès son retour à Berlin. Mais Berlin était loin. Toute sa vie d'autrefois était loin.

Un soir, il ne trouva pas Sara. Il en fut curieusement troublé, car sa compagnie devait lancer une offensive le lendemain matin.

Trois jours plus tard ils revinrent au quartier général, décimés et épuisés. Le soir, Leo se précipita vers le tilleul; il avait besoin d'entendre la voix mélodieuse de Sara et de voir son doux visage. Elle l'attendait.

– Dieu soit loué! s'écria-t-elle. J'avais peur…

– Il n'arrive jamais rien aux mauvaises herbes. Mais où étiez-vous l'autre soir? Je vous ai attendue.

– J'ai eu un malaise. Il paraît que cela arrive à tout le monde ici. Les nerfs, vous savez…

– Je comprends.

– Parfois, les blessés mettent tellement de temps à mourir. Ils crient comme des bêtes prises au piège. Ces souffrances terribles… Il m'arrive de penser…

Elle se tut, le regard dans le vague.

– À quoi pensez-vous, Sara?

– À rien qu'on puisse dire tout haut. Ce serait diffamer le Kaiser.

– Comme il n'est pas là, plaisanta Leo, vous pouvez y aller.

– Non.

– Sara, si vous ne vous confiez pas à moi, à qui parlerez-vous?

Elle baissa les yeux.

– Parfois, je pense que cette guerre est une absurdité. (Aussitôt, elle lui saisit la main.) Pardonnez-moi, Leo! Quel manque de tact… Je suis odieuse. Vous vous battez, vous voyez mourir vos amis, et moi, j'évoque les combats avec mépris! Pardonnez-moi, je vous en prie. Je ne voulais pas vous offenser.

– Je ne le suis vraiment pas, Sara. Je suis d'accord avec vous. Tout cela est une folie, un crime. Absolument. Un crime contre l'humanité, contre la vie, contre Dieu…

– Leo!

– Je l'ai toujours pensé. C'est pourquoi je veux partir d'ici. Aussi vite que possible.

– Mais vous êtes fou…

– Non, être fou, c'est rester. Ici, je vais mourir, d'une balle ennemie ou de ma propre main. Je n'ai rien à perdre et j'ai une chance de m'en sortir. (Il fit une pause pour donner plus de poids à ses paroles.) Sara, est-ce que vous pourriez me procurer des vêtements civils?

Le camp où furent internés les prisonniers se trouvait à quelques kilomètres au nord-ouest de Moscou et se composait de plusieurs cabanes en bois, clôturées de fil de fer barbelé. Une foule de prisonniers de guerre, allemands et autrichiens, se pressait dans ce village rudimentaire, où l'on trouvait aussi une cuisine et des latrines en nombre insuffisant.

L'importante offensive russe de l'été 1916, qui deviendrait célèbre sous le nom d'«offensive Brussilov», avait fait deux cent mille prisonniers et les campements étaient surpeuplés. Plusieurs hôpitaux militaires et convois de blessés avaient été capturés, et il y avait un certain nombre de femmes parmi les prisonniers, des infirmières dont on avait grand besoin.

Felicia et Kat furent assignées à un baraquement conçu pour trente personnes mais où vivaient cinquante femmes. Au fond de la pièce se trouvait une petite fenêtre grillagée, aux carreaux sales, que l'on ne pouvait ouvrir. Des lits superposés étaient alignés au milieu de la pièce et le long des murs. Chaque femme recevait un peu de paille et une vieille couverture de laine, mais beaucoup devaient partager leur lit.

La surveillante était robuste comme un homme et parlait plutôt bien l'allemand.

– Débrouillez-vous! Faut se serrer!

Felicia et Kat eurent droit à un lit surélevé non loin de la porte, ce qui devait être pénible en hiver mais plutôt agréable en été. Comme il n'y avait pas de garde-fou, Felicia se demanda combien de temps il faudrait avant que l'une d'elles ne tombe, mais au moins on respirait mieux en hauteur.

Une odeur épouvantable régnait dans le baraquement. Chaque fois que Felicia y pénétrait, elle se disait qu'elle ne le supporterait pas.

– Doux Seigneur, murmura-t-elle après la première nuit, n'ayant pas fermé l'œil parce que Kat, très agitée, avait failli la jeter à terre plusieurs fois. Je ne tiendrai pas plus d'un mois. Je dois absolument sortir d'ici.

– Tu ferais mieux de prendre ton mal en patience, ma chérie, ricana leur voisine.

Elle avait un visage replet, des traits grossiers, et ses mèches blondes étaient entortillées autour de bigoudis bricolés.

– Je suis ici depuis le début de la guerre. Je suis allemande mais je travaillais en Russie. Ils m'ont aussitôt internée. C'est la plus grande saloperie qui me soit jamais arrivée!

– Je suis infirmière, dit Felicia. Ils ont arrêté le convoi de blessés que j'accompagnais. Je ne comprends pas de quel droit ils gardent prisonnière une infirmière de la Croix-Rouge.

– Et pourquoi pas, *baby*? répliqua la femme en se retournant. C'est quoi la différence entre une belle infirmière comme toi et une souillon comme moi? Pour les Russes, y en a aucune, souviens-t'en! Sauf qu'ils ont besoin d'une infirmière. (Elle gloussa avant de poursuivre sur un ton confidentiel.) Y en a plein ici qui essaient d'une manière ou d'une autre, tu piges? Pour avoir plus de nourriture et tout. Tu vois la rousse là-bas?

Felicia observa une jeune rouquine aux formes plantureuses. Elle venait de se lever et grattait ses piqûres de puces.

– Y a un surveillant ici, et le soir, ils ne se gênent pas, chuchota la vieille. Tout le campement est au courant. Contre le mur derrière la cuisine. Tous les soirs, tu comprends? Ça fait six mois qu'il lui promet qu'elle sera bientôt libérée, mais t'as déjà vu un homme tenir parole?

Felicia frémit, puis aperçut le visage consterné de Kat.

– Taisez-vous! lança-t-elle. Cette jeune fille vient d'avoir dix-sept ans. Vous lui faites peur.

– Dix-sept ans? Et de bonne famille, hein? La pauvre, faudra qu'elle s'habitue à pas mal de choses ici.

Kat, choyée et gâtée par son père et son frère depuis sa naissance, avait l'impression de vivre un cauchemar. Elle avait peur de tout, du fil de fer barbelé, des voix rauques des surveillants, du regard en coin et des mains baladeuses du gros cuisinier, du rire vulgaire de la rouquine, Graziella, qui disparaissait la nuit avec son soldat. Elle s'accrochait désespérément à Felicia qui, désormais, devait s'occuper de deux personnes.

Felicia ne voulait pas gaspiller ses forces en luttant contre l'inéluctable. Elle évitait de compter les jours, de songer au passé et de se réfugier dans les rêves d'un monde meilleur. On ne cherchait pas à attenter à leurs vies, mais elle savait que la mort rôdait et qu'ils étaient tous des proies potentielles. Chaque matin, elle se préparait à surmonter la journée de son mieux. Elle refusait de penser à son père, à Maksim, à sa mère ou à ses frères. Elle dominait son dégoût quand elle faisait la queue pour aller aux toilettes assaillies de mouches qu'on nettoyait seulement une fois par mois, avant de rejoindre une autre file d'attente avec une assiette en fer-blanc qu'on remplissait d'une affreuse bouillie.

Déterminée, elle se forçait à avaler le petit-déjeuner jusqu'à la dernière bouchée. Et elle obligeait Kat à faire de même.

– Nous ne tiendrons le coup que si l'on se nourrit. Alors mange! Moi aussi, je trouve ça mauvais.

– Je ne peux vraiment pas, protesta Kat d'une voix blanche. Je vais vomir.

Elle avait les yeux enfoncés dans les orbites et la peau grisâtre.

– Tu ne vomiras pas. Moi, il ne m'est rien arrivé. Et cesse de te donner des airs, répliqua froidement Felicia.

Kat n'osa pas la contredire. Elle avala avec difficulté. Son visage pincé trahissait sa peur. Felicia eut alors mauvaise conscience : elle se montrait sans doute trop brutale.

Mais il n'était plus temps d'être gentille. Ne s'occupait-elle pas de son mieux de sa belle-sœur? Elle se démenait pour qu'elles eussent toutes deux assez à manger, elle luttait pour obtenir de la paille fraîche avec des femmes beaucoup plus robustes afin que Kat eût un lit moins dur. Elle rappelait le cuisinier à l'ordre lorsqu'il tripotait Kat. Pour tout cela, elle usait d'un langage que personne dans sa famille – hormis Laetitia – n'aurait cru possible.

– Bas les pattes, espèce de salaud! criait-elle, et cela l'amusait.

Puis, un jour, le typhus se déclara dans le camp. C'était la fin du mois de septembre, les soirées étaient déjà fraîches, les journées encore tièdes. De corvée de cuisine, Felicia avait épluché des pommes de terre dures et blanchâtres, pourries aux extrémités, jusqu'à épuisement. Elle avait mal aux doigts et elle ne sentait plus ses pieds. Assise sur le lit, elle coiffait les cheveux de Kat. Il faisait nuit et les femmes avaient fermé la porte pour se protéger de l'humidité du brouillard.

Lola, la voisine de Felicia, enroulait ses mèches autour de ses bigoudis.

– On raconte que des prisonnières vont être emmenées dans une usine de munitions. Quelle saleté, non? On va fabriquer les fusils qui vont tirer sur nos soldats.

– Une usine, ça ne serait pas si mal, reprit Felicia d'un air songeur.

– Ne te fais pas d'illusions, chérie! s'exclama Lola en riant. Tu t'enfuiras pas plus que d'ici.

– Ils seront bien obligés de nous libérer tôt ou tard, s'obstina Felicia. Nous ne sommes pas des soldats. C'est sûrement interdit, ce qu'ils font.

– Et tu crois que, par les temps qui courent, on s'intéresse à ce qui est permis ou non? ironisa Lola. Les gens comme toi, vous croyez toujours que vous êtes le centre du monde, et si soudain les choses tournent mal, alors le bon Dieu devrait aussitôt se précipiter pour vous aider. Mais ici, tout le monde se fout de toi, ma chérie.

– La ferme! lança Felicia, excédée.

Mais Lola paraissait captivée par l'examen de sa coiffure dans un petit miroir.

– Pas mal. Une femme doit toujours avoir l'air soignée, quoi qu'il arrive. Sinon, les hommes partent en courant.

Soudain, la porte s'ouvrit, une bouffée d'air humide s'engouffra dans la pièce. Graziella revenait de son rendez-vous quotidien. Ses cheveux bouclés étaient mouillés par le brouillard, la sueur tachait sa robe grise. Elle semblait hagarde, ses yeux verts ne pétillaient pas comme d'habitude.

– La porte! cria une femme. Il fait froid!

Graziella ferma la porte et s'y adossa. Lola se pencha de son lit pour la dévisager.

– T'as l'air joliment crevée, Graziella. Il était en forme ce soir, ton trésor?

Quelques femmes éclatèrent d'un rire grossier, attendant l'une des répliques vulgaires et acérées dont Graziella était coutumière, mais elle passa une main fatiguée sur son visage.

– Ta gueule, Lola, marmonna-t-elle. Je ne me sens pas bien. Je ne sais pas ce qui m'arrive. J'ai mal partout…

Le dos à la porte, elle se laissa glisser jusqu'à terre. Ses yeux semblaient étrangement voilés.

– Elle est malade, elle a sûrement de la fièvre, s'inquiéta une femme plus âgée.

– Y a des infirmières, grommela Lola. Dis-nous ce qu'elle a, Felicia.

– Je n'y connais rien, rétorqua Felicia qui savait à peine faire la différence entre une plaie et une piqûre de puce, au grand désespoir de l'infirmière-chef.

Une femme ausculta Graziella qui se plaignait de nausées, de douleurs et de maux de tête.

— Je peux me tromper, commença-t-elle, soucieuse. Mais je crois que c'est un début de typhus.

Un silence consterné suivit ses paroles. Lola se laissa retomber sur son lit.

— Je savais que ça arriverait! Il fallait bien que cette putain chope quelque chose. Maintenant, on est toutes dans la merde jusqu'au cou!

— Ce n'est pas de sa faute. Le typhus n'est pas transmis par... enfin, par ce que Graziella fait de temps en temps. Il doit y avoir des bactéries dans l'eau ou dans la nourriture. C'est normal dans des camps aussi surpeuplés que celui-ci.

— Alors, on est peut-être nombreuses à l'avoir attrapé? s'affola Felicia.

— C'est très probable.

— Ça, je ne pourrai le supporter! se lamenta Lola.

Avec des gestes mécaniques, Felicia continuait à brosser les cheveux de Kat. Elle se rappelait vaguement ce qu'on lui avait appris du typhus : maux de tête, douleurs corporelles, frissons, puis une fièvre galopante, une somnolence jusqu'au délire, des diarrhées, et finalement, des hémorragies intestinales ou des péritonites dont beaucoup mouraient...

— Mais à nous, il n'arrivera rien, n'est-ce pas, Felicia? demanda Kat.

Ses grands yeux effrayés l'imploraient. Felicia fit un effort pour rester calme.

— Bien sûr que non! Nous sommes fortes et en bonne santé, Kat. Et maintenant, cesse de gigoter. Tes cheveux sont affreusement emmêlés.

Alex Lombard jeta sa cigarette par terre, l'écrasa sous son pied, et décida de rendre visite à Leopold Domberg qui avait parfois besoin qu'on lui remonte le moral. Après tout, ils étaient parents et se trouvaient dans la même galère.

Les soldats étaient hébergés dans l'ancienne école du village; le toit avait été emporté par un obus, mais quelques pièces étaient encore habitables. La chaleur de l'été avait transformé la maison en étuve, et bien qu'en ce début de soirée on eût ouvert les fenêtres, l'air frais se faisait rare. Les hommes étaient allongés sur leurs lits de camp. Certains dormaient, d'autres lisaient, écrivaient des lettres ou jouaient aux cartes. On entendait les mouches bourdonner.

Lorsque Alex entra, l'adjudant se leva d'un bond.

– Est-ce que Domberg est ici? s'enquit Alex.

– Domberg! hurla le chef de la compagnie. Le commandant te demande!

– Il n'est pas là, grommela un soldat. Il a une minette à l'hôpital.

– Domberg n'est pas présent, mon commandant, répéta l'adjudant.

– Tant pis, conclut Alex, préoccupé.

Leo avait eu une drôle de lueur dans les yeux… Foutaises, ça ne te regarde pas, songea-t-il. Et pourtant, quand il croisa un jeune lieutenant sur la place du village, il l'interrogea :

– Avez-vous vu Domberg?

– Oui, mon commandant. Il y a une demi-heure. Il se dirigeait vers l'église.

– Merci, lieutenant.

D'un air songeur, Alex regarda en direction de l'église. La nef s'était écroulée, mais des murs et un toit protégeaient encore l'autel et la sacristie. Il ferait mieux de laisser Leo en paix. Quand on se rend à l'église c'est pour être tranquille. Il n'avait pas le droit de lui courir après. Mais il ressentait encore cet étrange malaise. Se traitant d'imbécile, il traversa la rue paisible et entra dans l'édifice.

Quelqu'un avait décoré l'autel de fleurs fraîches. Alex remarqua une vieille Française en noir avec de petits yeux et un nez busqué, agenouillée au premier rang. Elle fit le signe de croix et jeta un regard méprisant à l'officier allemand. Alex comprit le reproche silencieux : « Tu as détruit notre église, tu occupes notre village, tu tires sur nos hommes. »

Il se demanda alors si les hommes seraient capables de se pardonner après la guerre.

Il poussa la porte en bois de la sacristie, l'odeur des planches chauffées par le soleil imprégnait la pièce. Une lumière teintée de rose pénétrait par la petite fenêtre. Sur les étagères poussiéreuses traînaient une vieille Bible et des livres de cantiques. Plus tard, quand il se demanderait pour quelle raison il avait poussé cette porte, Alex comprendrait qu'il avait fui le regard de la vieille femme.

Soudain, il se retrouva nez à nez avec Sara.

Elle avait habité presque une année chez lui, aussi se reconnurent-ils aussitôt. L'étroit visage sous la coiffe d'infirmière blêmit, deux taches rouges enflammèrent ses pommettes. On aurait dit qu'elle se retenait de crier.

Puis, il aperçut Leopold, habillé en civil.

Tous trois se dévisagèrent.

– Remets tout de suite ton uniforme, Leo! ordonna Alex.

– Mon commandant…

– Au diable les grades! C'est un conseil d'ami, Leo : remets cet uniforme!

– Non.

– Obéis, et j'oublierai ce que j'ai vu.

– Je ne le remettrai pas, mon commandant. Plus jamais. Il faudra me descendre. N'ayez aucun scrupule, même si nous sommes dans une église. Dans le fond, ce n'est guère différent d'une tranchée. De toute façon, notre cher Seigneur s'en fiche!

– Arrête de divaguer! Je ne veux pas te tuer. Je veux juste te faire entendre raison.

– Où est la raison dans ce qui se passe dehors? se moqua Leo.

Alex lui empoigna le bras.

– Pas la peine de discuter avec moi du bien-fondé ou de l'absurdité de cette guerre. Mais crois-moi, ton idée c'est de la folie. La désertion est punie par la peine de mort.

– La vie aussi se termine par la mort. Alors pourquoi s'en faire?

– Cesse de jouer sur les mots. Tu es trop jeune et trop bon pour être collé devant un mur, à l'aube. S'ils t'attrapent, et ils n'y manqueront pas, je ne pourrai plus rien pour toi. Tu comprends? Je ne pourrai pas te sauver.

– C'est tout réfléchi. Je cours le risque. Mais si votre conscience vous interdit de me laisser partir, je le comprendrai aussi.

– Je n'ai pas de conscience. Et j'aimerais pouvoir dire à tous mes hommes de rentrer en courant chez eux… (Il se tourna vers Sara.) C'est vous qui lui avez procuré les vêtements, n'est-ce pas? Il vous écoutera peut-être plus que moi. Dites-lui qu'il risque sa vie.

– Je le lui ai déjà dit.

Sara était tour à tour blême et empourprée. Alex l'avait toujours intimidée et elle était effrayée à l'idée de le contredire.

181

– Il est intraitable. Il doit partir. Il ne tient plus le coup. Je le comprends.

– Ne pourrait-on pas plutôt lui accorder une permission pour raisons médicales?

– Les symptômes ne sont pas assez graves. Et quand ils le seront, il sera trop tard.

Alex se laissa choir sur une chaise.

– Vous me laissez partir, mon commandant? sourit Leo.

– Si je le pouvais, Leo, je te ligoterais.

– Je vais attendre la tombée de la nuit.

– Je dois retourner à l'hôpital, dit brusquement Sara.

Elle voulut tendre la main à Leo, mais il l'attira à lui et l'embrassa sur la bouche. Témoin de ces adieux muets, Alex devina leur émotion.

– Venez, Sara, soupira-t-il. Nous ne servons plus à rien ici.

L'église était vide. La vieille femme avait disparu. L'air frais de la nuit au parfum de mousse et d'écorce courait entre les ruines. En des temps plus paisibles, les cloches auraient carillonné, appelant les gens à quitter les champs pour rejoindre leurs foyers. Avec le vent du soir réapparaissait le souvenir de la paix, mais elle appartenait à un autre temps, à un autre pays.

– Je trouve formidable ce que vous avez fait, chuchota Sara.

Perdu dans ses tristes pensées, Alex la regarda, surpris.

– Qu'ai-je fait?

– Vous l'avez laissé partir.

Alex éclata d'un rire plein d'amertume.

– Oh Sara, chère enfant!

Il contempla une rose rouge qui poussait parmi les décombres. Aux lueurs du soleil couchant, elle paraissait avoir été plongée dans le sang.

– En lui permettant de suivre son projet insensé, nous avons signé son arrêt de mort.

Le typhus se propagea avec une rapidité foudroyante dans le camp. Comme l'une des premières victimes avait été l'unique médecin et que les médicaments manquaient, rien ne pouvait plus enrayer la maladie. Les infirmières faisaient de leur mieux, mais leurs moyens étaient si ridicules qu'elles étaient réduites à l'impuissance. Elles luttaient pour que les malades bénéficient d'un régime particulier mais devaient renoncer devant le manque de provisions. Le nombre de morts était plus élevé chez les hommes, car beaucoup restaient affaiblis par des blessures et les deux années de guerre.

Graziella avait rendu l'âme par une froide matinée d'octobre. Prise d'une hémorragie à l'aube, elle s'était traînée à quatre pattes jusque dans la cour, cherchant à atteindre les toilettes. La pluie et l'obscurité l'avaient désorientée. On l'avait retrouvée allongée près de la clôture, dans une flaque d'eau boueuse, trempée par la pluie, ses cheveux roux formant une auréole autour de son visage.

Felicia et Lola l'avaient portée jusqu'à la charrette que le surveillant – qui avait été son amant – conduisait vers le champ où l'on enterrait les corps. En reconnaissant la morte, il lui avait craché au visage en la traitant de «putain».

La mort de Graziella paniqua Felicia. L'automne n'aidait pas, les journées devenaient de plus en plus courtes et les nuits interminables, le brouillard se faisait tenace. Jusqu'à présent, elle s'était répété qu'il fallait passer chaque jour sans penser à l'avenir et que l'essentiel était d'être encore vivante et en bonne santé à la tombée de la nuit.

Mais désormais la peur lui glaçait le sang. Chaque seconde qui s'écoulait pouvait la rapprocher de la mort. La vision du cadavre de Graziella hantait ses rêves. Plusieurs fois par nuit, elle se réveillait en sursaut, le cœur battant, avec une seule idée en tête : *Je dois partir d'ici… je dois partir d'ici…*

Un matin, alors qu'elle sortait d'un sommeil agité, elle se pencha comme d'habitude vers Kat, allongée à ses côtés. Elle se força à sourire, car elle savait que Kat avait désespérément besoin de chaleur et d'attention.

Ce jour-là, son sourire s'effaça aussitôt. Kat semblait étrange. Son visage était jaunâtre, ses yeux cernés de marron. Au-dessus du nez, une ride profonde marquait la peau. Elle respirait avec peine et ses mains étaient chaudes. Aucun doute, elle avait contracté le virus.

Felicia humecta ses lèvres desséchées. La peur la saisit à la gorge.

Doux Jésus, c'est moi qui serai la prochaine !

11

Alex n'avait pas fermé l'œil depuis deux semaines. Sa bouche avait un goût de poussière. Il était transi jusqu'aux os, son uniforme humide lui collait à la peau. L'été avait brusquement pris fin, et l'automne avait débuté dans la pluie et le froid. Quelle importance ? Désormais, les hommes mouraient dans le brouillard au lieu de succomber sous un soleil de plomb.

Il voulait dormir, seulement dormir. Après des journées comme celles qu'il venait de vivre, l'existence était réduite à l'essentiel : manger, dormir, boire. Il fallait permettre à son corps de conserver suffisamment de force pour supporter ce qu'on lui infligeait.

– Mon commandant, puis-je vous parler un moment ?

Il tressaillit. Le lieutenant Fabry était apparu entre les maisons noyées dans la brume. Il était blanc comme un linge.

– Oui, qu'y a-t-il ? demanda Alex, épuisé.

– Mon commandant, j'ai pensé qu'il fallait vous prévenir tout de suite... Ils ont ramené Leopold Domberg. (Alex eut l'impression de recevoir un coup de poing en pleine poitrine.) Il a été arrêté à la frontière belge. En vêtements civils. Il était ivre mort.

– Est-ce qu'il a avoué quelque chose ?

– Il a déclaré qu'il voulait rentrer chez lui.

Fabry semblait soucieux. Cet homme sensible, qui appréciait son supérieur, savait que le commandant Lombard et Domberg étaient amis.

— Merci, lieutenant, répondit Alex, soulagé de s'entendre parler d'une voix normale. Je vais m'en occuper.

— Il va être traduit en cour martiale.

— Naturellement.

Et je suis impuissant! Je peux témoigner qu'il était un excellent soldat, que j'ai toujours eu confiance en lui, qu'il ne m'a jamais déçu, qu'il a dû avoir un moment d'égarement, qu'il ne maîtrisait plus ses nerfs depuis longtemps… mais cela ne servira à rien. Ils vont le fusiller et tout ce qu'il aura obtenu, c'est une mort plus expéditive.

— Tout va bien, mon commandant? s'inquiéta Fabry.

— Mais oui, lieutenant. Sale affaire, n'est-ce pas? J'estimais beaucoup Domberg…

Il se tut. J'aurais dû l'assommer dans la sacristie, le ligoter, lui parler, songea-t-il. Mais l'aurais-je convaincu? Le seul moyen de le retenir aurait été de l'abattre.

— Vous savez, Fabry, les pasteurs racontent toujours qu'on va au paradis après la mort, mais avant d'y accéder, il faut d'abord vivre, et c'est un prix rudement cher à payer!

Le même jour, au petit matin, loin des tranchées de la Somme, à Petrograd, le brouillard enveloppait les maisons et les rues. Cette année-là, le redoutable hiver russe était particulièrement précoce. Il faisait un froid glacial et les gens étaient affamés. Dès l'aube, de longues queues se formaient devant les magasins. Certains attendaient même depuis la nuit.

Nina, servante chez le colonel von Bergstrom dans la somptueuse demeure du boulevard Tverskij, descendit lentement le large escalier qui menait dans le vestibule. Quelqu'un tambourinait à la porte d'entrée, mais elle ne voyait pas pourquoi elle devrait se presser. L'époque des domestiques obéissants serait bientôt révolue. Son ami Jurij l'avait encore répété la veille :

– Tout va changer, Nina. Bientôt, il n'y aura plus de maîtres, ni de domestiques. Il n'y aura plus de classes. Nous serons tous égaux.

– Comment ça, égaux? Les uns ont de l'argent, les autres pas. Comment peut-on être égaux?

– Tu ne comprends pas. Nous les exproprierons. Il y aura une redistribution du capital. Les biens des possédants deviendront la propriété du peuple.

Le mot «expropriation» plaisait à Nina, tout comme celui de «redistribution». Obtiendrait-elle les perles de Madame?

Avec un sourire, elle ouvrit la porte. Un jeune garçon, pieds nus, les lèvres gercées par le froid, lui tendit une lettre.

– Pour Mme Bergstrom, dit-il.

Elle lui donna une pièce, et aussitôt l'enfant prit ses jambes à son cou.

Nina étudia l'enveloppe sale et froissée. *Johanna Isabelle von Bergstrom.* Nina gagna le salon où Madame prenait son petit-déjeuner. Un feu crépitait dans la cheminée et la pièce sentait bon le café et le pain frais. Belle était assise à table, vêtue d'un peignoir en soie, et chaussée de délicates pantoufles en fourrure. À cette heure matinale, ses boucles brunes étaient encore éparpillées sur ses épaules. Elle était belle et insouciante, du moins aux yeux d'une fille superficielle comme Nina. La servante pensa aux pieds nus du garçonnet transi. Redistribution du capital… Elle eut un sourire mauvais.

187

– Une lettre pour vous, Madame. Un jeune messager l'a apportée.

– De la part de qui?

– Il ne m'a rien dit, Madame. Il est parti en courant.

– C'est bien, Nina. Tu peux te retirer.

La servante fit une révérence et quitta la pièce au moment où le colonel von Bergstrom, en uniforme, y pénétrait. Il semblait hagard, comme s'il n'avait pas dormi depuis longtemps.

– Belle, c'est merveilleux que tu sois déjà debout, dit-il en l'embrassant.

Elle lui caressa les cheveux.

– Dois-tu vraiment te rendre à la caserne? Partout, on devine les prémices d'une révolution. Surtout dans l'armée. J'ai peur que…

– Il ne m'arrivera rien, affirma Julius en s'installant devant son café. Mais je serais plus tranquille si Nicola et toi étiez loin d'ici. On ne sait jamais ce qui peut arriver. Tu devrais rejoindre ma famille à Jova.

– Moi, je devrais partir, tandis qu'il ne t'arrivera rien! Non, Julius, je reste à ton côté.

Son regard d'un gris acier était déterminé. Il se pencha pour l'embrasser tendrement sur la bouche.

– Mais à cause de Nicola…, commença-t-il, d'un ton hésitant.

Belle secoua la tête.

– Tu ne te débarrasseras pas de nous. Quoi qu'il arrive, nous le surmonterons ensemble.

Les flammes faisaient flamboyer les cheveux auburn de Belle. Sous l'étoffe légère du peignoir, sa poitrine se soulevait à un rythme régulier.

– Un messager a apporté une lettre de Felicia.

– Ta nièce n'habite-t-elle pas Munich, maintenant? fit Julius d'un air distrait.

– Oui, mais la lettre a été expédiée de la région de Moscou. Elle est prisonnière dans un camp. Lors de l'offensive Brussilov, le convoi de blessés où elle servait comme infirmière a été pris d'assaut. Elle est internée depuis des semaines avec sa belle-sœur. Elle nous supplie de l'aider.

– Je crains que cela ne soit impossible.

– Tu es un officier de l'armée russe, chéri. Tu dois sûrement pouvoir faire quelque chose.

– Tout est devenu si incertain, hésita Julius. Qui sait si demain mes hommes me salueront encore?

Les yeux de Belle brillaient de cette redoutable énergie qu'elle avait héritée de sa mère.

– Tu dois tout tenter. Même si les officiers devaient être bientôt renversés, tu peux encore essayer d'aider Felicia aujourd'hui.

– Je me demande comment elle a réussi à faire sortir une lettre du camp.

– Cela ne m'étonne pas. Felicia obtient toujours ce qu'elle veut.

– Évidemment, c'est ta nièce, sourit-il. Mais n'est-elle pas davantage en sécurité dans un camp de prisonniers qu'à Petrograd? Nous ne savons même pas ce qui va se passer. L'hiver est à nos portes. Les gens ont faim. (Dépité, il repoussa son assiette, intacte.) Pourquoi oublie-t-on toujours que c'est la faim qui provoque les révolutions les plus sanglantes?

Belle ne voulait pas discuter de la révolution. À cet instant précis, leur différence était particulièrement visible : sur le visage de Julius on pouvait lire la souffrance et la certitude du malheur, tandis que les yeux de Belle exprimaient la sérénité et la volonté.

– Je t'en prie, Julius, fais tout ton possible. La faim et la maladie règnent dans ces camps. Je comprends ce que tu ressens et je sais aussi ce qui peut se passer dans ce pays, mais ce n'est pas une raison pour ne pas s'occuper de ce qui vous touche au plus près.

Julius capitula, comme toujours lorsque son épouse lui demandait quelque chose.

– Je te promets de tout essayer.

Belle attendit qu'il eût quitté la pièce avant de s'abandonner à la quinte de toux qu'elle étouffait depuis quelques minutes. Elle pressa son mouchoir contre ses lèvres et ignora ostensiblement la tache de sang qui imprégnait la dentelle blanche.

Macha Ivanovna habitait dans une cave. Dix marches glissantes en pierre menaient de la ruelle obscure jusqu'à la porte en bois pourri. Ce sous-sol était le royaume de l'hiver, du froid et du brouillard.

Est-ce qu'on aperçoit un coin de ciel bleu ou un rayon de soleil en été? se demanda Maksim, en descendant ces marches ce matin d'octobre, prenant garde à ne pas déraper. Le corps drapé dans un large manteau, un chapeau enfoncé jusqu'aux yeux, il avait un air mystérieux.

Un torchon autour de la main, Macha souleva la cafetière posée sur le feu. Elle portait une robe marron rapiécée et un châle de laine sur les épaules. D'un geste impatient, elle repoussa ses longs cheveux ébouriffés.

– Il fait fichtrement froid aujourd'hui, non? dit-elle en le voyant entrer. Prends un peu de café. Il n'est pas bien fort, mais il est chaud.

Maksim s'attabla. Frissonnant, il se frotta les mains.

– Ça s'agite en ville, commença-t-il. Il y aurait eu de nouvelles arrestations. Des officiers.

– Bien. Laissons faire. Laissons venir l'hiver. La faim et le froid sont nos alliés. Eux… et le prophète à la cour!

Macha faisait allusion à Raspoutine. Alex fit une grimace.

– La haine contre lui grandit de jour en jour. D'après les rumeurs, il serait un espion des Allemands.

– Tu le crois?

– Non. Mais il suffit que le peuple le croie.

Avec un sourire, Macha s'assit en face de lui et porta une tasse à ses lèvres. Elle avait de petits yeux noirs, des cils épais et des sourcils droits. Un regard qui brillait de passion.

– Pourquoi m'as-tu suivie jusqu'à Petrograd? demanda-t-elle soudain avec sa franchise habituelle.

– Parce que je t'aime.

– Tu ferais mieux d'aimer notre cause.

– Disons que je t'aime parce que tu es dévouée à notre cause, rectifia-t-il.

Elle le scruta avec attention. Je ne crois pas qu'il tiendra le coup, songea-t-elle. Elle ne doutait pas des convictions de Maksim, mais elle ne l'estimait pas capable de les imposer. Devinait-il ce qui l'attendait? Une révolution, c'était toujours effroyable. Le sang des innocents coulait à flots. Elle ne parvenait pas à imaginer Maksim tirant sur des hommes désarmés, des femmes, voire des enfants.

– À quoi penses-tu? s'enquit-il.

– Tu es bien conscient qu'il existe une finalité plus importante que notre bonheur, notre amour, notre santé et même notre vie. J'espère que cela ne te posera pas de problèmes…

Maksim afficha une grande décontraction.

– Aucun. Nous voulons la même chose et nous ferons tout pour l'obtenir.

Macha prit une gorgée de café en baissant les yeux afin de lui dissimuler ses doutes.

La cour martiale rendit son verdict. Leopold Domberg fut jugé coupable de désertion et condamné à mort.

Il ne contesta aucune des accusations du juge.

Il avait été arrêté à quelques kilomètres au sud de la frontière belge, sans uniforme. Il était évident qu'il avait quitté l'armée sans permission, dans l'intention de regagner l'Allemagne et de s'y cacher jusqu'à la fin du conflit. Par ailleurs, on l'avait arrêté dans une situation très compromettante, dans une ferme où il trinquait avec un fermier français en chantant *La Marseillaise*.

– *La Marseillaise*? Un soldat allemand? s'était étonné le juge.

Leo avait précisé qu'il avait également chanté l'hymne à l'empereur, mais «monsieur le juge sait bien que la chanson de la révolution française fouette le sang, tandis que l'hymne national prussien est plutôt digne d'un enterrement».

Évidemment, cette réponse avait scellé son destin. Le juge avait pâli et Alex, après avoir vaillamment défendu l'intégrité de l'accusé, avait poussé un léger gémissement.

Alex l'avait observé lors de l'énoncé de la sentence, Leo était resté impassible. Il avait le même air que d'habitude, quand le schnaps lui manquait et que le quotidien était dépourvu de feux d'artifice et de roses en papier : abattu, le teint blême, les épaules courbées en avant, les paupières lourdes retombant sur les yeux. Comme s'il ne comprenait pas ce qui lui arrivait.

– Y a-t-il quelque chose que je puisse faire pour toi? lui demanda Alex après le procès.

– Vous avez déjà fait beaucoup pour moi, commandant. Vous avez risqué votre peau.

– Je crains que ma peau ne survive même à la fin du monde, plaisanta Alex. Quelle déveine! Tu n'avais pratiquement aucune chance, mais j'espérais quand même que tu réussirais. Si seulement j'avais une cigarette à t'offrir.

– Ce serait bien, acquiesça Leo. Heureusement que mon pauvre père n'est plus de ce monde, cela lui aurait brisé le cœur! ajouta-t-il avec une ironie désabusée.

– Il était sévère, non?

– Oui. Il m'a toujours prédit une fin honteuse. Il pensait probablement que je serais poignardé dans un bar louche ou que j'abandonnerais mon âme d'ivrogne aux bras d'une catin. J'aurais de loin préféré ça à ce qui m'attend! (Il soupira.) Pauvre Sara! J'espère qu'elle ne se sentira pas coupable.

– Elle a donné sa démission à l'hôpital. Elle veut rentrer à Berlin.

– Elle a fait tellement de bien… (Leo se perdit quelques instants dans ses pensées.) J'ai une trouille bleue, tu sais. J'ai toujours eu peur de mourir. J'ai peur de souffrir. Qu'est-ce qu'on ressent, à ton avis, quand on vous fusille? Peut-être que le cœur se resserre, peut-être qu'il essaie de continuer à battre, alors que le corps se vide de son sang. Est-ce que je pourrai respirer? Ma plus grande crainte, c'est d'étouffer. Alex, crois-tu…

– Je n'en sais rien! Seigneur Dieu, je n'en sais rien!

Croisant le regard du soldat de garde, Alex s'aperçut qu'il avait crié. Ses mains tremblaient. Il avait sûrement caché une flasque de schnaps quelque part. C'était le seul moyen de supporter la vie. «La plus fidèle des maîtresses», avait-il souvent dit en parlant de l'alcool. Il n'y avait pas touché depuis trois jours. Il était grand temps!

12

— Sa Majesté le tsar Nicolas II, leurs altesses les grandes-duchesses Olga, Tatiana, Maria et Anastasia! annonça l'aboyeur.

Aussitôt, tous les regards se tournèrent vers la porte. Les hommes s'inclinèrent, tandis que les dames plongeaient en de profondes révérences. Felicia, dans une robe en soie verte de tante Belle, fit elle aussi une révérence, mais elle ne baissa pas les yeux, préférant détailler les nouveaux arrivés.

Comme c'est excitant! songea-t-elle. Voilà donc le tsar de toutes les Russies. Un visage étroit et nostalgique, des yeux ensommeillés, des épaules tombantes. Un court instant, elle croisa son regard. Elle sourit. Felicia ne le trouva pas antipathique, il lui inspirait plutôt de la pitié. Un homme qui craignait pour son trône et peut-être aussi pour sa famille…

Les quatre grandes-duchesses étaient ravissantes. Maria et Anastasia, les plus jeunes, portaient les cheveux dénoués et chuchotaient entre elles en riant, heureuses de cette fête de Noël donnée en l'honneur de leur père au Palais d'hiver. Olga et Tatiana paraissaient plus soucieuses. Elles ne parlaient à personne, observaient en silence les couples qui dansaient, notamment les officiers du tsar.

Lorsqu'on versa le champagne, les ragots allèrent bon train.

– La tsarine est absente. J'étais sûr qu'elle ne viendrait pas!

– Elle devrait se ressaisir.

– C'est à cause de Raspoutine. Depuis qu'on l'a assassiné, elle a sombré dans la mélancolie.

– Elle a toujours été mélancolique. Est-ce que Raspoutine a vraiment… Avec elle et ses filles?

– Chut!

«Raspoutine, Raspoutine, Raspoutine.» «Chut, chut, chut!» C'étaient les seuls murmures que Felicia comprenait, car elle connaissait trop mal le russe. Elle était fascinée par les airs mystérieux des invités, les innombrables bougies, les flocons qui voltigeaient derrière les fenêtres. Quel pays singulier! Elle était à Petrograd. Dans le palais du tsar. Elle portait une robe en soie et buvait du champagne. Elle avait survécu au camp!

– Il paraît que le prince Youssoupov a été mêlé à la mort du staretz. Vous pensez que c'est vrai?

– Ma chère, c'est une certitude. Il a fallu des heures avant que Raspoutine ne meure.

– Chut!

Alors qu'elle dansait, Felicia se rapprocha du tsar qui bavardait avec l'oncle Julius. Elle pensa à une prophétie de Raspoutine qui avait prédit qu'après sa mort la fin du tsar ne tarderait pas à venir.

– L'héritier du trône n'est pas présent non plus. D'habitude, Sa Majesté l'emmène toujours.

– Il est probablement encore souffrant.

– Quelle malheureuse famille!

Felicia chercha Kat des yeux. Assise seule dans un coin, sa belle-sœur paraissait épuisée. Le typhus lui avait volé ses dernières forces. Tante Belle s'occupait d'elle de son mieux et le Dr Luchanov, le charmant médecin de

195

famille aux cheveux gris, venait la voir presque chaque jour, mais les pommettes de la jeune fille restaient pâles et ses yeux, ternes. L'apparente indifférence de Kat irritait profondément Felicia. Au camp, elle avait volé du pain et du beurre pour la nourrir pendant sa maladie, elle avait veillé la jeune fille jour et nuit. Elle avait fait son devoir. Jusqu'à convaincre ce misérable petit surveillant d'emporter sa lettre! Avec un frisson, Felicia se rappela les lèvres moites sur son visage, les doigts gras fouillant l'échancrure de sa robe. Craignant le typhus, le soldat n'avait exigé que quelques baisers. Mais cela en avait valu la peine. Elles étaient libres et en sécurité. Kat aurait dû se montrer reconnaissante.

Elle fendit la foule pour s'approcher de sa belle-sœur.

– C'est excitant, tu ne trouves pas? demanda-t-elle en s'asseyant. Nous dansons dans le palais du tsar de Russie. Tu pourrais au moins sourire.

– Mais, Felicia, tu ne te rends pas compte de ce qui se passe, protesta Kat. Ces gens ont peur. Ils sentent que le sol se dérobe sous leurs pieds.

Felicia contempla la salle. Kat avait raison. On devinait l'angoisse sous les rires et les accords de musique. Ici ou là, on entendait des mots allemands, des bribes de phrases qu'elle comprenait. «Le tsar peut-il encore compter sur son armée?» «À mon avis, il ne peut même plus compter sur ses officiers les plus gradés.»

– Tu vois ce que je veux dire? souffla Kat.

Felicia hocha la tête.

– Oui. D'une manière ou d'une autre, il va se passer quelque chose. Et nous sommes coincées au beau milieu.

– Est-ce que nous ne devrions pas essayer de rentrer en Allemagne?

– C'est trop dangereux, répliqua Felicia.

Elle ne voulait pas avouer que quelque chose la retenait à Petrograd. Elle se méfiait des pressentiments et aurait trouvé absurde de les évoquer, mais elle refusait d'envisager un départ. Un espoir secret l'incitait à demeurer là où la vie et le destin promettaient d'être turbulents.

– Où est passée tante Belle? demanda-t-elle pour changer de sujet.

Les deux jeunes femmes finirent par la trouver au beau milieu d'un escalier. Elle était prise d'une violente quinte de toux, son teint était terreux, ses yeux cernés.

– Tante Belle, qu'est-ce que tu fais ici? s'écria Felicia, alarmée.

– Ah, les enfants… Retournez danser. Ce n'est rien.

– Tu n'as pas l'air bien du tout. Et tu tousses.

Un râle secoua la poitrine de Belle. Elle pressa son mouchoir contre ses lèvres et attendit, courbée, que la crise fût passée.

– Ce n'est vraiment rien. Un léger refroidissement. Allez donc vous amuser!

Elle regarda les deux filles retourner dans la salle de bal, la soie de leurs robes longues frémissant sur le sol. Belle inspira profondément. *Doux Jésus, faites que je ne sois pas malade!*

Dans une alcôve, deux hommes s'entretenaient à voix basse.

– Le front est en train de céder. Des milliers d'hommes désertent chaque jour. On a encore assassiné des officiers.

– Le tsar devrait emmener sa famille hors de Russie. Les choses deviennent trop dangereuses.

– Je crains qu'il ne mesure pas la gravité de la situation.

– Malheureusement, quand leur trône se met à chanceler, la plupart des princes deviennent sourds et aveugles.

197

Les yeux fiévreux, Belle fixa le sol en mosaïque avec l'impression que tout se dissolvait brusquement, les murs en stuc, les formes et les couleurs se confondirent, comme si son corps douloureux, la salle vacillante et ces dernières paroles se donnaient la main en une ronde infernale.

Julius a besoin de moi, songea-t-elle, furieuse. Alors que je tiens à peine debout et que mes poumons crachent du sang !

La révolution se propagea tel un incendie dévastateur, un fleuve incontrôlable qui aurait rompu toutes les digues. Le drapeau rouge flotta d'abord à Petrograd, deux jours plus tard à Moscou, puis la tempête s'empara de tout l'Empire du tsar, l'arrachant à ses fondations séculaires.

Le 18 février 1917, le pain se mit à manquer à Petrograd. Les vitrines des boulangeries furent brisées, les magasins dévalisés. À chaque coin de rue, sur toutes les places, les manifestants se rassemblaient.

Le 23 février, de nombreux défilés eurent lieu dans la ville. Les ouvriers des usines Putilov se déclarèrent en grève. Le 24 février, dans les quartiers les plus huppés, la Petrogradskaja Storona et le Vasilevski Ostrov, éclatèrent des troubles sanglants. On posta des patrouilles armées pour garder les ponts sur la Neva.

Le 25 février, on appela à la grève générale. Il y eut des affrontements meurtriers entre policiers et manifestants.

Le palais de justice fut incendié. Le 27 février, la plupart des casernes furent abandonnées aux révolutionnaires. Les soldats distribuèrent armes et munitions au peuple.

Le 28 février, le régiment de Pavlovsk, le plus célèbre de la garde impériale, quitta ses quartiers pour le Palais d'hiver où bientôt flotta le drapeau rouge. Dès l'après-midi du 28 février 1917, le gouvernement impérial cessa d'exister à Petrograd. La ville était aux mains des révolutionnaires.

Les troubles atteignirent leur apogée le 27 février. Commissariats et prisons furent incendiés, le ciel gris hivernal se noircit de fumée. Les manifestants avaient brisé les vitrines, pillé les magasins, fouillé les maisons pour y traquer des opposants. Après avoir été la puissance la plus redoutée de la ville, la police était devenue une proie. Celle-ci ne trouva aucun soutien, ni chez les soldats ni chez les cosaques qui refusèrent de tirer sur la foule et qui, à la surprise générale, rejoignirent les rangs des révolutionnaires.

Les policiers durent se réfugier dans des maisons inconnues, car, s'ils tombaient aux mains de la foule, une mort atroce les attendait. Ils étaient embrochés sur des baïonnettes, criblés de balles, noyés dans le fleuve, pendus dans des arrière-cours obscures, piétinés ou écartelés. Il n'y avait pas dans le pays d'institution plus haïe que la police, réputée pour sa corruption et sa cruauté.

Macha se trouvait au cœur de l'enfer. Elle portait un foulard rouge de pirate autour de la tête et laissait flotter ses longs cheveux. Dans sa vieille robe marron rapiécée, elle semblait tout droit venir de la Révolution française. On aurait dit l'une de ces femmes au regard fiévreux qui escortaient les charrettes jusqu'à la guillotine.

Elle venait d'abattre un policier qui avait tenté de s'enfuir d'une maison encerclée par les manifestants.

Froidement, elle avait levé le pistolet et elle avait tiré. L'homme avait titubé en la regardant fixement avant de s'écrouler dans la neige boueuse de la rue.

À l'intérieur, on continuait à pousser des cris.

— Voilà encore un de ces chiens! s'écria un homme.

— Arrêtez-le! ajoutèrent des femmes, déchaînées.

Des coups de feu éclatèrent. Le policier avait atteint une fenêtre au deuxième étage. Il était pris au piège. Derrière lui, la meute hurlante, devant lui, un précipice. Un tortionnaire aux portes de la mort, pensa Macha. Comme ils ont l'air pitoyables quand ils ont peur! L'homme choisit et sauta de la fenêtre. Il tomba lourdement sur le trottoir. Impassible, Macha considéra le corps brisé qui gémissait à ses pieds. Ce n'était pas un homme qui mourait, mais tout un système qui se débattait dans les convulsions de la mort.

Elle regarda autour d'elle. Pas trace de Maksim. Il l'avait accompagnée jusqu'ici, avant de se joindre à un groupe qui voulait occuper le palais de justice. Il espérait mettre la main sur les dossiers des arrestations et des procès de ces dernières années. Le pauvre Maksim croyait encore à une révolution pacifique! Il voulait réunir des preuves contre les criminels de l'ancien régime avant qu'ils ne passent en jugement. Il espérait une fin propre de l'ancien régime et une construction propre du nouveau système, sans assassinats ni incendies. Il n'avait toujours pas compris qu'une révolution se nourrit de sang.

Le coup de feu sembla venir de si loin qu'elle ne sursauta même pas. Seule la douleur qui transperça sa jambe la surprit. Aussitôt, le sang inonda sa robe. Elle tomba à genoux, puis elle leva la tête. Un diable grimaçant était planté devant elle dans ses lourdes bottes noires. Maudit policier! Il lui avait tiré dessus et il regardait son sang se répandre dans la neige. Elle leva le pistolet, le toucha en plein cœur. Il tomba à la renverse.

Maintenant, il fallait quitter cette rue. Si elle restait là, tôt ou tard elle serait piétinée. Elle rampa le long du trottoir, laissant une traînée rouge foncé derrière elle. Elle perdait beaucoup de sang. Un vertige la saisit. Qui avait parlé du sang et du vieil homme? Shakespeare…

«Macha joue le rôle de lady Macbeth!» Des souvenirs d'école, de pièces de théâtre en anglais lui revinrent à l'esprit. Macha, la fille avec du sang sur les mains. Puis, l'université, Macha en blouse de dentelle blanche, les cheveux relevés. «Nous exigeons que les femmes puissent assister à vos séminaires, monsieur le professeur. Nous sommes des étudiantes inscrites dans cette université.»

Le mouvement féministe et la lutte du prolétariat… Et voilà qu'elle se traînait dans les rues de Petrograd en se vidant de son sang. C'était logique, exaltant. Mais elle voulait vivre! Elle aperçut la porte fracassée d'une boulangerie et se réfugia dans la maison dévastée.

Cette même journée débuta par un drame chez les Bergstrom. Julius venait de partir pour la caserne et la famille terminait son petit-déjeuner, ou plutôt elle était rassemblée autour d'une table vide, car les provisions étaient épuisées. Un succédané de café tentait d'apaiser les estomacs qui gargouillaient. Il faisait encore sombre et seule brûlait une lampe à pétrole, les usines d'électricité étant en grève.

Vers dix heures, Olga, la gouvernante originaire du Kazakhstan, entra dans la pièce en trombe et expliqua dans un mélange de russe et d'allemand que la petite

Nicola avait disparu. Elle avait fouillé toute la maison et redoutait que la petite ne fût sortie dans la rue, probablement parce qu'elle avait pris les coups de feu incessants pour un feu d'artifice, et Madame savait bien que Nicola adorait les aventures et par ailleurs…

Olga reprit son souffle. Belle eut un geste qu'elle ne s'était jamais encore permis envers une domestique. Elle se leva et lui donna une gifle retentissante.

— Ton seul devoir était de veiller sur ma fille! Tu es une misérable paresseuse. Va-t'en et ne reviens jamais!

— Bientôt, ces méthodes appartiendront au passé, menaça Olga, furieuse, avant de quitter la pièce.

Nina s'empressa de la suivre. On entendit les deux filles discuter dans le corridor. Belle appuya ses mains contre ses tempes.

— Je… Je dois la retrouver, murmura-t-elle. Où a-t-elle bien pu aller? Ces monstres ne vont tout de même pas s'en prendre à une enfant.

— Tante Belle, tu ne peux pas sortir maintenant! s'écria Felicia en lui attrapant le bras. Ils tirent sans arrêt. C'est beaucoup trop dangereux.

— Mais ma petite Nicola est quelque part, dehors!

— Nous allons vous accompagner, madame, dit Kat. En aucun cas nous ne vous laisserons seule.

Agacée, Felicia lui lança un regard noir. Décidément, Kat perdait la tête. Comment pouvait-elle suggérer une chose pareille?

— Je vous en prie… pas un mot d'allemand! implora Belle. On n'aime pas trop les Allemands par ici.

Sachant qu'elle ne pouvait les abandonner, Felicia les suivit à contrecœur. Les trois femmes enfilèrent leurs manteaux et leurs bonnets en fourrure.

Dehors, l'air était froid et sec, la neige crissait sous leurs pas. La rue était étrangement silencieuse, on n'entendait pas même le tintement d'un tramway. De nombreuses personnes s'étaient barricadées chez elles, d'autres s'étaient réfugiées à la campagne. Parfois, le crépitement d'une arme troublait le silence de manière menaçante.

Une patrouille de police avait bloqué le pont sur la Neva. Belle les interrogea, mais personne ne put l'aider.

Olga est vraiment une abrutie, songea Felicia, amère. Elle souffla dans ses mains. Elle avait oublié ses gants et il gelait à pierre fendre.

Au loin, elles virent avancer des manifestants. Partout flottaient des drapeaux rouges. D'un pas décidé, Belle se dirigea dans leur direction.

– Nicola a toujours aimé suivre les gens, expliqua-t-elle. Elle est probablement avec eux.

– C'est de la folie de chercher une enfant dans une ville comme celle-ci, grommela Felicia.

Un pavé atterrit près d'elles.

– C'est la femme du colonel von Bergstrom, s'écria une femme. Une Allemande! Une espionne! Une traîtresse!

Belle regarda l'inconnue d'un air indifférent.

– Le prolétariat! lança-t-elle avec dédain. Avez-vous vu mon enfant? poursuivit-elle. Une petite fille de neuf ans aux cheveux bruns.

La femme éclata d'un rire strident. Elle semblait au bord de l'hystérie. Felicia la contempla avec horreur. Était-ce donc là le visage de la révolution? Naïvement, elle avait toujours imaginé qu'une révolution avait quelque chose de romantique, mais c'était plutôt un cauchemar.

Soudain, il y eut une grosse explosion. Des flammes et de la fumée noire s'élevèrent dans le ciel.

– Mon Dieu, qu'est-ce que c'est? s'affola Kat.

Des manifestants se précipitèrent vers le pont. Felicia ne parvenait pas à comprendre ce qu'ils criaient.

– Qu'est-ce qu'ils disent, tante Belle?

– C'est le palais de justice que l'on vient d'incendier. Seigneur Dieu, Nicola!

Alors que Belle se mettait à hurler le nom de sa fille, un policier la saisit par le bras.

– Vous feriez mieux de partir très vite, madame. Ça va mal se terminer!

Les manifestants avaient atteint le pont. Des pierres volaient, un coup de feu claqua. Felicia se sentit happée par le mouvement de la foule et se retrouva écrasée contre la balustrade. Les morceaux de glace scintillaient à la surface du fleuve. Des deux mains, elle agrippa la rambarde tout en essayant de reprendre son souffle. Si cette maudite foule continuait à la pousser, elle tomberait. Où étaient passées Belle et Kat?

Vierge Marie, c'est un cauchemar… Faites que ce soit un mauvais rêve. Faites que je me réveille saine et sauve à Lulinn.

Elle s'entendit pousser un cri, puis elle s'évanouit et glissa, non pas dans les eaux froides et mortelles de la Neva, mais sur les pierres solides du vieux pont.

Maksim eut un dernier regard pour les flammes avant de s'éloigner. Le palais de justice n'était plus qu'un immense brasier, il était inutile d'espérer sauver des dossiers. Visiblement, personne ne s'en inquiétait. Un symbole partait en fumée, celui d'un régime, d'une justice qui avaient trop longtemps fait régner la peur, trop souvent exilé des dissidents dans des cachots sombres, des chambres de torture ou les étendues glacées de la Sibérie.

Les gens désirent se venger, songea Maksim. Ils souhaitent la vengeance davantage que la justice.

Il se sentait épuisé et, pour la première fois, il se demanda s'il tiendrait jusqu'au bout.

Perdu dans ses pensées, il marcha dans les rues, voyant à peine les gens qu'il croisait. Puis, soudain, il aperçut un visage qu'il aurait reconnu entre mille, celui de Felicia. Cette rencontre lui sembla si improbable, qu'un court instant il pensa à une illusion. Au milieu des manifestants qui hurlaient, des policiers paniqués, des cosaques hésitants, une jeune fille avançait vers lui, emmitouflée dans un manteau de fourrure noire, le visage blême auréolé de boucles brunes. Il n'arrivait pas à y croire. Dans la ville en ébullition, ils étaient inévitablement poussés l'un vers l'autre. Leurs regards se croisèrent.

– Maksim!

– Felicia!

Instinctivement, il l'attira à l'abri d'une porte cochère.

– Felicia, au nom du ciel, qu'est-ce que tu fais là?

– Je cherche ma cousine. Elle a…

Il éclata de rire.

– Je veux dire, qu'est-ce que tu fais à Petrograd? Je pensais que tu étais encore à Munich.

– Oh… C'est une longue histoire…, bredouilla-t-elle. J'étais infirmière sur le front en Galicie et nous avons été faits prisonniers. Ma tante Belle a réussi à me faire sortir du camp où il y avait le typhus et… mon père a été abattu par un soldat russe, quelque part en Bukovine…

– Pauvre enfant, murmura Maksim.

Le ton de sa voix la tira de son trouble.

– Et toi, que fais-tu ici?

Il sourit.

– La révolution. D'ailleurs, je n'ai pas le temps de bavarder avec toi.

– Mais tu ne peux pas t'en aller comme ça, Maksim! Je suis perdue. Nous avons été prises dans une manifestation et on m'a presque jetée à l'eau. Je me suis évanouie. Quand j'ai repris connaissance, tante Belle et Kat avaient disparu.

Un coup de feu retentit tout près d'eux. Felicia poussa un cri. Spontanément, Maksim la serra contre lui. Dans ses bras, elle respira l'odeur familière et rassurante de ses cigarettes. Puis, elle recula d'un pas, les yeux fixés sur le pistolet qu'il portait à la ceinture.

– Qu'est-ce qui te fait peur? Quand j'étais soldat, je portais aussi des armes, mais cela ne t'effrayait pas.

– C'était la guerre!

– Ici aussi, c'est la guerre. Et les petites filles n'ont rien à y faire. Je te ramène chez ta tante Belle.

– Je ne suis pas une petite fille!

Il la contempla de la tête aux pieds.

– Pour moi, si. Alors, où habites-tu?

Ravalant sa colère, elle lui indiqua son adresse. Maksim leva les mains dans un geste impuissant.

– C'est à l'autre bout de la ville! Tous les ponts sont fermés. Je crains que tu ne doives rester chez nous jusqu'à ce soir.

– Chez nous…?

– Chez Macha et moi.

Maksim prit délibérément un ton brutal. Felicia blêmit.

– Merci bien. Je préfère encore errer dans les rues.

– Tu es folle! Ce serait du suicide. Tu es allemande et tes origines bourgeoises te trahissent à vingt mètres.

Il l'entraîna de force. Et, tandis qu'ils se hâtaient à travers les rues, il se demanda ce qu'il avait fait pour mériter ce mauvais sort.

C'est un concours de circonstances absurde, songea Macha. Maksim, Felicia et moi, réunis au beau milieu de la révolution russe!

Des camarades l'avaient transportée chez elle, après l'avoir trouvée, baignant dans son sang.

— Tu as besoin d'un médecin, Macha, avait dit l'étudiant barbu, après lui avoir fait un garrot. Il faut extraire la balle.

— Tu peux le faire, Ilja?

— Je ne suis qu'en premier semestre de médecine, je n'ai aucune expérience et pas un gramme de chloroforme.

Maksim et Felicia arrivèrent alors que les autres venaient de partir chercher un médecin.

— D'où sort-elle, celle-là? s'exclama Macha en voyant Felicia.

Maksim s'agenouilla près d'elle. Avec précaution, il releva la robe ensanglantée et examina la blessure. Felicia déglutit avec difficulté : la plaie était horrible.

— Une balle de policier, expliqua Macha. J'ai vraiment cru y passer. (Son regard effleura Felicia, si pâle dans son élégante fourrure.) Dis-moi, Maksim, où l'as-tu dégotée?

— J'habite chez mon oncle et ma tante, précisa Felicia d'une voix hautaine. Je me suis perdue. Heureusement, j'ai rencontré Maksim.

— Quelle veine! se moqua Macha. Votre gouvernante ne vous a pas appris qu'une dame ne doit pas se promener seule dans une ville inconnue?

207

– Moi au moins, je tiens encore sur mes deux jambes! rétorqua Felicia.

Sans retirer son manteau, elle s'installa sur un tabouret, balayant la pièce d'un regard dégoûté. Pauvre Maksim! Comme il était affligeant de le voir vivre comme un misérable! Macha devait certainement l'y contraindre. Felicia remarqua, non sans plaisir, que la jeune femme n'était pas à son avantage. Son visage était crispé de douleur, ses lèvres desséchées, ses épais sourcils barraient sa peau jaunâtre d'une sévère ligne noire. Mais Maksim la regardait avec inquiétude et… bonté divine! Felicia se leva d'un bond. Dans ce regard intense se lisaient trop de choses qu'elle voulait ignorer.

Bientôt apparurent deux camarades accompagnés d'un médecin. Tous se mirent à parler en russe. Après l'avoir dévisagée de la tête aux pieds, l'étudiant barbu posa une question à Maksim qui répondit d'un air désinvolte. Felicia savait qu'à leurs yeux elle était provocante, ce qui ne l'aurait pas dérangée si Maksim n'avait pas été des leurs. Jamais le gouffre qui les séparait n'avait été plus profond. Elle eut soudain envie de rentrer chez elle, mais elle refoula ses larmes.

La pièce empestait le chloroforme. Rassemblés autour de Macha, ils lui posèrent un chiffon imbibé sur la bouche et le médecin commença à extraire la balle. Felicia garda les yeux fixés sur le soupirail. L'odeur du chloroforme lui avait toujours donné la nausée. À l'hôpital, elle ne l'avait pas caché, parvenant ainsi à être dispensée d'assister aux opérations. Cette fois, elle dut lutter contre son mal au cœur. Elle ne voulait pas donner à ces gens la satisfaction de railler la jeune bourgeoise fragile. Des gouttes de sueur perlèrent sur son front. Si seulement il y avait un peu d'air frais…

Le médecin poussa un cri de joie en brandissant la balle. Tous rirent, soulagés. Maksim caressa les cheveux de Macha et Felicia grimaça avec dédain.

Tous avaient oublié les combats de la rue, c'est pourquoi ils sursautèrent quand la porte s'ouvrit brutalement et que deux policiers se précipitèrent dans la pièce. L'un d'eux chancelait en se tenant le ventre. Du sang coulait entre ses doigts. L'autre, indemne, avait le visage gris. On lisait l'horreur dans leurs regards.

Macha s'agita sur son lit. Le chloroforme cessait de faire effet. Comme une enfant, elle gémissait doucement dans un demi-sommeil. Pétrifiée, Felicia avait peur. Que se passait-il? Que voulaient ces deux hommes?

Le policier blessé se laissa tomber sur une chaise. Dehors retentissaient des coups de feu. Son compagnon articula quelques mots en russe. Les yeux de l'étudiant barbu s'écarquillèrent et il cria des paroles incompréhensibles. Le policier valide pâlit en reculant d'un pas, il marmonna, mais aucun son ne sortit de sa bouche. D'un ton furieux, le barbu aboya quelque chose à Maksim.

Maksim hésita, avant de dégainer son pistolet. Les deux coups de feu se mêlèrent au grondement de la rue et au cri de Felicia. Les policiers s'écroulèrent.

Maksim semblait souffrir. Macha, qui s'éveillait lentement, posait des questions auxquelles personne ne répondait. Felicia, tétanisée, contemplait les deux corps sans vie. Tout s'était passé si vite.

– C'est la révolution, lâcha Maksim. Ce policier avait torturé Ilja en prison, lui expliqua-t-il en indiquant le barbu. Je devais l'abattre. (Il saisit brutalement le bras de Felicia et se mit à hurler.) Tu ne comprends peut-être pas, mais il le fallait! Je t'ai dit que tu n'avais rien à faire ici!

Felicia lui adressa un regard glacial.

– Mais je ne dis rien, répliqua-t-elle en se dégageant.

Elle s'était ressaisie, elle était en effet parvenue à la conclusion que cette affaire ne la concernait pas.

– Aurais-tu une cigarette pour moi?

Elle s'assit et croisa les jambes. Alors que Maksim se penchait pour lui donner du feu, elle comprit à son regard qu'il commençait à la respecter.

Felicia fut accueillie à la maison avec des cris et des larmes. Kat lui sauta au cou et Belle déclara qu'ils avaient bien mérité un verre de schnaps pour se remettre de leurs émotions. Elle tendit un verre à Maksim et trinqua avec lui. Elle avait connu Marakov à Lulinn où il s'était souvent promené avec Felicia. À l'époque, elle avait pensé qu'il s'agissait d'une banale amitié d'enfance, mais, en étudiant le visage de sa nièce, elle devina que c'était plus que cela.

– Est-ce que Nicola est rentrée? demanda Felicia, lorsque Kat eut enfin cessé de l'embrasser.

Belle hocha la tête.

– Elle était sortie dans la rue, mais elle n'était pas allée très loin. Une amie l'a ramenée. Quelle journée!

– Je voudrais me retirer maintenant, dit Maksim d'une voix polie mais distante.

– Puis-je vous inviter à dîner prochainement, monsieur Marakov? s'enquit Belle.

– Je crains que cela ne soit impossible, rétorqua-t-il avec une ironie amusée. Il se trouve que j'appartiens à l'autre camp, vous savez.

– Quel dommage! s'exclama Belle sans se démonter. Alors, adieu. Et rentrez sain et sauf chez vous.

Le vent froid de l'hiver pénétra par la porte ouverte. Dehors, un inconnu chantait *L'Internationale.* On ne tirait plus. Maksim s'arrêta sous la lampe du portail. Il neigeait. Les toits, les tours et les corniches recouverts d'un voile blanc brillaient dans la pénombre.

Felicia comprit que cette dernière image de Maksim la marquerait à jamais. Elle, bien au chaud dans la maison, alors que lui se trouvait sous la neige, dans le froid. L'abîme qui les séparait lui sembla soudain infranchissable. Elle ne l'avait jamais autant aimé ni si bien perçu les limites de son pouvoir qu'au moment où il enfila ses gants, la salua pour s'éloigner dans la nuit. Étonnée, elle se demanda ce qu'il était advenu de son beau visage, de son rire, de sa douce chevelure et de sa gracieuse silhouette – toutes ses armes rendues soudain dérisoires.

Pour la première fois de sa vie, son inébranlable confiance en elle vacilla.

– Est-ce que tu la reverras? demanda Macha.

Elle était allongée sur le lit. Sa jambe la faisait atrocement souffrir. On voyait tomber les flocons de neige par le soupirail. Bientôt, il n'y aurait plus de lumière dans la pièce. Maksim prit son temps avant de répondre.

– Non, sûrement pas. Je ne la reverrai jamais, à moins de tomber sur elle comme aujourd'hui. Je ne tiens pas à elle.

13

Je crois que j'ai réussi à survivre au camp et à la maladie grâce à toi, parce que je suis certaine que nous surmonterons ce qui peut encore nous arriver, et que nous serons un jour heureux. Si seulement je savais comment tu vas! Je n'ai plus de tes nouvelles depuis si longtemps. Mais je sens bien que tu es encore en vie.

Kat posa sa plume et relut sa lettre. Elle ignorait si Phillip la recevrait un jour. Elle avait l'intention de l'envoyer chez son père à Munich, le priant de la faire suivre. En France.

Elle regarda par la fenêtre. Il était encore tôt. Comme souvent après des chutes de neige, l'aube était d'un calme presque magique.

Kat voulait que son courrier parte sans attendre. Elle espérait que personne n'aurait de difficultés à cause d'elle. Belle avait prévenu qu'il fallait faire attention avec les lettres pour l'Allemagne, et celles pour Elsa étaient envoyées codées. Mais celle de Phillip… Qui pourrait s'en prendre à des lettres d'amour?

Dans la rue, elle remarqua de nombreux carreaux cassés. Un panneau devant un immeuble en construction était criblé de balles.

Derrière une barrière, elle aperçut un pied. Était-ce un cadavre?

Il avait dû y avoir beaucoup de morts la veille.

Frissonnant, elle hâta le pas.

Nina avait passé une nuit mémorable chez son ami Jurij. La veille, le jeune homme avait manifesté avec les ouvriers, distribuant les coups de poing, jetant des pierres, réclamant du pain, la paix, la liberté et l'égalité. Le sentiment d'appartenir à un vaste mouvement lui donnait confiance.

Ce matin-là, Nina repensait à leur conversation en parcourant les rues sombres vers la maison du colonel von Bergstrom. Elle lui avait souvent parlé de sa vie de domestique, mais jamais avec autant de haine et de colère que cette nuit-là.

– Elle chicanait, la vieille Bergstrom, tu ne peux pas t'imaginer! «Nina, fais ci, fais ça!» Je lui brossais les cheveux, je lui choisissais ses robes pour aller au bal, je lui attachais les bijoux autour du cou. (Brusquement, Nina avait pris un ton guindé.) «Non, Nina, j'ai porté le collier de grenats la semaine dernière pour l'anniversaire de la tsarine. Apporte-moi plutôt les émeraudes... Fais attention, tu as laissé tomber les boucles d'oreilles!» J'ai passé des nuits entières à l'attendre. Quand elle revenait d'une fête, elle était toujours très belle, toute blanche. Elle est souvent pâle quand elle a trop bu, et avec ça, elle a des lèvres rouges et pulpeuses. Elle retirait ses chaussures et s'écriait : «Nina, va nous chercher une bouteille de champagne!» Au milieu de la nuit, tu m'entends... En pleine nuit, elle buvait du champagne comme d'autres boivent de l'eau. Elle s'asseyait sur le tapis blanc devant la cheminée, et Monsieur entrait dans la chambre, le beau monsieur... ils s'adoraient. Deux personnes si belles, si parfaites, si magnifiques...

Tandis qu'elle se rappelait ses paroles de la veille, le visage de Nina se durcit. Les humiliations remontaient à la surface. La haine qui couvait depuis des années s'embrasait au contact de la révolution. Dans les bras de Jurij, de mauvaises pensées lui avaient traversé l'esprit. La vengeance... Tout le monde en parlait ces derniers temps.

Elle connaissait beaucoup de monde à Petrograd, surtout des hommes – ce que Jurij ignorait. Des hommes qui avaient un certain pouvoir. Si on leur racontait que deux Allemandes habitaient chez les Bergstrom depuis des semaines, non pas des Allemandes des pays baltes, mais des Allemandes du Reich... Certains, à Petrograd, trouveraient peut-être ces renseignements intéressants.

Nina s'arrêta, tourna les talons et repartit dans la direction opposée. Elle serait en retard, et alors? Les temps changeaient. De toute façon, Madame n'avait plus rien à dire.

Felicia traînassa au lit jusqu'au début de l'après-midi. Elle avait mal dormi et s'était éveillée à deux reprises, le cœur battant, après un cauchemar. Maksim lui trottait dans la tête. Morose, elle enfouit son visage dans l'oreiller. On entendait encore des coups de feu. Les combats avaient recommencé.

Si seulement je pouvais participer, songea-t-elle. Si je pouvais ressembler à Macha... Mais elle ne pourrait jamais tromper Maksim, ni simuler un idéalisme qu'elle ne ressentait pas. Elle ne s'intéressait pas à un monde meilleur, elle ne pouvait feindre d'être passionnée par la révolution et la lutte des classes. Bien sûr, elle n'hésitait pas à jouer la comédie pour atteindre ses objectifs, mais là, ce serait trop lui demander. En cherchant à imiter

Macha, elle se renierait si profondément qu'elle en viendrait peut-être à haïr Maksim.

Lorsque la faim commença à la tenailler, elle enfila un peignoir et descendit pieds nus dans la cuisine.

– Si vous vouloir manger, tout fini…, grommela la cuisinière dans un mauvais allemand. Pas de pain, pas de gâteau, pas de viande, récita-t-elle, désespérée.

– Il doit sûrement y avoir quelque chose, s'impatienta Felicia en fouillant les placards.

Rien à manger… c'était impensable. Dans une ville civilisée! Elle dénicha un paquet de petits gâteaux tout desséchés.

Un instant, elle se demanda si elle devait partager avec Kat et Belle, mais son égoïsme l'emporta. Elle avala les friandises poussiéreuses qui devaient dater du Noël précédent. La porte d'entrée s'ouvrit. Elle entendit des pas lourds.

– Le colonel…, souffla la cuisinière, respectueuse.

Au même moment, Olga, la gouvernante, passa la tête par l'embrasure de la porte.

– Vous voilà, madame Lombard! Je vous cherchais partout. (Depuis longtemps au service de la famille, Olga parlait l'allemand presque sans accent.) Puis-je vous voir un moment?

– Oui?

– Seule, précisa-t-elle avec un regard pour la cuisinière.

Un peu étonnée, Felicia suivit Olga dans la lingerie attenante.

Le colonel von Bergstrom et sa femme se tenaient enlacés dans le salon. Belle avait posé la tête sur son épaule. Il baisait ses boucles auburn.

– Je n'aurais jamais imaginé une chose pareille. Le régiment de Pavlovsk est le plus respectable de toute la garde impériale. J'aurais juré que, quoi qu'il arrive, nous resterions fidèles au tsar. Et voilà que mes camarades, mes soldats, occupent le Palais d'hiver et ont hissé le drapeau rouge. J'ai l'impression de vivre un cauchemar.

– Et toi?

Il la relâcha d'un geste énervé.

– Comme tu vois, je suis ici!

– Que va-t-il t'arriver? Tu as officiellement pris tes distances avec la révolution.

– C'était inévitable. Je ne peux trahir mes convictions. Dieu sait que je ne suis pas convaincu par le régime tsariste, mais j'ai prêté serment. Et puis, je ne peux souscrire à la manière dont tout un système est renversé. Je ne peux pas me sentir solidaire de ces hordes qui défilent dans les rues, incendient les maisons et écartèlent les policiers.

– Dans ce cas, nous devons quitter Petrograd, continua Belle, toujours pragmatique. Et le plus vite possible. Nous devons aller chez ta mère, à Reval.

– Devenir des déserteurs?

– Tu veux attendre d'être arrêté comme les autres officiers?

– Bien sûr que non.

– Tes soldats ne te saluent même plus. Dans le doute, ils ne suivront plus tes ordres. Ta présence ici est inutile pour le moment. Tu devrais te retirer.

– Je crois que c'est impossible, Belle.

– Je crois que c'est notre seul espoir, Julius.

Ils s'affrontaient, aussi intraitables l'un que l'autre.

Au même moment, dans la lingerie, Olga cherchait à persuader Felicia.

– Je n'ai aucune raison de rendre service à Madame et je me demande bien ce qui me prend. (Olga tenait une petite bourse que Felicia était allée prendre dans le sac à main de sa tante.) Mais on a tout de même des sentiments de fidélité.

Felicia la toisa.

– Bah, elle vous rapporte joliment, votre fidélité! Alors, qu'avez-vous à dire?

Olga ajusta son manteau élimé.

– Nina est une fille méchante, Madame, vous pouvez me croire. Elle attend depuis longtemps le jour où elle pourra s'en prendre aux maîtres. Ce matin, elle a discuté avec un soldat qui a été sous les ordres de Monsieur. Personne n'est en sécurité avec lui, je vous assure. C'est une bonne chose que Jurij ne sache pas tout ce qu'elle fait derrière son dos. Jurij est son ami, vous savez.

Olga reprit son souffle.

– Très bien, et alors? s'impatienta Felicia.

– C'est ce que j'essaie de vous expliquer, Madame. Nina est incapable de garder un secret, elle m'a tout raconté. Elle a dit au soldat que le colonel avait des invitées, deux Allemandes, vous et Mlle Kassandra. Le soldat a dit :«Il est lui-même allemand, le colonel, et on se demande de quel bord!» Nina a ajouté qu'elle pensait que le colonel vous avait sorties d'un camp de prisonniers. À mon avis, elle écoute aux portes, vous ne pensez pas? (Felicia en était convaincue.) Le soldat lui a dit que Monsieur était depuis longtemps sur une liste, je ne sais pas de quelle liste il veut parler, mais c'est plutôt inquiétant, non? «Attends, chérie, peut-être que le colonel dormira ce soir même en prison...» Voilà ce qu'il a ajouté.

– Oh, mon Dieu!

Felicia ne put dissimuler sa panique. Olga fut ravie de l'effet que produisait son histoire.

– Je vais partir maintenant. Je pense qu'il serait mieux que personne ne sache que le colonel a été prévenu, n'est-ce pas? conclut-elle avec un sourire calculateur.

– Combien voulez-vous encore? s'irrita Felicia.

– La même somme que vous m'avez déjà donnée. Je suis une fille sans ressources et je dois penser à mon avenir.

– Attendez ici. Je vais parler à ma tante. Elle vous donnera l'argent.

Felicia gravit rapidement l'escalier. La dénonciation de Nina était très dangereuse. Elle remercia le ciel que la rapacité d'Olga l'eût emporté sur son amitié avec Nina et sa haine pour son ancienne patronne. Mais combien de temps leur restait-il et que pouvaient-ils faire?

Olga avait empoché son argent avant de déguerpir. Belle se hâta de faire les valises, aidée par Kat et Felicia, également chargée de surveiller Nina. Pour l'occuper, Belle lui avait donné du repassage et on l'entendait siffloter, satisfaite. Préparer le départ en toute discrétion était une tâche ardue, car même la petite Nicola ne devait rien savoir.

Le colonel von Bergstrom s'était enfermé dans la bibliothèque. Il enrageait, furieux de devoir fuir sa maison comme un voleur. Pis encore, il lui fallait endurer des intrigues de domestiques et d'indignes tentatives d'extorsion. Il aurait préféré être arrêté plutôt que de s'enfuir, mais il ne pouvait pas lutter contre la détermination des femmes. Leurs arguments étaient plus valables que les siens. De toute façon, les mots lui manquaient pour convaincre Belle.

– Prenez surtout des vêtements chauds, murmura Belle. Il y a de terribles courants d'air dans la maison de ma belle-mère. Tout est encore un peu comme au siècle passé. Nous n'avons nul besoin de jolies robes.

– Est-ce que nous arriverons en voiture jusqu'à la gare? s'inquiéta Kat. Regardez, il continue à neiger.

De gros flocons blancs dansaient dans l'obscurité.

– Nous y parviendrons, répliqua Belle. Priez seulement pour qu'il y ait un train ce soir.

Un peu plus tard, Julius von Bergstrom descendit dans le vestibule. Il portait un manteau sur son uniforme et un bonnet de fourrure. À la lumière des bougies, son visage hâve était creusé de fatigue.

Belle aida Nicola à enfiler son manteau, son écharpe et ses gants.

– Où allons-nous? demanda l'enfant.

– Rejoindre ta grand-mère en Estonie. C'est amusant, non?

Ils sortirent de la maison sans avoir été repérés. La neige tourbillonnait et un froid mordant les saisit. Felicia avait relevé son écharpe autour de son nez et de sa bouche. On ne devrait pas être obligés de partir de chez soi par un temps pareil, songea-t-elle.

Soudain, tels des spectres, les soldats apparurent, lourdement armés, les visages sévères.

– Colonel von Bergstrom? demanda l'un d'eux à Julius sans pour autant le saluer.

– Lieutenant Mirov?

– Colonel von Bergstrom, vous êtes en état d'arrestation. Je vous prie de nous suivre sans protester.

Julius hocha la tête. Belle se jeta entre eux, toutes griffes dehors.

– Que reproche-t-on à mon mari, lieutenant?

– Désolé. Je n'ai rien à dire.

– Lieutenant Mirov, vous nous connaissez. Vous avez souvent été reçu chez nous. Mon mari et vous…

– Le passé n'intéresse plus personne, l'interrompit Mirov. Les temps changent. Vous devriez prendre garde. Celles-là…, fit-il en montrant Felicia et Kat. Ce sont bien les deux Allemandes que vous hébergez depuis plusieurs semaines ?

– Nous sommes nous-mêmes d'origine allemande, rétorqua Belle.

– On vous tient à l'œil, madame. On a intercepté des lettres adressées à un soldat allemand en France. Il y aura des conséquences.

Julius avança d'un pas.

– Je voudrais expliquer que…

Une nouvelle fois, Mirov ne le laissa pas terminer sa phrase.

– Vous aurez l'occasion de vous exprimer plus longuement à votre procès. Maintenant, veuillez nous suivre.

– Quand est-ce que mon mari pourra revenir ? demanda Belle.

Un sourire narquois se dessina sur le visage des soldats.

– Ah, vous savez, madame…, reprit Mirov, laconique. Il est probable que vous le reverrez quand nous viendrons vous chercher, vous et les autres dames.

– Lieutenant Mirov, je doute que vous soyez habilité…, commença Julius d'un ton sévère.

Les yeux de Mirov s'étrécirent.

– Taisez-vous, colonel. C'est un conseil. On est en train de nettoyer ce pays, et celui qui se tait a plus de chances de s'en tirer.

– Julius, je ne te laisserai pas partir, je t'accompagne ! s'écria Belle en lui agrippant le bras.

Un flocon de neige resta accroché à ses longs cils. Elle ressemblait à une héroïne du théâtre dramatique russe, une femme éperdue, d'une beauté poignante, et Felicia pensa qu'elle aurait dû émouvoir tous les hommes sur la terre. Mais Mirov resta inflexible.

– Un peu de patience, madame, on viendra bientôt vous chercher.

– Julius, murmura Belle, alors qu'il lui baisait tendrement la main.

– Ne pleure pas, Belle. Il ne m'arrivera rien. Prends soin de toi, de Nicola, de Kat et de Felicia. Je t'en prie, ne t'inquiète pas.

– Où vont-ils t'emmener?

– Dans une prison ou une caserne, je ne sais pas. Ça n'a pas d'importance, nous nous reverrons bientôt et tout sera comme avant.

Elle scruta son visage, le cœur serré. Comme si elle comprenait enfin ce que signifiait la révolution. Puis, elle regarda son mari disparaître dans la pénombre, encadré par les soldats. Elle serra les poings de rage.

– Maman, où va papa? s'affola Nicola.

Belle l'attira contre elle.

– Il va revenir, Nicola. Il va revenir.

– On ne part plus en voyage?

– Je crains que non, ajouta Belle, rassemblant ses dernières forces pour lancer d'un ton joyeux : Allons, je vais te mettre au lit. Tu veux que je te raconte une histoire? J'en connais une qui est très excitante. Écoute, il était une fois...

Sur le chemin de la gare, Belle fut prise d'une terrible quinte de toux qui l'obligea à arrêter la voiture. Haletante, elle s'appuya sur le volant. Felicia, assise à côté d'elle, tremblait de peur. Elle était persuadée de ne plus pouvoir arriver à temps pour prendre le train de nuit pour Reval – s'il y en avait un. Elle avait dû traîner de force Belle hors de sa maison.

– Partez seules, toi, Kat et Nicola. Ma belle-mère vous accueillera. Moi, je reste ici. Je ne peux pas abandonner Julius.

– Mais tante Belle, tu ne peux rien pour lui! Je t'en prie, nous devons partir! Ils relâcheront Julius et il nous rejoindra.

– Partez sans moi.

Felicia avait alors perdu patience et s'était mise à crier :

– Tu vas nous accompagner, même si je dois te traîner par les cheveux jusqu'à la gare! Tu n'es jamais allée en prison. Si tu savais ce qui t'attend, tu prendrais tes jambes à ton cou. C'est la guerre, la révolution, tante Belle… J'ai une peur bleue de partir seule pour Reval, en plein chaos… Je suis allemande, je ne parle pas un mot de russe, Kat se remet à peine du typhus et Nicola n'a que neuf ans… Tu ne peux pas me laisser tomber!

Belle n'avait pas eu la force de protester. Sa peur pour Nicola l'avait emporté. Nicola devait quitter Petrograd et si Felicia refusait de partir seule, alors sa fille resterait aussi.

À mi-chemin de la gare, une quinte de toux la paralysa. Dans les rues, les gens chantaient et dansaient. Les lueurs rougeoyantes d'un immense incendie se détachaient sur le ciel sombre de la nuit. La prison flambait.

– Tante Belle, quand nous serons arrivées, tu devras aller voir un médecin, insista Felicia.

Au même moment, Belle leva la tête. À la lumière des flammes, Felicia aperçut les taches de sang sur son mouchoir. Elle en eut le souffle coupé.

– Que se passe-t-il? demanda Kat, assise à l'arrière.

Belle jeta un regard sévère à sa nièce comme pour la faire taire.

– Rien, répondit Felicia, consternée. Je trouve seulement que tante Belle devrait soigner sa... bronchite.

– Je me sens mieux, déclara Belle en redémarrant.

Des rafales de neige fouettaient le pare-brise. Les maisons et les murs défilaient comme dans un rêve. Felicia comprenait enfin pourquoi Belle avait mauvaise mine, pourquoi elle semblait maigrir de jour en jour... C'est la tuberculose, pensa-t-elle, prise de panique.

Elle enfonça ses ongles dans ses mains pour se maîtriser. Elle devait garder la tête froide. Tante Belle, son seul soutien, était mourante...

La gare grouillait de monde en dépit de l'heure tardive. Beaucoup voulaient quitter Petrograd, on pouvait à peine se frayer un passage. Felicia et Belle portaient les bagages tandis que Kat tenait Nicola par la main.

Belle alla acheter les billets. Felicia, Kat et Nicola patientèrent, adossées à un pilier. Nicola faillit s'endormir debout. Elle était si épuisée qu'elle ne réclamait même plus son père. Kat claquait des dents. Exaspérée, Felicia réprima une remarque acerbe. Je ne peux pas lui interdire d'avoir froid, s'agaça-t-elle.

Enfin, Belle réapparut. Avec son visage pâle, ses cheveux soyeux et son manteau noir, elle était la plus belle femme de la gare. Felicia était bouleversée. Maintenant qu'elle savait la vérité, tout ce qu'elle avait trouvé beau chez sa tante – les joues translucides, ses cernes profonds – semblait menaçant. Elle se retint de pleurer.

– J'ai les billets, annonça Belle. Le contrôleur prétend que le train devrait partir mais la nuit risque d'être longue.

La nuit, en effet, s'éternisa. Elles allongèrent Nicola sur les valises, afin que la petite pût dormir. Assise par terre, Kat s'assoupissait puis se réveillait toutes les deux minutes en regardant alentour d'un air affolé.

– Est-ce que nous ne devrions pas aller voir le Dr Luchanov? chuchota Felicia.

– Non.

– Depuis quand es-tu malade?

– Au début, j'ai pensé que c'était une pleurésie dont je n'arrivais pas à me débarrasser. J'ai compris en décembre…

– Tu devrais être depuis longtemps dans un sanatorium.

– Je sais. Mais on parlait déjà de révolution et je ne voulais pas abandonner Julius.

– Il ne s'en est pas aperçu?

– Il était rarement à la maison. Mais tu verras, une fois arrivée à Reval, je m'en sortirai, lança Belle d'un air faussement enjoué. Je vais mener une vie saine. Fini l'alcool et les cigarettes! De longues promenades au bon air, des cures de repos, beaucoup de sommeil… (Elle fit une grimace.) Mon Dieu, comme ce sera ennuyeux!

Vers quatre heures du matin, le train entra en gare. Felicia secoua Kat, releva Nicola qui pleurait de fatigue, et rassembla les bagages.

Autour des wagons, il y avait une cohue indescriptible. Felicia se démena pour monter dans le wagon, puis elle aida Belle, Kat et Nicola à grimper. Un homme la réprimanda en russe, probablement à cause de sa brusquerie, mais elle ne répondit pas. Elle ne voulait surtout pas se trahir.

Elle trouva deux places assises dans un compartiment, et y installa Belle et Kat, qui prirent Nicola sur leurs genoux. Elle resta debout, pressée contre un homme bedonnant, coincée entre deux femmes qui s'entretenaient bruyamment. Le train accéléra. Dehors, il faisait nuit noire et il neigeait sans interruption. Petrograd s'éloignait. Derrière eux, à l'est, l'incendie continuait d'illuminer le ciel.

Le voyage dura deux jours. Le train s'arrêtait souvent, sans qu'elles sachent pourquoi, et pendant des heures.

Quand ils franchirent le fleuve Narva et pénétrèrent en Estonie, Belle poussa un soupir de soulagement : elles étaient presque à la maison.

Épuisées, le corps endolori, elles descendirent du train à Reval. Belle, qui s'était courageusement maîtrisée pendant les trente-sept heures de voyage, commença à tousser dès qu'elle posa le pied sur le quai enneigé et courut se réfugier dans les toilettes. Dans le hall, Kat et Nicola surveillèrent les bagages, pendant que Felicia faisait la queue pour avoir du thé chaud. Elle était affamée, mais il n'y avait rien à manger. À la première gorgée de thé, elle se sentit mieux. Dehors, l'obscurité tombait à nouveau et le monde disparaissait sous une tourmente de neige.

Brusquement, elle pensa à Maksim. Remarquerait-il son absence ?

Après un moment qui parut une éternité, Belle revint. La correspondance pour Jova partirait à l'heure, mais elle avait essayé de téléphoner chez la mère de Julius et personne n'avait répondu.

– Je ne comprends pas, s'inquiéta-t-elle. Ma belle-mère devrait être à la maison avec les domestiques. C'est rageant, ils n'enverront pas de traîneau nous chercher et,

225

avec cette neige, je ne sais pas si nous pourrons arriver jusqu'à la maison à pied…

– À pied? s'affola Kat.

– Et alors, on n'en mourra pas! s'impatienta Felicia.

Elle était trop fatiguée et trop nerveuse pour supporter les jérémiades de sa belle-sœur. Elle me regarde toujours comme si je pouvais tout arranger, se dit-elle, agacée.

Leur train n'eut qu'une heure de retard et elles trouvèrent des places assises. Kat et Nicola s'endormirent aussitôt. Belle et Felicia discutèrent à voix basse.

– Il y a deux kilomètres de la gare jusqu'à la propriété, expliqua Belle. Qui sait ce qui nous y attend? J'ai un mauvais pressentiment.

La petite gare de Jova semblait endormie sous la neige. Le chef de gare sortit de son abri en traînant les pieds. Quelques voyageurs seulement descendirent, tous des Estoniens qui eurent des regards peu amènes pour ces dames en fourrure. Belle demanda au chef de gare si l'on pouvait trouver un traîneau, mais il haussa les épaules.

– Rien à faire, se résigna Belle. Nous devons y aller à pied. Nicola, donne-moi la main.

La petite procession s'ébranla. Elles se relayaient pour tirer Nicola qui gémissait, se faisant de plus en plus lourde. La route était difficile à suivre. Il neigeait toujours. À chaque pas, elles s'enfonçaient jusqu'aux genoux. Les bottes et les bas étaient trempés, les pieds engourdis, les ourlets des manteaux alourdis par la glace.

– Tante Belle, es-tu sûre que c'est la bonne direction? Je ne vois pas de maisons, s'inquiéta Felicia.

– Nous avons peut-être quitté la route, mais nous marchons dans la bonne direction.

– Quand je raconterai ça à mes enfants…, lança Kat, essoufflée. Ils ne me croiront pas.

– Plus tard, cette mésaventure nous paraîtra sans doute romanesque, mais, pour le moment…, soupira Belle. Mon Dieu, Nicola s'endort en marchant! Allons, ma chérie, nous ne pouvons pas nous reposer. Nous risquons de mourir de froid. Regardez, n'est-ce pas une lumière là-bas?

L'espoir retrouvé, elles continuèrent d'avancer. Belle poussa un cri en atteignant le mur d'un parc.

– Venez, il ne nous reste plus qu'à remonter l'allée!

Le long chemin n'avait pas été dégagé, les branches des sapins ployaient sous le poids de la neige. Elles arrivèrent enfin dans une cour carrée, des lumières brillaient dans presque toutes les pièces.

– C'est étrange, s'étonna Belle. Il doit être minuit passé.

Elle frappa à la porte. Il fallut attendre un long moment avant qu'on vînt ouvrir. Un vieil homme au visage rond regarda les visiteurs d'un air effaré.

– Madame von Bergstrom?

– Sacha! Au nom du ciel, pourquoi ne répondez-vous pas au téléphone? Nous avons dû venir à pied de Jova. Nous sommes épuisées et à moitié gelées.

– Vous arrivez de Petrograd? demanda Sacha, déboussolé. Où est Monsieur?

– Il viendra plus tard. C'est l'enfer là-bas. Une vraie pagaille. Seigneur…, fit Belle en essorant ses cheveux trempés et constellés de flocons de neige. Nous allons manger quelque chose, puis Nicola ira se coucher. Où est la baronne?

Elle leva les yeux vers l'escalier, comme si elle s'attendait à voir apparaître sa délicate belle-mère, vêtue comme toujours d'une robe en dentelle. Mais ce furent deux servantes curieuses qui s'approchèrent. L'inquiétude de Belle se réveilla.

– Où est la baronne? répéta-t-elle, sèchement.

Les trois domestiques échangèrent un regard. Le silence était pesant. Sacha se racla la gorge.

– Hélas, madame la baronne... Elle était malade depuis des années... Et la semaine dernière... Le médecin est resté auprès d'elle jusqu'à la fin. Elle s'est endormie paisiblement.

– C'est insensé! tempêta Belle. La mère de Julius meurt et personne ne nous prévient.

Sacha regarda à nouveau les deux filles qui restaient froidement indifférentes.

Ils ont eu la belle vie après le décès de la vieille baronne, songea Felicia. Mais ils ne s'attendaient pas à l'arrivée de Belle et de sa famille.

La guerre et la révolution avaient tout bouleversé. Désormais, il n'y avait plus de domestiques ni de maîtres, mais des ennemis qui s'affrontaient.

14

La côte estonienne, avec ses marais, ses champs et ses forêts de pins, était une région magnifique. Des rochers en calcaire lumineux bordaient les criques où déferlaient les vagues bleues, ourlées d'écume, de la Baltique. Des demeures se dressaient fièrement dans de grands parcs aux vastes pelouses. Des terrasses, l'on apercevait la mer miroiter entre les arbres. Sur la plage s'alignaient des bateaux, des cabines et des cabanes où l'on remisait chaises longues et fauteuils en rotin. Tout était destiné à rendre la vie agréable. Mais ce charme et cette beauté ne suffisaient pas à atténuer les tensions. Deux entités se partageaient ce pays situé entre la mer Baltique et la Narva. D'un côté, les Baltes allemands fortunés et les seigneurs du pays qui profitaient de leurs privilèges, de l'autre, les paysans estoniens rongés par la pauvreté, agacés par ces propriétés féodales où l'on vivait de façon insouciante et dépensière, loin des vieilles traditions russes. Le début de la guerre avait cristallisé les rancœurs. Désormais, tous les Allemands étaient des ennemis, même s'ils combattaient sous le drapeau russe. Que les jeunes Baltes fussent aussi dans les tranchées et non plus sur les plages ou les courts de tennis n'émouvait personne. La haine avait investi les esprits depuis trop longtemps, l'ancien système ne pouvait plus convaincre. Petrograd n'avait été que le commencement.

Le 29 février 1917, le gouvernement provisoire présidé par le prince Lvov s'empara du pouvoir. Le 2 mars, le tsar abdiqua.

Belle prit les choses en main dès son arrivée. Après quelques jours d'une révolte sourde et haineuse, les domestiques et les employés du domaine se soumirent à la voix ferme de leur maîtresse. Elle feignait d'être sereine, pourtant elle savait qu'ils se trouvaient sur un baril de poudre. Une étincelle suffirait pour déclencher la rébellion. Et le moment venu…

L'air frais lui faisait du bien, elle toussait moins, mais continuait à s'affaiblir de jour en jour. Elle dormait tard, mais se réveillait généralement épuisée.

Les yeux brillants, elle souffrait constamment d'une légère fièvre. Elle respirait avec difficulté et son haleine dégageait un parfum sucré. En quelques mois, l'expression de son visage avait changé. Elle semblait se replier sur elle-même. On décelait dans son regard la clairvoyance et la sagesse de ceux qui vont mourir. La nuit, des rêves agités la harcelaient. Des heures durant, elle divaguait dans un monde à mi-chemin entre le rêve et la réalité.

L'après-midi, l'intendant venait faire son rapport. C'était un petit homme râblé, au regard froid, conscient que Belle ne pouvait se passer de lui. Il se complaisait dans les mauvaises nouvelles : «Deux de nos meilleures poulinières sont encore mortes», disait-il. Ou encore, après l'entrée en guerre des États-Unis en avril : «Maintenant, ça va mal se passer pour l'Allemagne. Ils seront massacrés. Vous trouvez ça bien, non?»

Au début, il avait montré un certain respect pour la «jeune baronne», mais il s'était vite aperçu qu'elle n'était pas aussi vaillante qu'elle le prétendait.

– Vous avez de la fièvre, madame? lui avait-il demandé.

– Un refroidissement, rien de plus, avait répliqué Belle.

L'homme avait souri, il flairait la mort. Désormais, lorsqu'il entrait dans le salon, il ne retirait même plus son chapeau.

Un jour, il entra sans frapper. Allongée sur le sofa, Belle luttait contre d'étranges hallucinations. Elle prit l'intendant pour un fantôme, une ombre immense qui se dressait devant elle en ricanant. Puis, sa lucidité revint et, avec ce qui lui restait de force, elle se leva.

– Qu'est-ce qui vous prend? cria-t-elle. Disparaissez! La prochaine fois, frappez avant d'entrer!

– C'est bon, grommela l'intendant.

Malgré la haine qu'elle pouvait lire dans les yeux de l'homme, Belle y aperçut une lueur de respect... Elle lui avait prouvé que la maladie ne l'avait pas encore terrassée. Il l'observa d'un air calculateur.

– Ce n'est plus qu'une question de temps. Les jours des Allemands en Estonie sont comptés. Au revoir, Madame.

En quittant la pièce, il faillit bousculer Felicia. Il s'inclina avec ironie en la laissant passer.

– A-t-il encore été désagréable? s'enquit Felicia.

– Oui. Et le pire, c'est qu'il dit la vérité. Les jours des seigneurs baltes sont comptés. La révolution va bouleverser nos existences. Notre mode de vie est condamné. Il y a eu trop d'exploitation, trop de haine. Les fêlures sont irréparables.

Elle s'approcha de la fenêtre. Devant la véranda fleurissaient les premières pivoines pourpres; la mer scintillait derrière les sapins. Les hautes herbes dansaient dans la brise.

– Julius sera effondré si l'on nous prend cette terre.

– Peut-être que tout va s'arranger, lança Felicia sans y croire.

– Toi et les autres, vous devriez rentrer à la maison, en Allemagne.

– Pas sans toi, tante Belle.

– Je ne partirai pas sans Julius.

– Dans ce cas, nous resterons aussi. Avec moi, tu n'as pas besoin de faire semblant. Tu es malade. Crois-tu que je vais te laisser seule ?

Belle continuait de regarder par la fenêtre, comme si elle voulait boire le soleil et les fleurs.

– Je pars pour Petrograd, ajouta-t-elle. Je dois m'occuper de Julius, sinon on risque de l'oublier. Ce pays est trop grand, on s'y perd facilement.

Kat avait pris l'habitude de se promener l'après-midi sur la plage. Elle longeait les petites criques paisibles, s'asseyait sur un rocher ou un ponton, et rêvassait en regardant les vagues. Elle ne parvenait pas à surmonter le brutal bouleversement de sa vie, son expérience d'infirmière, sa détention au camp, et enfin la découverte de Petrograd en flammes. Alors, elle se réfugiait dans un monde imaginaire où la guerre était finie depuis longtemps, Phillip lui avait été rendu sain et sauf, et la vie avait repris son cours habituel.

Le jour de la dispute de tante Belle avec le régisseur, elle s'éloigna plus que d'habitude. Pour la première fois depuis longtemps, elle se sentait reposée et vigoureuse. Elle envisageait la vie avec davantage de lucidité et la journée lui semblait trop belle pour être gâchée par des rêveries. Les oiseaux chantaient dans les bois, des marguerites, des bleuets, des orties et de fragiles pensées jaune pâle fleurissaient dans les champs. La mer n'avait jamais été si bleue, ni si limpide, le calcaire et les falaises si éblouissants.

Kat allait se mettre à chanter lorsqu'elle aperçut deux jeunes gens à peine plus âgés qu'elle, assis sur des rochers. Ils discutaient en allemand.

– Je ne comprends pas que le gouvernement allemand ait permis à Lénine de traverser l'Allemagne jusqu'à Petrograd. Il est dangereux.

– Seulement pour nous. S'il déclenche une révolution ici, ce sera la fin de la guerre avec la Russie. Un ennemi de moins pour le Kaiser.

– Espérons qu'on n'en arrivera pas à une autre révolution bolchevique.

– Les bolcheviques sont de plus en plus puissants.

– Bah! s'exclama l'un des garçons, dépité, en se levant. Lorsqu'il se retourna, il aperçut Kat qui le contemplait d'un air curieux.

– Tiens! Nous avons de la visite.

Ils sautèrent des rochers et s'immobilisèrent devant elle.

– Vouliez-vous nous rejoindre? demanda le plus jeune.

Il avait les cheveux blonds et de beaux yeux bleus. Kat lui sourit.

– Je crains de m'être égarée. Je fais partie de la famille du colonel von Bergstrom. En me promenant le long de la plage, je me suis trop éloignée.

– Cela rend parfois des rencontres possibles! Permettez-moi de me présenter : Andreas von Randov. Et voici mon frère, Nikita. D'une certaine manière nous sommes voisins.

— Randov? Tante Belle nous a parlé de vous, en effet.

— Dites-nous, continua Andreas, comment vous passez cet été ennuyeux? Autrefois, il y avait tant de choses à faire par ici, mais depuis le début de la guerre, tout est mort.

— Vous n'allez pas en classe?

— De temps à autre, mais ça ne sert à rien. La plupart des professeurs sont sur le front.

Kat éclata de rire.

— Et votre père le tolère?

— Notre père est mort à Tannenberg, répondit Andreas.

Un instant, ils restèrent silencieux. On n'entendait plus que le ressac et le murmure du vent dans les pins. Les regards d'Andreas et de Kat se croisèrent. Ce fut comme une révélation.

— Aimeriez-vous jouer au tennis avec nous? demanda Andreas. Nous avons un court dans notre parc.

— Je ne sais pas jouer.

— Vous apprendrez. Alors, vous venez?

Kat hésita. Jusqu'à la veille, chaque journée, chaque minute avait été consacrée à Phillip. Mais Andreas était un jeune homme de chair et de sang, il n'était pas un souvenir, ni le messager irréel d'une époque révolue, il était aussi tangible que la mer, le vent et le soleil.

— D'accord, je vous accompagne.

Kat avait perdu toute notion de l'heure. Alors qu'elle pressait le pas pour rentrer, le soleil était déjà bas. Quelques hirondelles tournoyaient dans le ciel bleu pâle. L'air se rafraîchissait. Lorsqu'elle entra dans la maison, Felicia descendait l'escalier avec un monsieur âgé. Tous deux avaient le visage grave. Felicia eut un regard inquiet pour Kat qui, avec ses cheveux ébouriffés et ses joues roses, semblait métamorphosée.

– Je suis désolée…, commença-t-elle, mais Felicia lui coupa la parole.

– Voici le docteur Calvin. Tante Belle s'est sentie très mal aujourd'hui.

– C'est la tuberculose, expliqua le médecin. Elle a des tubercules dans tous les organes, surtout dans les poumons. Ses défenses immunitaires se sont effondrées. Les symptômes ressemblent à ceux du typhus. Je ne peux vous cacher que les chances de guérison sont minces.

Kat blêmit.

– Tu savais…? fit-elle en regardant sa belle-sœur.

– Oui, je savais qu'elle avait la tuberculose.

– Il lui faudrait aller dans un sanatorium, ajouta le médecin. En Suisse. Mais pour le moment elle est trop faible pour voyager et la guerre complique tout. Je vais voir ce que je peux faire pour elle. Un conseil : ne pénétrez pas dans la chambre de la malade sans vous couvrir la bouche. Et tâchez d'y entrer le moins possible.

Restées seules, les deux jeunes femmes se regardèrent.

– Elle va très mal, expliqua Felicia. Elle s'inquiète beaucoup pour oncle Julius. Elle voulait retourner à Petrograd.

– Crois-tu qu'elle va mourir? chuchota Kat.

On percevait le tic tac d'une pendule. Au loin, une servante éclata de rire.

– Kat, serais-tu capable de te débrouiller seule quelques jours?

– Seule?

– Je dois retourner à Petrograd. J'ai le sentiment que la vie de Belle en dépend. Je dois voir si je peux aider Julius.

— Mais qu'est-ce que tu pourrais faire?

— Maksim Marakov m'aidera.

— Mais enfin, Felicia! s'écria Kat en s'agrippant à la rampe de l'escalier. Tu ne peux pas retourner à Petrograd alors que nous avons réussi à nous enfuir par miracle!

— Je tâcherai d'éviter les endroits dangereux. Je dois essayer, tu comprends? Julius est mon oncle… Au fait, où étais-tu passée toute la journée?

Malgré ces tristes nouvelles, les yeux de Kat brillèrent de joie.

— Figure-toi, j'ai…

Elle s'interrompit et se mordit la lèvre. La magie de l'après-midi continuait à la transporter, mais ce n'était ni le lieu ni le moment pour l'évoquer.

— J'ai fait une très longue promenade, se contenta-t-elle de dire.

Maksim descendit les dernières marches qui menaient au sous-sol en chancelant. Il tenait à peine debout et n'y voyait plus très clair. Au diable cette grippe. En plein été!

Il s'assit aussitôt. Le sang battait à ses oreilles. Alors qu'il allait se mettre à jurer, la porte s'ouvrit avec fracas et Macha se précipita à l'intérieur. Elle jeta son béret rouge sur la table.

— *La Pravda* a été interdite. J'arrive de la rédaction. Le gouvernement a ordonné une fouille des locaux. Nous devons immédiatement suspendre notre parution.

— Ils tentent de briser le mouvement bolchevique, fit Maksim d'un air sombre. Vladimir Ilitch doit se présenter devant le gouvernement pour passer en jugement.

— Il ne va tout de même pas leur obéir?

– Non. Il entre en clandestinité. Nous ne pouvons nous permettre de perdre Lénine. Ce serait une aubaine pour le gouvernement de régler cette affaire par une balle dans la nuque. Tu veux une cigarette?

Ses mains tremblaient de fièvre. Il lui offrit du feu. Elle s'assit sur la table, releva sa jupe jusqu'aux genoux et balança ses jambes. Il faisait une chaleur éprouvante.

– Moi aussi, j'entre en clandestinité, annonça Macha.

– Pourquoi?

– Un camarade m'a gentiment refilé le tuyau. Il y a un mandat d'arrêt contre moi.

– Où iras-tu?

– C'est un secret. Mais c'est décidé avec Trotski.

– Je vois, fit Maksim en hochant la tête. Je m'inquiète pour toi. Tu as mauvaise mine.

– Merci, toi aussi!

– Tu sais bien ce que je veux dire. Tu ne dors pas assez, tu fumes trop… Est-ce qu'il t'arrive de manger?

Macha lui lança un regard narquois.

– Et toi?

Maksim passa une main fatiguée sur son visage. Il respirait avec difficulté. Ses lèvres étaient blêmes, ses joues creusées, ses yeux rougis. Il était si épuisé qu'il pensait parfois ne plus pouvoir continuer. Il contemplait la ville où avait déjà coulé tant de sang, regardait les gens faire la queue devant les magasins, se battre pour obtenir des produits de première nécessité. Il y avait aussi les spéculateurs, les trafiquants et les commerçants qui cachaient des marchandises afin de les revendre à des prix exorbitants. Lors du pillage d'un magasin, on avait découvert des réserves entières de farine, de sucre et de beurre. Beaucoup s'étaient enrichis grâce à la révolution, ils avaient rempli leurs matelas d'or et donnaient des fêtes où le champagne coulait à flots. Pendant que les uns s'adonnaient à une vie luxueuse, d'autres mouraient de faim. Enrichissement, exploitation et corruption, pensa Maksim, amer. Est-ce qu'on n'arrivera jamais à s'en débarrasser?

La douleur s'insinua à nouveau dans ses membres. Son cœur battait à tout rompre.

– Je crois que je…

Sa langue gonflée n'émit qu'un grognement. Autour de lui, le monde s'assombrit. La dernière chose qu'il ressentit fut une douleur violente quand sa tête heurta la table.

Quand il revint à lui, il était allongé sur le lit, mais les vertiges et les coups de marteau dans son crâne persistaient. Macha lui donna à boire. Elle posa doucement une main fraîche sur son front brûlant.

– Qu'est-ce que tu as? demanda-t-elle.

Sans y parvenir, Maksim essaya de se redresser.

– C'est juste un rhume, marmonna-t-il en se laissant retomber sur l'oreiller.

– Un rhume? On dirait plutôt une pneumonie. Tu as besoin d'un médecin. Ne parle pas. (Maksim ne parvenait pas à garder les yeux ouverts.) L'ennui, c'est que j'ai rendez-vous dans une heure avec ceux qui doivent me faire quitter la ville. J'ai trouvé des faux papiers, et une cachette quelque part à l'est.

– Tu… tu dois y aller…

– Oui, je dois partir, fit-elle en rejetant ses cheveux en arrière avec un sourire amer. Je ne peux pas prendre le risque de rester, mais je ne peux pas non plus te laisser seul.

Maksim cherchait ses mots avec peine. La pièce tournoyait.

– Tu... tu ne dois pas perdre de temps, Macha. Je t'en prie. C'est... (Il claquait des dents et transpirait abondamment.) Ça n'aidera personne si tu... si tu es en prison. Ni la cause, ni moi.

Macha hocha la tête, elle paraissait tiraillée par des sentiments contradictoires.

– Je vais partir, Maksim. Je dois t'abandonner. Mais tu as toujours su que ce serait ainsi. Nous ne pouvons pas nous permettre... (Elle s'interrompit et se leva.) Je vais passer chez le camarade Ilja. Il s'occupera de toi. Il est étudiant en médecine, il saura soigner une pneumonie.

Elle attrapa sa sacoche. Elle voulut ajouter quelque chose, mais elle vit que Maksim avait fermé les yeux. Il haletait.

Il ne lui restait pas beaucoup de temps si elle voulait passer chez Ilja avant son départ. Elle marcha dans la rue, essayant de ressembler à une banale citadine en quête d'une épicerie.

Ilja Vasilij Obolokov, membre du parti bolchevique, referma la porte de son appartement. Dans sa besace, il avait rangé à la hâte un thermomètre, un stéthoscope et quelques médicaments. Il patienta encore un peu, afin de ne pas quitter la maison tout de suite après Macha.

Dehors, il faisait un temps radieux. Soudain, deux hommes en civil surgirent, l'un à sa droite, l'autre à sa gauche.

– Ilja Vasilij Obolokov? s'enquit l'un d'eux.

Ilja savait qu'il ne servait à rien de nier, d'autant qu'il avait son passeport sur lui.

– Oui, c'est moi.

– Vous êtes en état d'arrestation. Suivez-nous.

Ilja regarda rapidement dans la rue. Une voiture stationnait de l'autre côté de la chaussée. Vide. Aucune trace de Macha. Avait-elle réussi à leur échapper?

– J'aimerais savoir pourquoi on m'arrête.

– Vous êtes membre du parti bolchevique, répliqua poliment un des deux hommes. Le gouvernement a lancé un mandat d'arrêt contre vous. Nous vous prions de nous suivre sans protester.

– Je proteste! s'exclama Ilja, en vain.

Il monta dans la voiture. L'un des hommes s'assit près de lui, l'autre prit le volant.

La rue resta déserte. Personne n'avait rien remarqué.

Dans son délire fiévreux, Maksim fut assailli par une ronde d'images déconcertantes.

Il se revoyait petit garçon, assis sur les genoux de sa grand-mère. Quelqu'un posa une assiette de baies rouges devant lui en ordonnant : «Mange, Maksim. Tu dois manger quelque chose!» Il voulut repousser l'assiette, convaincu que les fruits étaient empoisonnés. Un visage se pencha vers le sien, des yeux gris pâle l'observèrent d'un air inquiet. Un étrange sentiment de crainte l'envahit. Il n'était plus un petit garçon, mais un homme. Il respira le parfum de l'été, alors que le monde glissait vers le crépuscule. Devant lui se dressa la femme aux yeux incroyables et il aurait aimé… Bon sang, comme il aurait aimé… L'image se confondit avec celle d'une rue berlinoise – à moins que ce ne fût à Petrograd… Autour de lui, des brasiers, et la neige qui réfléchissait les flammes dans la nuit. Il se demanda si c'était à cause de la fumée que sa gorge lui faisait si mal. Il ne pouvait pas avaler. Il ne souhaitait qu'une chose, qu'on éteigne l'incendie.

– Le médicament contre la fièvre devrait agir très vite, l'assura une voix grave en allemand.

Maksim ouvrit les yeux. Il lui fallut quelques secondes pour distinguer un homme aux cheveux gris, un stéthoscope autour du cou, qui l'auscultait. À côté de lui, Felicia à bout de forces.

Il articula avec peine.

– Qu'est-ce qui s'est passé?

Le vieil homme lui prit le pouls.

– Une mauvaise pneumonie vous a laminé, monsieur. Vous pouvez remercier le ciel que cette jeune dame vous ait trouvé. Je suis le Dr Luchanov, le médecin de famille des Bergstrom. Je vous ai donné quelque chose contre la fièvre, mais il faudra encore du temps.

Felicia s'accroupit près de lui.

– Tu es très malade. Tu ne peux pas rester ici. Quelqu'un doit s'occuper de toi. Où est Macha?

Macha… Soudain, tout lui revint.

– Macha est partie. Elle a dû s'enfuir.

– En te laissant seul?

– Elle devait m'envoyer Ilja. Laisse-moi…

– Nous ne vous laisserons pas, jeune homme, s'offusqua le médecin. Nous allons vous aider à rejoindre ma voiture.

Maksim secoua faiblement la tête.

– J'aimerais rester ici. Allez-vous-en.

– Hélas, je crains que Mme Lombard ne soit décidée à vous emmener. Vous devriez lui être reconnaissant. Je sais que vous êtes un bolchevique. Vous devez trouver gênant d'avoir été sauvé par deux membres de la bourgeoisie, se moqua-t-il, mais laissez de côté votre maudite arrogance. À présent, vous avez besoin d'un médecin, comme tout le monde, et le parti ne vous sert plus à rien. Debout, maintenant!

Aussitôt, il souleva le malade, en le portant presque. Felicia prit peur. Le mal de Maksim lui apparaissait dans toute sa gravité. À chacune de ses respirations, on entendait un cliquetis dans sa poitrine comme si des chaînes s'entrechoquaient. Il posa un bras sur les épaules du docteur qui lui sourit.

– Alors, ça va, camarade?

Il leur fallut du temps pour faire gravir à Maksim les marches qui menaient à la rue. Tremblant de fièvre, il s'écroula sur le siège de la voiture. Felicia le regarda, effrayée.

– Il s'en sortira, n'est-ce pas, docteur?

– Il s'en sortira, car il veut s'en sortir. Ses idéaux le font tenir debout. Quant à vous, continua-t-il en dévisageant Felicia, vous feriez bien de vous reposer. La journée a été éreintante, et je parie que vous n'avez rien mangé aujourd'hui.

– Non, mais je n'ai pas faim.

– Vous allez venir tous les deux chez moi. Vous avez besoin de repos.

– Nous ne pouvons accepter.

– Belle et moi sommes de bons amis. J'ai le droit d'aider sa nièce. Vous ne pouvez tout de même pas retourner boulevard Tverskij! s'exclama-t-il.

– C'est vrai, docteur. Vous savez que le colonel von Bergstrom a été arrêté?

– On me l'a dit, en effet.

– Je suis revenue pour essayer d'avoir de ses nouvelles. Je pensais que Maksim pouvait m'aider.

– Pourquoi Belle n'est-elle pas venue?

– Elle est très malade. Elle a la tuberculose. Le médecin prétend que c'est grave.

Luchanov frémit.

– Belle… souffrante? (Il remarqua la pâleur de Felicia et lui prit la main.) Pauvre enfant, vous avez bien des soucis! Mais vous vous en sortirez. Vous n'avez pas l'air de quelqu'un qui se laisse abattre. (Une nouvelle fois, une lueur rusée passa dans ses yeux.) Cette situation ne vous déplaît pas, n'est-ce pas? J'ai remarqué comment vous regardez ce Marakov. Il est à votre merci. Un joli coup du sort, non?

Comme Felicia ne répondait pas, Luchanov éclata de rire.

– Vous serez mes invités pour quelques jours. Entretemps, je vais essayer de me renseigner sur le colonel von Bergstrom. Mais n'ayez pas trop d'espoir.

– Merci beaucoup, docteur. Belle a de la chance d'avoir un ami comme vous.

– Qui ne serait pas l'ami de Belle? soupira le médecin, et Felicia comprit que, comme la plupart des hommes, il était amoureux de sa tante.

La vie était décidément étrange. Autrefois, lorsque son amie Sara avait prétendu que chaque seconde était prédestinée, Felicia avait refusé d'y croire. «Quelle odieuse pensée! Alors on n'aurait pas de libre arbitre!» Désormais, elle ne pouvait s'empêcher d'y réfléchir.

Trois jours après son retour à Petrograd, alors qu'elle se trouvait toujours dans l'appartement du Dr Luchanov, elle contemplait le visage fiévreux de Maksim.

Le destin l'avait conduite dans le sous-sol obscur où la mort le guettait; le destin l'avait envoyée au moment où il n'avait plus personne pour s'occuper de lui.

Elle scruta son visage. La passion avait cédé la place à la déception, la certitude au doute, l'émerveillement à la résignation. C'était un nouveau visage, éreinté.

Lorsqu'elle se releva, elle souriait.

Luchanov avait appris qu'on avait emmené le colonel vers l'est, mais il n'en savait pas plus.

– Je ne crois pas qu'il faille trop s'inquiéter. C'est une période très difficile, mais je suis persuadé que le colonel von Bergstrom reviendra. À moins que tout notre monde ne change...

Felicia leva la tête. Évoquait-il lui aussi un monde différent? Depuis 1914, on ne parlait plus que de cela.

– Que voulez-vous dire?

– Eh bien... Nous avons subi une révolution, la monarchie a été renversée, l'Empire du tsar n'existe plus. Désormais, le gouvernement et les bolcheviques se livrent un combat sans merci. Ils veulent faire de la Russie un État socialiste et vous voyez avec quelle fermeté le gouvernement essaie de les en empêcher. Je crains une seconde révolution. Un renversement radical du système. Des gens comme votre ami combattent pour cela. Une véritable guerre civile... (Le regard de Luchanov se perdit dans le vague.) Vous et votre ami devez quitter Petrograd, surtout à cause de Belle. Comment savoir si elle peut encore avoir confiance en ses gens en Estonie? Qui sait quelles tempêtes nous attendent? Et ce Maksim... ne le quittez pas des yeux! (Felicia rit d'un air gêné.) Ne vous méprenez pas, vos sentiments ne me regardent pas. Il ne faut pas le lâcher parce que c'est un bolchevique. Peut-être aurez-vous besoin de lui quand cela éclatera ici.

– Est-ce qu'il supportera le voyage en train?

– Je pense que oui. Il est très souffrant mais coriace. Et prévenez Belle que je sais, de source sûre, que son mari va bien. Elle ne doit pas s'inquiéter.

Ils échangèrent un regard de connivence.

– Vous êtes insaisissable et courageuse, Felicia, et vous avez les yeux de Belle. Si j'avais trente ans de moins... Vous tiendrez le coup, n'est-ce pas? Et vous ne la laisserez pas tomber?

Felicia hocha la tête, chassant l'impression que le fardeau allait être trop lourd pour elle. Le médecin la regardait d'un air approbateur qui la mettait mal à l'aise. Plus anxieuse qu'elle ne le laissait paraître, Felicia ne pensait pas mériter son admiration.

15

Des nuages bas gorgés d'eau voilaient les champs et les forêts à l'horizon. Les feuilles pendaient tristement aux branches, la pluie crépitait d'un ton monocorde sur les mares et les ruisseaux. Dans les prés, parmi les fleurs jaunes, les pavots brillaient d'un rouge vif. Les roses, les hortensias, les fuchsias et les pétales blancs des lauriers-cerises parsemaient la terre détrempée.

Assis dans la véranda des Randov, Kat, Andreas et Nikita contemplaient la grisaille mouvante du dehors. Les raquettes sur les genoux, vêtus de chandails et de pantalons blancs, les garçons se renvoyaient une balle de tennis d'un air ennuyé. Kat, dans une ravissante robe en organdi jaune de tante Belle, était assise entre eux deux, pelotonnée tel un chaton dans un fauteuil en osier. Un verre de sherry à la main, elle rêvassait depuis un bon moment, les yeux fixés sur un buisson de roses claires. Soudain, d'un geste vif, elle intercepta la balle et défia Andreas du regard.

— Si vous voulez que je vous la rende, allez me chercher l'une de ces roses.

Andreas, qui serait allé en enfer pour Kat, se leva d'un bond et se précipita sous la pluie battante. Nikita secoua la tête.

— Qu'avez-vous fait à mon frère, Kat? Il est fou amoureux. S'il le pouvait, je crois qu'il vous épouserait sur-le-champ.

Kat jeta la balle en l'air et la rattrapa.

– Il ne m'en a pas parlé.

– Bien sûr que non, puisque vous n'avez pas l'air de savoir ce que vous voulez. Il y a eu quelqu'un d'autre dans votre vie, n'est-ce pas?

Kat prit une poignée de noix sucrées.

– Et si c'était le cas? Est-ce que cela découragerait Andreas?

– Cela dépend de vous. Il n'est pas sûr de vos sentiments.

– Je n'en suis pas sûre moi-même, avoua la jeune fille.

Elle se retourna et vit Andreas gravir les marches de la véranda et se poster devant elle. Une goutte de pluie glissa de ses cheveux mouillés sur son front. Le souffle court, il lui tendit la rose.

Pour la première fois depuis leur rencontre, la réserve de Kat se dissipa. Il y avait tant de charme et de jeunesse dans les gestes et le sourire d'Andreas qu'elle se rendit soudain compte qu'elle aussi était encore jeune. À dix-neuf ans, elle avait toute la vie devant elle. Quelle importance d'avoir été projetée par le destin en Russie, en pleine guerre? Quelle importance s'il pleuvait… Quand elle prit la rose, son sourire troubla profondément Andreas. Nikita fronça les sourcils. En dépit de sa curiosité, il lui sembla plus courtois de se retirer. Il se leva en marmonnant des excuses. Mais au même moment, leur mère arriva.

La baronne était d'origine russe et personne ne savait de quel côté du conflit penchait son cœur. Quoi qu'il en soit, elle n'oubliait pas que c'étaient des Allemands du Reich qui avaient tué son mari à Tannenberg. Elle n'aimait pas Kat et ne s'en cachait pas.

Comme les fois précédentes, la vieille dame ne lui adressa pas un regard. Le visage pâle et fermé, elle parla à ses fils dans un russe saccadé, alors que d'ordinaire, par politesse, elle s'exprimait en français en présence de la jeune fille. Nikita lui répondit également en russe. Il y eut une courte altercation, puis ils regardèrent Kat. Mal à l'aise, percevant l'hostilité de la baronne, la jeune fille se leva.

– Riga est tombé, expliqua Nikita à voix basse. Les Allemands ont fait une percée importante en Russie.

– Oh…, murmura Kat.

Elle savait que les Baltes allemands souhaitaient l'avancée de l'armée allemande, mais Andreas se trouvait pris entre deux feux, et elle comprit soudain que quelque chose de capital les séparait, et le monde redevint gris. C'était la guerre, et il pleuvait.

– Il serait peut-être mieux que vous partiez maintenant, déclara la baronne à Kat en français.

– Je comprends, répondit-elle calmement.

Elle tenait encore la rose. Elle regarda Andreas qui baissa les yeux. Sans ajouter un mot, elle descendit les marches, traversa le jardin et emprunta l'allée boueuse. Sa robe trempée lui collait au corps. Ses lourds cheveux noirs, libérés de leurs épingles, lui glissèrent dans le dos. Elle hâta le pas lorsqu'elle entendit la voix d'Andreas :

– Kat! Attendez! Vous ne pouvez pas sortir sans manteau!

Elle se mit à courir. La boue s'insinuait dans ses chaussures, la pluie lui fouettait le visage. Après avoir franchi le portail, elle obliqua vers la forêt. Ses pieds s'enfoncèrent dans les feuilles humides et les aiguilles de pins se mêlèrent à ses cheveux.

Elle ne pensait qu'à rentrer à la maison.

La forêt devint plus dense. Kat trébuchait sur les racines et les branches, sa robe se déchirait sur les buissons d'épines. Trempée jusqu'aux os, elle claquait des dents. Elle entendait toujours la voix d'Andreas dans le lointain. De tout son cœur, elle espérait qu'il ne la rattraperait pas. Elle ne voulait pas lui parler.

Andreas, couvert d'aiguilles de pins, surgit des broussailles.

– Kat.

– Laisse-moi tranquille!

– Écoute-moi, Kat, je suis désolé. J'aurais dû te défendre mais, je t'en prie, pardonne-moi! J'étais troublé… Je ne pouvais plus réfléchir… Comprends-moi, Kat!

– Je ne suis pas en colère contre toi, mais j'ai eu tort d'oublier que nos peuples sont en guerre. Nous ne pouvons pas…

Elle voulut se dégager mais elle glissa, et ils se retrouvèrent tous deux par terre. L'herbe était haute, détrempée. Elle lutta, paniquée, contre la main qui lui serrait le bras. Brusquement, Andreas n'était plus un simple ami. Elle savait qu'il la désirait. Son visage, ses regards ne lui inspiraient plus confiance. Silencieuse, elle le dévisagea. Elle esquissa un dernier geste pour se libérer, puis elle se laissa retomber dans l'herbe, respirant le parfum de la terre humide, goûtant la pluie sur ses lèvres. Elle ferma les yeux et écouta le battement de son propre cœur.

Lorsque Andreas la relâcha, il était blême.

Ses lèvres tremblaient. La pluie lavait la sueur de son visage.

– On n'aurait pas dû faire ça, bredouilla-t-il. Je suis désolé.

– Je t'aime, répondit Kat.

Ils restèrent quelques instants pressés l'un contre l'autre. Le moment qu'ils venaient de partager les troublait

infiniment, et les effrayait en même temps qu'il les émer-
veillait.

Ce secret nous appartient pour toujours, songea Kat.

Lentement, ils reprirent conscience. Ils frissonnèrent
en même temps et éclatèrent de rire. Andreas l'aida à
se relever. Elle contempla sa tenue.

— Regarde ça! C'est une robe de Belle. Comment
vais-je expliquer la boue et les taches d'herbe?

— Tu diras que tu as glissé et que tu es tombée. Mais
tu peux aussi dire la vérité. Nous allons nous marier, Kat,
aussi vite que possible!

— Tu es sérieux?

Il hocha la tête. La pluie tombait moins dru. Une
lumière blafarde se faufilait entre les nuages et des
écharpes de brume montaient des vallées.

— Tu ne devrais plus te promener toute seule, dit-il
soudain. C'est dangereux.

— Pourquoi?

— On ne dit pas du bien de vous. Ni de nous d'ailleurs.
Nous sommes allemands et propriétaires terriens. Beaucoup de paysans rêvent d'une révolution. Tu comprends?

— Oui. Mais crois-tu qu'ils nous feraient du mal?

— Je ne sais pas. Mais je trouverais plus sage que tu
ne te promènes plus toute seule dans les bois. Tu me le
promets?

— C'est promis.

Mais Kat avait à peine écouté. Elle se laissait bercer
par de douces pensées. Elle éternua. Il lui serra la main.

— Il faut rentrer, ordonna-t-il. Tu dois te coucher tout
de suite. Et je m'en vais aussitôt demander ta main. (Il
prit son visage près du sien et lui déposa un tendre baiser
sur les lèvres.) Comme il n'y a personne de ta famille
ici, je vais en parler à Belle von Bergstrom.

Belle avait déliré toute la journée et venait de s'endormir. C'est pourquoi Andreas s'adressa à Felicia qui, ne s'étant doutée de rien, ne put cacher son émotion.

– Tu sais, se plaignit-elle plus tard à Maksim, je ne suis pas une prude. Mais en voyant ces deux enfants aux visages radieux, couverts d'herbe de la tête aux pieds, parlant à tort et à travers en racontant qu'ils avaient dérapé et qu'ils voulaient se marier, j'ai failli leur dire : mes chéris, soyez plus discrets la prochaine fois! Heureusement qu'elle ne s'est pas présentée devant son père dans cet état!

Le soir était tombé et les servantes avaient tiré les rideaux. La pluie tambourinait sur les vitres. Felicia était blottie dans la petite pièce confortable que l'on avait mise à la disposition de Maksim. Elle était armée d'un dictionnaire, car elle avait décidé d'apprendre le russe. Maksim était allongé sur le sofa. C'était la première fois depuis un mois qu'il n'avait plus de fièvre, mais il avait une mine terrible et avait beaucoup maigri. Son regard, enfin lucide, était devenu dur et ardent. Felicia, qui ne cessait de l'observer, en eut le cœur serré. Il veut s'en aller, il ne pense qu'à partir, songea-t-elle.

Pour faire diversion, elle continua de babiller.

– J'espère que tu ne me trouves pas vieux jeu, mais tout cela est allé un peu trop loin, non? En plein jour, dans un champ ou quelque chose de ce genre… Lorsqu'on pense que Kat a un fiancé sur le front de l'ouest, ajouta-t-elle d'un air pincé. Enfin, c'est presque comme s'ils avaient été fiancés.

Maksim resta un long moment silencieux. Puis, il leva la tête.

– Felicia, je dois retourner aussi vite que possible à Petrograd. Il faut que quelqu'un m'accompagne à la gare.

– Ne dis pas de sottises! grommela-t-elle, pour cacher son trouble. C'est ton premier jour sans fièvre. Il te faut rester couché une semaine encore et trois semaines tranquille.

– Je suis guéri! s'emporta-t-il. Et je n'ai pas été aussi malade que cela. Il était parfaitement inutile de m'amener ici.

– Tu étais mourant. Seul dans cette cave, tu n'aurais pas survécu plus de quarante-huit heures.

Felicia se plongea dans le dictionnaire, sa main tremblait légèrement. Maksim inspira profondément.

– Tu ne peux pas me retenir prisonnier, Felicia.

Elle ne répondit pas. Une fenêtre claqua. Maksim serra le poing et contempla ses doigts maigres. Il maudissait sa faiblesse. La fièvre l'avait épuisé. Pourquoi était-il tombé malade? Pourquoi Ilja n'était-il pas venu? Pourquoi était-ce Felicia qui l'avait trouvé? Pourquoi encore et toujours Felicia…

– Dès que je pourrai marcher, je m'en irai, affirma-t-il.

Felicia reposa son livre.

– Mais oui. Tu retourneras auprès de ta Macha qui t'a laissé tomber quand tu avais besoin d'elle.

Maksim la dévisagea froidement.

– Je te croyais trop orgueilleuse pour te mesurer à Macha.

– Je ne mesure rien du tout. (Le regard de Felicia était aussi intraitable que celui de Maksim.) J'essaie seulement de m'expliquer ce mystère. Pourquoi as-tu choisi Macha? De toutes les femmes, pourquoi elle?

Maksim esquissa un sourire.

– Alors qu'elle ne porte pas de robes élégantes et qu'elle n'est pas aussi jolie que toi, c'est ça? (Felicia fronça les sourcils avec dédain.) Comment te l'expliquer? Tu ne le comprendras jamais. Elle partage mes idées, mes idéaux. Elle mène le même combat que moi. Je l'aime car elle me ressemble. Nous sommes pareils.

– Justement pas, rétorqua froidement Felicia. Vous êtes totalement différents, mais tu refuses de l'admettre. Tu veux que je te dise en quoi vous êtes différents? Tu étais malade, mais Macha est tout de même partie. Si c'était elle qui avait été souffrante, tu serais resté. (Felicia esquissa un sourire méchant.) C'est bien le problème, n'est-ce pas?

Maksim ne broncha pas. Impitoyable, elle poursuivit :

– Tu n'aimes pas Macha parce que tu te retrouves en elle. Elle n'est pas ton miroir. Elle reflète seulement ce que tu aimerais être. C'est la révolutionnaire accomplie, l'idée devenue chair. Dépourvue de scrupules et de doutes, de tout ce que tu détestes chez toi et que tu tentes désespérément d'éliminer. Tu t'accroches à elle pour ne pas te noyer dans cette révolution. En théorie, tout était si merveilleux… Toi, seul à ta table de travail avec Karl Marx. Des pages bien propres, remplies de belles idées. Mais dans la réalité… il y a tellement de sang, tellement de haine et d'égoïsme. Tu ne le supportes pas. Tu n'es pas un Robespierre, Maksim. Qu'est-ce qu'il a dit, votre grand Lénine? «À bas la faiblesse!» (Elle éclata de rire.) Tu n'y arrives pas. Tu ne le suivras pas jusqu'au bout. Mais avec Macha à ton côté, tu peux au moins t'en donner l'illusion. Alors, vas-y, retourne auprès d'elle, mais au moins ne te raconte pas d'histoires!

Elle se tut. Il n'y avait pas la moindre pitié sur son visage. Seule une honnêteté intransigeante.

Comme chaque fois que Maksim réalisait que Felicia n'était pas qu'une poupée superficielle, le charmant rejeton d'une bourgeoisie décadente, il ressentait une certaine frayeur.

— Tu sembles très sûre de toi, répliqua-t-il.

Felicia lui lança un regard méprisant.

— Je sais aussi que je représente une tentation pour toi. Même si tu le nies. Je ne sais pas si tu m'aimes, mais tu ne peux m'ignorer. D'où est-ce que je le sais? La nuit à Munich où tu es venu demander de l'argent. Un moment de faiblesse, crois-tu? Tu as eu beaucoup de moments de faiblesse depuis ce jour-là, Maksim. Tu as peur de me voir, mais ne redoute-t-on pas toujours ce qui est dangereux pour soi? Suis-je une si grande menace que tu préfères crever seul dans une cave plutôt que de te confier à moi? Si c'est le cas, tu pourrais au moins le reconnaître et cesser de te mentir!

Dehors, la tempête s'apaisait.

— Tu as raison. En ce qui concerne notre révolution, je suis assailli de doutes. Et peut-être ai-je vraiment besoin de Macha pour continuer. Nos méthodes divergent, mais nos idées et notre objectif sont les mêmes. J'en suis intimement persuadé. Je ne doute pas une seconde de la vision finale, mais peut-être n'est-elle pas réalisable. Tu ne devrais pas sous-estimer ceux qui doutent. Ils ne sont pas faibles. Peut-être sont-ils même plus forts que les autres, car ils ont besoin de davantage de volonté pour agir. Maintenant, venons-en à toi. (Son visage se durcit et son ton devint glacial.) Tu veux que je sois sincère? Tu n'es pas sans danger pour moi, je le reconnais, et je vais te dire pourquoi.

Il s'interrompit, cherchant ses mots et Felicia sentit son cœur s'emballer. «Tu n'es pas sans danger pour moi.»

Il l'avait enfin dit! Elle devait se maîtriser, ne pas trahir sa nervosité, ne pas montrer de faiblesse.

– Tu me troubles pour quatre raisons, continua-t-il, avec une objectivité presque blessante. En premier lieu, notre enfance à tous les deux, les forêts et les lacs de Prusse-Orientale, les après-midi d'été, les crépuscules... Cette époque reste inoubliable.

Elle était suspendue à ses lèvres. Mais oui, Maksim, tu le ressens comme moi. Tu ne peux pas l'oublier!

– Ensuite, tu es très belle. Aucun homme ne peut le nier. Tu as des yeux extraordinaires, et tu n'es pas avare de tes charmes, n'est-ce pas? ajouta-t-il en détaillant sa silhouette.

Elle sourit, mais un certain étonnement se peignit sur son visage, la faisant soudain apparaître très jeune. Quelque chose sonnait faux. Il parlait sans émotion. De façon presque scientifique...

– Le troisième point, c'est que tu as eu d'emblée des visées sur moi, persista-t-il, semblant ignorer le fiel de ses paroles. Tu as tout essayé pour me séduire et, comme tu as peu de scrupules, tes méthodes n'ont pas été très raffinées. Et, après tout, je ne suis qu'un homme.

– Maksim!

Là, il allait trop loin! Mais il esquissa un geste pour la faire taire.

– Venons-en au dernier point – le plus difficile à expliquer. Pendant longtemps, je t'ai sous-estimée. Je t'ai prise pour une petite sotte insignifiante, comme ton amie Linda. Mais tu ne l'es pas. Tu es égoïste, tu n'as pas d'idéal, tu te fiches du monde comme d'une guigne, et si tu te dévoues à quelque chose, c'est dans ton propre intérêt. Mais je dois reconnaître, ma chère, que tu le fais avec détermination, courage et sans te soucier de l'opinion d'autrui. Que l'on t'aime ou te déteste, tu restes une vraie personnalité.

Elle l'écoutait, abasourdie. Il ne lui avait jamais parlé ainsi.

– Mais, puisque tu me connais si bien, tu devrais savoir que ces raisons ne suffisent pas pour que je t'aime. (Soudain, il sembla épuisé, et son visage se creusa.) Je pars pour Petrograd.

Jamais il n'avait scruté Felicia de la sorte. J'ai été examinée, pesée, et jugée insuffisante, pensa-t-elle.

– Pour ce que je laisse derrière moi! conclut-il d'un air indifférent.

Felicia se tenait dans le jardin d'hiver. Cette journée de septembre rayonnait de couleurs vives. Dans le salon, Andreas accompagnait Kat au piano. La jeune fille fredonnait une romance. Elle était ravissante.

C'est sûrement un des effets de l'amour, songea Felicia, envieuse. Elle portait une robe noire de l'hiver précédent, un pull-over gris, ses cheveux étaient ternes et son visage d'une pâleur peu flatteuse. Elle rêvait d'un peu de crème pour ses mains et ses lèvres, mais ces petites choses qui rendaient la vie agréable avaient disparu.

Maksim était assis dans un fauteuil en rotin entre deux rosiers. Depuis une semaine, il se déplaçait dans la maison, mais la maladie avait laissé son empreinte, lui apportant encore bien des tourments. Courageusement, il essayait de fortifier ses muscles et d'améliorer sa circulation sanguine, mais il transpirait beaucoup et avait le sentiment d'avoir la vue brouillée. Il se promenait dans toutes les pièces, comme un animal en cage, persuadé que le destin du pays se décidait ailleurs, sans lui. Repartir pour Petrograd – cette pensée l'obsédait. Mais il devait d'abord recouvrer un peu de ses forces.

– Tu veux savoir ce que tu vas laisser derrière toi? demanda soudain Felicia.

Elle avait mauvaise mine. Ses yeux lui dévoraient le visage et ses lèvres tremblaient légèrement, ce qu'elle tentait vainement de dissimuler. Malgré lui, il fut ému par son courage.

– Tu abandonnes une femme mourante et une fillette de dix ans. Et puis Kat et moi qui parlons à peine le russe. Et tout cela, au beau milieu de cette maudite guerre!

– De quoi parles-tu?

– Belle. Il ne lui reste pas plus d'un mois à vivre.

Maksim la regarda avec méfiance.

– C'est vrai?

– Elle est malade depuis longtemps déjà. La tuberculose. Elle n'a plus aucune chance.

– Pourquoi ne m'as-tu rien dit?

– Tu ne m'as jamais demandé de ses nouvelles.

– Parce que… j'avais autre chose en tête.

– Si tu la voyais… Elle a baissé les bras. J'ai peur, Maksim. J'ai tellement peur! (Elle s'accroupit près de lui et lui saisit les mains.) Tu sais que je n'ai jamais eu peur de ma vie. Du moins, je ne l'ai jamais montré. Pas même quand les Russes sont venus à Lulinn ou lorsqu'ils nous ont attaqués en Galicie. Mais maintenant j'ai si peur que je ne sais comment le cacher à Belle, Kat et Nicola. Belle va mourir, et j'ignore si je vais le supporter!

Elle criait presque, couvrant le chant joyeux et insouciant de sa belle-sœur.

– Kat est encore une enfant, murmura Felicia. Elle est amoureuse et ne pense à rien d'autre. Je suis vraiment seule.

257

Maksim comprit qu'elle ne plaisantait pas. Sa peur était sincère. Bon sang, elle aussi est trop jeune pour endurer tout cela, songea-t-il.

– Maksim, murmura-t-elle. Ne me laisse pas toute seule. Je t'en prie, reste ici.

Il serra les lèvres, ferma les yeux. Il ne voulait pas la regarder en face. À bas la faiblesse! pensa-t-il. Nous ne pouvons plus nous permettre d'avoir des sentiments de devoir et de responsabilité.

Il n'était pas un bon révolutionnaire, il ne le serait jamais. Comme il se détestait! Et comme il détestait Felicia qui n'hésitait pas à faire appel à ce qu'il y avait en lui de bon et d'honorable, le forçant à admettre sa pitoyable faiblesse.

– D'accord, fit-il, et une légère ironie se mêla à sa résignation. Cette fois-ci, tu as gagné. Je reste.

16

– Dix pistolets et sept fusils à baïonnettes, déclara Ilja en entrant dans la pièce où Macha étudiait une liste d'équipement de combat. La même quantité doit encore arriver, ajouta-t-il.

Bardé d'armes, Ilja avait un air martial. Macha écrasa sa cigarette dans une assiette.

– Bien. Bientôt, nous serons la caserne la mieux équipée du pays.

Elle inscrivit le nouveau matériel sur sa liste. Ilja sourit.

– On peut raconter ce que l'on veut sur Trotski, mais c'est un excellent organisateur.

– Le plus drôle, c'est que nous devons notre réarmement aux gens de droite. Ils ont tissé la corde pour se pendre et, bientôt, ils seront faits comme des rats.

En dépit de la fatigue, Macha triomphait. La caserne la mieux équipée de Russie... Autrement dit, le Smolnje, autrefois un institut pour jeunes filles aristocrates, devenu le quartier général du parti bolchevique. Kerenski et son gouvernement provisoire s'étaient installés dans le Palais d'hiver. Et c'était grâce au général Kornilov, un homme de droite, que les bolcheviques pourchassés étaient revenus en grâce et que la garde rouge avait été réarmée. En marchant sur Petrograd en août afin de renverser le gouvernement provisoire,

Kornilov avait provoqué l'alliance entre Kerenski et les bolcheviques.

Le putsch avait été étouffé dans l'œuf, mais les bolcheviques avaient à nouveau des armes et jouissaient par ailleurs d'une excellente propagande. «Kerenski coopère avec les Allemands!» était leur slogan favori et le camarade Trotski, leur membre le plus influent. Son comité révolutionnaire travaillait avec la même détermination qu'à l'époque – cette pensée amusait Macha – où la guillotine tranchait sans délai les têtes des ennemis du peuple.

– As-tu des nouvelles de Maksim? s'enquit Ilja.

Il ne se pardonnait pas sa mésaventure, d'autant moins qu'il avait agi avec imprudence. Ce jour fatal, Macha avait quitté son immeuble par la porte arrière alors qu'il était sorti par-devant, tel un malheureux débutant.

– Aucune nouvelle. Il a disparu de la surface de la terre. J'ai demandé une enquête, mais on dirait qu'il n'a jamais existé.

– Tu ne penses pas qu'il...

– Qu'il soit mort? Quand je l'ai quitté, son état laissait présager le pire. Quelqu'un a dû le trouver, mort ou vif, car il ne pouvait pas marcher tout seul. Mais qui l'aurait emmené? On dirait de la sorcellerie, Ilja. S'il est encore en vie... (Elle regarda par la fenêtre comme pour chercher une réponse dans la triste lumière de ce jour brumeux de novembre.) Pourquoi n'est-il pas avec nous? Maintenant que tout se réalise enfin, qu'est-ce qui le retient loin de Petrograd? C'est incompréhensible.

La porte s'ouvrit sur un jeune homme essoufflé qui arborait le brassard rouge des révolutionnaires.

– Ils construisent des barricades devant le Palais d'hiver. Beaucoup de soldats se sont rassemblés...

Macha secoua la tête, comme pour chasser son trouble.

Surtout ne pas penser à Maksim! Les événements s'accéléraient. *Ne faiblis pas, Macha, tu n'as pas d'autre amant que le combat. C'est à lui que tu appartiens et à personne d'autre.*

— L'heure est venue d'agir, camarades, déclara-t-elle, les yeux brillants.

C'est un dimanche matin que la première pierre fut lancée sur la propriété des Bergstrom. Ils prenaient le petit-déjeuner dans la salle à manger. Le pain était gris et la teinte marronnasse de leur boisson ne parvenait plus à donner l'illusion du café. Les nappes de brouillard qui entouraient la maison obscurcissaient les fenêtres. Personne n'avait allumé de feu dans la cheminée, l'humidité et le froid imprégnaient la pièce. Les domestiques avaient disparu. Felicia avait aperçu un valet sortant de la chambre d'une servante, les cheveux en bataille, la chemise déboutonnée. Sans gêne, il lui avait adressé un sourire insolent. Elle s'était retenue de lui faire des reproches, mais elle s'était félicitée d'avoir pris la précaution de cacher les dernières bouteilles de vodka dans sa chambre. Elle préférait ne pas imaginer ce qui se passerait si ces gens mettaient la main sur de l'alcool.

— J'ai tellement froid, geignit Nicola, tassée sur sa chaise.

Felicia se réchauffait les doigts en serrant sa tasse entre ses mains.

— J'en ai assez! s'écria-t-elle. Nous sommes assis ici, à moitié gelés, alors que la seule chose qui nous reste, c'est bien du bois. Je vais chercher cette servante paresseuse pour qu'elle allume un feu!

Maksim ouvrit la bouche pour protester quand le carreau de la fenêtre vola en éclats. L'air froid et humide s'engouffra dans la pièce.

Kat se leva en criant, et serra Nicola contre elle. Maksim se précipita vers la fenêtre. Le brouillard rendait les ennemis invisibles et étouffait le bruit de leurs pas. Dehors, le monde était silencieux et menaçant.

Abasourdie, Felicia contempla la grosse pierre tombée à ses pieds.

– Qui était-ce? Qui ferait une chose pareille?

– C'est la révolte des opprimés, expliqua Maksim d'un air sombre. La guerre contre les châteaux, tu comprends? Tout cela a trop longtemps été un château, ajouta-t-il en désignant les meubles cossus en chêne et la luxueuse vaisselle sur les étagères.

– Qu'est-ce qu'ils espèrent? Ils veulent nous tuer?

– C'était peut-être seulement destiné à nous faire peur, répondit Maksim. Nous ferions mieux de trouver une pièce plus sûre. Felicia, je te conseille de ne pas te disputer avec les domestiques. Nous ne sommes que trois, avec une enfant et une femme malade. Ils sont plus nombreux que nous.

Elle le considéra, effrayée.

Plus tard, il la trouva seule devant la porte de tante Belle.

– Je dois te parler, Felicia. Il n'y a personne à cet étage excepté nous, j'ai vérifié.

Son intensité et sa voix grave lui firent peur.

– À cause de ce qui s'est passé ce matin?

– Oui. Je crois qu'il faut partir.

– Où cela?

– Vous pouvez rejoindre la Finlande avec un bateau de pêcheurs. Vous devez retourner en Allemagne.

– Mais Belle…

– Je sais… Comment va-t-elle aujourd'hui?

– Mal. Elle a beaucoup de fièvre. Nous ne pouvons pas la transporter.

Il hocha la tête d'un air distrait. Felicia le dévisageait comme s'il détenait la solution à tous leurs problèmes.

– Tu es l'un des leurs. Ils ne peuvent pas te toucher.

Maksim eut un rire amer.

– Ce sera difficile à prouver. À leurs yeux, je suis devenu l'un des vôtres.

– Je… je te crée des ennuis, n'est-ce pas?

– Comme toujours, répliqua-t-il d'un ton affectueux. Je m'y suis presque habitué.

Il lui effleura le bras. La caresse ne dura pas plus d'une seconde, mais sa douceur allait au-delà de l'amitié. Felicia tressaillit. Elle s'était juré de ne plus faire un pas vers lui. À l'avenir, quoi qu'il arrivât entre eux, il en serait l'initiateur.

En cet instant, sa peur l'emportait. Elle avait le sentiment terrifiant d'être prise au piège. Il ne lui restait rien de ce qui autrefois l'avait protégée. Son père était mort, Alex était loin, Belle malade. Rien qu'une horde de paysans haineux et déchaînés…

Comme s'il lisait dans ses pensées, Maksim ajouta :

– Ceux qui ont jeté la pierre ce matin sont des descendants d'hommes et de femmes qui étaient encore des serfs. Comprends-tu?

– Oui, murmura-t-elle.

Sa gorge était nouée. Soudain, elle eut l'impression que la maison était hantée d'horreurs, de souvenirs de siècles d'oppression, de larmes, de sang et de passion, qui criaient vengeance, réclamaient un châtiment impitoyable.

Bon sang, mais qu'ai-je à voir avec tout cela! songea Felicia. Mais, alors qu'elle aurait protesté de vive voix un an plus tôt, elle garda sa réflexion pour elle. Elle devinait la réaction de Maksim : il évoquerait une responsabilité collective envers l'injustice. Celui qui n'adhère pas à un parti, qui reste neutre et se réfugie dans le silence, devient le complice des oppresseurs et des despotes, et chacun doit payer pour chaque goutte de sang que la classe des travailleurs... Elle en avait assez! Brusquement, elle sentit la colère naître de sa peur, et cette colère, elle la dirigea contre Maksim. Elle était en danger de mort, sans même pouvoir fuir à cause de Belle, et tout cela à cause de lui et des siens. Par sa faute, sa vie entière n'était qu'une succession d'événements malheureux.

Elle remarqua non sans plaisir qu'il s'étonnait de son air soudain méprisant et s'éloigna. Refoulant sa peur devenue presque palpable, elle comprit que celle-ci ne la quitterait plus jamais. À l'avenir, cette angoisse se faufilerait dans le moindre recoin de son existence, telle une vieille connaissance malfaisante et tenace.

Macha l'activiste, Nina la servante et Jurij l'ouvrier ne se connaissaient pas, mais ils se retrouvèrent camarades de combat. Ensemble, ils s'élancèrent à l'assaut du Palais d'hiver, moins d'un quart d'heure après que les canons du croiseur *Aurora* eurent donné le coup d'envoi de la révolution. C'était le soir du 7 novembre. Il gelait : le redoutable hiver russe avait débuté. Mais, cette nuit-là, Petrograd s'ébrouait, armes à la main, bouillonnante de vie.

Autour du Palais d'hiver, les torches éclairaient des centaines de visages exaltés. Des ouvriers, des matelots, des soldats se battaient côte à côte, se frayant un passage à travers les portes, par les escaliers et les corridors, les chambres et les salles. La défense du palais était principalement menée par des Junkers, fidèles au régime, dont la plupart avaient à peine plus de seize ans. Leur résistance était hésitante. Des coups de fusil isolés éclataient de temps à autre. La foule poussait des cris de joie. On agitait des drapeaux rouges. Sur la place, un chœur immense chantait *L'Internationale*. Le combat était frénétique, incontrôlable, délirant.

À chaque marche qu'elle gravissait, Nina sentait l'hystérie s'emparer un peu plus d'elle. Elle craignait même de s'évanouir. Elle n'avait pas d'arme, mais elle hurlait à tue-tête, enivrée par la nuit, les chants et les lueurs des flambeaux.

Jurij, armé de sa baïonnette, veillait sur elle. Il craignait qu'elle ne tombe d'une balustrade ou ne s'empale sur le poignard d'un camarade.

Il avait toujours été un garçon réservé, plutôt intelligent et, depuis quelque temps, sa raison se rappelait à lui. Il savait que cette révolution était avant tout une question de propriété. La redistribution des terres et le renversement de l'ordre économique en étaient la finalité. Mais on aurait dû prévoir les problèmes à venir. Il y aurait bien sûr des combats, mais pis encore, l'approvisionnement risquait de faire défaut, réduit en cendres comme tout le système. Combien de temps faudrait-il pour le remettre sur pied? Selon Jurij, un bon bolcheviste devait d'abord songer à lui-même. Avec l'aide de Nina, il avait pillé la maison abandonnée des Bergstrom, remplissant son propre appartement de tableaux, de meubles, de tapis et de bijoux. Il repensa au visage consterné de sa mère, une honnête ouvrière.

– Jurij, mon petit, crois-moi, ça va mal se terminer.

– Mais non, maman, les temps changent. Nous abolissons la propriété privée. Désormais, tous ces objets sont la propriété du peuple.

– Justement, puisqu'ils appartiennent au peuple, ils n'ont pas leur place chez nous. Et encore moins en pleine nuit!

Cette femme intègre ne comprenait pas. Et cela ne servait à rien de lui expliquer. Il avait l'intention de vendre les objets à l'étranger. Pour survivre dans un avenir incertain, il lui faudrait de l'argent afin de corrompre les autres.

Macha courait près de lui, pensant à la journée qui venait de s'écouler. Depuis deux heures du matin, les soldats bolcheviques tenaient les points stratégiques de la ville, les gares, les usines d'électricité, le télégraphe, les imprimeries, la poste, la centrale téléphonique et la banque de l'État. Le gouvernement provisoire se trouvait en situation d'infériorité pour les négociations. Des commandos avaient collé des affiches annonçant la chute du gouvernement, un peu prématurément, mais cela se révélait une propagande efficace. Tout Petrograd était aux mains des bolcheviques, excepté ce dernier bastion, le Palais d'hiver.

Un soldat qui s'opposait aux assaillants s'écroula aux pieds de Macha, mortellement blessé par une balle. Elle l'enjamba sans lui prêter attention. Elle se sentait épuisée. Autour d'elle, les gens étaient emportés par le délire de la victoire, mais elle ne pouvait s'empêcher de penser aux difficultés qui les attendaient. Le lendemain, Vladimir Ilitch Lénine annoncerait ses objectifs : la terre aux paysans, la paix aux soldats, le pouvoir aux ouvriers.

Puis, il faudrait continuer à se battre, de manière acharnée, pour faire comprendre à cet immense pays que les temps nouveaux étaient arrivés. Trotski avait déclaré qu'ils utiliseraient les chemins de fer pour poursuivre la révolution, loin derrière l'Oural, dans les steppes asiatiques. Il restait encore tellement à faire… Elle était fatiguée. Elle aurait voulu que cette fille à côté d'elle cesse de hurler. À deux heures et deux minutes, le 8 novembre, dans la salle à manger du palais, le gouvernement provisoire se rendit et ses membres furent arrêtés.

Au matin, Lénine s'avança à la tribune de la grande salle de l'Institut Smolnje et annonça au Deuxième Congrès des Soviets la victoire des bolcheviques. Il proposa aux Allemands une paix unilatérale, évoqua la liberté de propagande, l'abolition de la peine de mort dans l'armée, et donna l'ordre d'arrêter Kerenski, en fuite.

Puis, il lut le décret concernant la redistribution des terres : «Toute propriété foncière sera immédiatement confisquée sans aucune indemnité.»

Au milieu de la nuit, Felicia fut réveillée par quelqu'un qui la secouait par l'épaule.

— Felicia, réveille-toi! La maison de la baronne Randov a pris feu!

Brusquement tirée de ses cauchemars, Felicia s'assit, désorientée. Kat, les cheveux dénoués, vêtue d'une chemise de nuit blanche, brandissait une chandelle qui faisait danser des ombres sur les murs.

— Je n'ai pas osé allumer la lumière, chuchota-t-elle. J'ai tellement peur pour Andreas. Lève-toi, je t'en supplie.

— Qui est là?

— Des domestiques de la baronne. Ils sont venus nous alerter.

– Je viens, grogna Felicia, les mains tremblantes.

Le cauchemar devenait réalité. Elle avait toujours su que cela finirait par arriver. Tiens bon! s'ordonna-t-elle.

Une couverture sur les épaules, elle suivit Kat. Dans le vestibule se tenaient trois figures pitoyables. Paniqués, les deux hommes et la femme avaient couru le long de la plage. Ils bafouillaient des mots en estonien mêlé d'un mauvais allemand, et Felicia finit par comprendre que l'anarchie régnait dans la propriété voisine, où deux meneurs agressifs exhortaient les autres serviteurs à la rébellion. Les menaces des valets et des paysans étaient devenues si dangereuses que la famille de la baronne n'avait pas osé quitter la maison la veille. Et comme les lignes téléphoniques étaient coupées, ils n'avaient pas pu appeler à l'aide. Le soir, quinze jeunes gens s'étaient introduits dans la maison. Ils s'étaient jetés sur la vodka, avaient volé des objets, fracassé des meubles et peint des paroles haineuses sur les murs. La baronne et ses fils s'étaient réfugiés dans une chambre sous les combles. Dans leur ivresse, ils avaient essayé de brûler un manteau de fourrure de la baronne dans la cheminée. Nul ne savait s'ils avaient eu l'intention d'incendier la maison, mais des tapis et des rideaux s'étaient embrasés. Devenus fous, ils avaient alors cassé des tables et des chaises pour en faire des torches et les avaient jetées dans les chambres et les couloirs.

– J'ai crié qu'il fallait sortir, raconta l'un des hommes. Personne n'a essayé de nous arrêter. Mais ils disaient : «On va allumer d'autres feux de joie. Tous les palais doivent brûler ce soir. » Nous sommes venus vous prévenir : vous devez fuir aussi vite que possible.

Kat lui saisit le bras.

– Andreas! Nikita! La baronne! Que leur est-il arrivé?

– Je ne sais pas. On n'a pas pu les sauver.

– Comment ça?

– L'escalier avait brûlé, expliqua la femme.

Kat la dévisagea, perplexe, puis horrifiée.

– L'escalier a brûlé… mais alors… Oh, mon Dieu…

Elle voulut s'élancer par la porte d'entrée. Felicia l'en empêcha en l'attrapant par le bras.

– Kat, tu ne peux pas y aller! Ce serait de la folie. Va t'habiller, nous devons nous enfuir.

– Non! Je dois retrouver Andreas! hurla-t-elle.

– Tu ne peux plus l'aider. (Felicia, qui tremblait de tous ses membres, se retint de gifler la jeune fille.) Tu vas rester avec moi, même s'il faut que je t'attache!

Kat se démenait comme une folle pour se libérer de l'emprise de sa belle-sœur, lorsqu'une voix acerbe lança :

– Que se passe-t-il ici?

Felicia faillit éclater en sanglots, tant elle était soulagée.

– Maksim! Il s'est passé quelque chose d'affreux.

Elle résuma les événements de la nuit.

– Comme ces gens sont ivres, ils présentent un véritable danger, expliqua-t-il. Cela va être difficile de discuter avec eux. Ils s'exposent à de sévères punitions en s'en prenant au bien du peuple, mais dans leur état, ils ne le comprendront même pas.

Kat frottait son poignet douloureux. Ses yeux sombres étaient remplis de terreur.

– Nous devons maintenant penser à nous, Kat, lui dit Maksim. Allez vous préparer. Nous partons.

Devant la voix douce mais ferme du jeune homme, Kat obtempéra en tremblant.

Elle va devenir folle avant la fin de la nuit, songea Felicia, avec un mauvais pressentiment. Elle courut rejoindre Maksim qui grimpait l'escalier.

– Réveille ta tante et tâche de lui faire comprendre ce qui se passe, lui ordonna-t-il. Et va préparer l'enfant.

– Maksim, je ne sais pas si tante Belle…

La colère étincela dans le regard de Maksim, mais elle ne savait pas si cette rage était dirigée contre elle, contre lui-même ou contre le destin.

– Nous n'avons pas le choix.

Belle fut brusquement tirée de ses rêves fiévreux. Felicia dut la forcer à quitter son lit. Tandis qu'elle l'habillait, sa tante se débattait en tenant des propos incohérents.

– Reste assise ici, tante Belle, dit Felicia. Ne bouge pas!

Belle la contempla de ses yeux hagards, puis s'endormit sur la chaise. Felicia se précipita dans la chambre d'enfant et trouva Nicola, assise dans son lit, qui lui souriait.

– Nicola, ma petite, as-tu envie de faire un voyage?

La fillette se leva aussitôt. Felicia sortit ses vêtements et lui donna l'ordre de ne pas quitter sa chambre, puis elle alla se préparer. Ses mains tremblaient toujours.

Kat avait réussi à faire une valise avec l'essentiel. Elle se montrait très calme mais se déplaçait telle une somnambule.

Enveloppé dans un gros manteau d'hiver, une écharpe autour du cou, Maksim les attendait à la porte d'entrée.

– Les chevaux sont attelés, annonça-t-il.

– Mais nous pouvons prendre la voiture! protesta Felicia.

– Nous ne trouverons pas d'essence et les routes sont mauvaises. Nous risquons de nous embourber. Les chevaux sont plus sûrs. Est-ce que Belle est prête?

– Oui. Nicola aussi.

– Bien. Dépêchons-nous.

Belle vacillait au bras de Maksim, mais elle ne semblait pas souffrir. Elle avait posé un bonnet de fourrure de travers sur sa tête et attaché ses cheveux avec un bandeau en satin. En descendant l'escalier, elle avait paru à Felicia terriblement belle et tragique.

Entre-temps, deux domestiques s'étaient réveillés. Indifférents et sournois, ils observaient le départ. Felicia ne leur accorda pas un regard. Elle aida Nicola à grimper dans la charrette et la couvrit d'une couverture en fourrure. On allongea Belle auprès de sa fille, la tête sur le giron de Kat qui reçut l'ordre de ne pas quitter la malade des yeux.

– Est-ce que nous avons tout? demanda Maksim.

Que nous reste-t-il donc? pensa Felicia, excédée, avant de se hisser à son tour dans la carriole.

– Nous avons tout, reprit-elle d'une voix étranglée.

Maksim saisit les rênes et fit claquer sa langue. Les chevaux s'ébranlèrent. Derrière eux, la maison se dressait, sombre et silencieuse. Soudain, Kat poussa un cri si aigu que les bêtes s'agitèrent.

– Dieu du ciel, qu'est-ce qu'il y a? s'exclama Felicia en se retournant.

À l'ouest, un brasier spectaculaire éclairait le ciel, peignant les cimes des arbres en rouge sang.

La maison de la baronne flambait.

Une crainte enfantine, instinctive, s'empara de Felicia. Mais, au même instant, elle ressentit une haine farouche envers cette peur. Pour la première fois, elle ne retrouvait pas ses défenses qui l'avaient jusqu'alors préservée, l'empêchant de devenir adulte; ce bouclier fait de vanité, d'obstination et d'inébranlable confiance en soi. L'envie de se battre se révéla plus puissante, et, sans le savoir, elle entama cette nuit-là un long combat contre sa peur.

– Détourne les yeux, Kat, ne gaspille pas ton énergie, ordonna-t-elle. Pense seulement que nous devons, d'une manière ou d'une autre, nous en tirer.

Au petit matin, il commença à neiger. Felicia se crut en enfer. Le visage du diable était à la fois blanc comme la neige, noir comme les forêts de sapins, et se révélait impitoyable telle cette nuit qui se métamorphosait peu à peu en aube grise. Les nuages bas et épais qui encombraient le ciel furent bientôt agités par la tempête. Les flocons se mirent à cingler les visages des fuyards. Des glaçons se formèrent sur la crinière des chevaux.

Soudain, la charrette resta coincée. Maksim lâcha les rênes et sauta à terre.

– Nous devons continuer à pied. Je vais libérer les chevaux. Comment va Belle?

Felicia avait si froid qu'elle pensait que ses os allaient se casser. Elle vit le visage blême de Kat et entendit les sanglots étouffés de Nicola.

– Kat, comment va tante Belle?

– Je ne sais pas… Je crois qu'elle a beaucoup de fièvre. Elle ne bouge pas. Peut-être s'est-elle évanouie?

– C'est ce qui pourrait lui arriver de mieux. Il faut continuer à pied.

– À pied? Avec cette tempête? Mais…

Dans un hurlement furieux, le vent souleva les flocons. Felicia avait les larmes aux yeux. Ce terrible froid resterait à jamais gravé dans sa mémoire. Elle descendit péniblement de la charrette. Ils se trouvaient sur un chemin étroit, bordé d'immenses sapins. Ses bottes ne la protégeaient pas de la neige, elle ne sentait plus ses doigts de pied.

Je vais mourir, pensa-t-elle.

Maksim avait dételé les chevaux et réussi à hisser Belle sur le plus grand des deux. Brûlant de fièvre, elle réclamait à boire et continuait à délirer.

– Kat, montez derrière elle pour la tenir, ordonna Maksim, Nicola va prendre l'autre cheval. (Il lança un regard amusé à Felicia.) Et nous, nous allons marcher.

– As-tu une vague idée du lieu où nous nous trouvons?

– Oui. Nous nous réfugierons dans la première maison que nous rencontrerons, ajouta-t-il en jetant un regard inquiet vers le ciel.

Ils avançaient lentement, transis, posant un pied devant l'autre, tels des automates, la neige s'accumulant sans merci sous leurs pas.

Lorsqu'ils découvrirent enfin une grande ferme abandonnée, Felicia faillit pleurer de soulagement. Maksim supposa que les propriétaires avaient été arrêtés, car les armoires avaient été vidées, les lits et les matelas éventrés par des baïonnettes. Dans certaines pièces, on avait même arraché le papier peint.

Tandis que Maksim conduisait les chevaux à l'écurie, Felicia et Kat installèrent Belle dans une chambre. Les draps étaient humides et Felicia envoya Kat faire chauffer de l'eau. Elle alluma les bougies, car l'électricité était en panne. Une paire de pantoufles en fourrure gisait près de la cheminée, elle retira ses bottes trempées et y glissa ses pieds. Petit à petit, elle sortit de son apathie. Un mouvement derrière elle la fit brusquement sursauter.

Les cheveux noirs de Maksim étaient couverts de neige, des gouttelettes tombaient de ses cils. Il retira ses gants et se frotta les mains.

– Les chevaux sont à l'abri, ils ont du foin à manger. Alors que nous…

– Je vais descendre voir si je trouve quelque chose, proposa Felicia. Même si ce n'est qu'un bout de pain rassis.

Avec une timidité qu'on ne lui connaissait pas, Maksim regarda Belle s'agiter sur son lit.

– Comment va-t-elle ?

– Elle est mourante. Je ne sais pas si nous réussirons à lui faire quitter ce lit. Je ne veux plus la torturer.

– Nous pouvons rester ici encore un peu. Si nous trouvons à manger et que personne ne vienne nous chasser.

Kat entra dans la chambre avec une bouillotte.

– Tiens, dit-elle d'une voix lasse. Il y a du pain et des œufs à la cuisine. Si vous avez faim.

– Nous sommes affamés, Kat ! Je vais préparer à manger pendant que vous surveillez tante Belle. (Elle saisit la main de sa belle-sœur.) Kat, ça va ?

– Oui, merci, répondit la jeune fille sans ciller.

Felicia hocha la tête. Lorsque nous serons à la maison, je m'occuperai de Kat, pensa-t-elle. Pour l'instant, il faut manger. C'est le plus important.

La tempête de neige fit rage toute la journée et toute la nuit. Felicia ne ferma pas l'œil de la nuit. La maison sifflait, le plancher craquait, les cheminées hurlaient. Elle avait prié Maksim de tirer le verrou de la porte, mais elle se doutait bien que ce ne serait pas une protection suffisante. Elle laissa deux bougies se consumer près de son lit, afin de pouvoir au moins regarder le danger en face… Elle imaginait une troupe de gardes rouges armés jusqu'aux dents se précipitant dans sa chambre.

Toutes les heures, elle se levait pour aller voir Belle. La malade, fiévreuse, rejetait oreillers et couvertures en claquant des dents. Deux fois, elle tomba de son lit. Elle réclamait des nouvelles de Julius, et Felicia lui donnait des réponses évasives. Dans un moment de lucidité, Belle ouvrit les yeux.

– Il est en Sibérie, n'est-ce pas?

– Il a été envoyé vers l'est, tante Belle, mais personne n'a parlé de la Sibérie.

Felicia tenait pourtant la Sibérie pour vraisemblable. Le pauvre oncle Julius! Un personnage si paisible et si attachant. À Lulinn, elle lui avait fait des clins d'œil complices quand grand-père maugréait parce que son gendre avait prêté serment au tsar russe. Mais tout cela remontait à si loin.

Enfin, le matin se leva. Une lumière blafarde éclaira l'horizon à l'est, pour s'étirer lentement sur le pays. Les cimes des pins frémissaient. La neige avait cessé de tomber, mais les nuages restaient bas et le vent fouettait les vitres. Felicia descendit à la cuisine pour essayer de confectionner un petit-déjeuner. À son grand étonnement, elle fut accueillie par un feu de cheminée, une casserole d'eau bouillante et une délicieuse odeur de lard grillé. Maksim se tourna vers elle.

– Tu n'as sûrement pas fermé l'œil de la nuit. Assieds-toi et mange.

Reconnaissante, elle approcha une chaise.

– Si tu n'étais pas là, Maksim…, murmura-t-elle.

– Mais je suis là, ajouta-t-il tendrement.

Elle se demanda, perplexe, pourquoi il se montrait soudain aussi affectueux. Aussitôt, elle se dit que c'était par pitié et se leva brusquement. Elle n'avait jamais supporté la pitié et elle l'admettait encore moins venant de lui.

– Je vais voir Belle, déclara-t-elle sèchement.

Ils avaient tous envie de fuir mais l'état de Belle les décida à rester. Ils doutaient même de pouvoir lui faire descendre l'escalier.

– Nous devons l'aider, s'inquiéta Kat sans toutefois savoir comment.

Affolée, Felicia s'imagina alors s'occupant seule de Belle, et le même effroi que lorsqu'elle avait été infirmière s'empara d'elle. Mais elle ne faiblit pas. Elle resta assise au chevet de sa tante, une couverture sur les épaules, tenant la main de la malade, essuyant la sueur sur son front. Elle ne sentait plus son dos et elle avait l'impression que sa tête allait éclater.

Puis, Felicia éprouva le besoin d'échapper, ne serait-ce qu'un court instant, aux gémissements incessants de sa tante. Elle entra dans la chambre voisine où Kat, à la lueur d'une bougie, contemplait une photo d'Andreas. À la vue de ce geste futile, Felicia réprima une remarque acerbe.

– Va t'asseoir un moment auprès de tante Belle, lui demanda-t-elle. Je vais manger quelque chose.

Dans le vestibule, Felicia passa devant un miroir. Autrefois, elle avait apprécié le charme de son visage. Désormais, on n'y lisait plus une once de tendresse. À quoi bon ? Les sourires enjôleurs étaient à présent inutiles. On aurait mieux fait de m'apprendre à parler le russe et à regarder mourir les gens, songea-t-elle avec cynisme.

Maksim entra par la porte arrière de la maison, les joues empourprées par le froid.

– Je suis allé jusqu'à la mer. J'ai trouvé quelqu'un pour vous emmener en Finlande. Il exige beaucoup d'argent, mais vous serez en sécurité.

– Belle n'y parviendra pas, objecta Felicia.

Comme elle est belle et forte! pensa Maksim. Tous deux tressaillirent en entendant des pas précipités dans l'escalier.

– Felicia, tu dois venir! s'écria Kat. Belle est au plus mal. Je ne sais pas ce que je dois faire. Viens vite, je t'en prie!

Kat me regarde comme si elle était encore une enfant, s'agaça Felicia. Elle se sentait si lasse, si démunie. Les larmes lui montaient aux yeux. Felicia aurait aimé s'enfuir dans la neige et l'obscurité, aussi loin que possible. Et tout oublier. Elle en avait assez de devoir rester forte pour les autres. Elle voulait penser à elle, seulement à elle, et à personne d'autre.

Un souvenir lui revint alors en mémoire. Laetitia à Lulinn, le jour de l'irruption des Russes. «Nous sommes égoïstes, mais nous sommes aussi courageuses et responsables. Quand nous aimons quelqu'un, nous le défendons jusqu'au bout…» Sa grand-mère avait ajouté qu'elles n'agissaient jamais par noblesse de cœur, mais pour apaiser leur soif de pouvoir… Elle devait se montrer digne de Laetitia.

Felicia repoussa une mèche de cheveux. Il ne fallait surtout pas trahir sa faiblesse.

– C'est bon, Kat. Je viens.

17

Quand Felicia se réveilla, une nuit et une journée s'étaient écoulées. Le crépuscule tombait à nouveau. Une étrange atmosphère régnait dans la maison isolée en pleine tempête de neige. Felicia eut le sentiment d'avoir toujours vécu là et d'être condamnée à y demeurer à jamais.

Tante Belle s'était éteinte la veille. Son agonie avait été interminable. Felicia avait cru étouffer dans la chambre poisseuse, écoutant les râles de la malade qui luttait contre la fièvre et la mort. Elle lui avait tenu la main, donné à boire, tamponné le front avec un mouchoir humide, sans cesser de prier : *Doux Jésus, laissez-la mourir vite… Faites que ça ne dure pas trop longtemps.*

Lorsque Belle s'était enfin endormie pour toujours, ses lèvres s'étaient entrouvertes et ses joues s'étaient creusées dans son visage jaunâtre.

Felicia était restée un instant immobile, s'interdisant de pleurer. Nicola ne doit pas voir sa mère comme ça, avait-elle pensé.

Puis, elle avait quitté la chambre d'un pas hésitant.

Dans la demeure obscure et silencieuse, l'horloge avait sonné une fois. Une heure du matin. À la faible lueur de sa chandelle, elle était entrée dans la chambre au bout du corridor. Épuisée, elle avait retiré ses vêtements, avant de se pelotonner dans le lit tel un animal blessé. N'ayant pas fermé les yeux depuis trente-six heures, elle s'était endormie comme une masse.

Et voilà qu'une nouvelle journée commençait. Elle refoula les souvenirs qui l'assaillaient. Comme elle l'avait conseillé à Kat, il ne fallait pas penser au passé. Elle ouvrit une armoire. La chambre avait dû être celle d'une dame élégante, car elle y dénicha un peignoir en soie de couleur parme, aux manches et au décolleté bordés d'hermine. Elle l'enfila et goûta la délicieuse sensation du fin tissu sur sa peau. Puis, elle se brossa les cheveux et descendit l'escalier.

Un silence profond régnait dans la maison. Lentement, elle traversa les pièces, sa robe de chambre bruissant à chaque pas. Elle s'assit devant une cheminée, mais aucun feu n'y brûlait et il n'y faisait pas plus chaud qu'ailleurs. Elle ferma les yeux, sentit le poids rassurant de ses cheveux dans sa nuque. Après cette effroyable nuit, elle éprouva le besoin impérieux de sentir la chaleur et la vitalité de son propre corps. Le peignoir s'entrouvrit. Avec un soupir, elle étendit ses jambes, caressa la peau nue de ses cuisses. Son cœur battait calmement. Le chapitre russe était presque refermé. Bientôt, elle serait de retour en Allemagne.

Un bruit lui fit ouvrir les yeux. Maksim se tenait à la porte. À la fois surprise et sereine, Felicia n'eut pas honte de son curieux comportement.

Maksim toussota.

– Excuse-moi, j'aurais dû m'annoncer. Tu semblais perdue dans tes pensées.

Elle esquissa un sourire sans joie, teinté d'ironie. Il entra dans la pièce.

– Ces derniers jours ont été difficiles pour toi. Nous t'admirons tous.

– Je préférerais ne pas en parler.

– Le bateau des pêcheurs est prêt. Comme le temps est très mauvais, l'homme réclame une somme plus importante, mais Belle avait sûrement…

– Oui, elle avait de l'argent.

– Vous avez rendez-vous avec lui demain matin. Je vous déposerai. Ensuite, je retournerai à Petrograd.

– Oui.

Il s'accroupit près d'elle, et lui prit les mains.

– Tu es très courageuse, Felicia. Je ne sais pas qui d'entre nous aurait pu supporter ce que tu viens de vivre.

Surprise, elle leva la tête. La voix de Maksim avait changé. Sur ses traits, elle lisait autre chose que de l'anxiété.

Autrefois, elle avait été choquée qu'il restât insensible à ses charmes. La veille, en s'examinant dans le miroir, elle avait compris que la magie de sa jeunesse s'était envolée. Et voilà que Maksim semblait découvrir chez elle des choses qu'il n'avait jamais remarquées. Troublée, elle détourna les yeux.

Elle était pâle et épuisée. Avec une sensualité innocente, elle referma son peignoir et replia ses jambes. Maksim comprit tout à coup qu'elle n'était plus une enfant. Quelque part, depuis cette nuit à Munich où il l'avait embrassée, son ingénuité s'était égarée. Il ignorait si celle-ci s'était perdue à la mort de son père, pendant son errance à travers Petrograd, ou la nuit dernière, au chevet de Belle. Il devinait les courbes de son corps sous le tissu de soie, les seins fermes, les longues jambes. Elle est belle et très forte, songea-t-il encore une fois.

Brusquement, il eut envie d'elle. Admirer sa beauté ne lui suffisait plus. Désormais, il désirait ce qu'il avait toujours dédaigné avec arrogance, s'imaginant au-dessus de tout cela.

– Felicia, je t'aime, murmura-t-il, visiblement surpris par ses propres paroles.

– Pardon?

Avec un sourire crispé, Maksim laissa ses doigts courir doucement sur son bras, jusqu'à la saignée du coude. Elle secoua la tête.

– Non. Je ne veux pas. Plus maintenant. Tout a changé.

– Felicia...

– Arrête, Maksim. Depuis que nous nous connaissons tu me méprises, mais en réalité, tu m'as toujours désirée. Pendant toutes ces années, j'ai joué le jeu, alors que tu mettais un point d'honneur à repousser la tentation et prouver ainsi ton esprit révolutionnaire. Voyez comme cette belle jeune fille me veut, mais, moi, je renonce à elle... Alors, sois cohérent, Maksim, et retourne auprès de Macha.

Elle voulut se détourner, mais il prit son visage entre ses mains, l'obligeant à le regarder.

– Le plus étonnant, c'est que tu es si égoïste que tu n'imagines pas que les gens puissent agir autrement que par intérêt. Tu ne devines pas que la vie a plusieurs dimensions. Tu es certaine que mon renoncement à toi était intéressé. (Elle le fixait, perplexe.) Mais mon monde vacille, Felicia. Il m'est arrivé une chose atroce : j'ai commencé à douter. J'ai l'impression que des siècles me séparent de l'homme que j'étais. Un jour, je t'ai déclaré que celui qui doute est en vérité le plus fort. Mais si c'était vrai... (il parlait de plus en plus bas) devrait-on se sentir tellement déchiré?

Les traits de Felicia se détendirent. Maksim souffrait. Il était sincère, et elle l'avait attaqué parce qu'elle se sentait triste et fatiguée. Elle lui caressa tendrement la joue.

– Tellement de temps s'est écoulé, Maksim.

Pourtant, cette nuit-là, en dépit des années écoulées depuis que leur monde s'était jeté dans cette guerre démente, tous deux se sentaient à nouveau jeunes et libres, et ils goûtaient d'autant plus volontiers cette émotion qu'ils portaient désormais en eux les étés heureux de Lulinn et les drames qu'ils venaient de connaître.

Ils se retrouvaient, fragiles, tiraillés entre l'envie de retrouver une époque révolue et la certitude que la vie n'offre le plus souvent qu'une seule chance.

Ils se tinrent par la main, timides et prudents, comme des enfants, comme si Macha et Alex n'avaient jamais existé. Lorsque Maksim lui lâcha la main, Felicia recula instinctivement, puis elle se pencha vers lui et chercha ses lèvres. La main de Maksim se posa sur son cou, glissa sur sa peau, écarta lentement les pans de soie du peignoir. Ils s'embrassèrent tendrement, puis avec ardeur. Étendus sur le tapis, ils pressèrent leurs corps l'un contre l'autre, mêlèrent leurs jambes, jouèrent avec leurs cheveux, riant et murmurant des mots qu'ils n'avaient jamais osé prononcer à voix haute et qu'ils ne prononceraient plus jamais. C'est fou, pensa Felicia, fou et incroyable !

Soudain, Felicia eut peur de ne pas survivre au jour où Maksim la quitterait à nouveau. Son hésitation ne dura cependant qu'une poignée de secondes. Elle détailla son visage et ses yeux et eut une brève pensée pour Alex. Avec Maksim, pour la première fois de sa vie, elle était libérée de l'angoisse que quelqu'un l'approchât de trop près. Probablement parce qu'elle savait que Maksim était un cadeau dont le temps était compté. Emportée par le désir et le bonheur, elle s'abandonna au destin, à l'amour, et au plaisir.

Lorsqu'elle se réveilla, sa joue contre la joue de son amant, sentant la langueur et la chaleur de son corps contre le sien, tandis que son immense bonheur se teintait déjà de la triste lueur du souvenir, elle eut la certitude que Maksim retournerait auprès de Macha et qu'elle-même retrouverait Alex. Cette nuit, il lui faudrait la ranger dans sa mémoire et l'y conserver précieusement.

Tu me quitteras toujours, Maksim, songea-t-elle. Mais tu me reviendras toujours, ajouta-t-elle aussitôt avec un sourire. Plus tu douteras de toi et de ta révolution, plus tu auras besoin de moi. Ah, Maksim, la vie est bien l'histoire la plus absurde que l'on ait jamais écrite, tu ne trouves pas ?

18

À leur arrivée à Berlin, les deux femmes retrouvèrent une ville triste, froide et affamée. L'année 1917 s'achevait sans espoir de paix. Sur le front, les soldats continuaient de mourir. Les socialistes clamaient qu'on utilisait le peuple comme chair à canon. On voulait savoir pourquoi on menait cette guerre; sans obtenir de réponse. Et puis il y avait l'approvisionnement. À cause du blocus des Alliés, les gens connaissaient de grandes difficultés pour se nourrir, particulièrement dans les grandes villes. Plus d'un million de personnes étaient déjà mortes de faim en Allemagne depuis 1914. On se rappelait en frissonnant les hivers de rutabagas des années 1916 et 1917 quand, hormis quelques malheureuses betteraves, il n'y avait eu plus rien à manger. L'été n'avait pas fourni la moitié des récoltes d'avant-guerre. Les trafiquants et les profiteurs semaient la discorde. Il ne restait rien de la solidarité euphorique du début du conflit.

La première chose que vit Felicia à son retour à Berlin fut des ouvriers qui manifestaient, brandissant des drapeaux rouges et réclamant la fin des hostilités. Un instant, elle eut l'impression d'être revenue à Petrograd.

Elsa, Linda et le petit Paul habitaient la Schloßstrasse. Les deux femmes et le petit garçon, âgé de deux ans maintenant, semblaient bien seuls dans le vaste appartement. Toute la journée, Paul feuilletait des livres d'images, pendant que sa mère et sa grand-mère tricotaient sans relâche pour les soldats, comme en août 1914. Felicia, non sans ironie, se demanda si elles continueraient ainsi après la fin de la guerre!

Linda n'avait pas changé. Même les feux du purgatoire n'auraient pu altérer sa douceur, ni son visage délicat. Elle était maigre et pâle, mais elle avait conservé sa jolie bouche en cœur et écarquillait les yeux comme autrefois. À côté d'elle, Felicia eut l'impression d'être une vieille femme.

En voyant sa mère, Felicia fut atterrée. Elsa avait toujours été d'un tempérament fragile, mais elle semblait désormais particulièrement vulnérable. Des mèches grises striaient ses cheveux sombres.

Felicia la serra dans ses bras, et eut l'impression de tenir un petit oiseau au creux de sa main. Felicia sut qu'elle ne trouverait pas auprès de sa mère le réconfort dont elle avait rêvé.

– Maman, tout va aller bien maintenant. Je suis revenue.

Elsa esquissa un sourire forcé.

– Je savais que tu étais encore en vie.

– N'as-tu pas reçu mes lettres?

– Aucune. (Elsa se tourna vers Kat et Nicola.) Nicola, comme tu as grandi! s'exclama-t-elle.

Nicola ressemblait à un petit lapin effrayé.

– Pourquoi est-elle ici? Où sont Belle et Julius?

Avec un sanglot, Nicola se réfugia dans les bras de Kat. Les lèvres d'Elsa tremblèrent.

– Non... Pas Belle...

– La tuberculose, maman... Nous avons fait notre possible, mais il fallait fuir et nous n'avions pas de quoi la soigner...

– Belle…, murmura Elsa, en repensant à sa sœur si splendide, si souriante et pleine d'énergie, qui avait symbolisé un art de vivre pour toute une génération. Et Julius?

– Nous ne savons rien. Il a été arrêté pendant la révolution de février. Depuis…

– Ils étaient si beaux tous les deux, si heureux.

– C'est vrai, maman.

Felicia était tendue. Elsa l'obligeait à se souvenir alors qu'elle s'y refusait. Bientôt, elle allait parler de son père.

– Ton père est mort rapidement, n'est-ce pas?

– Sur le coup, maman. Il n'a pas souffert une seconde, mentit Felicia.

– À l'époque, j'ai reçu une lettre de condoléances du ministère de la Guerre. Il a fait son devoir de médecin sans compter, jusqu'à la fin.

C'est exact, songea amèrement Felicia, et la patrie, reconnaissante, s'est contentée d'envoyer une lettre à sa veuve! Pourtant, elle devinait que sa mère y avait puisé un peu de réconfort.

– Il était le meilleur des médecins, ajouta Elsa.

Felicia se redressa. Que Dieu lui pardonne, mais elle ne désirait pas évoquer cette terrible journée en Galicie, ni l'agonie de Belle.

– Il fait froid ici. Pourquoi n'y a-t-il pas de feu dans le poêle?

– Nous n'avons pas de charbon, geignit Linda.

– Vous devez pourtant recevoir des coupons de rationnement.

– Bien sûr, mais il ne reste jamais rien dans les magasins.

Felicia poussa un soupir.

– Je prends les choses en main. Je vais nous procurer du charbon. Et nous aurons besoin de coupons pour

Nicola, Kat et moi. Oh, mais tu ne connais pas Kat, maman. C'est la sœur d'Alex. Pour le moment, nous avons besoin de manger – surtout Nicola. Avez-vous quelque chose à la maison?

Elle parlait avec nervosité, sautant d'un sujet à un autre. Elle évitait de poser les questions pourtant inévitables. Enfin, elle lâcha sur un ton détaché :

– Tout va bien pour Jo et Christian?

– Nous espérons que Jo aura une permission pour Noël, répondit Elsa.

– Dieu merci, il est encore en vie! Et Christian, viendra-t-il aussi?

Elsa ouvrit la bouche, mais se tut. Linda regarda par la fenêtre.

– Christian viendra-t-il aussi pour Noël? répéta Felicia d'une voix tremblante.

Linda réprima un sanglot. Felicia eut alors un vertige. Elle s'agrippa au dossier d'une chaise et les jointures de ses doigts blanchirent.

– Maman! Christian n'est tout de même pas...

– Il est tombé à Verdun. L'été 1916. Peu de temps après Jorias.

– Jorias... Lui aussi?

Personne ne parla, Felicia s'efforçait de reprendre ses esprits. La tête lui tournait. Christian mort, son Christian, son petit frère, qu'elle avait couvé comme une poule ses petits. Une image lui revint en mémoire. Une chaude soirée de juillet à Lulinn, deux garçons qui marchaient dans les champs, pieds nus, le visage rieur et hâlé par le soleil, les cheveux en bataille, débordants de vitalité.

– Dieu du ciel! s'écria-t-elle, désespérée, en refoulant ses larmes.

Linda pleurait et Kat, bien qu'elle n'eût pas connu Christian, semblait sur le point de l'imiter. Si Felicia ne se ressaisissait pas, elles passeraient la soirée à pleurer.

– Ils ont fusillé oncle Leo pour tentative de désertion, ajouta Elsa.

– Quoi?

– Il a essayé de s'enfuir, mais ils l'ont rattrapé. Il n'a jamais voulu faire la guerre.

Felicia se laissa tomber dans un fauteuil. Mort, oncle Leo, lui qui avait toujours un verre dans le nez et qui flirtait avec toutes les femmes?

– Linda, aurais-tu un schnaps pour moi? demanda-t-elle d'une voix brisée.

Heureusement, il en restait. Elle but de petites gorgées. C'est la fin, songea-t-elle. Nous sommes assises ici, à parler de nos morts. Papa, Belle, Christian, oncle Leo et Jorias… Et qui peut me dire pourquoi? Elle regarda les cheveux grisonnants de sa mère et ce sentiment du devoir qu'elle avait déjà éprouvé en Russie se renforça.

– Tout va s'arranger, promit-elle. Vous n'avez pas besoin de vous inquiéter.

On entendit un bruit en direction de la porte. Kat s'avança d'un pas. Elle avait le visage très pâle.

– Comment va mon frère Alex? s'enquit-elle.

Dans sa voix, on devinait l'étonnement et le reproche. Après quelques secondes, Felicia comprit que ceux-ci lui étaient adressés. Elle se mordit la lèvre. Elle aurait dû demander elle-même des nouvelles de son mari.

– D'après ce que je sais, il est toujours en France, répondit Elsa.

– Alex est au front?

– Il a voulu partir à tout prix, expliqua Linda. Dès 1916.

– C'est incroyable! s'exclama Felicia.

Kat la regarda d'un air meurtri.

Mais Felicia ne supportait plus le regard accusateur de sa belle-sœur. D'ailleurs elle ne pouvait plus supporter personne. Elle se leva et se dirigea vers sa chambre.

Rien n'avait changé, ni la lampe lilas ni le couvre-lit bleu ciel. Elle ouvrit la fenêtre, respira l'air froid et écouta le ronronnement familier des rues berlinoises. En vain, elle cherchait la sérénité. Si elle ne la trouvait pas ici, alors où donc? Là-bas, vers l'est, très loin, il y avait la Russie. Était-ce Maksim dont elle avait besoin?

Elle n'était plus sûre de rien. Elle n'avait qu'une seule certitude, la mort de Christian était la chose la plus terrible qui lui fût jamais arrivée. Quoi qu'il arrivât dorénavant, rien ne pourrait être pire.

Cette nuit-là, alors que le sommeil la fuyait, une seule image jaillit des émotions confuses qui la tourmentaient, une image qui incarnait tout ce qui était perdu à jamais. Celle de deux garçons, courant pieds nus dans un champ et riant aux larmes, comme si la vie n'était qu'un jeu et le bonheur, un bien inaltérable.

En janvier, la situation à Berlin empira. Le moral était au plus bas. Il faisait terriblement froid et des épidémies de grippe et de coqueluche ravageaient la population. Le tempérament berlinois ne se prêtant pas à la souffrance silencieuse, on se plaignait haut et fort. Au diable la guerre! On voulait la paix. Les socialistes appelaient à la révolte et des milliers de gens les écoutaient. Chaque jour il y avait des grèves et des manifestations. Berlin bouillonnait.

Felicia s'était habituée à la marche puisque peu de tramways circulaient. Elle stockait les bougies, car l'électricité n'était pas fiable, et allait de magasin en magasin avec ses coupons de rationnement. Parce qu'elle était jeune et belle, certains marchands lui vendaient ce qu'ils avaient prévu de mettre de côté. Ils ne remarquaient pas qu'elle se forçait à les flatter et à leur sourire.

Une fois, elle patienta dehors toute une nuit pour obtenir du charbon. En dépit de la neige, de nouvelles personnes arrivaient toutes les heures. Des vieilles femmes en haillons recroquevillées sur leurs chariots, des enfants rachitiques se serrant les uns contre les autres pour se réchauffer. Un homme qui avait su tirer parti de la situation s'installa pour vendre du vin chaud. Vers minuit, Felicia se dit qu'elle mourrait de froid si elle n'en buvait pas un peu. Comme elle n'osait quitter sa place, elle envoya un enfant avec une pièce pour lui chercher le vin. Mais elle ne revit ni l'enfant, ni l'argent.

Le lendemain matin, elle se traîna à travers les rues, le corps engourdi par le froid, mais fière d'avoir obtenu vingt-cinq kilos de charbon qu'elle tirait dans une charrette à bras, prête à se battre avec celui qui oserait s'en prendre à son précieux butin.

Lorsqu'elle arriva à la maison, les autres sortaient à peine de leurs lits douillets, gémissant de faim et de froid. Felicia, elle, rêvait d'un bain chaud, mais ce jour-là, la distribution d'eau de la ville était en grève.

– Nous n'avons plus de pain, se lamenta Linda. Et Paul a tellement faim!

Felicia lui arracha les coupons de la main.

– Donne-les-moi, je sais où je peux encore en trouver. Mais si l'un d'entre vous se plaint encore une seule fois aujourd'hui, je lui arrache les yeux!

Sous les regards étonnés, elle quitta l'appartement.

Début février, Felicia fut certaine d'être enceinte. Jusqu'alors, elle avait refusé de se l'avouer, mais elle ne pouvait plus nier l'évidence. Elle prit son courage à deux mains et se rendit chez le médecin.

– Vous êtes au début du troisième mois. Mes félicitations. Tout me semble en ordre, mais vous feriez bien de surveiller votre alimentation et d'éviter les efforts inutiles, même si cela paraît difficile par les temps qui courent.

– En effet, marmonna Felicia.

Elle ne regrettait pas d'attendre un enfant de Maksim, mais comment allait-elle l'expliquer? Elle n'avait pas vu son mari depuis plus de deux ans. Même la naïve Sara ne serait pas dupe. Que dirait Elsa? Et surtout, comment allait-elle affronter Alex?

Le médecin remarqua son trouble.

– Il n'y a pas de problème?

– Non… Mais je me demande s'il est sage de mettre au monde un enfant en pleine guerre.

– Vous n'avez pas le choix, répliqua-t-il fermement, décidé à lui faire comprendre d'emblée que certaines choses étaient interdites.

– C'est vrai, je n'ai pas le choix, répéta-t-elle en se levant.

Trois jours durant, elle glissa comme un fantôme dans l'appartement, effrayant les autres par son irritabilité. Elle aurait aimé se confier à quelqu'un, mais il n'y avait personne pour l'aider. Elsa avait suffisamment de soucis. Kat, c'était hors de question. Et Linda… ne comprendrait pas.

Rien à faire, elle était seule pour affronter cette épreuve. Elle décida de rentrer sans attendre à Munich et de se débrouiller pour qu'Alex revienne du front. Peut-être parviendrait-elle à faire passer l'enfant pour le sien? Elle échafaudait des plans, les abandonnait… Puis, elle attrapa la grippe.

Elle resta alitée pendant huit semaines. Secouée par la fièvre, elle toussait à s'en étouffer. Les murs de sa chambre tournoyaient, des silhouettes tordues et des images étranges peuplaient ses rêves. Elle demandait sans cesse à partir pour Munich, mais elle entendait la voix d'Elsa à travers un brouillard :

– Non, mon enfant. Tu ne peux pas voyager. Tu es très malade.

Très malade, très malade… Ce refrain l'obsédait. Elle devait absolument se rendre à Munich! Quand la fièvre baissa et que sa toux se fut un peu calmée, les rayons du soleil étaient plus chauds. Elle comprit que les semaines décisives étaient derrière elle. Épuisée, inquiète, elle éclata en sanglots. Linda, qui lui apportait une tasse de thé, la trouva en larmes.

– Mais qu'y a-t-il? s'écria-t-elle, affolée. Pourquoi pleures-tu? Te sens-tu mal à nouveau?

Felicia sanglotait si fort que Linda appela Elsa et Kat. Les trois femmes, désemparées, se pressèrent à son chevet. Elsa s'assit près de sa fille et caressa son front blême.

– Ma chérie, j'ai une bonne nouvelle. Ta grand-mère est venue nous rendre visite. N'est-ce pas merveilleux?

Comme d'habitude, Laetitia ramena de l'ordre dans la maisonnée. Elle vint voir sa petite-fille et la trouva emmitouflée dans une robe de chambre, regardant fixement par la fenêtre. Laetitia la scruta avec attention.

– Tu as perdu ton insouciance, n'est-ce pas? Finis les fossettes et les battements de cils? Ça te va plutôt bien. Habille-toi et suis-moi. Je dois te parler de choses importantes. Allons chez Horcher voir s'il leur reste encore quelques pâtisseries.

– J'ai des problèmes avec mes vêtements, dit Felicia avec une grimace.

Elle se leva et plaqua la robe de chambre contre son ventre. Laetitia en eut le souffle coupé.

– Mon Dieu! Combien de mois?

– J'en suis au cinquième.

Laetitia fit un rapide calcul.

– Mais tu étais en Russie!

– Oui. Et j'ai retrouvé Maksim.

– Ah! fit Laetitia d'un air ironique. Et malgré la guerre et la révolution, vous avez trouvé le temps? C'est beau d'être jeune!

– Comment vais-je expliquer cela à Alex?

– Essaie d'enfiler quelque chose. Notre conversation sera plus longue que prévue.

Chez Horcher, elles n'eurent pas de pâtisseries mais deux petits gâteaux secs et un ersatz de café. La brise tiède était agréable et de jolies fleurs jaunes égayaient la salle. À la table voisine, deux vieux messieurs discutaient de la grande offensive allemande sur le front de l'ouest. En Picardie, les troupes allemandes avaient essayé de séparer les Anglais des Français. Mais le front anglais s'était rapidement reformé et les attaques de l'armée allemande étaient restées vaines.

– C'est un crime de toujours repousser la paix, déclara l'un des vieillards en déchirant les pétales d'une fleur. Ils gaspillent en vain des hommes et des armes. Je me demande si Hindenburg et Ludendorff le reconnaîtront avant que l'armée allemande soit exterminée jusqu'au dernier homme.

– Avec tout ça, ils rendent un fier service aux socialistes, renchérit son compagnon. Chaque jour, ils gagnent en sympathie et en influence.

Laetitia, qui avait écouté la conversation, sourit à Felicia.

– Est-ce que Marakov est toujours un socialiste convaincu?

– Oui.

– C'est un homme intéressant. Mais maintenant, parle-moi de Belle, ajouta-t-elle, l'air sérieux. Je te promets de ne pas pleurer, mais j'aimerais tout savoir. Elle était mon enfant chérie, tu sais, avec Leo, et je les ai perdus tous les deux.

Felicia lui raconta, tâchant de rester aussi détachée que possible, mais elle avait la gorge nouée. C'est encore pis maintenant, songea-t-elle. Tante Belle aimait tellement le printemps.

– Tu es restée auprès d'elle jusqu'à la fin. Je t'en remercie, Felicia. Cela signifie beaucoup pour moi. Et tu as ramené la petite Nicola saine et sauve en Allemagne. À vrai dire, tu es quelqu'un d'exceptionnel!

Felicia parut embarrassée. Laetitia repoussa sa tasse.

– Et maintenant, venons-en aux survivants. Plus précisément à ton oncle Victor. C'est de lui dont je voulais te parler.

– Qu'ai-je à voir avec lui? s'étonna Felicia.

– Nous aimerions tous avoir le moins possible à faire avec lui, mais, depuis la mort de ton grand-père, Lulinn lui appartient. Il est le fils aîné.

– Oui...

– Il est complètement débordé. Bien sûr, la guerre a compliqué les choses, mais tout le monde n'aurait pas paniqué comme Victor. Je peux encore sauver une partie de la propriété, mais mes forces déclinent de jour en jour, ajouta-t-elle avec un léger sourire. Mon temps approche aussi.

– Grand-mère…

– Mais si, mon enfant. Et à cause de cette folie dans laquelle le monde s'est précipité, la génération suivante est décimée. Victor songe à vendre.

– Quoi? s'écria Felicia, bouleversée.

– Il prétend qu'il n'a pas le choix, déclara Laetitia avec l'expression impassible qu'elle affichait lorsqu'elle voulait maîtriser ses émotions. Il pense que, de toute façon, il devra vendre dans un an ou deux, mais qu'alors ce seront les autres qui dicteront leur prix.

– Vendre Lulinn! Mais c'est notre maison!

– À part moi, il n'y a que Victor et son insupportable famille qui y habitent. La famille s'est dispersée, du moins ceux qui sont encore vivants.

– Mais j'ai besoin de Lulinn.

– Tu vas retourner à Munich.

– Non, répliqua fermement Felicia. Je passerai seulement dire à Alex que nous ne nous reverrons plus.

– Tu es certaine?

– Oui.

– Je redoute une explication orageuse.

– Peut-être. Mais nous irons chacun notre chemin. Quant à moi… (Soudain, l'avenir reprit des couleurs.) Je vais revenir à Lulinn. Ensemble, nous y arriverons!

– Certes. Mais si nous voulons mettre Victor hors jeu, nous devrons le payer. Ce serait bien si…

– Si j'apportais de l'argent?

– Il paraît que ton Alex est très riche.

Elle échangea un regard complice avec sa petite-fille qui acquiesça silencieusement.

– On va probablement le condamner à plusieurs années de travaux forcés en Sibérie, déclara sèchement Macha en refermant le dossier d'un claquement sec. Je ne peux rien faire.

Nina l'implora :

– Je vous en prie! Jurij s'est toujours battu pour la révolution. Ce n'est pas quelqu'un de mauvais.

– Il s'est enrichi avec les biens du peuple. Il a mené la politique que nous venons de renverser.

– C'était la maison de mes anciens patrons. Il l'a vidée par haine et par colère. Ces gens m'avaient harcelée pendant des années...

– Nous ne tolérons plus l'enrichissement personnel, la coupa Macha. Et profiter de la révolution pour s'enrichir est particulièrement condamnable.

Nina blêmit. Sans un mot, elle quitta la pièce. Elle faillit renverser Maksim qui s'écarta pour la laisser passer.

– Elle a un problème?

– Son ami a été arrêté. Enrichissement au détriment du peuple, expliqua Macha en allumant une cigarette. Qu'est-ce que tu as? Tu sembles nerveux.

Maksim passa une main dans ses cheveux sombres. Il semblait épuisé.

– Ce n'est rien. Ils ont encore arrêté cinquante-deux gardes blancs qu'ils ont passés par les armes.

Elle haussa les épaules.

– C'est la guerre civile.

– Eh oui! Maintenant que nous sommes sur le point de signer la paix, nous nous massacrons dans notre propre pays, ironisa-t-il.

– La révolution..., commença-t-elle, mais soudain il frappa du poing sur la table.

Les yeux de Maksim lançaient des éclairs. Ça suffit, Macha! aurait-il voulu crier. Je ne peux plus le supporter! Je regarde autour de moi et je n'en dors plus. La famine tue des milliers de gens. L'Armée rouge est responsable d'exécutions de masse, elle a condamné des hommes et des femmes sans avocats, ni même de procès. Quand les bolcheviques n'ont obtenu qu'un quart des voix lors du vote de l'assemblée constituante en novembre, Lénine a rétabli la police secrète et ordonné l'arrestation des députés. Des commissaires de notre parti ont tiré sur des manifestants. C'est infâme!

Il ne dit rien de tout cela, mais, d'une voix tremblante de colère, il déclara :

– Comment peux-tu supporter que l'on tire sur des manifestants? Est-ce que tu te rends compte qu'on prépare le terrain pour une nouvelle dictature?

– Attention, la porte est ouverte, répliqua froidement Macha.

Maksim la dévisagea longuement. Il esquissa un sourire désabusé.

– C'est ce que je voulais dire. Ce n'est pas bon signe quand il faut se mettre à chuchoter.

Il tourna les talons sans attendre de réponse et sortit.

Quand Alex se réveilla, il avait perdu tout repère. Au loin il entendait le tonnerre des canons. Il voulut se redresser, mais une douleur fulgurante dans son bras droit le cloua sur ses oreillers. Peu à peu, il distingua des infirmières qui se tenaient à son chevet, l'une d'elles prenait son pouls. Il commença à se rappeler : une balle l'avait touché en plein combat, alors que sa compagnie tentait désespérément de défendre la première ligne du front. Il s'était effondré, le visage dans la terre, il avait goûté la poussière sur ses lèvres et senti le sang chaud couler le long de son corps.

Qui aurait pensé que cette sale guerre aurait ma peau? avait-il songé avant de perdre connaissance. Il s'était pourtant résigné à être invincible. Des centaines de fois, il avait flirté avec la mort, mais elle l'avait toujours épargné. Comme ce jour-là.

– Vous avez perdu beaucoup de sang, remarqua une jolie infirmière, à qui il sourit instinctivement. Le médecin pense que vous devriez prendre des vacances. À la maison.

– Comment m'éloigner de vous?

Toujours ces stupides bavardages, se dit-il. Quand seras-tu enfin adulte, Alex?

– Votre épouse s'en réjouira sûrement, reprit timidement l'infirmière.

– Ma femme? Belle enfant, pourquoi pensez-vous que je sois marié?

– Votre alliance…

– Ah oui, l'alliance… (Alex la fit tourner autour de son doigt et rit d'un air amer.) Je rentre chez ma femme. Ça va être la fête!

Par une chaude soirée de mai, Felicia et Kat arrivèrent à Munich après un voyage en train rendu interminable par une grève surprise des cheminots. La situation avait été d'autant plus pénible que Kat n'adressait plus la parole à sa belle-sœur. Désormais, tout le monde était au courant de la grossesse de Felicia. La nouvelle avait provoqué l'effroi et la consternation d'Elsa, l'effarement de Linda et la haine farouche de Kat. Après avoir en vain cherché à s'expliquer, Felicia en avait eu assez.

– Tu es une vraie hypocrite, Kat! s'était-elle exclamée, furieuse. Tu étais fiancée à Phillip et ça ne t'a pas empêchée d'entamer une liaison avec Andreas!

Ce fut la seule fois où Kat avait rompu son silence. Les yeux étincelants, elle avait rétorqué :

– Ne parle jamais d'Andreas, ni de Phillip! Ne prononce jamais ces noms, car tu n'as aucune idée de l'amour!

Jolanta, la cuisinière, poussa un cri de joie en voyant Kat saine et sauve.

La tête haute, Felicia regarda droit devant elle. Elle vit le regard de Jolanta s'attarder sur son ventre, mais avant que la domestique ne réalisât complètement, elle déclara d'une voix posée :

– Bonjour, Jolanta. J'aimerais parler à mon beau-père.

Severin se tenait dans la bibliothèque. Il avait les larmes aux yeux. En deux ans, il avait beaucoup vieilli. La solitude et son inquiétude pour Kat avaient creusé son visage et en avaient aussi gommé la méchanceté. Cette nouvelle douceur accentuait les effets de l'âge.

Felicia savait qu'elle allait troubler les retrouvailles, mais elle n'avait plus la patience d'attendre.

– Severin, je dois vous parler tout de suite, commença-t-elle, debout dans l'encadrement de la porte.

Kat leva son visage hagard. Severin plissa les yeux et scruta sa bru. Un sourire amusé se dessina sur ses lèvres.

– On dirait que c'est nécessaire, en effet.

– Je vais me reposer, dit Kat.

Severin la regarda partir, l'air songeur.

– Où avez-vous laissé vos rêves, toutes les deux? Vos visages sont sévères et vos sourires sans douceur.

Felicia ferma la porte.

– Les rêves de Kat ont succombé à la révolution russe et aux obus sur le front de l'ouest. Quant aux miens… Qu'est-ce que j'en sais?

– Visiblement, tu ne t'es pas contentée de rêver, ricana Severin. Je suis curieux de voir la réaction d'Alex.

– Pourquoi le détestez-vous autant? demanda-t-elle en allumant une cigarette.

– Et toi? Pourquoi est-ce que tu le tortures?

– Voyons, Alex ne se laisse torturer par personne.

– C'est juste, il nous ressemble. Il connaît chaque recoin de nos âmes sordides. C'est pourquoi nos méchancetés ne l'atteignent pas. Mais lui, le père de ton enfant, il te tourmente, n'est-ce pas? Il te torture jusqu'au sang. On le devine à ton visage.

– Personne ne peut me tourmenter! rétorqua Felicia.

Elle se versa un verre de porto et l'avala d'un trait. Quand elle le regarda à nouveau dans les yeux, elle comprit qu'il avait pitié d'elle. Elle fut sur le point de lancer une remarque caustique, mais il leva une main.

– Épargne-moi les disputes. Je suis un homme malade.

– Malade, vous? Je parie que vous n'avez jamais été malade de votre vie.

– C'était vrai, jusqu'à maintenant. Ce vieux corps n'en peut plus. Le cœur en a assez. J'ai eu deux infarctus. Le médecin me donne deux ans.

– Deux infarctus, mais…?

– Regarde-moi! J'ai vu ton expression quand tu es entrée. Tu as pensé: «Comme il a vieilli!» C'est bien observé, ma petite. Peut-être que toi, Kat, et ton mari si intègre, vous n'auriez pas dû me laisser seul. (Il toussa sans se donner la peine de mettre une main devant la bouche.) Que savez-vous de ma solitude? J'ai passé des heures, des journées et des semaines interminables, seul avec mon corps malade! Ce qui me console, c'est que la maladie n'est pas restée limitée à mon corps. (Ses yeux brillaient de malice.) Elle est devenue, pour ainsi dire, votre héritage.

Qu'est-ce qu'il raconte? songea Felicia, qui sentait poindre l'angoisse.

– Je ne comprends pas. Comment vont les affaires?

Severin éclata de rire. Un rire aigu et enfantin qui exaspéra la jeune femme.

– Tu es revenue parce que tu as besoin d'argent. C'est bien ce que je pensais. Tu t'es toujours tournée vers moi quand tu avais besoin d'argent, n'est-ce pas? Viens donc t'asseoir.

Il lui tendit une main percluse d'arthrose. Elle s'approcha lentement.

– Vous ne pouvez pas manquer d'argent, affirma-t-elle. Nous sommes en guerre et votre usine fabrique des uniformes.

Soudain, il lui saisit le bras et la tira brutalement vers lui. Elle se retrouva à genoux. Il approcha son visage du sien.

– Il est temps que je te mette au courant de la succession.

Lorsque Felicia rejoignit sa chambre, tard dans la nuit, elle sut qu'elle ne trouverait pas le sommeil. La maladie de Severin, en effet, s'était étendue au-delà de son corps. La fabrique était touchée. Elle appartenait à près de soixante-dix pour cent à un «voyou parvenu», comme l'appelait son beau-père – Tom Wolff.

Felicia se souvenait vaguement de lui. Un vulgaire paysan, à l'orgueil démesuré et très riche, que toute la bonne société méprisait, et qui avait courtisé Kat avant la guerre.

— Pourquoi avez-vous fait une chose pareille? avait-elle demandé, désemparée. Pourquoi lui avez-vous vendu autant de parts?

— Je n'avais pas le choix. Vous n'auriez pas dû me laisser seul. L'armée aurait permis à Alex de s'occuper de la fabrique, mais il a préféré partir pour la France.

— Vous avez dû produire comme des forcenés. Il est impossible que vous ayez eu des problèmes financiers.

— Nous avons eu les mêmes difficultés que les autres entreprises, un manque de main-d'œuvre. Nos ouvriers tombaient au front. Bien sûr, on nous a envoyé des prisonniers de guerre. Mais j'en ai eu par-dessus la tête des problèmes. J'étais très malade, je ne voulais pas me tracasser. Wolff m'a fait une proposition intéressante; il acceptait de diriger l'affaire en échange d'une participation.

— Soixante-dix pour cent!

— Trente. Il a grappillé les quarante autres, petit à petit. Je prenais des médicaments très forts. Je me sentais faible. À chaque part que je lui vendais, le fardeau s'allégeait.

— Severin, vous avez des enfants! Vous auriez dû penser à eux.

— Est-ce que mes enfants ont pensé à moi? Alex, peut-être?

— Et Kat?

— Kat se mariera. Elle aura une dot importante. J'y ai veillé.

— Mais Severin, je...

— Ne te mets pas dans tous tes états. Tu t'en sortiras.

— Severin...

– Va-t'en maintenant. Laisse-moi. Je veux dormir. Toi, tu dois réfléchir : lorsqu'une source est tarie, il faut en chercher une autre.

Le vieux diable! pensa-t-elle, les poings serrés. C'est sa manière de se venger d'Alex. Et comme il en jouit!

Elle avait espéré quitter Alex en emportant autant d'argent que possible et avait cru que la seule difficulté serait de le convaincre de lui donner cette somme. Elle n'avait pas pensé une seconde que la fortune des Lombard se serait envolée.

Un navire qui prenait l'eau… Lulinn sombrait également. Une nouvelle fois, les paroles d'Alex retentirent à ses oreilles : «Une société aveugle et décadente qui danse sur un arc-en-ciel, sans remarquer qu'il vacille sous ses pieds.»

Il avait raison, songea-t-elle. J'aurais dû le deviner. Qu'a dit grand-mère? Que j'avais perdu mon insouciance? C'est vrai. L'époque faste de l'Empire du Kaiser est révolue. Il a suffi de révolutions, de nouvelles idées, et sans avoir eu le temps de souffler, nous coulons à pic.

Les jours suivants, Felicia reçut de nombreuses visites. Le Comité des femmes se précipita. Personne ne sut comment ces dames avaient appris la nouvelle de son retour. En découvrant qu'elle était enceinte, l'indignation grandit. «C'était à prévoir, non?» chuchotait-on. Felicia n'avait jamais été appréciée de la bonne société.

Un jour, Jolanta entra dans la pièce, l'air soucieux.

– Une visite pour vous, Madame.

– Oh non, Jolanta! Je ne veux voir personne aujourd'hui.

– Comme c'est dommage, dit Tom Wolff. Alors que je suis votre partenaire en affaires.

La fatigue et la lassitude l'abandonnèrent d'un seul coup. Elle montra aussitôt les dents.

– Que vous osiez venir ici!

– Ma chère, j'estime de mon devoir de venir vous saluer.

Wolff tendit son manteau à Jolanta et lui fit signe de quitter la pièce, puis il s'installa sur le sofa et étendit les jambes.

– Vous ne m'offrez rien à boire? J'appartiens pourtant presque à la famille.

– Vous n'avez pas été convié.

– Voyons! Il faudra bien nous entendre à l'avenir. Je possède les trois quarts de l'entreprise. Que cela vous plaise ou non, je vais venir régulièrement dans cette maison.

– Il existe d'autres endroits pour régler les affaires.

– Pas aussi confortables.

– Nous n'allons pas vous faciliter la tâche, croyez-moi. Si vous n'aviez pas eu l'impertinence de forcer la porte, je vous aurais laissé éconduire.

Le sourire de Wolff se figea sur ses lèvres et son visage devint menaçant.

– Inutile de vous donner de grands airs, ma chère, cela ne vous servira plus à rien. L'empereur a eu tort de lancer l'Allemagne dans cette guerre. Il a donné un coup de pouce à la gauche, il a ébranlé son trône et, par conséquent, votre trône à tous. Aujourd'hui, ce n'est plus la haute bourgeoisie qui tient les rênes, mais des gens plus rusés que vous qui ne se sont pas endormis sur leurs lauriers. En un mot, des gens comme moi. Et vos jours sont comptés.

Felicia fit une moue dédaigneuse.

– Dès que mon mari reviendra, vous n'aurez plus à traiter avec son vieux père mais avec lui. Quand je pense que vous avez manipulé un vieillard malade. Vous devriez avoir honte !

– C'est vous qui parlez ainsi ! se moqua-t-il. Vous vendriez votre propre enfant si cela pouvait vous rapporter. C'est pourquoi ce duel avec vous m'amuse, car nous nous ressemblons. À propos, ma chère, j'ai l'impression qu'il faut vous féliciter.

– Je n'ai que faire de vos compliments, monsieur Wolff. Maintenant, je vous prie de vous en aller.

– Pas si vite. Nous ne nous sommes pas vus depuis deux ans et je trouve votre accueil peu amène. J'avais envie de vraies retrouvailles familiales. Où se trouve Mlle Kat ?

– Ainsi, vous n'avez toujours pas renoncé à elle, le nargua Felicia. Quelle obstination ! Vous n'avez donc déniché aucune autre femme ? Du moins, pas dans les cercles où vous cherchez tant à vous marier.

Cette fois, elle avait touché son talon d'Achille. D'un bond, il se leva et, en deux enjambées, il se dressa devant elle. Felicia frémit en voyant son regard plein de haine. Wolff l'empoigna aux épaules.

– Seigneur, je paierais cher pour vous voir mordre la poussière, vous et votre misérable arrogance ! Un jour ou l'autre, vous serez tous humiliés, et Kat la première !

– Veuillez lâcher ma femme, je vous prie, ordonna une voix glaciale.

Alex se tenait dans l'embrasure de la porte.

19

Son uniforme gris était couvert de poussière, son visage mal rasé, il portait le bras droit en écharpe, mais, pour un soldat qui revenait du front, il paraissait étonnament vigoureux. Sa peau était brunie par le soleil, il avait minci et ce corps élancé lui allait bien. Ses mouvements avaient perdu cette grâce paresseuse qui rappelait celle d'un félin. Comme l'alcool se faisait rare sur le front, ses joues flasques et ses profonds cernes avaient disparu. Rajeuni, plein de vitalité, il était plus séduisant que jamais. À côté de lui, Tom Wolff semblait insignifiant.

— Veuillez quitter ma maison sur-le-champ! exigea Alex.

— Vous ne comprenez pas la situation, commandant. Nous sommes partenaires. Votre fabrique m'appartient à soixante-dix pour cent.

— Je doute que soixante-dix pour cent de cette maison vous appartiennent. C'est pourquoi vous allez partir. Vous connaissez le chemin.

Il lui tint la porte et Wolff quitta le salon, furieux. Alex referma la porte derrière lui. Il défit son ceinturon, le jeta sur un fauteuil, puis il se versa un verre de whisky qu'il avala d'un trait.

— Voyez-vous ça! s'exclama-t-il avec un sourire. Tu es revenue saine et sauve de toutes tes aventures. Kat aussi?

— Oui. Oh Alex, as-tu su que nous avions été faites prisonnières par les Russes et que…

– Oui. Ta mère m'a écrit en France.

Felicia scruta son visage, guetta le timbre de sa voix pour y déceler la peur qu'il avait dû éprouver pour elle, mais elle ne trouva rien.

– J'ai vécu des choses terribles, reprit-elle d'une voix faible.

– Comme nous tous, sourit-il. On dirait que tu es enceinte jusqu'aux dents, bien que nous ne nous soyons pas vus depuis des années.

Felicia tressaillit. Sous ces paroles anodines, on devinait une tension extrême. Elle aurait aimé l'envoyer au diable, mais elle aurait probablement éclaté en sanglots et elle ne pouvait se permettre de le fâcher. Elle chercha à éveiller son indulgence.

– Tu ne peux pas imaginer ce que j'ai vécu là-bas! Le typhus s'est déclaré dans le camp. Ma tante Belle nous a recueillies à Petrograd. Mais nous sommes arrivées au milieu de la révolution. J'ai vu des gens se faire tuer… (Le sourire d'Alex la décontenança. Quelle idiote! Il en avait vu mourir bien plus qu'elle!) Nous avons dû fuir vers l'Estonie, continua-t-elle. Mais c'était presque l'anarchie là-bas. Mon oncle avait été arrêté et tante Belle était malade. Quand la propriété voisine a été mise à sac, nous avons dû fuir à nouveau. C'était en novembre, il neigeait et il faisait affreusement froid…

Amusé, Alex détailla le beau visage pâle auquel cette expression de supplication ne seyait plus.

– Certes, mais je ne vois pas comment on tombe enceinte de tout cela.

Le sang-froid d'Alex agaça Felicia. Il cherchait à l'intimider. Il avait toujours aimé taquiner sa proie comme un chat une souris avant d'assener le coup de grâce. Elle releva le menton d'un air de défi.

– Tu es odieux, j'aurais pu y laisser ma peau!

– Pas toi.

– Pourquoi?

– Parce que tu sais toujours te sortir des situations les plus périlleuses.

Comme toujours lorsqu'elle était nerveuse, elle eut envie d'une cigarette, mais Alex lui saisit le poignet.

– Non, pas dans ton état! (Brusquement, son sourire narquois s'effaça.) Je veux savoir qui est le père de l'enfant qui va porter mon nom.

Furieuse, Felicia lui cracha le nom à la figure :

– Maksim Marakov!

Il recula d'un pas.

– Je m'en doutais. Pour toi, il n'y a personne d'autre. Finalement, à ta façon, tu es fidèle.

Alex lui semblait aussi imprévisible et dangereux qu'un inconnu. Elle se demanda pourquoi elle l'avait épousé. Elle l'avait cru transparent comme du verre et moins compliqué que Maksim. En fait, elle le comprenait encore moins. Elle fronça les sourcils.

– Tu ne vas pas prétendre que tu m'as été fidèle, rétorqua-t-elle méchamment.

– Bien sûr que non, fit-il en riant. Mais je me suis montré plus habile que toi.

– C'est facile pour un homme d'ignorer ses bâtards!

– Que tu le croies ou non, du jour de notre mariage jusqu'au soir où je t'ai trouvée avec Marakov dans le salon, je te suis resté fidèle.

– Ça n'a pas duré tellement longtemps, répliqua-t-elle, nerveuse, car elle avait cru déceler une pointe de tristesse dans sa voix.

Elle s'assit dans un fauteuil et croisa les jambes.

– Il est inutile de nous disputer. Nous avons à discuter de choses plus importantes. Wolff…

– Je sais. Il veut nous racheter.

– As-tu déjà parlé à ton père?

– Non. Mais il m'écrivait régulièrement en France. Je suppose qu'il espérait me faire revenir.

– Comment peux-tu rester aussi serein?

Alex se versa un second whisky.

– Cela ne me concerne pas. C'est la fabrique de mon père. Il peut en disposer comme il veut.

– Tu racontes n'importe quoi. Tu es l'héritier. Il… il brade ton avenir.

– Mon avenir? Il n'y a que moi qui puisse en décider. Je ne veux rien avoir à faire avec mon père. Et je ne tolérerai aucun chantage de sa part. S'il veut ruiner sa fabrique en croyant me blesser, il se trompe; ce sera un suicide et non un meurtre.

– Je ne te crois pas! Tu cherches seulement à me tourmenter.

Il rit doucement.

– Mais enfin, tu ne t'es jamais intéressée à notre fabrique. Pourquoi t'inquiéterais-tu de ce qui lui arrive?

Il la rendait folle! Exaspérée, elle se leva et attrapa la carafe de whisky, mais la voix cinglante d'Alex l'arrêta net.

– Pas de whisky! De toute façon, tu n'aimes pas ça, du moins, c'est ce que tu as prétendu chez Mona.

– Bon sang, je devais être bien ivre ce soir-là pour accepter de t'épouser! s'écria-t-elle.

– J'aurais mieux fait d'attendre que tu aies dessoûlé pour te faire ma demande, mais Dieu sait combien de temps j'aurais dû patienter… Ce n'était pas le whisky qui t'avait enivrée, mais ce Maksim Marakov, et aujourd'hui tu ne t'en es toujours pas remise.

Felicia lâcha la carafe, agacée d'obéir malgré elle à ses ordres.

— Quoi qu'il en soit, nous sommes mariés, et il s'agit aussi de mon avenir. Je ne peux pas te laisser faire…

— Un instant… Nous devons nous mettre d'accord sur un point : il n'y a pas d'avenir possible pour nous deux. Nos chemins se séparent aujourd'hui.

Felicia le regarda, sans comprendre.

— Que veux-tu dire ?

— Quand cette guerre sera finie, je quitterai l'Allemagne. Je ferai peut-être le tour du monde, ou je m'installerai en Amérique. Qui sait ?

— Et de quoi vivras-tu ?

— Ne t'inquiète pas pour moi.

— Je me fiche de toi ! Qu'adviendra-t-il de moi ?

— Enfin le cri du cœur ! s'amusa Alex. Retourne chez toi. On t'accueillera sûrement les bras ouverts, tu sauras bien les convaincre que c'est moi la crapule.

— Ma famille a de graves difficultés, lança-t-elle, affolée. Nous avons besoin d'argent.

— Tu te trompes d'interlocuteur. Va voir mon père. Tu t'es toujours bien entendue avec lui, non ? Tu perds ton temps avec un fils qui s'est lui-même déshérité.

— Tu ne peux pas m'abandonner maintenant, Alex ! s'exclama-t-elle en lui saisissant la main. Ton père va tout perdre et c'est moi que cela touche en premier. J'ai besoin de toi !

J'ai toujours réussi à amadouer les hommes, pensa-t-elle.

Il l'observa, amusé.

— Va retrouver Marakov. Tu n'éveilles plus rien en moi. Je n'éprouve aucune pitié pour toi, ma chérie. Tu n'en as pas besoin.

Felicia baissa les yeux, cherchant une autre tactique. Puis elle le regarda à travers ses longs cils, se dressa sur la pointe des pieds et chercha ses lèvres. Tendrement, mais avec défi, elle effleura sa bouche. Il glissa un bras autour de sa taille et, avec une prudence inhabituelle, il lui rendit son baiser. Elle vit une lueur poindre dans son regard... quelque chose d'autrefois, avant qu'ils ne se déchirent. Elle soupira. Elle avait voulu le séduire, mais c'était elle qui succombait. Elle avait oublié que chaque fois qu'Alex la prenait dans ses bras, elle retombait follement amoureuse de lui. Il n'a pas le droit de s'en aller. J'ai besoin de lui. De lui, pas de son argent! pensa-t-elle, bouleversée.

Il la lâcha. Elle avait les yeux brillants, le souffle court. Il hésita, avant de se diriger vers la porte.

– «Pour mériter la liberté et la vie, il faut les conquérir chaque jour.» C'est de Faust. Je veux ma liberté et qui sait? peut-être ai-je encore envie de goûter un peu de la vie. Alors, en ce qui me concerne, je pars à leur conquête. Et tôt ou tard tu feras certainement la même chose.

La déception, la douleur et la colère s'emparèrent de Felicia.

– Je vais demander le divorce! hurla-t-elle.

– Fais-le, répliqua-t-il avant de claquer la porte.

Les événements se précipitèrent. C'était l'automne 1918 et Berlin était fébrile. À peine distribuait-on les dernières dépêches qu'on en imprimait de nouvelles : «Le haut-commandement demande l'arrêt immédiat des hostilités – Le prince Max de Bade nouveau chancelier du Reich – La réforme constitutionnelle acceptée – Ludendorff renvoyé – Mutinerie dans la flotte allemande – Révolte des matelots à Kiel – Révolution à Munich, les Wittelsbach renversés, proclamation de l'État libre de Bavière – Chancelier annonce la démission de l'empereur – Philipp Scheidemann proclame la république allemande – Friedrich Ebert nouveau chancelier – L'empereur Guillaume II en fuite aux Pays-Bas – Armistice à Compiègne, enfin la paix?»

En quelques jours, l'Allemagne était devenue une république, le pays était livré à la révolution, aux grèves, aux mutineries et aux émeutes, l'empereur s'était enfui, le général Foch et Matthias Erzberger avaient conclu l'armistice. À l'effarement que provoquait la fin de la guerre se mêlaient inquiétude et perplexité. La paix n'était pas revenue dans le pays. Les spartakistes et le SPD luttaient pour le pouvoir, l'idée d'une république des conseils sur le modèle soviétique rôdait dans les esprits. Tous les jours, Berlin était inondé de tracts rédigés par Karl Liebknecht et Rosa Luxemburg, les chefs spartakistes. Le ravitaillement ne s'améliorait pas, les queues devant les magasins faisaient toujours partie du paysage. Et il y avait toujours ces pensées amères pour les morts, les innombrables tombes de Verdun, les villes et les fleuves français dont les noms seraient à jamais associés aux massacres : Marne, Somme, Verdun et, le pire d'entre tous, Fort Douaumont, un nom qui flottait tel un spectre, devenu l'image emblématique de cette guerre – celle d'un soldat fatigué, au regard songeur sous son casque d'acier, qui semble se demander pourquoi il sacrifie sa vie.

Johannes rentra à Berlin le jour où l'empereur abdiqua officiellement de son exil néerlandais. Linda poussa un cri lorsqu'elle lui ouvrit la porte. Elle avait continué à craindre pour sa vie, car ces derniers mois, bien que le haut-commandement eût été certain de la défaite, les combats s'étaient poursuivis sur le front de l'ouest. Et voilà qu'il se tenait devant elle, les yeux fatigués, les joues creuses. Il était devenu quelqu'un d'autre à présent.

– Tu dois tout de suite prendre un bain chaud, dit-elle après l'avoir longuement serré dans ses bras. La cuisinière va te préparer quelque chose à manger. Et tu dois voir Paul, il a tellement grandi. Je n'aurais pas supporté de rester seule avec lui, sans toi!

Jo souriait, mais il aurait aimé que sa femme parlât moins. Il était si épuisé qu'il aurait pu dormir des siècles. Dans le joli appartement, enlacé par Linda et son fils sur les genoux, il voyait encore les visages des morts, entendait le fracas des obus, sentait le goût de la poussière des tranchées dans sa bouche, respirait le sang des blessés. Rattrapé par la faim, le froid et la peur de la mort de ces dernières années, il essayait de se raccrocher au visage rayonnant de Linda, de tout oublier. Elle portait une robe de soie noire avec une ceinture rouge. Ses épais cheveux blonds étaient remontés en chignon et les rubis qu'il lui avait offerts pour leur mariage scintillaient à ses oreilles. Elle exhalait un parfum fleuri, un souvenir des années d'avant-guerre, et son visage était aussi délicat que celui d'une poupée de porcelaine. Pourquoi ne parvenait-il pas à chasser les autres images?

Pourquoi ai-je survécu? faillit-il demander, mais il ne voulut pas effrayer Linda ni sa mère. Aussi quitta-t-il la pièce rapidement. Il devait voir Felicia. Il la découvrit dans sa chambre, ravissante, dans une robe de lainage gris, une rose en papier épinglée à son décolleté. Son visage paraissait plus sérieux et plus serein qu'autrefois, la magie de ses yeux gris différente. Ces dernières années l'avaient marquée.

Il fut stupéfait d'apercevoir un bébé dans ses bras.

Il le contempla, comme s'il n'avait jamais rien vu de semblable. Felicia éclata de rire.

– Remets-toi, Jo. Voici ma fille. Elle a trois mois.

N'étant pas au courant des événements, Jo ne douta pas de la paternité d'Alex.

– Comment s'appelle-t-elle?

– Belle.

– Belle… Je suppose que tu te trouves à Berlin parce que la révolution t'a chassée de Munich?

– Non. Je suis ici parce que je divorce.

– Quoi?

– Je sais, c'est indigne. Maman est bouleversée. Mais Alex veut partir – en Amérique ou quelque chose de ce genre. Quand je raconterai ça au juge, en berçant mon bébé contre moi, il m'accordera tout de suite le divorce. (Elle rit.) Mais je ne serai plus fréquentable!

– Ces choses-là ne comptent plus aujourd'hui. Après tous ces morts, qui s'offusquera d'une femme divorcée? (Jo observa sa sœur d'un air songeur.) Tu as changé. Veux-tu en parler?

– Non. Et toi, raconte.

– Moi non plus, je ne souhaite pas en parler.

Elle hocha la tête.

– Est-ce vrai que l'empereur a abdiqué?

– Les dépêches le prétendent. Il faut espérer qu'Ebert réussira à faire de ce pays une démocratie parlementaire. Qu'il n'y ait pas un autre Kerenski et que la gauche prenne le pouvoir.

Felicia semblait ailleurs. Elle déposa le bébé dans son berceau, puis se tourna vers son frère.

– Jo, nous devons aller à Lulinn. Il s'y passe des choses terribles, l'oncle Victor est incapable de gérer la propriété.

– À Lulinn? Maintenant?

– C'est tout ce qui nous reste. Nous ne pouvons laisser Victor vendre le domaine. Nous avons besoin d'un endroit d'où personne ne pourra nous chasser. Qui sait ce qui va se passer à l'avenir? Seule la propriété nous sauvera. Comprends-tu?

– Je… Je n'ai jamais appris… Une propriété…

– Moi non plus. Mais, ensemble, nous y arriverons. Oh Jo…, s'émut-elle, lui prenant les mains, car son regard mort était comme hanté par l'horreur du passé. Il ne faut pas regarder en arrière. Je t'en prie! La guerre est finie et nous sommes en vie. Nous devons vivre!

– Oui. Nous devons vivre.

– Je suis idiote de te sauter à la gorge. Tu arrives du front et je t'assaille avec tous ces projets. Tu as l'air si triste. Tu devrais peut-être tout de même me raconter. Parle-moi… de Christian.

– Christian est mort sur le coup, dit Jo, en espérant que son visage ne trahissait pas son mensonge.

À quoi bon expliquer que Christian était resté toute une nuit dans une grange avec une terrible blessure au ventre, qu'il avait hurlé de douleur pendant des heures, réclamant sa mère, son père, Jorias, que lui, Jo, était venu le voir à l'aube, qu'il avait pris sa tête sur ses genoux et prié pour que son frère pût enfin mourir… Jamais – il se l'était juré – Elsa, ni Felicia n'apprendraient la vérité sur cette longue nuit effroyable, jamais elles ne sauraient l'effroi et la peur de Christian, durant ses derniers instants. Il ne put toutefois retenir ses larmes. Et, lorsque Felicia le serra contre elle, il lui sembla que ces bras étaient l'ultime refuge dans ce monde insensé et brutal.

– Pleure, murmura-t-elle en lui caressant les cheveux. Si tu ne peux pas l'oublier, pleure jusqu'à ce que tu puisses au moins le supporter.

Elle le berça, alors qu'il pleurait Christian, Jorias, oncle Leo et tous les autres.

– Je suis désolé, murmura-t-il.

Ses yeux étaient remplis d'une tristesse infinie que Felicia reconnut aussitôt pour l'avoir si souvent croisée, dans les rues de Berlin, sur les visages ravagés des soldats qui revenaient à la maison.

– Crois-moi, Jo, tout ira bien. (Brusquement, elle se redressa.) Où est Phillip ? Est-il déjà à Berlin ou a-t-il préféré rejoindre Kat à Munich ?

Jo secoua la tête.

– Je n'ai pas voulu le dire tout de suite à Linda. Il a été porté disparu lors des derniers engagements près de Reims. Il est probablement mort.

LIVRE III

20

Maksim se réveilla en sentant Macha s'agiter.
– Qu'est-ce qui ne va pas? Tu es malade? demanda-
t-il.
– Non.
Il devina sa silhouette à la lumière du lampadaire qui
filtrait à travers les rideaux. Allongée sur le dos, elle fixait
le plafond. Son profil aiguisé se découpait sur le mur.
– Je réfléchis. Il y a tellement d'images qui me pour-
suivent.
Trois jours plus tôt, ils avaient appris qu'à Berlin les
spartakistes avaient appelé à de grandes manifestations
qui avaient dégénéré en combats sanglants. Des corps
francs avaient arrêté les dirigeants, Karl Liebknecht et
Rosa Luxemburg, avant de les fusiller sans autre forme
de procès.
Rosa Luxemburg assassinée! Pour la première fois,
Maksim avait vu Macha vaciller comme sous un coup
de massue. «Pourquoi elle? Elle était une pacifiste
convaincue, une socialiste, un esprit brillant! Comme ils
devaient la craindre pour n'avoir trouvé que cette solution!»
Elle ajouta à mi-voix :
– Sais-tu quels ont été ses derniers mots? Il paraît
qu'elle a dit : «Ne tirez pas!» Et ils l'ont criblée de balles.
Maksim lui prit la main.

319

– Ce sont les victimes de la révolution… Mais demain des élections ont lieu en Allemagne. Pour la première fois, les femmes allemandes ont le droit de vote. Tu t'es toujours battue pour cela. C'est aussi ta victoire.

Macha esquissa un sourire, et se blottit dans les oreillers en soupirant. Dehors, autour de la maison, la bise glaciale de janvier gémissait, tourmentant les flocons de neige. La seconde année depuis la révolution, 1919 venait de commencer. Macha et Maksim n'habitaient plus leur sous-sol lugubre, mais un appartement spacieux près de la perspective Nevski. Macha était commissaire au Comité de la Ville de Petrograd et travaillait sans relâche. Maksim avait l'impression qu'elle devenait de plus en plus jeune et fragile. Tendrement, il lui caressa la joue, et sa main effleura ses seins. Les yeux sombres de la jeune femme semblaient immenses.

– Non, je t'en prie, Maksim.

Il s'écarta sans rien dire. Désormais, ils ne trouvaient même plus ce chemin-là. Il se demanda d'où venait cet éloignement. Probablement parce qu'ils avaient chacun choisi une voie différente. Depuis qu'il avait commencé à s'interroger sur ses idéaux, l'entente tacite qui avait été le pilier de leur complicité amoureuse s'était évanouie. Parce qu'il doutait de la révolution, Macha doutait de lui.

– Ce qui est arrivé à la famille du tsar était un meurtre. Rien d'autre. Absolument rien ne peut le justifier.

– Écoute, moi non plus je ne me réjouis pas de ce qui s'est passé à Iekaterinbourg, mais c'était nécessaire.

– Des enfants meurent de faim dans la rue.

– Maksim, ce sont les victimes qui doivent être sacrifiées à la révolution!

Macha ne lui parlait plus de ses projets. Elle se dévouait à son travail, quittait la maison à l'aube et rentrait tard le soir. Elle jouait un rôle actif dans le parti, alors que lui s'en éloignait de plus en plus.

Elle déteste que j'aborde certains sujets, songea Maksim. Que je lui rappelle que nous nous dirigeons vers une crise dramatique, que la production de notre pays a chuté à un septième de la production d'avant-guerre. Lorsque je parle de la «dictature du parti unique», elle se retient de m'étrangler... Et pourtant, autrefois nous nous sommes aimés.

Depuis son aventure avec Felicia, plus d'un an auparavant, il avait été infidèle à Macha une ou deux fois. De brèves aventures avec des filles rencontrées dans des estaminets et des hôtels bon marché lors de ses voyages. Le plus souvent, elles l'admiraient parce qu'il était beau, qu'il avait un regard mélancolique et de bonnes manières. N'étant pas un habitué des conquêtes amoureuses, il se demandait chaque fois ce qui lui arrivait. Que diable fuyait-il?

Pour être sincère, s'avouait-il, je me fuis moi-même. Je ne crois plus en rien, et je me sens comme un vieillard qui recherche vainement la flamme perdue de sa jeunesse.

Ce qu'il refusait d'admettre – et cela, il le refuserait jusqu'à la fin de sa vie – c'était que Felicia lui manquait.

Des coups de feu éclataient dans les rues de Munich. On y était presque habitué en ce printemps 1919. Depuis la proclamation de la République des conseils en avril, la confusion, la perplexité et l'incertitude régnaient en Bavière. Début mai, pour la première fois, des corps francs s'étaient opposés aux insurgés de gauche. La répression avait été sanglante. Chaque jour, des révolutionnaires étaient arrêtés, emprisonnés et aussitôt jugés. Au moindre signe de riposte, les troupes tiraient sans hésiter. Comme si la jeune république craignait surtout l'ennemi qui venait de gauche.

Tom Wolff, debout à une fenêtre du salon de la Prinzregentenstrasse, gloussa alors qu'au loin crépitait une mitraillette.

– Ils vont enfin nettoyer la canaille socialiste!

Kat se leva du sofa et s'approcha d'un miroir au-dessus de l'écritoire.

– Je trouve répugnant, dit-elle froidement, d'oser faire ce genre de commentaire pendant qu'on tue des gens.

Tandis qu'elle ajustait sa coiffure, elle vit que Wolff l'observait avec un regard de prédateur.

– Vous ne devez pas fuir la réalité, Kassandra. Il faut tout essayer au moins une fois dans sa vie. Hier, j'ai assisté à une exécution à Stadelheim. Certains soldats maladroits avaient raté leurs cibles. Les condamnés ont dû se traîner dans leur sang en implorant : «Dans le cœur! Dans le cœur!» Ils ont obtenu satisfaction.

Kat blêmit.

– Taisez-vous! Parfois, je me dis que vous prenez plaisir à voir souffrir les autres.

– Dans la vie, tout a son charme.

Pourquoi est-ce que je lui offre une place dans ma vie? se demanda-t-elle, dégoûtée. Hélas, elle ne le savait que trop bien. C'était à cause de ces interminables après-midi, où, désœuvrée, elle feuilletait des journaux en pensant à Phillip et à Andreas, les deux hommes qu'elle avait aimés et perdus. Elle n'avait plus personne. Bien qu'elle en eût honte, elle aurait accueilli le diable en personne s'il avait pu chasser sa solitude et ses souvenirs.

Wolff remarquait non sans plaisir que l'arrogance et la fierté de la jeune femme faiblissaient. Décidément, il avait eu raison d'attendre!

– Je ne vous comprends pas, reprit Kat. Vous devriez être du côté des socialistes. Vous nous avez toujours combattus.

– Je ne suis du côté de personne, excepté de moi-même. Vous autres, vous avez creusé votre propre tombeau. Les socialistes, en revanche, le creusent pour tout le monde. C'est pourquoi je vous préfère, vous.

– Partez maintenant, je vous prie.

– Je m'en vais. Mais je reviendrai. Je viendrai tous les jours vous sortir de votre solitude, Kassandra.

Il s'approcha d'elle et lui caressa doucement la joue. Elle détourna la tête mais il se contenta de rire.

– Un jour, il ne vous restera que la dot de votre père. Et vous serez obligée de vous marier.

– Peut-être. Mais ce ne sera sûrement pas avec vous!

– Vous pouvez oublier vos rêves maintenant que votre officier est mort en héros en France.

– Il n'est pas mort! Il a été porté disparu, et, jusqu'à ce qu'on me prouve le contraire, je continuerai à croire qu'il est vivant!

Wolff s'approcha de la porte.

– Tôt ou tard, vous vous réveillerez vous aussi, déclara-t-il froidement. Ce jour-là, vous serez moins fière, quand vous verrez qu'il ne vous reste plus personne – excepté moi.

À première vue, Lulinn n'avait guère changé depuis l'été qui précéda la guerre. Le lierre grimpait jusqu'au toit et les feuilles des pommiers se reflétaient dans les vitres. Les libellules bourdonnaient toujours autour des eaux frémissantes de l'étang et le vent revigorant avait un goût salé. Dans l'étable, on entendait les mugissements sourds des vaches, les jurons et le claquement des sabots des valets. Pourtant, Felicia remarqua les premiers signes du déclin : les mauvaises herbes envahissaient les champs en friche, les granges n'étaient qu'à moitié remplies de blé, une charrue rouillait dans la cour. Des chardons poussaient parmi les roses de grand-père et les pissenlits fleurissaient sur la pelouse. Même dans la maison, elle perçut le changement : ici, il manquait un vase, là, une petite table baroque. La gravure sur cuivre de la salle à manger avait disparu, tout comme le jeu d'échecs en ivoire de grand-père. Felicia en parla à tante Gertrud qui lui expliqua d'un air pincé que Victor les avait vendus et que, par ailleurs, cela ne la regardait pas.

— Il les a vendus ! s'emporta Felicia. C'est impensable ! Comment a-t-il pu faire une chose pareille ?

Ces dernières années, malgré la guerre, Gertrud avait continué de grossir. Elle n'appréciait pas du tout que Felicia fût revenue à Lulinn. Elle scruta sa nièce, cherchant à deviner le secret de l'éclat de ses cheveux bruns, alors que les siens restaient désespérément filasse et jaunâtres.

— Victor est l'héritier. Il peut faire ce qu'il veut, répliqua-t-elle. Il avait besoin d'argent pour investir dans les emprunts de guerre.

— Les emprunts de guerre ! railla Felicia. Il n'a rien trouvé de plus astucieux.

— Ne sois pas insolente ! Le gouvernement a financé cette guerre presque entièrement grâce aux emprunts et c'était un devoir patriotique de…

— Arrête de parler de devoir patriotique ! Oncle Victor a probablement voulu se donner bonne conscience, pendant que d'autres se faisaient tuer au front.

Gertrude se hérissa de colère.

– Comment oses-tu dire une chose pareille? Victor avait d'importantes responsabilités. Il devait entretenir Lulinn et...

– Mon Dieu! Entretenir Lulinn! Si au moins il l'avait fait. Même là, il a échoué. Je me demande vraiment ce qu'il a manigancé ces quatre dernières années.

D'une certaine façon, Victor se posait aussi la question. Il était au bord du gouffre, criblé de dettes, et fort mécontent que l'impertinente Felicia eût débarqué en exigeant de jeter un œil sur les livres de compte. Il s'en serait sorti avec Jo, mais Felicia ne se laissait pas amadouer par la gentillesse, ni effrayer par les menaces. Seule Linda se montrait bienveillante envers lui. Des heures durant, il lui tenait des discours politiques, s'indignant du «diktat honteux» de Versailles, qui avait été signé en juin et forçait l'Allemagne à reconnaître la responsabilité du conflit et à accepter le coût des réparations.

– Nous devons nous révolter! fulmina Victor, qui n'avait jamais tenu une arme de sa vie.

– Bien sûr, pour qu'il y ait davantage de morts! répliqua aussitôt Felicia. Pour que l'Europe connaisse une misère encore plus grande! Tu ne peux pas savoir comme j'en ai assez de tes âneries!

Elle claqua la porte derrière elle. Dans le hall, épuisée, elle s'assit sur la dernière marche de l'escalier et se prit la tête entre les mains. Elle était convaincue qu'il était possible de sauver Lulinn. Mais il fallait quelqu'un pour diriger le domaine. Victor en était incapable et Laetitia, trop âgée. Il fallait aussi rembourser les dettes.

Jo s'était approché en silence. Il s'assit à côté de sa sœur.

– Je ne te suis pas d'un grand secours, n'est-ce pas?

Elle sourit et posa une main sur la sienne.

– Nous sommes tous les deux impuissants, Jo. Nous n'avons pas appris à diriger un domaine comme Lulinn.

– Tu veux absolument le garder?

– Oui. Et pas seulement pour des raisons sentimentales. Je crains vraiment pour notre avenir. J'ai divorcé d'Alex; de toute façon, sa fabrique faisait faillite. Papa nous a laissé de l'argent, mais on prévoit une terrible inflation. Notre argent risque bientôt de ne plus rien valoir du tout. Il ne nous resterait que Lulinn. Je dois penser à Belle. Et à Nicola. Et puis, il y a maman, grand-mère, toi, Linda et votre enfant. Nous ne pouvons pas tous mourir de faim!

Felicia parlait avec ferveur, mais elle ne décelait aucune énergie dans le regard abattu de Jo, seulement de la pitié et de l'inquiétude. Il resta longtemps silencieux avant d'ajouter :

– Felicia, je ne peux pas t'aider. Si tu désires que je reste à Lulinn, je le ferai. Sinon, j'aimerais…

– Quoi?

– J'aimerais aller à Berlin. Avec l'argent que nous a laissé papa, je pourrais m'inscrire à l'université.

Felicia en eut le souffle coupé : la situation était dramatique et Jo songeait à gaspiller son temps avec des livres poussiéreux!

– Je sais que tu me prends pour un dingue, mais c'est mon rêve le plus cher. Je veux oublier l'enfer que j'ai connu. J'ai envie de retrouver les livres, les amphithéâtres… (Felicia s'empourpra.) Je veux fréquenter des étudiants, des professeurs, des gens qui se servent de leur intelligence au lieu de se tirer dessus. Comprends-moi, j'ai besoin d'une nouvelle image de l'humanité, sinon je vais devenir fou.

Felicia hocha la tête.

– Je souhaiterais devenir avocat. Je sais que je peux être un bon juriste. En attendant, Linda et Paul pourront habiter chez mes beaux-parents. Mais si tu as besoin de moi ici…

– Non. Va à Berlin. Et deviens un brillant avocat.

Il est fou, pensa-t-elle. Mais il tombera malade si je le retiens. De toute façon, il n'est jamais bon de forcer les gens contre leur gré.

Ce fut l'un des rares instants dans sa vie où son amour l'emporta sur son égoïsme. Elle l'embrassa sur la joue.

– Je me débrouillerai très bien toute seule. Ne t'inquiète pas.

– Bien sûr que je m'inquiète pour toi.

– C'est inutile ! fit-elle en se levant d'un bond.

Habituée à afficher une expression adaptée à chaque circonstance, elle se montra pleine d'entrain.

– Je suis maligne, tu sais. J'ai déjà trouvé une solution et nous nous en tirerons très bien.

Jo soupira. Felicia était douée, mais elle n'était pas parfaite : son sourire n'avait pas égayé ses yeux.

Elle a peur et je suis un sale égoïste, pensa-t-il. Mais, avant qu'il pût ajouter un mot, elle avait déjà franchi la porte d'entrée et traversait la cour ensoleillée en direction des chevaux.

Ce soir-là, Benjamin Lavergne, venu en visite de sa propriété de Skollna, se promenait avec Modeste qui portait un chapeau de paille absurde et ne cessait de ricaner. Il ne l'écoutait pas. Depuis son retour de la guerre, il avait pris l'habitude de se réfugier dans ses pensées. Ils remontaient l'allée de chênes de Lulinn quand Modeste s'écria :

– Tiens, voilà Felicia!

Cinq années s'étaient écoulées depuis cette soirée où il l'avait embrassée, mais, en la voyant, il comprit aussitôt que, pour lui, rien n'avait changé. Felicia était appuyée contre la clôture et caressait un cheval. Une rose était épinglée dans l'échancrure de sa robe grise et la lumière du soleil couchant donnait des reflets roux à ses cheveux. Benjamin eut l'impression d'être ensorcelé. C'était bien sa Felicia, l'unique et pourtant si différente. Le visage amaigri, l'air plus sérieux, le regard plus éveillé, presque avide, plus distant aussi. Elle était belle, plus belle qu'autrefois, elle représentait tout pour lui, et il n'en serait jamais autrement.

Felicia sourit.

– Benjamin Lavergne, c'est bien toi!

Elle se réjouissait sincèrement de revoir son ami d'enfance. Bien sûr, il avait vieilli, il approchait de ses trente ans, mais il n'aurait jamais l'air d'un homme. Cependant, il était franc comme l'or, profondément honnête et doux comme un agneau. Un homme sans complications, songea Felicia.

– Comment va ton frère? demanda-t-elle. Et Skollna?

– Albrecht est tombé en 1916 à la bataille de Skagerrak.

– Oh... Je suis désolée...

– Notre génération est pleine de vides, murmura Benjamin. Mais notre vie à Skollna est encore meilleure qu'avant la guerre.

Lorsque Felicia lui prit le bras, un frisson parcourut le jeune homme.

– Tu vas me raconter ce qui s'est passé ces dernières années, dit-elle en souriant.

– Benjamin était sur le front de l'est, lança Modeste. Il a été décoré pour son courage en 1916. En Roumanie, n'est-ce pas?

– Oui, oui.

Modeste lui jeta un regard méfiant. Il avait rendez-vous avec elle, et voilà qu'il dévorait Felicia des yeux! Cette chipie était toujours si élégante. Elle décida sur-le-champ d'acheter la même robe… Exaspérée, elle se rappela que Benjamin était un homme pétri du sens de l'honneur.

– Tu ne sais pas encore par où la pauvre Felicia est passée, fit-elle, perfide. Tu te rends compte, elle a divorcé il y a six mois! Les gens ne parlent plus que de ça. Une femme divorcée n'est plus digne d'être reçue en société…

Satisfaite, elle contempla le visage décontenancé de Benjamin. Qu'il sache seulement de quoi était capable la belle Felicia!

Felicia et Benjamin se marièrent en septembre 1919, ce qui agita bien plus la région d'Insterburg que la révolte polonaise en Haute-Silésie ou la réforme financière d'Erzberger. Benjamin Lavergne épousait une femme divorcée avec un enfant – une situation bien compromettante.

Les deux familles réagirent vivement. Les parents de Benjamin furent horrifiés : une bru divorcée avec un enfant! Cependant, devant l'amour fou de leur fils, ils capitulèrent, conservant malgré tout pour Felicia une extrême méfiance.

Elsa fut surprise et effrayée, car elle avait espéré qu'à la suite de son divorce Felicia mènerait une vie paisible et retirée. Mais voilà qu'elle se présentait déjà devant l'autel au bras d'un second mari, tandis que sa fille âgée d'un an, née d'une troisième union, était assise au premier rang.

Victor et Gertrud, qui avaient espéré que Benjamin épouserait Modeste, s'indignaient à voix haute et prédisaient la fin rapide de cette union – et un réveil brutal pour Benjamin.

Jo, désormais jeune étudiant en droit, serra sa sœur dans ses bras.

– Es-tu certaine de ta décision? murmura-t-il.

Et Linda, qui n'allait jamais au-delà des apparences, regardait le visage rond du marié avec étonnement.

Laetitia était la seule qui comprenait Felicia. Avant le mariage, elle avait veillé à ce que sa petite-fille bénéficiât d'une réputation irréprochable aux yeux de son fiancé.

– Son mari l'a quittée à cause du bébé, avait-elle confié à Benjamin. Il ne voulait pas d'enfants.

Elle s'était tue, l'air préoccupé, tandis que le jeune homme blêmissait. Quel homme détestable, cet Alex Lombard! Felicia avait d'autant plus besoin d'un époux qui l'aimât profondément, veillant sur elle et tâchant de lui faire oublier sa déception. Les yeux clairs de Benjamin scintillaient comme des lacs paisibles sous le soleil.

Personne ne m'a jamais aimée de manière aussi pure et absolue, pensa soudain Felicia, et son malaise fut si grand qu'elle détourna la tête. Benjamin se méprit en pensant qu'elle essayait de cacher son émotion. Pour lui, cette journée marquait le commencement d'un conte de fées. Quand Felicia lui souriait tendrement, il n'aurait jamais imaginé qu'elle pût penser au même moment : si seulement il était un tant soit peu viril! Si seulement je pouvais éprouver un peu de respect pour lui! C'est un gentil garçon, mais il est à pleurer d'ennui.

Peu de temps après, le mariage connut quelques troubles que Benjamin n'avait pas envisagés. Tout d'abord, il estimait que Felicia passait une grande partie de son temps à Lulinn et non à Skollna, téléphonant souvent le soir pour lui annoncer qu'elle restait dormir.

« Il fait déjà nuit et il fait froid », disait-elle ou encore : « Laetitia ne se sent pas bien. Il vaut mieux que je reste auprès d'elle. » Dans ces moments-là, elle était très affectueuse, elle appelait Benjamin « chéri » ou « trésor », mais il savait que ce n'était pas la vie normale d'un couple marié. Avec prudence, il lui exposa son point de vue :

– Je t'aime, Felicia. Cela m'attriste que nous passions si peu de temps ensemble.

– Moi aussi je t'aime, Benjamin. Mais je suis si inquiète pour Lulinn. Tu sais bien, oncle Victor…

Évidemment. Victor créait beaucoup trop de soucis à la pauvre Felicia. C'est pourquoi, à la demande de sa femme, il avait volontiers accepté de rembourser les dettes de Victor.

– Autrement, il nous mènera à la ruine, avait-elle déclaré. Et tu récupéreras sûrement ton argent.

– Il n'y a pas d'urgence. Et je te prie de ne pas me parler d'intérêts. Je ne désire pas être en affaires avec ta famille.

Pas un instant, il n'avait soupçonné la teneur de la conversation qui avait suivi entre Felicia et Victor.

– Écoute-moi bien, avait-elle déclaré froidement à son oncle. J'ai ici un chèque de Benjamin qui te permettra de régler tes dettes, mais je n'ai évidemment pas agi par charité. Je veux que Lulinn reste libre de charges et je ne veux pas que tu mettes la propriété en vente.

C'est pourquoi j'ai rédigé un document que tu vas signer, dans lequel tu t'engages à ne pas vendre Lulinn pendant les cinq ans à venir, hormis à Benjamin ou à moi-même.

– C'est du chantage!

– Non. Si tu ne veux pas accepter mes conditions, tu peux aussi emprunter de l'argent à la banque.

Victor hésita. Felicia sourit, sachant qu'aucune banque ne lui faisait plus crédit.

– Je peux aussi vendre Lulinn tout de suite, protesta-t-il. Et régler ainsi mes dettes.

– Oui, mais de quoi vivras-tu ensuite? Tu rêves de Berlin, n'est-ce pas? Là-bas, il y a le chômage et une pénurie de logements. Seuls les plus futés survivent, et nous savons tous les deux que ce n'est pas l'une de tes qualités.

Victor parcourut le document.

– Qu'est-ce que cela veut dire? Le régisseur de Skollna s'occupera également de Lulinn? Et en échange vous garderez vingt-cinq... (il eut le souffle coupé) vingt-cinq pour cent des gains? Tu es tombée sur la tête?

– Non. La mainmise de Benjamin sur Lulinn est la garantie pour le prêt qu'il te donne. Mais tu n'es pas obligé de signer.

Finalement, Victor avait signé, presque soulagé. Non seulement il était libéré du fardeau de ses dettes, mais il se débarrassait de Lulinn. Bien sûr, Felicia était un monstre, et il était choqué de voir cette gamine de vingt-trois ans essayer de l'évincer. Mais peut-être la chance pouvait-elle un jour tourner?

Le profond attachement de Felicia à Lulinn était le premier des problèmes de Benjamin. Le second concernait l'autre partie de leur relation qui aurait dû se dérouler, la nuit, dans l'intimité de la chambre à coucher.

Le besoin de tendresse de Benjamin était insatiable et la seule pensée de Felicia provoquait chez lui une extrême excitation.

Je pourrais porter des bigoudis et m'enduire le visage de crème sans pour autant le décourager, songeait-elle parfois, exaspérée.

Elle trouvait lassant de devoir toujours inventer de nouvelles excuses, et Benjamin s'aperçut qu'elle ne le tolérait que les lèvres fermées et le visage détourné. Il s'interrogeait souvent, inquiet, car il se savait doux, patient et attentionné.

Mais il ne la connaissait pas. Il ignorait qu'elle restait souvent éveillée près de lui jusqu'à l'aube, fixant le plafond, ressassant ses pensées sans se comprendre elle-même. Sa propre répugnance et sa froideur l'effrayaient. Elle n'aimait pas Benjamin, mais elle ne voulait pas le faire souffrir. Elle aurait été soulagée de le voir heureux, mais elle ne parvenait pas à faire son bonheur. Grâce à lui, il avait été facile de sauver Lulinn, mais le destin semblait exiger son tribut après coup. Elle resterait enchaînée toute sa vie à ce grand garçon.

Pendant les longues nuits, sombres et glaciales, de ce début d'année 1920, Maksim lui manquait affreusement. Et, à sa grande surprise, elle eut fréquemment la nostalgie d'Alex. Elle se reprochait d'être ingrate envers l'homme qui, après toutes ces années dramatiques, lui apportait enfin la tranquillité.

Un jour elle comprit soudain que, justement, elle ne voulait pas la paix. Elle voulait se mesurer aux hommes qu'elle aimait, connaître avec eux le jeu des victoires et des défaites, batailler avec quelqu'un qui la dominait tout comme elle le dominait. Alex et Maksim avaient répondu à ce besoin, chacun à leur manière, mais elle ne le comprenait que trop tard.

21

En novembre 1920 naquit son second enfant, une fille qu'on prénomma Susanne, comme la mère de Benjamin.

Felicia, qui n'avait pas songé à avoir un autre enfant, se donnait beaucoup de mal pour la traiter au moins avec bienveillance.

Le bébé n'était pas responsable de son malheur. Pourtant, bien qu'elle fît de son mieux, elle n'arrivait pas à éprouver les mêmes sentiments que pour Belle. À deux ans, sa fille aînée, avec ses yeux gris et ses cheveux foncés, était d'une beauté ensorcelante et, malgré elle, Felicia contemplait toujours avec émotion cette enfant conçue dans le péché, qui lui rappelait la Russie, la révolution, la neige et l'amour. La fille de Benjamin, en revanche…

Après la naissance de l'enfant, elle devint encore plus irritable et impatiente. Que devait-elle faire ? Tous les jours, elle échafaudait de nouveaux projets : elle voulait partir pour Berlin ou Munich, gagner clandestinement Petrograd et revoir Maksim, ou encore rejoindre l'Amérique, comme Alex. Elle voulait faire quelque chose d'insensé, n'importe quoi pour échapper à ses tourments. Elle avait vingt-quatre ans et Skollna, cette demeure lugubre avec ses vastes pièces dépourvues du charme et de l'animation de Lulinn, ne pouvait en aucun cas être sa dernière étape. À Skollna, on parlait doucement, de façon civilisée, on souriait au lieu d'éclater de rire. Seul le bébé criait, et chaque fois, Felicia sursautait. *Voilà mon avenir! Je vais éduquer les enfants de Benjamin, et un jour, moi aussi, je marcherai sur la pointe des pieds, je parlerai à voix basse, et je prendrai le thé avec ma belle-mère en écoutant ses commérages sur les voisins.*

Puis, en janvier, arriva une lettre de Kat.

— Je ne comprends pas, dit Benjamin, profondément blessé, pourquoi tu dois encore t'occuper de Munich et des affaires du mari dont tu as divorcé. Tu habites ici à présent, tu es mon épouse, et tu ne devrais plus avoir aucun souci!

Felicia, la lettre de Kat à la main, se tourna vers lui.

— Kat me demande de l'aider. Essaie de comprendre. Nous avons été très amies pendant des années.

— Mais tu ne peux pas l'aider! Elle raconte que la fabrique de son père est peu à peu rachetée par...

— Wolff. Tom Wolff.

— Qu'espère-t-elle de toi? Tu ne peux pas tenir tête à cet homme.

— Kat pense que, justement, je le peux. Écoute, son vieux père est très malade. Son frère a disparu. L'homme qu'elle voulait épouser n'est pas revenu de France. Elle est seule. Cette lettre est un appel au secours.

Cela avait dû beaucoup coûter à Kat de lui écrire. La situation, en effet, se présentait mal. Mais Felicia n'avoua pas que ce n'était pas par noblesse de cœur qu'elle voulait partir pour Munich. Elle s'accrochait à cette lettre comme une noyée à un fétu de paille, c'était son billet vers la liberté, son retour à la vie.

— Ton amie Kat peut venir nous rejoindre ici, reprit Benjamin. Nous avons une grande maison. Elle est la bienvenue.

– Elle aimerait que je l'aide à contrer Wolff.

Perplexe, il la contemplait d'un air désespéré. Munich – mais c'était au bout du monde!

– Tes enfants. Tu ne peux pas les laisser seules.

– Elles ne sont pas seules. Susanne restera ici, ta mère s'occupera d'elle. Et Belle ira chez grand-mère à Lulinn.

– Tu as déjà tout arrangé?

– Oui. Et tout se passera comme je le désire.

De cela, Benjamin ne doutait pas. Dans le regard de Felicia brillait un éclat métallique. Soudain, il repensa aux paroles de sa mère avant le mariage : «Tu commets une erreur. N'oublie pas qu'elle a déjà eu un mari avec qui cela s'est mal passé, et même si elle te semble angélique, sois assuré qu'elle a sa part de responsabilité dans ce divorce. Elle n'a pas été abandonnée. Elle ne le reconnaîtra jamais, mais elle cache un secret, et il est entaché de péché.»

Benjamin avait fait la sourde oreille, car sa mère était une bigote qui parlait sans cesse de «péché» et de «déshonneur». Or, pour la première fois, il fut traversé par le doute. Il fit une dernière tentative, s'efforçant de montrer cette détermination masculine dont on parlait dans les livres.

– Je ne veux pas que tu partes. Je... je te l'interdis!

Elle ne lui accorda même pas la grâce de se mettre en colère, se contentant d'un sourire.

– As-tu déjà entendu parler de l'émancipation des femmes?

Benjamin, qui en avait entendu parler, se tut.

Felicia fit un détour par Berlin pour voir sa mère. On était au mois de février, l'air était froid et humide, mais elle se sentait aussi vivante que si elle avait bu du champagne. Elle s'était commandé de nouvelles robes à Insterburg, d'après les patrons du magazine *Styl*, et elle en portait une à son arrivée à Berlin. C'était une robe en lainage fin de couleur émeraude, qui tombait droit jusqu'aux genoux, dévoilant ses jambes. Ainsi vêtue, elle avait gagné une nouvelle silhouette : la taille ne se voyait plus, les seins étaient gommés et les hanches plus anguleuses. En descendant du train, Felicia s'était aperçue que les Berlinoises avaient également libéré leurs corps, elles étaient plus belles que jamais. Depuis la guerre, les femmes s'étaient débarrassées de leur allure féminine, futile et coquette. Comme elles avaient dû assumer des métiers d'hommes, elles connaissaient leur valeur, leur intelligence. Et, désormais, elles avaient le droit de vote.

Bien entendu, Berlin cachait aussi une autre facette. La crise n'était pas terminée : il y avait peu à manger, on faisait la queue devant les magasins, les rues étaient pleines de mendiants, d'enfants en haillons, d'anciens combattants hagards aux membres amputés. La peur et l'inquiétude n'avaient pas disparu. On parlait de l'inflation galopante, de la montée des forces de droite qui, depuis le putsch de Kapp l'année précédente, représentaient une véritable menace. Deux époques se mêlaient, et au cœur de cette fusion soufflait un vent dangereux.

Malgré les reproches voilés de sa mère, Felicia savourait la vie à Berlin. Elsa ne comprenait pas pourquoi elle n'était pas restée auprès de son mari et de ses enfants, et n'appréciait pas davantage la joie de vivre de sa fille. Elle fut choquée de l'entendre rentrer un soir à quatre heures et demie du matin, bien que Felicia se défendît en prétendant que Jo avait été un parfait chaperon.

Son frère avait longuement hésité avant de l'emmener dans un bar pour étudiants où, vers minuit, deux filles à moitié dévêtues s'étaient mises à danser sur les tables. Un peintre barbu avait posé la main sur le genou de Felicia, déclarant qu'il n'avait jamais vu des yeux comme les siens et qu'il devait les peindre. Felicia avait éclaté de rire. Puis, elle s'était retrouvée près du piano, chantant la chanson la plus mélancolique et la plus populaire de la guerre. « Les vieilles rues sont là, les vieilles maisons sont là, mais les vieux amis ne sont plus… » Un étudiant avait éclaté en sanglots et lui avait demandé de l'épouser, et l'aubergiste, bouleversé, avait offert une tournée de bière. Pour la première fois depuis longtemps, Felicia avait eu le sentiment de vivre.

– Est-ce que tu m'emmènes à Munich? demanda Nicola dans l'après-midi, alors que Felicia venait de se réveiller.

Nicola habitait chez Elsa, mais elle avait quatorze ans et la présence de sa tante, triste et silencieuse, l'oppressait.

Elsa donna son accord, non sans y ajouter de longues recommandations.

– Munich est une ville turbulente. Je ne veux pas que Nicola devienne indisciplinée.

Felicia et Nicola jurèrent haut et fort que cela n'arriverait pas. Et, au mois de mars, alors que des soulèvements socialistes éclataient à nouveau, elles partirent pour Munich.

Tom Wolff avait su que, tôt ou tard, Felicia viendrait. En dépit de son arrogance, elle ne pouvait pas l'éviter.

Convoqué par la jeune femme à dix heures dans la Prinzregentenstrasse, il mit un point d'honneur à se présenter vers onze heures et demie. Repensant aux nombreuses occasions où on l'avait renvoyé comme un malpropre, il éprouvait une telle satisfaction qu'il sifflota en gravissant les marches de la demeure.

– Quatre-vingts pour cent de la fabrique m'appartiennent, annonça-t-il d'emblée.

Felicia savait déjà par Kat qu'il possédait presque toute l'entreprise. Elle commenta son retard par un froncement de sourcil et un silence plein de dignité. Wolff ricana. Bon sang, cette femme était un sacré morceau!

– Aimeriez-vous boire quelque chose? demanda-t-elle.

– Vous me surprenez. J'ai rarement eu le bonheur d'être un invité ici.

– Un whisky?

– Volontiers.

Elle lui tendit un verre qu'il leva en son honneur.

– À une collaboration fructueuse, Felicia… Comment vous appelez-vous maintenant?

– Lavergne. Felicia Lavergne.

– Wolff et Lavergne! Ça sonne bien.

– Je préférerais Lavergne et Wolff, corrigea-t-elle.

– Le jour où vous détiendrez la moitié des parts, si vous parvenez à en récupérer trente pour cent, je vous laisserai faire.

– Ainsi, vous êtes disposé à une collaboration?

– Bien sûr. Si Severin vous autorise à reprendre ses affaires. Et si vous êtes assez audacieuse…

– Severin va me donner sa procuration. Et en ce qui concerne ma détermination, n'en doutez pas.

Très à son aise, Wolff sirota son whisky.

– J'aimerais savoir pourquoi vous voulez sortir cette charrue de la boue. Vous n'avez plus rien à voir avec les Lombard, et d'après mes renseignements, vous vous êtes pas mal débrouillée. N'êtes-vous pas une femme comblée?

– Cela me regarde.

– Vous voulez en remontrer à votre ancien mari, n'est-ce pas? À l'époque, quand vous lui avez demandé son aide, il vous l'a refusée. Vous vous êtes réfugiée dans le nid douillet d'un autre mariage, mais vous n'avez pas trouvé la sérénité. La paix ne vient pour vous qu'après la victoire.

– Ne racontez pas de sottises! Mon ex-mari m'est parfaitement indifférent.

– Ce n'est pas vrai. Vous êtes folle de lui. Cela a toujours été évident. C'est encore ainsi aujourd'hui, et il n'en sera jamais autrement.

– Vous dépassez les bornes!

– En effet. Le vernis mondain m'a toujours semblé trop lisse. Moi, je m'en fiche, j'ai de l'argent et celui qui en a peut se permettre d'avoir de mauvaises manières. Cela m'amuse grandement de sonder votre âme noire, Felicia Lavergne. Votre culot a quelque chose de très stimulant. Comme lorsque vous êtes revenue à Munich vous confronter à votre mari en état de grossesse avancée... Qui est l'autre homme de votre vie? Sûrement pas celui que vous avez épousé, n'est-ce pas? Des femmes comme vous aiment des hommes dont elles ne reçoivent rien en retour – excepté de temps à autre un charmant petit bâtard. Pauvre Felicia, vous êtes excessive en tout. C'est ce qui rend notre affrontement si passionnant.

Felicia l'avait écouté sans ciller.

– En avez-vous terminé? demanda-t-elle froidement.

Wolff reposa son verre, vide.

– Avec vos secrets? Pour aujourd'hui, oui. Nous pouvons en venir aux affaires.

La voix de Felicia se fit tranchante comme du verre.

– Dieu soit loué, je n'osais même plus l'espérer! (Elle s'assit et croisa les jambes.) Severin m'a dit que nous ne vendions presque plus rien.

– Évidemment. Qui veut encore acheter des uniformes?

– Vous voulez dire que nous continuons à fabriquer des uniformes? Mais c'est insensé!

– En effet. C'est pourquoi nous allons droit à la faillite.

– Je me demande…

– … pourquoi je laisse faire? Un calcul simple. Je survis à la banqueroute, avec quelques pertes bien entendu. Severin, lui, n'y survit pas. Il doit donc me vendre les parts qui lui restent, et moi, j'obtiens ce que je veux. Ensuite, je remettrai facilement l'entreprise sur pied.

– C'est bien réfléchi. Mais maintenant que je suis là, les choses vont se compliquer, même si je n'ai que peu de titres à ma disposition.

– Quelle idée vous trotte dans la tête?

– Nous devons transformer toute la production. Nous ne ferons plus d'uniformes, mais de la mode. Et, plus précisément, une mode exclusive, de la haute couture. Ce qu'il y a de plus beau et de plus cher. Pour les femmes très riches.

Wolff l'observait d'un air attentif.

– Une mode destinée à la classe supérieure? Mais pourquoi excluez-vous les classes moyennes? Trouvez-vous cela intelligent?

– Je crois que les années à venir vont être difficiles, et dans ces moments-là, les classes moyennes sont celles qui souffrent le plus. Il vaut mieux parier sur les riches, les profiteurs de la guerre qui veulent faire étalage de leur argent. Quand la situation sera meilleure, nous pourrons évoluer.

— Nous aurons besoin de tissus chers.

— L'argent sera bien investi. J'ai des idées pour des robes de journée, des robes du soir, des tailleurs, des manteaux, peut-être aussi des maillots de bain et des tenues de plage. Nous utiliserons du coton, du tweed, du jersey, de la soie, du crêpe de Chine, du satin, du brocart et du lamé. Il faudra essayer d'avoir toujours de l'avance sur le goût du jour. Nous tâcherons d'être plus singuliers, plus provocants que nos concurrents. Des couleurs lumineuses, des coupes audacieuses…

— J'ai compris, l'interrompit Wolff. Nous aurons besoin d'excellents modélistes.

— Je m'en occupe. Ils ne seront sûrement pas difficiles à trouver.

— Non, mais ce sera coûteux.

— Il est important de travailler tous les deux dans le même sens, insista-t-elle.

Wolff ricana.

— Qui aurait pensé que j'entendrais un jour ces mots de votre bouche? La demoiselle Felicia Degnelly et le paysan Tom Wolff, main dans la main. Voilà le signe des temps nouveaux! Pour vous autres là-haut, l'air s'est raréfié. Vous redescendez sur terre.

— Dois-je comprendre à votre bavardage que vous rejetez mes projets ou que vous les soutenez?

Wolff feignit de réfléchir, puis, il se leva et se mit au garde-à-vous.

— À vos ordres, madame! Je suis votre serviteur dévoué. Je prends fait et cause pour vous. Financièrement aussi.

Felicia se leva à son tour, l'air méfiant.

– Pourquoi? Je m'étais préparée à une lutte sans merci, or vous ne me créez aucune difficulté.

– Dans la situation actuelle, je pourrais facilement vous liquider en deux mois, mais qu'y gagnerais-je? Non, je vous remets d'abord sur pied et, ensuite, la bataille commencera. Œil pour œil.

– Qu'est-ce que vous haïssez autant? demanda-t-elle, intriguée.

– Je rends coup pour coup, c'est tout, dit-il en prenant son chapeau. Et j'attends toujours la réalisation de mes désirs.

– Vous en avez encore? ironisa-t-elle.

– Un seul. Celui que nous éprouvons tous. L'amour! J'attends Kassandra, et je l'aurai. Un jour, chère Felicia, nous formerons tous une grande famille. Je vous souhaite une belle journée.

Il sortit en sifflotant.

22

Macha Ivanovna comptait peu d'amis dans le parti. De façon paradoxale, c'était à cause de son zèle, de sa rigueur et surtout de sa parfaite intégrité. Elle n'était pas une femme que l'on pouvait corrompre. Et elle était ambitieuse. Si ambitieuse que l'on se demandait jusqu'où elle pouvait aller.

Les trois hommes, réunis par un chaud après-midi de juin 1921 dans un petit appartement sombre de Petrograd, faisaient partie du Comité de révision de la Ville. Ils s'étaient secrètement donné rendez-vous afin de discuter de sujets qui n'étaient pas destinés à toutes les oreilles. La conversation se porta sur Macha.

— Maria Ivanovna, fit l'un d'eux, jouant avec un crayon et contemplant ses deux camarades, les yeux plissés. Est-ce qu'elle est encore avec Marakov?

— Oui. L'homme qui doute. Il n'est pas sans danger. Il remet sans cesse nos idéaux en question.

— Ivanovna, elle, ne le fait jamais!

— Mais elle est un obstacle. (L'homme qui jouait avec le crayon se leva.) Cette année, elle a créé des difficultés à plusieurs camarades. Elle ne supporte pas que quelqu'un essaie de la dépasser.

L'un des camarades, un petit homme bedonnant avec des sourcils touffus et un nez aplati, esquissa un sourire furtif. Celui qui parlait d'elle avec tant d'amertume aurait bien aimé prendre sa place à une époque.

– La question est de savoir si nous avons quelque chose contre elle, lança-t-il.

Son camarade tordit nerveusement le crayon.

– Je pense qu'on pourrait concevoir quelque chose. Au pis en utilisant Marakov... Il est une tache noire sur la réputation immaculée de Maria Ivanovna. Il faudrait en parler à Djougachvili.

– Est-ce qu'il pourra nous aider?

– C'est un spécialiste de ce genre de problèmes. Et une future personnalité. Par ailleurs... (le crayon tomba par terre) il faudra nous habituer à ce que le camarade Jossif ne s'appelle plus Djougachvili. On le nomme désormais Joseph Staline.

– Adolf Hitler, lut Nicola.

Le nom était inscrit sous un portrait fixé sur une colonne d'affiches : un homme aux cheveux foncés, avec des yeux rapprochés et une curieuse moustache carrée.

– Qui est-ce? ajouta-t-elle.

– Le président du NSDAP.

La voix de Martin Elias, qui l'accompagnait, sembla si étrange qu'elle le regarda d'un air surpris.

– Et alors?

– Ce parti est un ramassis d'ordures, expliqua Martin. Et il devient trop influent en Bavière. Il y a deux ans, Munich était encore la ville de la bohème, aujourd'hui, c'est celle de l'agitation nationale-socialiste.

Nicola hocha la tête. Avec Martin, elle avait toujours l'impression d'être une petite sotte. Non seulement parce qu'à vingt-cinq ans, il avait presque dix ans de plus qu'elle, mais aussi parce qu'il parlait toujours de politique, de philosophie, et qu'il semblait tout savoir. Nicola lui était littéralement tombée dans les bras en allant à l'école. Comme toujours, elle était en retard et, perdue dans ses pensées, elle n'avait pas vu le jeune homme qui avançait vers elle. Il s'était écarté, mais elle l'avait heurté et ses livres étaient tombés.

— Vous avez de la chance que je ne sois pas un tram! avait-il plaisanté en l'aidant à ramasser ses affaires.

Elle avait découvert un visage pâle d'intellectuel, des yeux verts, des cheveux sombres, des mains étroites et sensibles. De son côté, en l'observant, il avait éprouvé la même émotion que la plupart des hommes face aux femmes de la famille : il avait été envoûté par ses yeux gris.

— Voulez-vous prendre un café? avait-il proposé.

Nicola avait pensé à son cours de français, mais la journée était trop belle pour la gaspiller à conjuguer des verbes irréguliers.

— Volontiers, avait-elle répondu, sachant d'emblée qu'elle allait tomber amoureuse de lui.

Ils étaient devenus amis, d'une manière chaste qui semblait naturelle à Martin, mais qui frustrait Nicola. Elle avait hérité du tempérament romantique et sensuel de sa mère et Martin ne répondait à aucun de ses désirs secrets.

— Est-ce que tu m'aimes? lui demanda-t-elle un jour.

Martin eut un sourire en coin, comme s'il avait deviné ses pensées.

— Bien sûr, petite, mais tu n'as que seize ans!

Avec lui, Nicola découvrait un autre monde. Martin Elias était le fils d'un banquier juif munichois, mais il ne semblait pas vouloir suivre les traces de son père. Il habitait le quartier des artistes de Swabing. Il s'était battu en 1919 pour la République des conseils aux côtés de poètes comme Eisner, Fechenbach et Toller, et avait échappé de justesse à une arrestation.

Il emmenait Nicola passer de longues soirées dans des cafés avec ses amis où ils évoquaient, mélancoliques, une époque révolue. À la fois impressionnée et fascinée, Nicola les écoutait, les yeux écarquillés. Ils parlaient d'œuvres qui s'intitulaient *Le Crépuscule de l'humanité* ou *La Fin du monde*, ils lançaient des phrases comme : « On ne peut ressentir la beauté qu'en étant conscient de sa propre ruine. » Ou encore : « La vie est faite de plaisanteries cruelles et infâmes. »

On percevait chez eux les réminiscences de l'ardeur révolutionnaire. Le meilleur ami de Martin, un étudiant en musique aux cheveux blonds, à la mine blafarde, qui ne daignait pas accorder un regard à Nicola, soutenait la théorie qu'un désir destructeur était un désir créateur. Il ne se passait pas une soirée sans qu'il ne citât les paroles de son maître adulé, Gustav Landauer, s'adressant aux poètes de 1918 : « Nous avons besoin du printemps, de l'ivresse, de la folie, nous avons besoin encore et toujours de la révolution, nous avons besoin des poètes ! »

Ces soirées donnaient le vertige à Nicola qui s'endormait souvent en pleurant, se sentant exclue, stupide et inculte. Le lendemain matin, au petit-déjeuner, elle apparaissait épuisée, les yeux cernés, et faisait la sourde oreille aux remontrances inquiètes de sa cousine Felicia.

Heureusement, Felicia était très occupée par ses dessins de mode; elle n'avait ni le temps ni la patience de contrôler la vie des autres. Nicola préférait ne pas imaginer ce qui serait arrivé si sa cousine lui avait interdit de fréquenter Martin. Elle avait besoin de lui. Lorsqu'ils étaient ensemble, elle se sentait heureuse, comme en cette journée d'août, où ils se promenaient main dans la main, le soleil chauffant leurs visages. Nicola espérait que Martin n'allait pas lui tenir un discours sur les objectifs et les arrière-pensées du NSDAP.

— Viens-tu ce soir au Bistro Latin? s'enquit-il.

— J'aimerais tellement passer une soirée seule avec toi, soupira-t-elle. Pourquoi est-ce qu'il faut toujours que tes amis soient présents? Ils ne m'aiment pas.

— Bien sûr qu'ils t'aiment! Et ils t'écouteraient si tu parlais de temps à autre. Tu as vécu la révolution russe. On serait très intéressés par ton expérience.

— Je ne sais pas si je dirais ce que vous voulez entendre. Pour vous, la révolution est une déesse. Moi, elle m'a pris tout ce que j'avais.

Martin l'observa, l'air grave, puis, pour la première fois, il l'embrassa doucement sur les lèvres.

— Bon, ce soir, nous irons dîner seuls. Tous les deux.

Elle était aux anges. Au même instant, ils sursautèrent en entendant la voix stridente d'un vendeur de journaux :

— Édition spéciale! Édition spéciale! Erzberger assassiné par l'extrême droite! Le président du Reich déclare l'état d'urgence! Erzberger est mort!

Martin lui arracha un journal. Le sang s'était retiré de son visage.

— Voilà l'époque vers laquelle nous allons, lança-t-il.

Les affaires étaient florissantes. Alors que la fabrique Lombard avait été au bord de la faillite au début de l'année, elle réussissait de manière brillante en ce mois de décembre. Felicia ne se faisait pas d'illusions : c'était grâce aux apports financiers de Wolff. Sans ses capitaux, ils n'auraient jamais pu adapter aussi vite les chaînes de production.

– Est-ce que nous pourrons nous permettre d'avoir autant d'ouvriers? l'avait-elle interrogé, méfiante.

– Ça, c'est mon domaine, d'accord? Je veille à ce que les ouvriers ne nous coûtent pas trop cher, mais personne ne s'en mêle. Je ne veux pas de verbiage social. Nous nous en porterons tous mieux.

– J'ai le sentiment que vos méthodes de restructuration prêtent à discussion.

– Vous pouvez vous retirer à tout moment, ma chère.

– Je n'ai pas dit que je n'approuvais pas vos stratagèmes, mais il vaut peut-être mieux que je les ignore.

– Bien sûr, avait ricané Wolff. Je ne voudrais pas vous empêcher de dormir.

Des rumeurs parvenaient néanmoins aux oreilles de Felicia. Non seulement Wolff payait des salaires misérables et n'accordait aucune protection sociale, mais il obligeait les ouvriers à travailler plus de huit heures par jour, les poussant à une productivité presque surhumaine, tout en brandissant la menace de licenciement. Il avait plusieurs fois prouvé qu'il était capable de renvoyer un ouvrier dans la minute. Et, à cause du chômage et de l'inflation, personne ne souhaitait courir ce risque.

C'est un vrai démon, pensait parfois Felicia. Ses relations avec Wolff étaient étranges. Ils se méfiaient autant l'un de l'autre, et si elle avait pu, elle n'aurait eu aucun scrupule à le jeter à la porte. Or, elle savait qu'il pensait la même chose d'elle. Ils ne s'appréciaient pas, mais se supportaient parce qu'ils étaient tous deux également forts. Doués du même sens pratique, de la même détermination pour imposer leurs décisions, dépourvus d'émotion. Ils éprouvaient, à contrecœur, un certain respect l'un envers l'autre.

Felicia s'occupait des contacts avec les grands magasins de mode munichois et recherchait de nouveaux clients pour ses collections. Non seulement elle devait vanter les mérites de ses créations, mais il lui fallait aussi dissiper la méfiance que Wolff continuait de susciter. On savait qu'il avait fait fortune pendant la guerre et qu'il traitait ses ouvriers avec brutalité. D'un autre côté, il produisait des biens d'excellente qualité et il possédait une ambassadrice de charme.

Felicia évoluait avec aisance dans le monde des affaires. Elle était belle et tenait des discours réfléchis et intelligents. Elle portait des robes souples et colorées, des collants de voile, des bijoux et des chaussures fines. On ne devinait pas les nuits de travail et les journées harassantes. Avec une volonté de fer, elle cachait sa fatigue et ses soucis, montrant toujours la même image, celle d'une femme belle, reposée, sûre d'elle-même. Et ce sourire! Comme les hommes occupaient les échelons les plus élevés dans la mode, Felicia n'hésitait pas à utiliser toutes ses armes. Chaque battement de cils était calculé. Elle n'oubliait jamais de glisser quelques phrases sur son passé. Bientôt, chacun sut qu'elle avait été infirmière sur le front de l'est, que les Russes avaient abattu son père, qu'elle avait connu les camps de prisonniers et la révolution. Les cœurs fondaient. Il fallait aider cette ravissante jeune femme! Les commandes affluaient et elle travaillait sans relâche.

En dépit de sa fatigue, elle se sentait heureuse. Elle aimait cette vie trépidante. Elle était invitée à d'innombrables réceptions, faisait de nouvelles rencontres, flirtait, riait et buvait du champagne. Bien qu'elle se couchât rarement avant deux heures du matin, elle prenait son petit-déjeuner à sept heures précises, et avalait un café noir en rédigeant ses premières lettres – dont de brèves missives pour Benjamin.

Son mari était la pointe d'amertume dans sa vie. Chaque semaine, elle recevait des lettres de plus en plus accusatrices. La dernière fois, il n'y avait qu'une photo de Susanne prise lors de son premier anniversaire, avec un mot lapidaire : *Pour que tu saches à quoi ressemble notre enfant !*

Felicia, pour une fois émue, avait répondu le soir même :

Je viens à Berlin. Une maison de couture renommée est intéressée par nos créations, dont on a montré quelques modèles dans le magazine Styl. *Je serais très heureuse de vous y retrouver, toi, Susanne et Belle. Je t'en prie, amène les petites à Berlin ! Nous pourrons loger chez ma mère et passer une ou deux belles journées ensemble.*

«Une ou deux journées…» C'était presque de la provocation. Elle trouvait un moment dans son emploi du temps pour son mari et ses enfants comme pour un partenaire d'affaires, alors qu'ils avaient sûrement espéré qu'elle passerait Noël à la maison. Mais il devait y avoir une grande réception à Munich avec des personnes influentes.

Elle entendit la porte d'entrée claquer. C'était probablement Nicola qui rentrait. Felicia regarda sa montre : minuit passé. Et Nicola devait aller en classe tôt le lendemain matin. Elle soupira. Décidément, elle négligeait ses devoirs dans bien des domaines.

23

Macha Ivanovna avait toujours su qu'un jour sa vie basculerait. Les sombres prémonitions de sa mère, qui avait déclaré à son enfant qu'elle connaîtrait une fin sordide, avaient dû y contribuer : «Tu as un regard de fanatique, Macha, et les fanatiques creusent leur propre tombe. C'est dans leur nature.»

Macha savait qu'elle avait tendance à courir à sa perte. Jeune fille déjà, elle avait choqué ses camarades d'école en prétendant qu'un être humain digne de ce nom devait être prêt à mourir pour ses convictions. Ses amies l'avaient prise pour une folle. «Un de ces jours, elle va tomber sur un bec, et ce sera de sa faute», disaient-elles.

Toutes ces prédictions se vérifièrent le 3 janvier 1922. Les trois hommes de la police secrète arrivèrent vers cinq heures du matin, alors qu'il faisait encore nuit et que la plupart des gens dormaient. Deux ouvriers partant au travail virent la voiture noire s'arrêter; des hommes en tenue sombre, des chapeaux dissimulant leurs visages, en descendirent. Les ouvriers hâtèrent le pas.

Les hommes tambourinèrent à la porte. Ensommeillé, Maksim leur ouvrit. Ils le repoussèrent brutalement et fermèrent la porte derrière eux. L'un d'eux brandit une carte.

– Police secrète. Nous voulons voir Maria Ivanovna Laskin.

– Elle dort, répliqua froidement Maksim.

Il savait qu'il était ridicule de protester, mais il voulait conserver une certaine dignité.

– Veuillez dire à Mme Laskin de se lever et de s'habiller. Nous attendrons ici.

– Puis-je savoir ce qu'on lui veut?

– Nous avons reçu l'ordre de la conduire à l'interrogatoire.

– Où cela?

– Pas de commentaires. Veuillez juste vous assurer que Mme Laskin nous accompagne.

Maksim retourna dans la chambre. Macha avait tout entendu. Elle avait déjà enfilé une robe et chaussé ses bottes d'hiver. Elle passa rapidement un peigne dans ses cheveux.

– Je dois emporter des affaires, dit-elle. J'ai bien peur de ne pas revenir de sitôt. Pourrais-tu me préparer une brosse à dents, un gant de toilette et une serviette?

– Ce n'est qu'un interrogatoire. À midi déjà…

Macha eut un sourire désolé. Elle était très pâle.

– Écoute, on n'envoie pas la police secrète à cinq heures du matin pour un simple interrogatoire. C'est mon tour maintenant, voilà tout.

– Qu'est-ce que tu veux dire? s'affola-t-il. Qu'est-ce qu'on te reproche?

Comme il ne faisait aucun geste pour l'aider, elle le poussa gentiment de côté et rassembla elle-même ses affaires.

– Je suis sur la liste noire depuis quelque temps déjà.

– Mais…

– Moi qui suis une camarade si fidèle? ironisa-t-elle en relevant ses cheveux avec des épingles. Robespierre a été condamné par les siens.

– C'est de la folie! s'écria Maksim. Je vais te trouver le meilleur avocat de Petrograd. Je vais…

– Bien sûr, Maksim. (Elle se dressa sur la pointe des pieds pour l'embrasser sur la joue.) Ne t'inquiète pas, je t'en prie. Quel que soit mon chemin, je l'ai accepté depuis longtemps.

Elle ouvrit la porte et sortit dans le corridor où l'attendaient les trois ombres immobiles. Lorsqu'elle les salua, sa voix ne tremblait pas.

– Bonjour, camarades. Je suis prête. Nous pouvons y aller.

L'avocat, engagé par Maksim le jour même, découvrit rapidement qu'on avait amené Macha à la forteresse Pierre et Paul.

– Elle n'y restera pas, expliqua-t-il à Maksim. On va la transférer à la prison de Boutyrki.

– Comment est-ce?

– Comme toutes les prisons, ce n'est pas une maison de repos.

Les mains dans les poches, Maksim arpentait la pièce.

– Pourquoi? Qu'est-ce qu'on lui reproche?

– C'est bien le plus compliqué dans ces histoires politiques… (L'homme pesait ses mots.) L'avocat n'est qu'un alibi. Il ne s'agit pas de découvrir la vérité. C'est évident qu'elle sera condamnée. Certaines personnes souhaitent sa disparition.

– Pourquoi elle?

– Il y a plusieurs raisons. Certains ne l'aiment pas car elle est incorruptible. D'autres craignent son ambition. Dans chaque système, on se bat pour les meilleures places, et Macha se trouve au milieu du tourbillon. Peu y survivent. Et puis… C'est aussi à cause de vous. Vous avez pris vos distances avec le parti.

– Qu'ils m'arrêtent alors!

– Trop d'arrestations nuisent à l'image du nouveau régime, alors on ne se préoccupe pas de gens comme vous qui souffrent en silence. Ils ne vous craignent pas. Mais Macha Ivanovna, elle, est un danger, parce qu'elle sera toujours une femme d'action.

Avec un geste de lassitude Maksim frotta ses yeux rougis.

– Qu'est-ce qui va lui arriver? demanda-t-il, la gorge nouée.

– Ce pays n'a toujours eu qu'une solution pour les opposants : la Sibérie.

Des murs, sombres et froids, un sol en ciment glacé, une table, des lits superposés. Au fond de la pièce, un morceau de ciel, strié de barreaux. Il faisait si froid que l'on ne pouvait rester assis. Sur les murs, des générations de prisonniers avaient gribouillé des obscénités. C'était la prison de Boutyrki.

Les quinze femmes qui se partageaient l'une des cellules du deuxième étage semblaient pâles et malades sous la lumière crépusculaire de cette journée d'hiver. Elles avaient les joues creuses, les yeux fiévreux et les cheveux poisseux. La nourriture insuffisante, le manque de vitamines attaquaient la peau et pourrissaient les dents. L'une d'elles toussait. En écoutant ses râles et en la voyant cracher du sang, les autres se détournaient. Il y avait de tout : une voleuse, une prostituée, une meurtrière d'enfants, l'épouse d'un ancien officier, une baronne et un ancien professeur de Petrograd. Et Macha.

Comparée aux autres femmes, Macha, qui avait été arrêtée une semaine auparavant, semblait presque en bonne santé. Elle mourait de froid, mais elle avait encore l'énergie de rester debout et d'arpenter la cellule en soufflant dans ses mains. Les autres restaient étendues par terre, serrées les unes contre les autres. Au début, Macha avait essayé de les secouer.

— Vous ne pouvez pas rester couchées sur le ciment! Vous allez tomber malades!

La prostituée, une jeune fille avec les dents en avant et des yeux sombres de Mongole, l'avait toisée.

— Écoute, petite sœur, nous n'allons pas seulement tomber malades, nous allons mourir. Nous sommes dans la merde, et on ne s'en sortira pas.

Ce jour-là, Macha avait assisté à la dernière séance de son procès. À son retour en cellule, une femme s'approcha d'elle.

Épouse d'un ancien propriétaire terrien, Élisabeth avait été arrêtée pendant la révolution d'octobre. Elle s'était liée d'amitié avec Macha dès le premier jour. Après qu'elle lui eut expliqué pourquoi elle se trouvait en prison, Macha avait déclaré : «Je suis membre du parti bolchevique.» Élisabeth avait frémi, avant de sourire d'un air ironique : «De toute façon, quelle importance désormais?» Depuis lors, une amitié complexe mais indéfectible unissait les deux femmes.

— Comment ça s'est passé? murmura Élisabeth.
Macha baissa les yeux.

— Camp de travail en Sibérie. Sept ans.

— Sept ans! Doux Jésus, mais pourquoi?

— Collaboration avec les ennemis du socialisme.

— Toi?

— On peut toujours trouver une faille dans la vie de quelqu'un, expliqua Macha. Et, avec un peu d'imagination, on peut en tirer une accusation.

– Tes propres camarades…

– C'est une logique cruelle mais nécessaire. J'ai toujours défendu la théorie qu'une révolution doit se nourrir de sang.

– De son propre sang?

– Quand il n'y en a pas d'autre…

Macha se sentait exténuée. Cette lassitude la rongeait depuis que les bolcheviques avaient pris le pouvoir.

Pendant les heures interminables de son procès, elle avait essayé d'étouffer son amertume. Elle ne voulait pas rendre Maksim responsable; ils avaient chacun vécu leur vie, et leur rencontre avait été le résultat du destin. Pourtant, en ce moment d'extrême faiblesse, elle se rappela l'époque où elle avait été jeune et forte, et la haine l'enflamma à nouveau, aussi puissante que celle qui l'avait portée à travers la révolution. Furieuse, elle se dit alors que Maksim lui avait tout pris. *Il m'a traînée dans ce pitoyable bourbier de doutes, de scrupules et de récriminations. Pour finir, je n'étais plus une bonne socialiste.*

On ouvrit la porte. La surveillante, une vieille femme asthmatique, apparut.

– Visite pour Macha Ivanovna, annonça-t-elle, essoufflée. Maksim Marakov. Il attend dans la salle des visites.

Macha tourna lentement la tête.

– Quoi?

– Vous avez le droit de lui parler un quart d'heure.

Macha eut l'impression que sa vue se troublait.

– Non, répliqua-t-elle d'une voix stridente.

– Hein? s'étonna la grosse femme.

– Je ne veux pas le voir. Je ne peux pas.

– Je ne sais pas si vous aurez encore la permission. Réfléchissez bien.

– Ma décision est prise. J'ai mes raisons.

La surveillante haussa les épaules.

– Comme vous voulez. Mais là où vous allez, vous ne verrez plus un homme avant longtemps, ça, je peux vous l'assurer.

Quand elle se tourna pour partir, Macha ajouta :

– Pourriez-vous lui transmettre un message ?

– C'est pas mon rôle, mais bon, j'veux bien.

C'était une ancienne prisonnière de Boutyrki. Les bolcheviques l'avaient libérée pour lui confier ce poste. C'est pourquoi elle éprouvait une certaine sympathie pour Macha.

– Dites-lui que je ne lui en veux pas, mais nous aurions dû comprendre plus tôt que nous ne pourrions que nous faire souffrir.

– Bon, vous ne lui en voulez pas, mais il vous a toujours fait souffrir, répéta la surveillante comme une élève obéissante.

Macha voulut la reprendre, mais elle laissa tomber.

– C'est à peu près ça… Encore une chose, s'il vous plaît !

– Bon sang, comment est-ce que je suis censée me rappeler tout ça ?

– Dites-lui que, malgré tout, je croirai toute ma vie au socialisme.

24

Lorsque Felicia quitta l'hôtel Adlon, elle vacillait un peu sur ses jambes. Elle avait abusé du champagne avec le directeur d'une importante maison de couture, mais elle avait le contrat signé dans sa poche. Pendant un an, « Cécile » serait l'un de ses meilleurs clients.

Un trafic animé régnait avenue Unter den Linden. Disposés sur l'herbe entre les voies carrossables, des chaises se louaient cinq pfennigs. En dépit du temps maussade de février, quelques personnes s'y étaient installées, des silhouettes grises qui semblaient ne pouvoir supporter la vie qu'au beau milieu d'un brouhaha de voitures et de gens. On aurait dit que certains n'avaient pas mangé depuis trois jours. Avec mauvaise conscience, Felicia repensa au champagne qu'elle avait bu. Où aller désormais? Elle n'avait guère envie de retourner Schloßstrasse. Benjamin avait dû arriver et elle n'éprouvait aucune joie à l'idée de les revoir, lui et les enfants. Mais elle avait le contrat dans la poche et le bruissement du papier la parcourait comme un courant électrique. Deux jours en famille, c'était supportable, et elle voulait que Benjamin en garde un bon souvenir. Ensuite, elle partirait pour Munich – Wolff serait étonné! Elle tremblait d'excitation à l'idée du travail qui l'attendait. Après une courte hésitation, elle décida d'aller boire un café et héla un taxi.

Chez Kranzler, elle croisa Sara et Mme Winterthal. Les deux femmes semblaient avoir pleuré. Sara affichait une expression de résolution désespérée. Felicia ne voulut pas les déranger, mais Sara la supplia de rester. Gênée, elle s'assit et commanda un café. Comme elle l'avait redouté, elle fut aussitôt mêlée aux problèmes des Winterthal : Sara avait l'intention de quitter sa mère et de commencer une nouvelle vie, ailleurs.

– Je ne la comprends pas, Felicia, se désola la vieille dame. Sara n'a que moi. Elle a toujours eu des difficultés avec les autres. Je suis affolée à l'idée de la savoir dans une ville inconnue!

– Et moi, maman, c'est l'idée de passer toute mon existence dans notre vieil appartement qui m'effraie, répliqua Sara avec une vigueur inhabituelle. Tu ne comprends pas que c'est absurde? Je vis de la pension de papa sans rien faire. Il y a autre chose dans la vie!

– Et moi, je ne compte pas?

Ces paroles furent accompagnées d'un torrent de larmes. Évidemment, Sara n'y résista pas.

– Tu représentes tout pour moi, maman, sanglota-t-elle. Mais je veux aller là où je peux être utile. Comme en France.

– Que voudrais-tu faire? demanda Felicia.

– J'aimerais travailler dans un hôpital ou un foyer pour enfants ou une soupe populaire. Je voudrais aider les autres... Être de plain-pied dans la vie!

Felicia l'observa d'un air songeur. Il y a aussi quelque chose que tu veux oublier, se dit-elle. Une douleur qui te poursuit depuis longtemps.

– J'ai une idée, lança-t-elle soudain. Pourquoi est-ce que Sara ne reviendrait pas à Munich? Elle y trouvera sûrement un travail et je veillerai sur elle.

– Vraiment? reprirent Sara et sa mère d'une seule voix.

– Bien entendu. J'en serais ravie.

Ce n'était pas des paroles en l'air. Felicia se réjouissait sincèrement d'avoir Sara auprès d'elle. C'était une amie loyale, intègre, sur qui l'on pouvait compter. Depuis le départ d'Alex et son travail avec l'ambigu Tom Wolff, elle avait appris à apprécier ces qualités.

– Je rentre après-demain à Munich. Si tu veux m'y rejoindre, Sara, appelle-moi.

Elle salua les deux femmes et quitta le café.

– Curieuse jeune femme, dit Mme Winterthal. Elle est divorcée, et on dirait que son second mariage n'est pas non plus une sinécure. À l'époque déjà, je la trouvais volage et superficielle. À vrai dire, je n'ai jamais vu votre amitié d'un très bon œil.

– Alors pourquoi est-ce que tu me laisses la rejoindre?

Mme Winterthal savait aussi se montrer réaliste.

– L'avenir est incertain. Il est préférable d'avoir quelqu'un à qui s'accrocher. Felicia est l'une de ces personnes qui, pour une raison mystérieuse, retombent toujours sur leurs pieds.

Les retrouvailles de Felicia et Benjamin, après plus d'un an, se déroulèrent dans une tension presque insupportable. Ils s'embrassèrent si froidement que personne ne se serait douté qu'ils étaient mariés.

En quelques minutes, ils comprirent qu'en fait ils ne se connaissaient pas, ce qui confirma le sentiment de Felicia et plongea Benjamin dans un abîme de perplexité.

Il avait une mine défaite, les yeux rouges. Felicia remarqua qu'il portait une cravate et un costume noirs.

Saisie d'une timidité inhabituelle, elle n'osa pas lui poser de question. Elle se retint d'allumer une cigarette. Elle avait déjà le sentiment pénible que sa robe était trop décolletée, ses bas trop fins et ses talons trop hauts. Sa tenue, qui convenait parfaitement à l'Adlon, semblait déplacée dans ce salon démodé avec ses meubles Biedermeier. Le costume sombre de Benjamin et la robe grise d'avant-guerre d'Elsa étaient comme des reproches. Un rayon de soleil se glissa par la fenêtre et fit scintiller la poussière sur le portrait de Felicia. Les regards de Felicia et de Benjamin s'attardèrent quelques instants sur le visage doux de jeune fille qui n'avait plus rien à voir avec la femme qui se trouvait dans le salon.

— Pardonne-moi de t'avoir fait attendre, Benjamin. Un rendez-vous important, mais au moins, j'ai obtenu ce que je voulais.

— Toutes mes félicitations, fit-il, hésitant. Il paraît que tu as du succès.

— Je travaille beaucoup. On ne me fait pas de cadeau.

— Je n'en doute pas. Tu as beaucoup maigri.

— Mais cela me va bien, non ?

Felicia posa la question d'un air de défi. Elle savait parfaitement que sa silhouette trop mince déplaisait à son époux.

— Bien entendu. Cela te va à ravir.

Ses yeux scrutèrent tendrement ceux de Felicia, dans l'espoir d'y trouver un écho à son amour. Elle remarqua que sa mère retenait son souffle et serrait ses mains l'une dans l'autre.

— Que se passe-t-il ? demanda-t-elle. Où sont mes enfants ?

Benjamin toussa. Il s'assit près de Felicia et lui prit la main.

– J'ai une très triste nouvelle à t'apprendre, commença-t-il.

Elle blêmit.

– Belle ?

– Non, les enfants vont bien. Je ne les ai pas amenées à Berlin, car nous devons repartir dès demain pour Insterburg.

Elle s'écarta légèrement. Son visage se durcit.

– Qu'est-ce que ça veut dire ?

La bouche de Benjamin frémit. Il enfouit son visage entre ses mains.

– Tu ne sais pas…, marmonna-t-il, bouleversé. Ma mère est morte il y a deux jours.

– Un sherry ? proposa Wolff.

Marco Carvelli, de la maison de couture Carvelli de Munich, se tassa d'un air gêné dans son fauteuil.

– Je… euh…, bafouilla-t-il.

Wolff lui tendit un verre.

– Vous êtes un homme intelligent, n'est-ce pas, Carvelli ? Et vous me connaissez depuis longtemps. Vous ne m'appréciez guère, mais vous savez que l'avenir appartient à des hommes comme moi, et que mon amitié ne peut être que profitable.

– Bien entendu, je tiens à votre amitié, Wolff, répliqua Carvelli en sirotant son sherry. Mais ma sympathie va aussi à Felicia Lavergne, et je trouve très désagréable…

– Mme Lavergne est retournée en Prusse-Orientale, le coupa Wolff. Il n'est pas certain qu'elle revienne un jour. Elle est mariée et elle a deux enfants en bas âge.

– Mais alors…

– Écoutez-moi, Carvelli. Je veux reprendre cette fabrique. Felicia a commis une grave erreur en partant pour Insterburg. Elle venait de conclure d'importants contrats à Munich et à Berlin. Je vous répète la même chose qu'aux messieurs qui étaient là avant vous : nous n'allons pas vous livrer, nous vous laissons tomber. Vous savez ce que cela signifie comme pertes pour vous. (Il vida son verre d'une traite.) Vous allez porter plainte contre nous. Disons plutôt que vous allez nous menacer de porter plainte.

– Mᵐᵉ Lavergne compte sur vous pour respecter vos engagements, protesta Carvelli. D'après ce que je sais, vous êtes responsable de la production; Mᵐᵉ Lavergne, des contrats et des dessins. Les dessins existent, je les ai vus. Alors…

– Alors, c'est la première leçon que doit apprendre Felicia : il ne faut jamais compter sur quiconque. Ses contrats ne me concernent pas. (Wolff se versa un deuxième sherry.) Nous en étions à la menace de plainte. Aux dommages et intérêts. Cela constitue une jolie somme. Si vous renoncez à porter plainte, je vous proposerai en compensation les parts de Felicia. Vous et vos amis allez accepter ma proposition. Puis, vous me revendrez aussitôt ces mêmes parts et vous recevrez le double de la somme que vous aurait accordée le tribunal.

Carvelli hésita.

– Si vous n'êtes pas habilité à nous vendre les actions, notre affaire n'est pas légale. À son retour, Mᵐᵉ Lavergne déposera une plainte contre vous.

– Elle y réfléchira à deux fois, car je lui expliquerai qu'elle sera alors confrontée à une plainte en dommages et intérêts que vous aurez déposée. Mais l'essentiel, c'est que les actions m'appartiennent. Je veux lui proposer un échange. Mais cela… c'est une affaire de famille.

Carvelli ne savait plus quoi penser. Cette affaire ne lui convenait pas du tout. D'un autre côté, Wolff avait indiqué que Stadelgruber et Breitenmeister étaient prêts à coopérer. Et s'ils donnaient leur accord…

– L'avenir est sombre, fit remarquer Wolff, laconique. Personne ne doit laisser filer une bonne affaire.

– Que se passera-t-il si Mme Lavergne revient dans quelques jours?

– De toute façon, nous ne pourrons pas rattraper le retard des livraisons. D'autant plus que j'ai décidé de devenir un patron décent et de réduire de façon drastique la journée de travail de mes ouvriers.

Carvelli se leva.

– Dans ce cas, je suppose que nous sommes d'accord.

Il posa son verre et refusa d'un geste que Wolff le raccompagne. Il connaissait bien la maison Lombard de la Prinzregentenstrasse; il y avait vécu des jours plus heureux. Dans la cage d'escalier, il s'appuya contre le mur et s'essuya le front avec son mouchoir. Il se sentait mal. Bon sang, qu'aurait-il pu faire? L'époque était mauvaise, Wolff disait vrai… Il sursauta en entendant des pas et reconnut Kat.

– Bonjour, mademoiselle Lombard…, bredouilla-t-il, avant de dévaler l'escalier au pas de course.

Intriguée, Kat le regarda déguerpir. Le matin même, elle avait croisé Stadelgruber et Breitenmeister. Wolff semblait avoir convoqué les sommités de la mode munichoise. Elle eut un mauvais pressentiment. Elle se demanda si elle devait en parler à son père mais décida que ce serait inutile. Severin était malade. Non, la seule qui pouvait encore… Elle descendit dans le vestibule où se trouvait le téléphone. Alors qu'elle attendait l'opératrice, elle leva la tête, anxieuse. Pourvu que Wolff ne choisisse pas ce moment pour apparaître! Enfin, elle entendit l'opératrice.

– Veuillez me passer un numéro dans la région d'Insterburg, en Prusse-Orientale, je vous prie, demanda-t-elle à voix basse en dictant le numéro.

Kat patienta. Toujours pas un bruit au premier.

– Désolé, ce numéro n'est pas attribué.

– Mais c'est impossible!

– En tout cas, je n'obtiens pas de ligne.

Kat raccrocha, furieuse. Elle prit son chapeau et son sac à main. Dans l'entrée, elle croisa Nicola et Martin.

– Je vais envoyer un télégramme, expliqua-t-elle d'un air déterminé. Si Wolff me demande, vous ne savez pas où je suis.

– Wolff est encore là? s'agaça Nicola. Il ne manquerait plus qu'il s'installe à demeure. Il se comporte déjà en maître de maison.

Le téléphone sonna. L'opératrice leur annonça un appel de Berlin. C'était Sara qui annonçait son arrivée.

Benjamin allait tous les jours sur la tombe de sa mère, et tous les trois jours, par devoir, Felicia l'accompagnait. Susanne Lavergne était enterrée au cimetière familial au fond du parc. Benjamin apportait des fleurs, retirait l'herbe et les feuillages, priait, pleurait, restait des heures à genoux. À son retour, il était brisé. Il avait toujours été enclin à la mélancolie et celle-ci, de manière insidieuse mais irrémédiable, se transformait en dépression. Il avait perdu la seule personne qui, tel un bouclier, s'était interposée entre la vie et lui, et il se sentait désormais abandonné.

Felicia, que sa belle-mère avait toujours laissée indifférente, avait du mal à manifester la tristesse que l'on attendait d'elle. Certes, la disparition subite de Susanne,

366

retrouvée morte dans son lit, l'avait effrayée. Mais une crise cardiaque n'était pas inattendue chez une dame âgée et sa fin avait été plutôt clémente. Elle avait eu l'intention de repartir pour Munich trois jours après l'enterrement, mais la léthargie et la tristesse de Benjamin l'en avaient empêchée. Il la suivait comme son ombre, un enfant bien plus faible et émotif que ne le seraient jamais Belle ou Susanne. Avec un frisson d'effroi, Felicia songeait que cet homme pouvait devenir un véritable poids.

L'austérité de Skollna l'étouffait à nouveau, la rendant malheureuse et irritable. Comme autrefois, elle se réfugiait à Lulinn sans pourtant y trouver d'apaisement. Lulinn recelait des souvenirs d'une époque révolue qui souriait tristement à travers la poussière. Les étés d'autrefois s'étaient envolés. La réalité n'était plus qu'une rangée de tombes. Laetitia qui se fanait doucement. Victor qui engraissait avec les années et sympathisait avec la droite allemande, Gertrud qui avait attrapé une affection biliaire et se traînait, aussi jaune qu'un coing. Depuis janvier, Modeste était fiancée au fils insipide d'un bourgeois d'Insterburg, dont personne n'arrivait à se rappeler le nom. Ils se tenaient par la main et ricanaient sans cesse. L'un comme l'autre semblaient se persuader qu'ils avaient fait un excellent parti.

Felicia avait hâte de repartir. Pour oublier, il lui fallait l'effervescence du travail, les soucis, les nuits blanches, l'alcool, les cigarettes et le monde. Elle ne supportait pas la tranquillité, surtout pas celle des lacs et des prairies qu'autrefois elle avait tant aimés.

Ils revenaient d'une de leurs longues promenades silencieuses jusqu'à la tombe de Susanne. En ce mois de mars, des nuages couraient dans le ciel, le soleil faisait son apparition entre deux averses, et un vent tiède murmurait dans les arbres. Felicia se secoua en entrant dans la maison.

— Quel temps détestable! J'ai les pieds trempés.

— Tu devrais prendre un bain chaud, dit Benjamin.

Il l'aida à retirer son imperméable. Ses mains se posèrent sur ses épaules. Felicia essaya de lui échapper.

— Laisse-moi… je suis mouillée…

Il l'attira à lui et enfouit son visage dans ses cheveux.

— Felicia, tu dois me promettre que tu ne me quitteras jamais. Je t'en prie, jure-moi que tu ne me quitteras jamais!

Cette scène avait lieu à chaque retour du cimetière et Felicia craignait de devenir un jour hystérique.

— Benjamin…, commença-t-elle prudemment. Il va bien falloir que je parte de temps à autre pour Munich…

— Ils se débrouillent très bien sans toi là-bas. Autrement, ils auraient téléphoné.

— Et comment auraient-ils fait puisque notre téléphone est en dérangement?

C'était là un malheureux coup du sort, trouvait-elle. Pendant les tempêtes de février, deux supports de lignes électriques étaient tombés, si bien que les fils qui reliaient Skollna au monde extérieur pendaient désormais dans le vide. Et Benjamin ne se pressait pas pour les réparations. «Quand le temps sera meilleur, ma chérie», répondait-il invariablement.

— En cas de problème, ils auraient télégraphié, ajouta-t-il d'un air impassible.

— C'est juste, mais j'ai signé des contrats. Tôt ou tard, il faudra bien…

— Tais-toi, je t'en prie! Tu es tout ce que j'ai au monde. Je t'en supplie, Felicia, ne me quitte pas maintenant!

Exaspérée, elle se dégagea.

– Je n'ai pas dit que je partais tout de suite!

Elle se dépêcha de monter l'escalier, préférant ne pas voir les lèvres tremblantes de Benjamin. Elle finirait par avoir mauvaise conscience.

Debout dans le couloir, les épaules courbées, Benjamin la suivit des yeux. L'eau dégoulinait de ses cheveux et de ses vêtements. Perdu dans ses pensées, il n'entendit pas approcher la vieille femme de chambre.

Après avoir servi Susanne toute sa vie, Minerva était dévouée corps et âme à son fils. Elle affichait un mystérieux sourire complice.

– Monsieur Lavergne, j'ai quelque chose pour vous…, murmura-t-elle en lui glissant dans la main un papier. Encore un télégramme de Munich.

– Merci, Minerva.

Son œil droit tressautait. C'était un homme bon et honnête qui détestait agir de la sorte. Il se méprisait, mais ne pouvait faire autrement… c'était plus fort que lui… Il ouvrit le télégramme. Le troisième de la semaine. C'était encore Kat, bien sûr. Elle suppliait Felicia de revenir.

Il le déchira et entra dans la salle à manger où les servantes avaient allumé la cheminée pour la soirée. D'un air pensif, il regarda les morceaux se consumer dans les flammes.

En fin d'après-midi, pendant un court instant, le soleil éclaira la petite chambre sur la Petrogradskaja Storona, dessina un rectangle rouge sur le mur, caressa les livres sur l'étagère et s'évanouit aussi doucement qu'il était venu. La logeuse frappa à la porte pour apporter le thé.

La vieille femme ne quittait plus son appartement, mais en admiratrice de tout ce qui était romantique, elle devinait chez son sous-locataire mélancolique des sentiments qu'elle découvrait dans les romans : la passion, la douleur et le chagrin insaisissable de ce qui est perdu.

– Votre thé, monsieur Marakov.

Maksim, blotti dans un fauteuil, armé de papier et d'un crayon, se leva. Il chancela légèrement. La logeuse soupira.

– Il ne faut pas boire autant de schnaps, monsieur Marakov. Si tôt dans l'après-midi !

– Il n'est pas tôt.

– Trop tôt pour boire.

– J'ai un article à écrire, sourit Maksim. Je me concentre mieux ainsi.

Dépitée, la logeuse secoua la tête. Ces temps-ci, il était difficile de se procurer des spiritueux, mais, curieusement, Maksim y parvenait toujours. Depuis que le rédacteur en chef d'un journal de province s'était intéressé à ses critiques de livres et de théâtre, il gagnait un peu d'argent.

Il prit la tasse de thé et s'approcha de la fenêtre, comme pour retenir un dernier rayon de soleil, mais il avait déjà disparu de l'autre côté de la rue.

– Je vais peut-être quitter Petrograd, dit-il.

– Où voulez-vous aller ? s'enquit la logeuse.

– Je ne sais pas. Très loin, en tout cas.

– Vous vous êtes battu pour ce pays !

– Oui, mais ce n'est pas mon pays. Ni plus ni moins qu'autrefois.

– Vous devriez vous trouver une autre femme.

Le regard de Maksim se perdit dans le lointain, comme s'il ne l'avait pas entendue. Il voulut prendre sa flasque de schnaps, mais elle s'en empara.

– Non, pas maintenant! Buvez d'abord une bonne tasse de thé et le monde vous paraîtra plus agréable.

– J'en doute, reprit Maksim avec amertume. Malgré les guerres, les révolutions, le monde ne change pas. Et savez-vous pourquoi? Parce que, derrière la plus belle et la plus audacieuse des idées, il n'y a que l'homme, et qu'il reste toujours aussi vil.

La conversation s'aventurait sur un terrain que n'appréciait pas la vieille femme.

– Avez-vous l'intention de partir pour l'Allemagne?

– Peut-être. Il y a une certaine ironie à revenir au point de départ sans rien dans les mains. Et maintenant, vous allez me laisser avaler une gorgée. Nous allons trinquer… à cette maudite conception du monde qui est le fondement de notre vie.

Sara avait trouvé un emploi dans un jardin d'enfants pour familles d'ouvriers. Elle passait donc ses journées, de sept heures du matin jusqu'à la nuit, à s'occuper de cinquante-deux bambins énervés et agressifs qui pleuraient, riaient et s'agitaient en tous sens. Elle réconfortait ceux qui souffraient d'être loin de chez eux, calmait les disputes, vérifiait les devoirs, soignait les blessures. Elle avait rarement le temps de manger ou de souffler. Elle souffrait d'être confrontée à une pareille misère; beaucoup d'enfants étaient malades, victimes de malnutrition ou de maltraitance. Parfois, Sara avait l'impression d'étouffer, et elle était heureuse de ne pas rentrer dans un logement vide et silencieux, mais d'habiter Prinzregentenstrasse, où Kat l'avait invitée.

Ce soir-là, comme d'habitude, Jolanta lui ouvrit la porte avec un grand sourire.

– Toujours aussi fatiguée, mademoiselle Sara ! Entrez vite. Voulez-vous un thé ?

– Ce serait merveilleux.

Elle retira son chapeau et lissa ses cheveux humides. Dehors, un printemps doux s'annonçait. Lorsqu'elle entra dans le salon, Martin se tourna vers elle, un livre à la main.

– Excusez-moi, je ne savais pas qu'il y avait quelqu'un, dit-elle. Je vais prendre mon thé ailleurs…

Il reposa le livre.

– Restez donc. J'attends Nicola. Elle est encore à l'école, mais elle ne devrait pas tarder.

Sara aurait préféré se retirer, mais elle n'osa pas le contredire. À contrecœur, elle s'assit sur le bord d'une chaise.

Martin s'installa en face d'elle et la dévisagea. Elle avait un visage étroit, les yeux un peu trop rapprochés, de sévères sourcils noirs, un front haut et une bouche à l'expression mélancolique. Elle portait une robe démodée, avec un col en dentelle de vieille fille, et ses cheveux bruns étaient sévèrement tirés en arrière. Sans posséder le raffinement, le charme ou la coquetterie de Nicola – des armes dont l'adolescente abusait – elle n'avait pourtant rien d'une ingénue.

– Nicola m'a raconté que vous travaillez avec des enfants d'ouvriers, commença Martin. J'aimerais en savoir davantage.

Sara hésita. Elle n'était pas habituée à ce que l'on s'intéressât à son travail. Elle soupçonnait Martin d'avoir pitié d'elle.

– Je suis sincère, ajouta-t-il doucement.

Tout à coup, Sara se mit à parler, rapidement, sans s'arrêter.

– C'est affreux de voir ces pauvres enfants! Ils n'ont pas assez à manger, ils habitent des logements humides et malsains, ils manquent d'air frais. Ils sont blêmes, ils ont les dents gâtées, les bras et les jambes trop maigres, des troubles oculaires. Des familles de dix personnes s'entassent dans une seule pièce. Si quelqu'un attrape une maladie, ils l'attrapent tous, et elle n'est jamais vraiment guérie. La coqueluche, la diphtérie, la pneumonie, la tuberculose… Des gens meurent de faim tous les jours dans notre République ou alors ils se suicident. Je ne savais pas que la misère était aussi terrible. La plupart des hommes sont au chômage depuis la fin de la guerre. Comme ils ne rapportent plus d'argent à la maison, ou alors de façon irrégulière, ils se mettent à boire et tyrannisent leurs familles. Quand ils trouvent un emploi, ils sont tellement ivres, ou déjà si malades, qu'ils le perdent aussitôt. Les femmes travaillent comme des brutes pour gagner un peu d'argent. La plupart d'entre elles meurent avant quarante ans.

Sara se tut. Elle n'avait jamais parlé aussi longtemps. Elle s'était fait peur. Mal à l'aise, elle se leva et murmura d'une voix tremblante :

– Je vous ai sûrement ennuyé, veuillez m'excuser.

– Au contraire, déclara Martin. Ne pensez-vous pas que l'Allemagne ne peut être sauvée que par un changement radical?

– Sauvée de quoi?

– Des nazis. Je tiens les nazis pour le plus grand danger. La misère du peuple leur profite.

– Les communistes valent-ils mieux?

– Valent-ils mieux? répéta-t-il, comme s'il n'en croyait pas ses oreilles. Que savez-vous du communisme, Sara? Seulement ce qu'en disent les journaux fidèles au gouvernement, ou pis encore, ce qu'en dit un homme comme Hitler? Le communisme, c'est...

La porte s'ouvrit. Nicola entra dans le salon.

– Ah, te voilà, Martin! Bonjour, Sara.

– Bonjour, murmura Sara.

Soudain, une tension presque palpable investit la pièce. Martin scrutait Sara comme un serpent fixe sa proie. Nicola éclata de rire et s'approcha en dansant du gramophone.

– J'ai envie d'écouter des valses viennoises, pas vous?

– Je t'en prie, non, fit Martin avec gravité.

Ils entendirent quelqu'un gravir les marches en sifflotant.

– J'aimerais bien savoir ce que Wolff vient faire tous les jours ici, grommela Nicola. Felicia lui a donné une clé, et la permission d'utiliser son bureau, mais on a l'impression qu'il est chez lui.

– Nous n'y pouvons rien, dit Martin. Nous sommes des invités nous aussi.

– C'est vrai. Seule Kat pourrait le mettre à la porte, mais on dirait que Wolff se contrefiche de ce qu'elle pense.

Comme par magie, la porte s'ouvrit. Kat les regarda tous les trois d'un air étonné.

– C'est une réunion secrète ou quoi? J'ai une nouvelle importante à vous apprendre: Wolff est revenu.

– On se demandait justement comment on pouvait le jeter dehors, dit Nicola.

– Il est d'excellente humeur, ajouta Kat.

– Felicia n'a réagi à aucun de tes télégrammes, n'est-ce pas? demanda Sara.

– C'est comme si elle avait disparu de la surface de la terre, se plaignit Kat.

374

– Allons poursuivre cette conversation dans un café, décréta Nicola. Nous trouverons sûrement une solution.

En sortant dans le couloir, ils entendirent un éclat de rire. Tom Wolff était appuyé à la rambarde.

– Regardez-moi cette jeunesse éclatante! Mon Dieu, si on pouvait me rendre la mienne!

Martin fit une grimace.

– Qui a évoqué la puissance de la haine et le pouvoir de l'amour? continua Wolff en dévisageant Kat. J'ai plus de quarante ans et je peux vous affirmer que ni la haine ni l'amour ne disparaissent avec l'âge. Au contraire, les sentiments deviennent plus profonds. Un jour, vous verrez. Plus on l'a attendu, plus le triomphe est doux. (Il se détourna.) Je vous souhaite une belle soirée! lança-t-il avant de disparaître dans le bureau.

Les quatre jeunes gens se regardèrent, perplexes.

– Est-ce qu'il est normal? demanda Nicola.

– Hélas, il est parfaitement lucide, dit Kat, mais je sais enfin ce que je dois faire.

– Quoi donc?

– Je pars pour Insterburg, chercher Felicia. Quitte à la ramener pieds et poings liés à Munich.

Le jour où Kat prit le train, rien ne laissait présager les événements qui allaient mener au chaos. La légère brise d'avril couvrait la dégringolade de la monnaie du Reich, les cerisiers en fleur et les genêts saupoudrés d'or dissimulaient les ombres de la misère de la république. Une réunion de propagande du NSDAP se tenait sur la place du Stachus. Après avoir promis que son parti étendrait son influence dans toute l'Allemagne, l'orateur s'en prit violemment au chômage. Les auditeurs, pour la plupart des hommes sans travail qui étaient les seuls à pouvoir assister à ce genre de réunion matinale, applaudissaient à tout rompre. Oui, il était grand temps que quelqu'un s'intéressât à leurs problèmes.

À New York, à des milliers de kilomètres de là, de l'autre côté de l'Atlantique, Alex Lombard pénétrait dans l'élégante maison de l'éditeur Callaghan sur la 87ᵉ Rue, à Manhattan. Une domestique l'accueillit avec déférence.

– M. Callaghan vous attend, Monsieur, dit-elle en le précédant pour ouvrir la porte du bureau.

Jack Callaghan se leva à l'arrivée de son invité.

– Mon cher Lombard, toujours aussi ponctuel! Asseyez-vous, je vous en prie. Un verre de porto?

– Volontiers, merci, dit Alex.

Il choisit l'un des larges fauteuils confortables. Par la fenêtre, il voyait les bateaux naviguer sur East River. Son hôte indiqua la table de travail.

– Le contrat est prêt. Il n'attend plus que nos signatures.

Alex sourit. Maintenant que l'accomplissement de ses rêves se trouvait à portée de main, il prenait plaisir à patienter encore un instant.

Comme lors de leur première rencontre, un an auparavant, Callaghan se dit qu'Alex Lombard était rudement séduisant. Un physique agréable était important pour faire carrière. Lombard avait tout pour réussir : le charme, l'habileté, l'élégance, et une fascinante confiance en lui. Derrière cette assurance se cachaient sûrement des déceptions, des blessures, et des expériences douloureuses, mais dans la course effrénée aux dollars personne ne le remarquerait. D'autant qu'Alex savait parfaitement dissimuler ses véritables sentiments.

Callaghan était fier de sa trouvaille. Il avait rencontré Alex lors d'une soirée de la haute société new-yorkaise.

À l'époque, Alex était le chevalier servant de la belle Laura Shelby, la veuve d'un banquier, qui l'emmenait partout où se retrouvait l'aristocratie financière. Callaghan, l'un des plus riches éditeurs de la côte Est, était alors à la recherche d'un partenaire, et Alex voulait gagner beaucoup d'argent. Pendant un an, ils s'étaient mutuellement observés, jusqu'à ce qu'Alex eût compris que Callaghan était l'homme qu'il lui fallait et que Callaghan se fût fait la même idée d'Alex : un homme vif, intelligent, doué de ce mélange de loyauté et d'absence de scrupules qui sont les gages de la réussite. Sans rien connaître à l'édition, Alex était de ceux qui, jetés dans n'importe quel fleuve, savent le dominer, car ils ont appris à nager.

– Dites-moi ce que vous attendez de la vie ? demanda soudain Callaghan.

– Un million de dollars, répliqua Alex en souriant.

Il se leva et s'approcha de la table. Le porto avait allumé en lui une étincelle, mais cela ne se voyait pas. Le penchant d'Alex pour l'alcool était la seule chose qui avait échappé au regard incisif de Callaghan, et Alex ne voulait surtout pas qu'il le découvre.

– Fréquentez-vous encore Laura Shelby ? s'enquit le vieux monsieur.

– Non. Comme vous savez, je suis plutôt versatile.

– Eh oui, soupira Callaghan d'un air envieux. Il ne faudrait pas se marier. Et en Allemagne, vous n'avez personne non plus ?

– Non, répondit Alex.

Sa plume dérapa sur le contrat, laissant un paraphe rageur et incontrôlé.

Dans le village breton de Saint-Maurin, cette matinée d'avril s'annonçait merveilleuse. L'herbe luisait d'un vert lumineux, le soleil baignait les toits, les falaises et les cimes des arbres de son éclat doré. Le sable des criques, d'une blancheur éblouissante, bordait une mer d'un profond bleu. Le vent frais et salé de l'Atlantique soufflait vers la terre, emportant sur son passage le parfum des genêts.

Dans la ferme située à la limite du village, Claire Lascalle avait déjà nourri le bétail, nettoyé la cuisine, réparé le bras de pompe du puits, et préparé le petit-déjeuner de son vieux père – ce dont il se rendait à peine compte, puisqu'il avait perdu la raison et la vue après avoir reçu un coup de crosse en 1917, pendant la guerre. Épuisée, Claire revint dans la cuisine. Elle esquissa un signe de croix devant le portrait de la Vierge Marie, car son geste d'abnégation avait été une nouvelle fois accompagné de mauvaises pensées : elle avait regretté que son père n'eût pas succombé à ses blessures.

Phillip Rath était assis à la table de la cuisine, encore ensommeillé et pas rasé, un peu honteux car il était presque midi. Il s'était couché très tard. Claire l'avait entendu aller et venir dans la cour jusqu'à trois heures du matin. Elle s'était même levée pour l'observer par la fenêtre. Sa jambe de bois claquait sur les pavés et le bout rougeoyant de sa cigarette brillait dans l'obscurité. Son agitation était tangible : elle avait compris qu'elle allait bientôt le perdre.

Près de quatre ans auparavant, juste avant la fin de la guerre, le jeune officier allemand avait atterri dans l'hôpital français où elle travaillait. On l'avait trouvé à moitié mort dans la boue d'un fleuve. Alors que Claire éprouvait une haine farouche envers les Allemands, elle avait été émue par le blessé. En proie à de redoutables cauchemars, Phillip avait hurlé de désespoir, se débattant contre des ennemis invisibles. On avait dû l'amputer de la jambe droite. Le médecin avait alors déclaré :

– Il est en état de choc. Pour l'instant, il ignore probablement qui il est et où il se trouve. Ce qui est plutôt une grâce pour lui.

Phillip avait rapidement retrouvé la mémoire, sans être pourtant délivré de ses rêves apocalyptiques. Lorsqu'il avait à nouveau pu parler, il n'avait pas cessé de répéter :

– Je ne veux pas retourner. Je ne veux pas retourner. Jamais.

Sans haine, mais non sans brutalité, Claire lui avait expliqué :

– De toute façon, vous n'y retournerez pas de sitôt. Vous êtes prisonnier de guerre.

Un jour, après sa libération, il était apparu dans la ferme de Claire, ayant remué ciel et terre pour obtenir son adresse. Dans son désarroi, Claire était la seule personne vers qui il avait pu se tourner.

– Mais vous avez une famille en Allemagne. On pensera que vous êtes mort au combat.

– Je suis mort.

– Mais vous vivez.

– Non.

– Permettez-moi d'écrire à votre famille.

– Non.

– Qu'attendez-vous de moi ?

– Je veux recommencer à vivre.

– Un jour, je me suis juré de trancher la gorge de tout Allemand que j'aurais sous la main. N'avez-vous pas peur ?

– Non.

– Vous ne désirez pas prévenir votre famille…

Claire avait fini par capituler. Je ne tomberai pas amoureuse de lui, s'était-elle juré, parce qu'un jour ou l'autre, il aura dominé sa terreur et il rentrera à la maison.

Dans la solitude qu'elle partageait avec lui – son père était un mort vivant et sa mère décédée depuis dix ans – son vœu avait été difficile à respecter. Quand Phillip l'avait embrassée, alors qu'elle aurait tant voulu s'abandonner entre ses bras, elle l'avait repoussé.

– Non, je t'en prie, je ne veux pas, avait-elle supplié.

– Très bien. Mais tu es très belle, Claire.

Plus tard, elle s'était regardée dans le miroir et, pour la première fois de sa vie, elle s'était trouvée jolie. Elle avait éclaté en sanglots, sachant que le destin lui en-lèverait un jour l'homme qu'elle aurait pu aimer.

– Tu as l'air fatigué, dit-elle calmement.

– J'ai à peine dormi cette nuit.

– Je sais. Je t'ai entendu marcher.

– Oh… Je suis désolé de t'avoir dérangée.

– C'était la pleine lune. De toute façon, j'aurais mal dormi. Je vais te préparer des œufs. Quand est-ce que tu retournes en Allemagne?

Phillip leva la tête.

– Pardon?

– Hier soir, tu as pris la décision de retourner en Allemagne.

– Comment…?

– Je te connais, Phillip. Je t'ai vu quand tu étais un homme brisé et je te vois maintenant. Tu as changé. Tu n'as plus besoin de te fuir toi-même. Tu peux reprendre ta vie, là où elle s'est interrompue, en 1914.

Le regard sombre de Phillip se tourna vers la fenêtre qui donnait sur un jardin.

– Non. Rien ne sera plus comme avant.

– Ne t'apitoie pas sur toi-même, répliqua-t-elle froidement.

– Ce n'est pas moi que je plains.

– Garde ta pitié, je t'en prie! Il n'y a aucune raison. J'ai été heureuse avant toi et je le serai après ton départ. Par ailleurs... (Elle s'approcha de la porte.) Tu es allemand! Et jamais je ne cesserai de haïr les Allemands!

Claire sortit avec précipitation et la porte claqua derrière elle.

À Munich, Sara quittait le jardin d'enfants pour rentrer à la maison quand une voix l'interpella :

– Bonsoir, lança Martin. Je ne savais pas à quelle heure vous finissiez, mais j'ai pensé qu'en vous attendant ici, je ne pourrais pas vous manquer. Puis-je vous inviter à dîner?

Elle se sentit intimidée et mal à l'aise.

– Pardonnez-moi, je suis fatiguée et je ne serais pas d'une compagnie très agréable.

– Je veux vous parler sérieusement. (Il lui prit le bras.) Nous avons été interrompus, vous vous souvenez?

Sara hocha la tête, et tandis qu'ils traversaient la rue, elle se dit que sa vie prenait un tournant inattendu.

Ce matin-là, quelque part derrière l'Oural, au pays des forêts infinies et des grands fleuves, Macha Ivanovna n'avait pas quitté sa couchette dans le baraquement. Les autres femmes étaient parties travailler à la construction de la route, mais Macha n'avait pas eu la force de se joindre à elles. La veille, elle s'était effondrée deux fois pendant le travail avant d'obtenir enfin la permission de rentrer plus tôt au camp. L'infirmière avait diagnostiqué une sous-alimentation, des troubles de la circulation et une bronchite mal soignée. L'interminable hiver sibérien avait prélevé un lourd tribut chez les prisonniers : grippe, pneumonie, fièvre, coqueluche. On manquait de médicaments, de nourriture saine et de couvertures. Le vent sifflait à travers les misérables planches en bois des baraquements. Le matin, les femmes devaient se rendre au fleuve, casser la glace et rapporter les lourds seaux d'eau. Celles qui tombaient trop souvent étaient consignées à la cuisine; une place très convoitée, car il y faisait chaud et l'on pouvait choisir les meilleurs morceaux du repas avant le retour des autres.

Mais, même pour les corvées de cuisine, Macha se sentait trop faible. Elle prit son propre pouls et s'aperçut, résignée, qu'il était presque inexistant. Elle décida de se laisser mourir.

Lorsque Élisabeth, condamnée à vingt ans de travaux forcés, regagna le baraquement en fin d'après-midi, elle trouva Macha somnolant, les paupières translucides, les mains sur la couverture en laine. Le matin même, elle lui avait apporté en cachette un pain aux flocons d'avoine. Macha ne l'avait même pas grignoté.

– Tu ne guériras pas si tu ne manges pas, Macha.

Elle ouvrit les yeux avec peine.

– Je vais mourir, Élisabeth, mais ce n'est pas grave.

– Tu as raison, c'est la chose la plus naturelle au monde, mais ce n'est pas sorcier. N'importe qui peut mourir. Ce qui est extraordinaire, c'est qu'on peut vivre. La vie est un cadeau, Macha, je t'assure.

– C'est un malheur.

– Non, pas si tu conserves ta volonté intacte.

Macha resta silencieuse. Son amie lui déclara qu'elle ne la laisserait pas capituler.

– Maintenant, tu vas boire et manger, et demain, même si tu te sens mal, tu travailleras avec moi à la cuisine. Je ne peux pas te laisser seule avec tes pensées morbides. Je te surveillerai jusqu'à ce que tu aies enfin compris.

– Qu'est-ce que je dois comprendre ?

– Que tu veux vivre, décréta Élisabeth.

Kat arriva à Skollna à un moment de grande agitation. La veille, le vieux Lavergne, le père de Benjamin, avait décidé de se rendre sur la tombe de sa femme. Sur place, comme cela lui arrivait souvent, il avait été victime d'un malaise. S'étant égaré sur le chemin du retour, il s'était rendu à Insterburg où il avait visité plusieurs auberges avant de terminer dans un bordel. Les filles l'avaient gentiment accueilli, lui offrant à boire et à manger, ainsi qu'une chambre pour passer la nuit. Le lendemain matin, Lavergne s'était souvenu de son nom. Il avait appelé un taxi pour rentrer à Skollna, où la police avait déjà entamé des recherches.

– Dieu du ciel, père, où étais-tu passé ? s'écria Benjamin.

– J'étais chez Mme Rosa, expliqua le vieux Lavergne, qui considérait qu'à son âge on n'avait plus besoin de se gêner.

Mme Rosa était connue de tous. Benjamin blêmit, l'un des valets sifflota pour marquer son approbation et les servantes pouffèrent. Au milieu de cette excitation, un second taxi, qui amenait Kat, klaxonna.

– Mon Dieu, Kat, mais d'où viens-tu ? s'exclama Felicia, abasourdie.

– Pourquoi as-tu ignoré tous mes télégrammes ? grommela la jeune femme, épuisée.

— Quels télégrammes?

— Tu n'as reçu aucun de mes messages?

— Non. Il s'est passé quelque chose?

— Et comment! J'ai bien peur que Wolff ne t'ait eue. Il est probable que tu ne possèdes même plus le quart du huitième d'un titre de notre affaire!

À la tombée de la nuit, Benjamin avoua tout, presque avec soulagement. Depuis son enfance, il avait eu le mensonge en horreur. Mentir à Felicia l'avait plongé dans un tel désarroi qu'il s'était demandé si la douleur d'une séparation n'eût pas été moins cruelle. De toute façon, rien n'aurait été aussi terrible que ce qui l'attendait désormais. Felicia était folle de rage; balayant toutes ses excuses, elle refusa de voir sa détresse.

— Comment as-tu pu faire une chose pareille? Tu savais ce que la fabrique représentait pour moi, tu savais combien je m'étais battue pour la conserver. Je t'avais expliqué que je devais me méfier de Wolff. Il avait l'intention de me ruiner depuis le début et, maintenant, il a probablement réussi parce que tu...

— J'avais peur que tu ne retournes à Munich.

— Évidemment que je l'aurais fait!

— C'est bien ce que je redoutais.

— Tu ne peux pas me retenir ici à jamais. Notre temps a toujours été compté.

— Pourquoi as-tu besoin de cette usine? Tu as tout ce que tu peux souhaiter, une maison, des terres, de l'argent. Pourquoi chercher à en avoir davantage?

— Je ne tolère pas qu'on me vole mes biens. Et puis je veux prouver à Alex que je peux me débrouiller seule et que je n'ai pas besoin de lui.

Le visage de Benjamin se décomposa.

– Alex Lombard! Tu penses encore à lui!

– Oui, je pense encore à lui! Nous avons eu des disputes terribles, mais c'était mieux que de périr d'ennui! Jamais il n'aurait commis une trahison aussi odieuse et perfide que la tienne. Il m'aurait dit clairement ce qu'il voulait ou ce qu'il ne voulait pas. Il m'aurait peut-être enfermée dans ma chambre, j'aurais peut-être dû m'enfuir par la fenêtre, mais il n'aurait jamais intercepté et brûlé mon courrier. Et, puisque nous parlons de tes méthodes sournoises, je ne serais pas étonnée que tu te sois débrouillé pour couper notre ligne téléphonique!

– Non, non, non… Pas du tout!

– En tout cas, tu as trouvé de bonnes excuses pour ne pas la faire réparer.

– Je t'aime, Felicia…

Cela dura ainsi pendant des heures. Felicia savait que le premier train partait seulement le lendemain matin. Elle avait l'impression que ses nerfs allaient craquer.

– Je n'en peux plus, déclara-t-elle enfin, la bouche desséchée, les mains tremblantes. Je dois préparer mes valises.

Benjamin, au bord des larmes, ressemblait à un fantôme.

– Est-ce que tu reviendras?

– Ne me pose pas cette question maintenant! Je n'en ai aucune idée. Je dois voir ce que je peux encore sauver.

Dehors, le vent fouettait les branches.

– Nous n'aurions pas dû nous marier, murmura-t-il. Je ne t'ai pas rendue heureuse.

En silence, Felicia ouvrit l'armoire et commença à jeter ses vêtements sur le lit. Plus tard, elle comprendrait que son second mariage s'était définitivement brisé à cet instant-là.

25

À Munich, Felicia trouva sur son bureau une invitation de Tom Wolff à son bal de printemps. Il avait ajouté
de son écriture de pattes de mouche : *Merveilleux que
vous soyez revenue à temps à Munich! J'espère que vous serez
mon invitée d'honneur.*

– Il se fiche le doigt dans l'œil! s'écria Felicia, furieuse.
Même si c'était le dernier bal de ma vie, je n'irais pas!

Toute la nuit, elle étudia les dossiers concernant les
activités de Wolff les semaines précédentes. À sept
heures du matin, elle se rua sur le téléphone.

Dans le vestibule, elle croisa Nicola qui se préparait
pour l'école. La jeune fille essayait un nouveau béret de
marin devant le miroir. Exaspérée, elle l'arracha et le jeta
par terre. Ses yeux étaient gonflés d'avoir trop pleuré.

– Bonjour, Nicola, dit Felicia, préoccupée, en soulevant l'écouteur.

Tandis qu'elle attendait que l'opératrice la mette en
relation avec Wolff, elle étudia sa cousine.

– Tout va bien? Tes yeux sont si rouges! Et pourquoi
ne veux-tu pas porter ce joli chapeau?

– Il me fait ressembler à une écolière!

– Tu es une écolière, reprit Felicia sans comprendre
le sérieux de la situation. Et tu as l'air ravissante. Martin
Elias pense sûrement la même chose que moi.

Le simple nom de Martin suffit à provoquer les larmes
de Nicola.

– Tout est fini. Martin ne m'aime plus!

– Flûte, dit Felicia, sans pouvoir rien ajouter d'autre, car la secrétaire de Wolff venait de répondre. Je voudrais parler tout de suite à M. Wolff, ordonna-t-elle.

– Je crois qu'il aime Sara, gémit Nicola, parce qu'elle est plus âgée et qu'elle se sacrifie pour des enfants d'ouvriers. Moi, je ne suis qu'une idiote petite écolière!

La secrétaire regrettait de ne pas pouvoir lui passer M. Wolff qui avait donné l'ordre qu'on ne le dérange pas.

– On ne pourra le revoir qu'au bal, précisa-t-elle. Vous avez sûrement reçu une invitation?

– Je ne veux pas danser avec lui, je veux lui parler et tout de suite!

– Je suis désolée.

– Bon sang, mais il est devenu fou! cria Felicia.

– Vous avez encore quelque chose à dire? demanda l'opératrice d'un ton pincé.

– Non! (Elle reposa brutalement le téléphone.) C'est incroyable! Il veut me forcer à assister à cette fête, pour Dieu sait quelle raison. Ce qu'il a fait avec mes titres est parfaitement illégal. Je vais déposer une plainte contre lui qui va le ruiner... (Elle remarqua soudain le visage défait de Nicola.) Oh, ma chérie, pardonne-moi! Tu penses que Martin aime Sara? Tu te trompes sûrement.

– Pas du tout. Il l'admire, car elle a été une infirmière remarquable pendant la guerre et qu'il peut lui parler de syndicalisme et d'aide sociale, alors que moi je n'y comprends rien. Et pourtant... (dans le miroir, elle examina son jeune visage aux traits réguliers, ses pommettes douces et ses boucles brunes) je suis beaucoup plus jolie que Sara!

– Nicola...

– Crois-tu que c'est parce que Sara est juive comme lui?

– Ce n'est pas impossible. Elle doit surtout le toucher profondément, soupira Felicia en pensant à sa propre expérience. Ces gens qui veulent rendre le monde meilleur sont des personnes très spéciales, tu sais.

– Je ne vais pas aller à l'école aujourd'hui, déclara Nicola, inconsolable. Je n'arriverai pas à me concentrer. Ma vie n'a plus aucun sens.

Felicia hocha la tête, tout en sachant que tante Belle n'aurait pas apprécié.

– Tu peux m'accompagner, je vais acheter une robe pour le bal de Wolff. Je dois avoir l'air fantastique!

Comme toujours, le défi électrisait Felicia. Elle savait que, en refusant de lui parler, Wolff cherchait à l'agacer, mais elle ne se laisserait pas intimider. Elle était décidée à utiliser toutes ses armes.

Elle choisit une robe noire en crêpe de Chine avec de fines bretelles, presque transparente, et si profondément décolletée qu'elle ne permettait aucun geste incontrôlé. Retenue aux hanches par une écharpe, elle tombait en de longs plis jusqu'aux chevilles. Une rose en velours vert foncé était épinglée sur l'épaule. Elle choisit aussi des bas résille noirs, des gants en velours vert foncé et autour du front, un bandeau semé de strass.

Nicola, admirative, en oublia presque son chagrin.

– Tu ressembles tellement à ma mère, soupira-t-elle pendant l'essayage.

– Quelque chose me gêne…, marmonna-t-elle. Je sais! Ce sont mes cheveux! Je les porte relevés depuis que j'ai dix-huit ans et c'est démodé. Je vais les faire couper!

La vendeuse et Nicola poussèrent un cri horrifié : ses cheveux étaient magnifiques! Mais Felicia ne se laissa pas dissuader. Encombrée de paquets, elle se rendit chez le coiffeur, suivie par Nicola qui se tordait les mains.

– Tu ne veux pas réfléchir, Felicia?

– Non, répliqua-t-elle en poussant la porte vitrée du salon de M. Jacques.

Bientôt, sous les ciseaux habiles du coiffeur, les mèches tombèrent les unes après les autres. Au fur et à mesure que le travail approchait de sa fin, le visage de Felicia blêmissait. Elle s'était tant habituée au poids de ses cheveux dans sa nuque que, désormais, elle se sentait nue et légère.

– N'est-ce pas un peu court? s'inquiéta-t-elle.

M. Jacques passa une main experte dans ses cheveux.

– Au contraire, c'est parfait. Vous avez le visage idéal et les cheveux qu'il faut pour cette coupe. C'est magique!

Felicia se regarda dans le miroir : ses cheveux effleuraient ses oreilles, M. Jacques avait dessiné une raie et ramené l'épaisseur d'un côté, l'autre étant plaqué sur le crâne. Elle regarda Nicola dans le miroir et lui demanda, craintive :

– Comment me trouves-tu?

– Tu es complètement différente, répondit Nicola, abasourdie. Une autre femme. C'est… c'est merveilleux!

– C'est bien ce que je disais, renchérit M. Jacques. Aux oreilles, vous devez porter beaucoup de strass ou des plumes de couleur. Ah…, fit-il en plissant les yeux. Je pourrais tirer encore bien des choses de votre visage. Il est digne d'un écran de cinéma!

– Oh et puis, faites ce que vous voulez! lança soudain Felicia. Je dois mettre un homme à genoux et pour cela, il ne faut pas lésiner.

Aussitôt, M. Jacques appela deux assistantes. Lorsque Felicia se contempla dans le miroir, une heure plus tard, elle reconnut à peine le visage poudré d'une blancheur nacrée, ses lèvres rouges, ses cils démesurément allongés, le bleu presque violet des paupières.

M. Jacques avait aussi rasé les sourcils qu'il avait remplacés par deux lignes de khôl arquées. Il avait créé une femme qui symbolisait l'idéal de son temps : une femme artificielle, élégante, raffinée, et impénétrable. Felicia força sa bouche trop rouge à sourire, repensant au visage de la jeune fille innocente d'avant-guerre.

Elle eut une pensée fugitive pour sa mère et Benjamin, et se demanda ce qu'ils en penseraient. Puis elle leva la tête, déjà conquise par sa nouvelle apparence. Même si tout Munich allait en faire des gorges chaudes, elle était certaine d'une chose : Alex l'aurait trouvée formidable.

Munich se répandit en commérages – du moins les invités du bal de Wolff. Comme il l'avait promis, il s'était surpassé : un orchestre de jazz animait la soirée, une chanteuse, un fume-cigarette entre les doigts, se trémoussait en agitant un boa en plumes. Les Breitenmeister, les Stadelgruber, les Carvelli, Augusta et Lydia, la grosse Clarissa qui traînait derrière elle son mari timide, étaient présents. La vieille garde était venue au grand complet, fermant les yeux sur ses préjugés d'autrefois. L'ancien proscrit était devenu un homme d'influence et un important partenaire d'affaires, et l'on préférait oublier qu'on l'avait autrefois évité avec des sourires dédaigneux. Wolff s'amusait de voir les anciens seigneurs frémir devant les danseuses à moitié nues et côtoyer, à contrecœur, les profiteurs de guerre et leurs vulgaires épouses. Il ressentait une joie intense à voir la très honnête Augusta Breitenmeister discuter avec l'épouse d'un parvenu. Décidément, la vengeance était une sensation exquise!

La colère contenue et l'agressivité des invités se focalisèrent, comme par une entente secrète, sur Felicia, car au fond, personne ne l'avait jamais aimée.

— Je t'assure, elle est revenue de Russie avec un ventre gros comme une baleine, souffla Augusta à son mari. Dieu sait avec qui elle s'est fourvoyée! C'est incroyable avec quelle impudence elle a présenté son adultère à Alex Lombard. Et à peine l'avait-elle chassé, qu'elle lui arrachait sa fabrique et s'acoquinait avec Wolff!

Son mari marmonna. Lui aussi avait dû s'entendre avec Wolff, et Felicia le savait certainement. Quand elle fit son entrée, il osa à peine la regarder. Les yeux fixés sur son décolleté vertigineux, il entendit sa femme et Clara Carvelli chuchoter derrière lui : «Une provocation!» Le mot était juste, Felicia traversa la salle avec un air de défi.

— C'est Felicia Lavergne. Elle a été mariée à Alex Lombard. Maintenant elle dirige la fabrique avec Wolff.

— On raconte qu'il l'a ruinée.

— À la voir, elle ne mettra pas longtemps à s'en remettre!

— Elle a changé…

— Elle s'est fait couper les cheveux. C'est une très mauvaise habitude. De mon temps, les femmes étaient fières de leur longue chevelure, persifla Augusta.

Clarissa jetait des regards envieux à Felicia en tirant nerveusement sur sa permanente crépue.

Wolff, qui discutait avec quelques invités, rayonna en voyant Felicia s'approcher de lui. Il lui ouvrit les bras.

– Ma chère, enfin! Je pensais que vous vous étiez égarée en Prusse-Orientale. Vous êtes magnifique, le savez-vous?

Avec un sourire, Felicia lui saisit les mains et souffla, en s'approchant de lui :

– Je vais vous traîner devant un tribunal, Tom Wolff, et quand j'en aurai terminé avec vous, vous ne serez plus rien!

Wolff éclata de rire. Il la scruta de la tête aux pieds.

– Décidément, on ne pourra jamais dire que Felicia Degnelly ait battu en retraite une seule fois.

– Jamais, acquiesça-t-elle.

Wolff lui offrit son bras.

– Nous allons ouvrir le bal avec une valse. Voulez-vous danser?

– J'espère que vous avez compris que vos méthodes ne vous mèneront à rien.

– Chut, ne soyez pas en colère. Écoutez plutôt la musique. Et comptez les pas, comme on vous l'a appris au cours de danse.

– Comptez vous-même! Vous ne respectez pas la mesure.

– C'est à cause de ma mauvaise éducation. Je n'ai jamais pris de cours de danse. Mais je me suis tout de même bien débrouillé, non?

– Probablement, en multipliant les trahisons.

– Voyons! N'oubliez pas que je suis votre partenaire.

– J'aurais du mal à l'oublier.

– Je vous avais dit d'emblée que nous étions deux bêtes sauvages qui attendaient chacune la soumission de l'autre. Vous avez été vulnérable la première.

– Ne soyez pas aussi prétentieux. Vous vous êtes simplement servi de mon absence pour vous enrichir de manière éhontée. C'est pourquoi je vais déposer une plainte contre vous.

– Vous subirez une plainte pour non-respect de contrat.

– Nous la subirons tous les deux : nous sommes associés.

– J'aurai bien des choses à dire là-dessus au tribunal. Je ne vous faciliterai pas la tâche, Felicia.

– Ne me sous-estimez pas, Wolff.

– Qui de nous deux est le plus riche ? Je sais que l'argent n'est pas l'essentiel, mais il aide à tenir. Et, quoi que vous fassiez, vos fonds seront épuisés avant les miens.

– N'essayez pas de m'intimider. Je ne vous abandonnerai pas mon bien sans me battre.

– Je n'y tiens pas ! Ce combat avec vous et les vôtres, je l'ai souhaité alors que vous n'étiez qu'une petite tête de linotte qui battait des cils. Déjà, à l'époque, je savais que vous deviendriez adulte un jour.

– Tant mieux. Nous pouvons commencer !

– Mais peut-être n'avons-nous pas besoin d'importuner un tribunal. Nous sommes deux adultes responsables, et nous savons ce que nous voulons.

– C'est-à-dire ?

– Vous voulez vos parts de la société. Et moi, je veux Kassandra.

– Pardon ?

– Attention, vous venez de rater une mesure ! Pourquoi semblez-vous si étonnée ? Vous le saviez pourtant. Je possède tous les biens matériels, et je vous ai toujours dit que la seule chose que je désirais encore, c'était cette femme.

– Est-ce qu'il s'agit de Kat personnellement ou est-ce seulement une façon de nous humilier ?

– Mes motivations ne vous regardent pas. Réfléchissez plutôt au moyen de réaliser mon souhait.

– Vous êtes fou. Je ne peux pas vendre Kat.

– Même pas pour avoir vos titres de la société?

– Vous ne comprenez pas. Je ne peux rien faire!

– Vous avez pourtant beaucoup d'inspiration.

– C'est absurde. Vous feriez mieux de l'oublier.

– Très bien. Mais vous allez y réfléchir. Et vous arriverez à la conclusion qu'un procès dure longtemps, que c'est sale, onéreux et que l'issue reste toujours incertaine. Vous comprendrez que ma proposition est beaucoup plus simple et sûre. Ah, comme j'aimerais vous voir vous débattre avec votre conscience! Écoutez, je vous propose dix pour cent en plus de ce que vous possédiez.

– Je ne suis pas à vendre.

– N'ayez pas l'air si sombre! Souriez, comme lorsque vous êtes venue me dire bonsoir avec votre charmant sourire hypocrite. Je veux voir votre bouche s'étirer en un mensonge rouge vif. Il réchauffe mon cœur!

– Allez le réchauffer ailleurs! Dieu soit loué, la musique s'est arrêtée. Vous êtes le plus mauvais cavalier qui m'ait jamais marché sur les pieds!

Lorsque Felicia arriva à la maison, après l'agitation de la soirée, tout paraissait paisible. Elle alluma la lumière, laissa son manteau glisser de ses épaules et contempla dans le miroir ce pâle visage inconnu aux lèvres rouges. Décidément, les cheveux courts lui allaient bien. Soudain, des images désagréables défilèrent devant ses yeux : Wolff et elle devant le tribunal, le procès, les avocats, les témoins, les juges… Elle savait qu'il finirait par gagner et qu'il ne la laisserait pas tranquille jusqu'à ce qu'il eût atteint son but. L'idée de gaspiller l'argent qu'elle avait durement gagné dans les méandres de la justice lui donna la nausée. Kat n'a qu'à l'épouser, pensa-t-elle, fatiguée. Il n'est pas un mauvais parti et j'aurai la paix. Elle gravit l'escalier et frappa à la porte de Sara, car elle avait besoin de bavarder. Comme il n'y eut pas de réponse, elle entra dans la chambre et s'aperçut, à son grand étonnement, que le lit n'était pas défait. Sara se trouvait probablement avec Martin. Pour tout compliquer, Nicola n'était pas dans sa chambre non plus. Sur la porte de sa propre chambre, elle découvrit un mot de Sara : *Benjamin a téléphoné.*

— Bon sang, il ne manquait plus que ça, marmonna-t-elle.

Puis, comme attirée par un aimant, elle frappa à la porte de Severin.

Le vieil homme ne dormait plus depuis longtemps, car son cœur malade l'empêchait de respirer normalement. Il ne supportait pas l'obscurité, redoutant la mort qu'il flairait parmi les ombres. Assis dans son lit, il luttait pour survivre. Les médecins lui avaient donné à peine un mois.

— Je savais que tu viendrais, haleta-t-il. J'ai remarqué depuis longtemps que quelque chose ne tourne pas rond. Assieds-toi et raconte-moi. Et malheur à toi si tu oublies un seul détail!

Lorsque Felicia le quitta, une heure plus tard, une phrase se répétait dans sa tête : «Sauve notre fabrique! Sauve notre fabrique! Sauve…»

— Pourquoi avez-vous laissé Wolff prendre tellement de pouvoir? lui avait-elle demandé.

— Je voulais qu'Alex revienne.

Seule la certitude de la fin lui arrachait cet aveu.

— Mais vous vous êtes toujours détestés?

— Il est mon fils unique.

— Que diriez-vous si Wolff et Kat se mariaient?

— Aujourd'hui, les prétentions de classe sont dépassées, n'est-ce pas? Ils auraient tous les deux ma bénédiction. Il faut reconnaître une qualité à ce parvenu : il s'occupe bien de ce qui lui appartient.

— Autrefois, vous vouliez un roi pour Kat, pas un paysan.

— Il faut savoir s'adapter si l'on veut survivre. Un peu d'opportunisme n'a jamais fait de mal.

Le lendemain matin, une certaine agitation s'empara de la maison. Nicola, qui avait secrètement suivi Sara et Martin la veille, alors qu'ils se promenaient la nuit dans Englischen Garten, fit à Sara, et devant tout le monde, une scène de jalousie digne du dernier acte d'une pièce de théâtre. Les deux jeunes filles avaient éclaté en sanglots et s'étaient réfugiées dans leurs chambres. Un fleuriste apporta une gerbe de roses de la part de Tom Wolff que Kat donna aussitôt à Jolanta. Le téléphone sonna : c'était Benjamin qui demandait à Felicia pourquoi elle n'avait pas rappelé, où elle avait passé sa soirée la veille, et si elle songeait à revenir à la maison au vu des récents événements.

— Que s'est-il passé? s'enquit Felicia.

— Susanne a la rougeole, lui annonça-t-il d'un air solennel.

— C'est grave?

— Tout dépend si tu juges une maladie grave ou pas.

— Ce n'est pas une réponse. Si tu remarques qu'elle est très souffrante, rappelle-moi et je viendrai. Mais, pour le moment, ici c'est le chaos, et je ne peux pas partir. Benjamin, tu m'entends? Benjamin!

— L'interlocuteur a coupé la communication, fit la voix nasillarde de l'opératrice.

Felicia reposa l'appareil. En se retournant, elle remarqua Kat, une ombre grise dans la lumière du demi-
jour. La jeune fille avait pris l'habitude de se déplacer
comme une somnambule. Felicia savait que sa solitude
lui pesait, et qu'elle avait le sentiment oppressant que
sa jeunesse et sa vie lui échappaient.

– Pourquoi n'as-tu pas gardé les roses de Wolff?
demanda soudain Felicia. C'était une attention gentille.

– Il est gentil depuis des années, mais il devrait
comprendre que je ne veux rien de lui.

– Pourquoi pas? Il est bon avec ceux qu'il apprécie.

Kat la dévisagea, bouche bée.

– C'est toi qui dis ça? Après tout ce qui s'est passé?

– Il est rude en affaires. C'est agaçant, mais c'est
indispensable si l'on veut réussir. En privé, il sait se
montrer aimable.

– Que se passe-t-il? Il était donc si séduisant hier?

– Il a parlé de toi avec beaucoup de tendresse.

Kat laissa échapper un cri de dédain. Felicia lui prit
les mains.

– Kat, est-ce que tu ne t'accrocherais pas trop au
passé? Tu refuses d'envisager l'avenir. Il ne reviendra pas.
Ni les personnes d'autrefois.

– Que veux-tu dire?

Felicia hésita; une pensée effrayante venait de lui
traverser l'esprit. Seigneur, si elle disait ce qu'elle avait
sur le bout de la langue, elle irait droit en enfer!

– Rien..., fit-elle, avant de s'élancer dans l'escalier.

Pourtant, cette pensée ne la lâcha pas pendant les jours
suivants. Elle avait entendu dire que celui qui laissait le
diable entrer dans son cœur était alors à sa merci à tout
jamais. Cent fois, elle se répéta : je ne le ferai pas, non,
je ne le ferai pas, je ne peux pas jouer avec le destin!

Bien qu'elle n'eût pas un sens moral très développé, elle avait toujours éprouvé une certaine crainte de la vengeance de la providence. Alors elle batailla avec sa conscience et découvrit, à sa grande surprise, qu'elle l'avait sous-estimée. Puis un événement vint tout bouleverser : à l'aube du 1er mai, Severin cessa de lutter. Après une terrible nuit, il finit par mourir entre les mains du médecin.

Felicia organisa les funérailles, écrivit à la famille, aux amis, et apprit, à la lecture du testament, que Kat et Alex avaient hérité la maison. Alex devenait le propriétaire des derniers titres de la fabrique, mais Severin avait décidé que Felicia conserverait les pleins pouvoirs. Chacun semblait croire qu'elle maîtrisait encore les choses alors que tout se fissurait autour d'elle. Pensent-ils, parce qu'ils n'osent pas regarder la réalité en face, que tout va continuer comme avant? s'irritait-elle.

Le désespoir la rendait téméraire. En revenant de l'enterrement, elle décida de s'accrocher au moindre espoir.

– Où est Kat? demanda-t-elle.

Personne ne l'avait vue depuis le cimetière.

– Elle est effondrée, se désola Sara. Elle a perdu la dernière personne qu'elle aimait.

– Il faudrait qu'elle se marie, soupira Felicia. Que penses-tu de Tom Wolff? Il est très amoureux.

– Je pense qu'il veillerait bien sur elle. Mais il y a encore Phillip et…

– Justement, la coupa Felicia. C'est bien ce qui est ennuyeux : Kat attend le retour d'un mort.

Elle trouva finalement sa belle-sœur dans le jardin d'hiver, assise sur le canapé d'osier où, en des jours plus heureux, Phillip Rath l'avait demandée en mariage. Elle contemplait une orchidée rouge sang, espérant y trouver le remède qui chasserait sa léthargie et apaiserait son chagrin. Felicia s'assit à côté d'elle et lui expliqua qu'il y avait un temps pour pleurer, mais qu'il était dangereux de ne pas savoir reconnaître qu'il était temps de revivre.

– Ça ne sert à rien d'entretenir ses rêves d'autrefois, Kat. Il ne faut pas regarder en arrière. En Russie, tu as réussi à te ressaisir après la mort d'Andreas, maintenant tu dois faire de même avec Phillip.

Les yeux noirs de Kat brillaient dans son visage pâle.

– Phillip est vivant. Et je vais attendre son retour.

– Non. Phillip est mort.

Ces paroles restèrent suspendues dans la pièce silencieuse. Au loin, on entendait le murmure de voix étouffées.

– Il a été porté disparu, reprit Kat, d'une voix qui se brisait.

– Non. Il n'a pas été porté disparu. À l'époque, nous avons reçu la nouvelle de sa mort. (À cet instant précis, Felicia n'aurait pas été surprise de voir apparaître le diable en personne.) Nous n'avons pas voulu te le dire, poursuivit-elle. Tu avais déjà vécu des choses si terribles.

Curieusement, il ne se passa rien, pas de coup de tonnerre, ni de cataclysme. Les orchidées étaient toujours aussi écarlates, et Felicia repensa à ce que lui avait dit Tom Wolff : « Votre bouche est un mensonge rouge vif ! » Il n'était pas difficile de mentir.

– As-tu compris ce que je viens de dire, Kat ?

– Oui.

À son regard, Felicia comprit que sa belle-sœur l'avait crue sur parole. Elle se leva.

– Dans ce cas, il ne me reste plus personne.

Son apparente sérénité inquiéta Felicia.

– Écoute, tu l'avais sûrement deviné : la guerre est terminée depuis quatre ans, et il n'a pas donné signe de vie.

– Pourquoi me l'apprends-tu aujourd'hui ?

– Parce qu'aujourd'hui, peut-être, tu devrais entamer une nouvelle vie.

– Amen, conclut Kat d'un air cynique, avant de claquer la porte derrière elle.

Agitée par l'appel d'air, l'orchidée empoisonnée s'inclina vers Felicia.

Pendant trois jours, enfermée dans sa chambre, Kat refusa tout contact. Les autres pensaient qu'elle était bouleversée par la mort de son père. Seule Felicia connaissait la raison de ce comportement et il lui était difficile de dissimuler son angoisse. Tout pouvait encore aller de travers. En écoutant sa belle-sœur arpenter sa chambre, elle serrait ses mains l'une dans l'autre. Kat était facile à manipuler lorsqu'elle était émue. Peut-être se laisserait-elle pousser dans les bras de Wolff ?

Strictement parlant, Felicia se persuadait qu'elle n'avait pas vraiment menti. Phillip étant sûrement mort, elle avait eu un geste charitable en délivrant Kat d'une nostalgie sans espoir. La jeune fille devait-elle se condamner à vieillir, grisonnante et solitaire, en l'attendant en vain ?

Lorsque Kat quitta enfin sa chambre, elle affichait un visage impassible, mais toute trace de douceur avait disparu de son regard, ainsi que le sourire confiant qu'elle avait conservé malgré les drames passés. Elle avait décidé de devenir adulte et de faire du mieux possible avec ce qui lui restait. Felicia craignait encore que Kat ne décidât de rechercher le disparu, mais la jeune fille, naïve, ne douta pas un instant des propos de sa belle-sœur.

Kat annonça qu'elle avait accepté la proposition de Wolff et qu'elle l'épouserait le plus tôt possible. Bien qu'elle ne parût pas heureuse, on ne l'avait pas vue aussi sereine depuis longtemps. Sara demanda à Felicia ce qui avait pu provoquer ce revirement et apprit la vérité. Elle dissimula son effroi, promit de garder le secret, mais prit ses distances.

Munich avait un nouveau scandale à se mettre sous la dent. Moins de six semaines après le décès de son père, la fille de Severin Lombard épousait Tom Wolff. La brièveté indécente du deuil et le choix du fiancé soulevèrent l'indignation. Quant à Felicia, elle rendait grâce que personne n'eût été au courant des transactions les plus secrètes.

À quarante-huit ans, Tom Wolff avait réalisé tous ses rêves. Il avait gagné l'argent, le pouvoir et une épouse issue de l'aristocratie. Sa dernière victoire avait été l'obstacle le plus difficile à surmonter, il avait dû faire preuve de beaucoup de patience. Pour obtenir l'argent et le pouvoir, il suffisait d'être habile, de posséder du flair pour les bonnes affaires et de ne pas craindre d'utiliser des pratiques peu recommandables. Mais les femmes de la haute société posaient davantage de problèmes. Elles préféraient épouser un aristocrate dégénéré et imbécile, plutôt qu'un parvenu venant des classes inférieures. Mais Wolff avait toujours su que le temps sourit aux obstinés. La guerre était survenue, l'Empire s'était effondré, et l'élite d'autrefois avait dû quitter ses palais.

« Un jour, tu seras moins fière. Et tu t'apercevras qu'il ne te reste que moi. » Il sourit en se rappelant ses propres paroles. Quelle belle prophétie! Abandonnée par son frère, ayant perdu son père et renoncé à l'espoir d'un retour de Phillip, Kat avait cédé au sentiment de solitude mêlé de panique qui la hantait depuis que sa mère était morte.

Wolff avala son whisky d'un trait. La pendule sonna dix fois. Il était marié depuis dix heures. Kassandra Lombard... Il murmura son nom tout haut. Merveilleuse Kassandra! Il l'avait vue grandir. Depuis qu'elle avait eu quatorze ans, il n'avait cessé de rêver à ses lèvres, à sa chevelure sombre et aux courbes harmonieuses de son corps. Mais Wolff était nerveux. Il se versa un dernier verre avant de gravir les marches de l'escalier.

La chambre à coucher était plongée dans l'obscurité. Kat avait dû s'endormir – ce qui le déçut, car il savait qu'il n'oserait jamais la réveiller. Mais, en allumant la lampe, il s'aperçut qu'elle était réveillée, allongée dans le lit, et qu'elle l'observait d'un air provocant. Il s'était attendu à trouver une jeune femme gênée, et il se révélait plus intimidé qu'elle. Il n'avait jamais été séduisant, il le savait. Habitué, depuis des décennies, à cacher ses complexes derrière des vantardises, il se réfugia à nouveau dans l'excès en se montrant agressif.

Son incertitude et le calme dédaigneux de Kat le mirent en colère. Il était pourtant un homme expérimenté, il avait connu des centaines de femmes et aucune ne s'était jamais plainte! Il se déshabilla avec des gestes brusques, puis se jeta sur Kat comme sur une proie trop longtemps attendue. Elle resta immobile, priant qu'il en finisse avant que la douloureuse pression de ses bagues autour de son cou ne devienne insupportable. Wolff, qui était un amant expérimenté, ne put cependant se maîtriser. Tout fut terminé avant même d'avoir commencé. Ce phénomène, nouveau pour lui, allait souvent se reproduire avec Kat. Il se l'expliquerait, avec résignation, comme étant la conséquence de son complexe d'infériorité.

Imperturbable, Kat écoutait le souffle irrégulier de Wolff. Lorsqu'il put à nouveau parler, il se tourna vers elle. À la lumière diffuse des lampes à gaz de la rue, elle distinguait mal son visage.

– Félicitations! Ton officier disparu a emporté un bien joli cadeau avant de partir pour l'inconnu!

– Pardon?

– Tu me comprends parfaitement. Ton visage d'ingénue est une duperie. Combien d'hommes as-tu déjà eus dans ta vie?

Regrettant qu'elle n'ait pas attendu pendant toutes ces années, dans sa chambre tranquille, son futur mari, il se montra brutal afin de cacher sa déception. Wolff n'avait jamais éprouvé de jalousie pour une femme, car son argent lui avait permis d'en «acheter» autant qu'il le désirait. Or voilà que ce sentiment nouveau commençait à le ronger.

– Combien? répéta-t-il, furieux.

– Un seul, répondit Kat. Un baron russe. Il est mort.

À ce moment-là, elle aurait aimé mourir tant Andreas lui manquait, tout comme la Russie, la pluie, la révolution, le parfum délicat des roses et les effluves de la terre mouillée. Pour Wolff, sa réponse eut l'effet d'une gifle. Phillip Rath représentait une figure réelle, saisissable, alors que le baron russe possédait l'aura mystérieuse et envoûtante d'un pays lointain, d'une époque orageuse aux allures romantiques de fin du monde.

– Bon Dieu! dit-il.

Épuisé, déçu, il se détourna de Kat. Son sentiment de triomphe s'était évanoui. Elle ne lui appartenait pas, elle ne lui appartiendrait jamais, il comprit qu'il n'avait pas réussi à franchir le dernier obstacle.

26

Le mark dégringola. Bien que l'inflation eût été annoncée depuis longtemps, la plupart des gens furent surpris par son accélération et le gouffre vertigineux qui s'ouvrait devant eux. Au début de l'année 1923, il fallait chaque jour dépenser plus pour obtenir moins que la veille. Celui qui possédait des biens réels pouvait, en se montrant habile, bâtir une fortune, tandis que les salariés restaient sans espoir, au bord du chemin.

La classe moyenne subissait une véritable hémorragie. Les petites entreprises faisaient faillite, tandis que les plus grosses prospéraient. Les gens dépensaient des fortunes pour acquérir une livre de beurre. Les familles nombreuses ne savaient plus comment nourrir les bouches affamées. Des vies étaient ruinées, alors que de nouvelles naissaient dans la misère. Ce bouleversement dépassa de beaucoup celui de la révolution de novembre 1918.

N'ayant pas résolu la question des réparations allemandes, le gouvernement Wirth avait démissionné, mais, face à l'étendue des problèmes, celui de Wilhelm Cuno se trouva tout aussi démuni que son prédécesseur. Puis, en janvier, les Français occupèrent la Ruhr. Le chancelier appela les ouvriers à la résistance passive – une mesure soutenue par les syndicats qui se révéla lourde de conséquences, car les obligations du Reich furent augmentées et ne purent être soldées que par l'émission de billets de banque. La bataille de la Ruhr coûta aux honorables Stadelgruber de Munich leur bonne réputation. À la surprise générale, le mari de Lydia fut arrêté pour avoir livré des armes à la résistance nationale-socialiste. Felicia soupçonna Wolff d'être mêlé à cette affaire, car il blêmit en apprenant l'arrestation de Stadelgruber et resta prostré durant trois jours. Mais Stadelgruber ne trahit personne, donnant ainsi la possibilité à ses complices de poursuivre leurs sombres trafics. Lydia disparut, ne sachant comment supporter le scandale. Wolff racheta ainsi la fabrique de textiles de Stadelgruber. Un jour, Felicia croisa leur fille, Clarissa, dans un magasin où elle travaillait comme vendeuse. La jeune femme, honteuse, resta pétrifiée en apercevant Felicia, qui, aussitôt, songea avec soulagement que c'était une bonne chose d'avoir Tom Wolff à son côté.

Elle savait qu'elle n'aurait pas survécu toute seule à cette période troublée. Wolff veillait à ce qu'ils profitent du drame économique de l'Allemagne. Leur affaire se développa même au-delà de Munich. Felicia gagnait suffisamment d'argent pour payer l'école de Nicola, entretenir sa mère et financer les études de Jo. Ces temps difficiles avaient permis à Felicia de comprendre pourquoi elle avait tant travaillé, épargné, et tenu à rester indépendante de son mari.

«Une femme doit disposer de son propre argent», répétait-elle, heureuse de pouvoir aider les personnes qu'elle aimait.

Depuis le mariage de Kat, Sara avait pris ses distances avec Felicia. Elle habitait toujours Prinzregentenstrasse, mais elle vivait de son côté. À cause de Martin et de son travail, elle s'était éloignée de son ancienne vie et de ses anciens amis. La détresse et la misère de l'époque la touchaient profondément.

Un matin, Elke, une petite fille maigrichonne qui souffrait d'une toux chronique et arrivait toujours à l'école pieds nus, ne vint pas au jardin d'enfants. À l'heure du déjeuner, Sara décida de se rendre chez la fillette. Elle appela Martin qui passa la chercher avec la voiture de son père.

– Dépêche-toi! le pressa Sara. Je sens qu'il se passe quelque chose de grave.

Martin se moqua gentiment, car il ne croyait pas aux prémonitions. Ils arrivèrent dans l'ouest de la ville, où il n'y avait presque plus d'arbres, ni de fleurs, seulement de tristes bâtiments gris qui se dressaient vers le ciel, et des enfants désœuvrés qui jouaient sur le trottoir.

– C'est là, dit Sara en désignant l'un des immeubles.

La cage d'escalier était étroite et sombre, le papier peint en lambeaux. On respirait les relents d'un repas déjà ancien. Un nourrisson pleurait et un gramophone jouait une chanson populaire. Sara tenait la fiche d'Elke à la main.

– Septième étage, soupira-t-elle.

La porte était fermée à clé. Aucun bruit à l'intérieur. Alors qu'ils attendaient dans le couloir, une voisine leur apprit qu'on n'avait pas entendu la famille de toute la matinée.

– N'y avait-il pas une odeur de gaz? demanda-t-elle soudain.

Prise de panique, Sara tambourina à la porte. Un voisin alla chercher une pince et força la porte. Une forte odeur de gaz les prit à la gorge. La main sur la bouche, Martin pénétra dans la chambre, ouvrit la fenêtre et tourna le bouton du fourneau. Sara arracha deux enfants d'un lit, dont la petite Elke. Au même moment, un hurlement retentit.

– Il y a un pendu!

Ce fut la panique. Un homme pendait à une corde accrochée au plafond, les pieds à quelques centimètres du sol, une chaise renversée près de lui.

– Dehors! insista Martin qui avait relevé la jeune femme étendue dans la cuisine.

Bouleversée, Sara allongea les enfants et leur mère sur des couvertures dans le couloir. On envoya chercher un médecin. Martin sortit deux autres enfants de la chambre. Les quatre petits respiraient. Sara prit la tête d'Elke entre ses mains et la secoua doucement.

– Elke, réveille-toi! Je t'en supplie, réveille-toi!

Les paupières d'Elke frissonnèrent.

– Dieu soit loué! murmura Sara.

– J'aimerais qu'on se marie, Sara, dit soudain Martin, agenouillé en face d'elle.

– Quoi?

– J'aimerais t'épouser.

Revoyant le corps qui se balançait, un voile noir obscurcit sa vue, et Sara s'effondra, inconsciente, à côté des enfants.

Le lendemain, Martin se présenta Prinzregenten-strasse. Sara, les yeux bouffis, contemplait le ciel de la fenêtre de sa chambre. Martin arrivait du commissariat où l'affaire avait été consignée dans un rapport. La mère avait expliqué les raisons du drame: depuis quelques mois, son mari avait montré des signes de lassitude, tourmenté par les soucis, la peur et la lutte incessante pour le pain quotidien. Sa panique avait augmenté avec l'inflation. En apprenant qu'il risquait de perdre sa place à l'usine, il avait perdu la tête. En accord avec sa femme, il avait décidé qu'il valait mieux cesser de vivre plutôt que de mourir à petit feu. Il avait acheté des somnifères, que la femme et les enfants avaient avalés, puis il avait ouvert le robinet du gaz.

— Normalement, lui aussi aurait dû prendre les cachets, expliqua Martin, mais il a préféré se pendre.

— Comme il a dû se sentir désespéré, murmura Sara, bouleversée. Quand il ne reste plus que cette issue, quel abîme dans le cœur d'un homme!

— Il travaillait pour Wolff à la fabrique, ajouta Martin.

— Non!

— Wolff l'avait menacé de licenciement.

— Comment est-ce possible? demanda Sara, effarée.

— Tant que les uns auront de l'argent et d'autres pas, il en sera toujours ainsi. Maintenant, veux-tu m'épouser, Sara?

On frappa à la porte. C'était Felicia qui venait prendre des nouvelles de Sara. Lorsqu'elle entra dans l'atmosphère morose de la chambre, on aurait dit une créature d'un autre monde, avec ses joues roses et ses yeux brillants. Elle portait une robe en soie ivoire, une écharpe en mousseline et un long sautoir de perles. Sa vitalité rayonnante n'était que provocation. Elle symbolisait parfaitement le système que Martin rêvait de voir s'effondrer.

— L'homme qui s'est suicidé hier travaillait pour vous, lui reprocha Sara. Wolff voulait le congédier.

— Je n'en savais rien, répondit Felicia, hésitante.

Martin et Sara restèrent silencieux. Felicia prit une cigarette.

— Combien d'enfants avait-il?

— Quatre. Et la mère n'a pas de travail.

— On raconte que Wolff se comporte brutalement avec ses ouvriers, renchérit Martin.

— Je ne suis pas compétente pour ces choses, répliqua Felicia.

Agacée, elle éteignit sa cigarette à peine entamée.

– Les temps sont difficiles et la situation n'est pas meilleure dans les autres entreprises. Je ne veux pas être tenue pour responsable de cette affaire. Je vais demander à Wolff de trouver un emploi à cette femme et je l'aiderai financièrement. (Elle ouvrit la porte.) Au fait, je m'absente quelque temps. Je pars pour Insterburg. Je vais tenter de racheter Lulinn.

Une période épuisante débuta alors pour Felicia. Elle négocia Lulinn avec l'oncle Victor qui se montra plus prétentieux que jamais et incapable de prendre une décision. Elle rendit visite à ses enfants à Skollna et s'effraya de la mélancolie de Benjamin. À Berlin, elle revit sa mère qui passait des heures à méditer devant une sorte d'autel érigé dans le salon, où elle avait disposé les photos de son mari, de Christian, d'oncle Leo et de tante Belle.

Un jour, Nicola débarqua aussi Schloßstrasse, avec sa valise, décidée à ne plus jamais retourner à Munich.

– Je vais aller à l'école ici, déclara-t-elle. Je ne veux plus avoir sans cesse Martin et Sara sous les yeux. Ils vont se marier.

Felicia en eut le souffle coupé. Mais Nicola ne voulut pas en dire davantage. Elle était convaincue d'avoir traversé une effroyable épreuve et gagné le droit de profiter enfin de la vie. Bientôt, elle rencontra des Russes blancs en exil qui hantaient les cafés berlinois et évoquaient une époque révolue lors de conversations interminables. Nicola, avec ses longues jambes et ses yeux magnifiques, devint rapidement le coqueluche du groupe et Felicia cessa rapidement de compter ses nombreuses conquêtes. Les conversations des jeunes gens tournaient le plus souvent autour d'une certaine Anastasia Romanov, une jeune femme que l'on avait sauvée de la noyade et qui prétendait être la fille rescapée du dernier tsar. Fêtée et admirée, Nicola était prête à oublier Martin et commençait à trouver la vie excitante. Felicia rendit aussi visite à Jo qui préparait fiévreusement ses examens. Elle se promena au Tiergarten avec Linda et Paul, en se demandant de quoi elle avait bien pu parler autrefois avec son amie. Quand elle évoquait la fabrique de Munich, la mode, les voyages, ses difficultés avec Benjamin, Linda la regardait avec un mélange d'admiration et d'étonnement. Elle ne fit qu'une seule remarque :

– Tu es si nerveuse et impatiente !

Felicia, en effet, ne pouvait rester une minute en place. Se méfiant des souvenirs, elle refusait de penser à son père, à Christian, à Leo et à Belle, aux années d'avant-guerre, à Alex ou à Maksim. Elle se dépensait dans un tourbillon d'activités, voyageant à Hambourg, à Francfort, à Düsseldorf, signant de nouveaux contrats, courant cocktails et réceptions. Elle évitait de contempler le visage gris de la République, marqué par l'inflation, et s'enivrait de paillettes.

Pourtant, les événements se précipitaient. Au mois d'août, le gouvernement Cuno se retira et le nouveau chancelier, Stresemann, forma le premier cabinet d'une grande coalition. En septembre, le gouvernement de Munich ordonna l'état d'urgence en Bavière, en réaction à la fin de la résistance passive dans la Ruhr. Les agitations nationales-socialistes s'étendirent et, bientôt, l'état d'urgence fut déclaré dans tout le Reich. En Saxe, à Thüringe et en Bavière, des incidents entre groupements politiques éclatèrent. Von Kahr, le délégué de l'état-major pour la Bavière, n'osa pas interdire le journal du NSDAP, le *Völkischer Beobachter*, bien que le haut-commandement de l'armée l'eût violemment attaqué. On parlait d'une scission du Reich, d'autres prédisaient une dictature de droite. En octobre, à Hambourg, Felicia se trouva prise dans de violents affrontements entre communistes et policiers, et se retrouva à l'hôpital, car une pierre l'avait heurtée à la tempe et blessée sérieusement.

Début novembre, les ministres sociaux-démocrates quittèrent le gouvernement de coalition, en réponse aux événements de Bavière. Selon les rumeurs, von Kahr envisageait de marcher sur Berlin et de confier, par un putsch, le gouvernement à la droite allemande. L'atmosphère était survoltée, beaucoup pensaient que le retrait des sociaux-démocrates laissait présager du pire.

Mais Felicia ne se préoccupait guère de politique. Seuls deux événements mobilisèrent son attention : oncle Victor donna son accord pour la vente de Lulinn, et Sara et Martin envoyèrent un télégramme pour annoncer leur mariage.

— Ça ne marchera pas, affirma Martin, les Allemands ne sont pas assez idiots pour le tolérer !

Il se tenait, comme hypnotisé, dans l'entrée d'une maison de la Leopoldstrasse et regardait les manifestants traverser Munich en hurlant des slogans et en brandissant des flambeaux. C'était la nuit du 8 au 9 novembre 1923. Une heure auparavant, le chef du NSDAP, Adolf Hitler, avait révoqué le gouvernement du Reich et celui de Bavière en se proclamant chancelier du Reich. On racontait que le général Ludendorff soutenait les putschistes, si bien qu'Hitler pouvait au moins compter sur le soutien de l'armée de l'armistice. Tout Munich veillait en cette nuit, les rues étaient remplies de monde en dépit du brouillard et du froid. Ici ou là, on entendait des clameurs.

«Voilà ceux dont nous avons besoin! Ils vont enfin chasser ces maudits Français du sol allemand! Ils vont révoquer le diktat honteux de Versailles! Hitler est l'homme qu'il nous faut...»

– C'est impensable, s'emporta Martin. Je n'arrive pas à le croire!

Sara, pressée contre lui, ne sachant pas si elle tremblait de froid ou d'appréhension, le supplia à mi-voix :

– Rentrons à la maison. Je ne veux pas voir ça.

Une femme, qui se tenait près d'eux, entendit les paroles de Sara. Elle eut un regard méprisant.

– Des Juifs! cracha-t-elle. C'est vous qui êtes responsables de l'inflation. On devrait faire le ménage avec vous autres!

Sara avait les larmes aux yeux.

– Partons, je t'en supplie!

– À cause de cette vieille salope? J'aimerais savoir où ils vont. Viens!

Martin était comme enfiévré. Main dans la main, ils suivirent les manifestants. Près d'eux, un homme grommela :

– Bande de voyous! S'ils convainquent les militaires, ils auront gagné.

– Von Kahr ne suivra pas, prédit Martin. Il est de droite, mais il n'est pas fou.

– Mais Ludendorff soutient Hitler.

– Ludendorff n'a plus beaucoup d'influence.

Les premiers rangs des manifestants chantaient le *Waht am Rhein*. Puis retentit une chanson que Sara n'avait jamais entendue : «... aujourd'hui l'Allemagne nous appartient et demain le monde entier!»

Les lueurs ocre et rouges des flambeaux éclairaient les façades sombres et les rues détrempées par la pluie. Les bottes des putschistes martelaient les pavés. Arrivé à la caserne, le cortège s'arrêta. Entre les colonnes brillaient des lumières, on voyait distinctement les policiers pointer leurs mitrailleuses sur les manifestants. Un instant, le chant faiblit, pour reprendre aussitôt d'autant plus menaçant, et le cortège s'ébranla à nouveau.

Les premières salves des mitrailleuses crépitèrent. Des cris s'élevèrent dans la nuit. En quelques secondes, les badauds s'enfuirent dans les rues avoisinantes ou se réfugièrent dans les entrées d'immeubles. La plupart des manifestants battirent en retraite. On tira sur ceux qui insistaient.

Martin serrait la main de Sara à lui faire mal.

– Ils tirent! Ils tirent vraiment!

Les policiers s'étaient élancés pour arrêter des manifestants. Des voix hurlaient :

– Ils ont arrêté Adolf Hitler! Hitler est prisonnier!

La nouvelle suffit à disperser la foule. Quelques coups de feu isolés retentirent encore. La scène était fantomatique : le brouillard, l'obscurité, les flambeaux, les policiers et une foule éparpillée, le bruit des klaxons et des sirènes.

En rentrant à la maison, Martin était d'excellente humeur. Sara, elle, restait silencieuse. Elle ne partageait pas sa joie à l'idée que la tentative de putsch des nationaux-socialistes avait avorté. Toute sa vie, elle avait écouté une petite voix intérieure, celle qui lui avait permis de sauver la jeune Elke. Elle ne pouvait rien contre ses pressentiments et, en ce qui concernait le NSDAP, ils étaient plus forts que jamais. Elle ne ressemblait pas à Martin, qui pouvait débattre des chances de succès ou de défaite du parti honni d'Adolf Hitler. La crainte de Martin était fondée sur des réflexions logiques, alors que la sienne dépendait d'un sentiment qui la torturait, car elle ne pouvait pas l'exprimer concrètement. À sa peur se mêlait une prémonition de mort.

Martin et elle étaient mariés depuis une semaine, et, selon le souhait de Felicia, ils continuaient de résider Prinzregentenstrasse – qui, autrement, serait resté inhabité. Ils n'avaient pas d'autre choix, car Martin n'acceptait plus d'argent de son père et passait son temps à écrire des poèmes que personne ne publiait. Ils vivaient du salaire de Sara, mais Martin se consolait en se disant que son heure viendrait.

– J'écris un roman, Sara. Je suis certain que je vais trouver un éditeur et, alors, nous n'aurons plus de soucis à nous faire.

En approchant de la maison, ils aperçurent une silhouette qui se tenait devant la porte. Un homme examinait la façade, mais ne paraissait pas décidé à sonner.

– Vous cherchez quelqu'un? demanda Martin.

– Pardonnez-moi, répondit poliment l'inconnu. Mon train est arrivé il y a une demi-heure. Je suis un vieil ami de la famille Lombard. Savez-vous si Mlle Kassandra Lombard habite encore ici?

Le timbre de la voix sembla familier à Sara. Alors qu'elle fouillait dans sa mémoire, l'homme avança d'un pas et la lumière du lampadaire éclaira son visage.

– Phillip Rath! s'écria-t-elle, décontenancée.

Phillip lui saisit la main.

– Sara! Mon Dieu, je suis vraiment revenu à la maison! Il la serra dans ses bras. Elle n'arrivait pas à y croire.

– Où étais-tu donc passé pendant toutes ces années?

– Je vais vous expliquer. Croyez-vous qu'on pourrait réveiller Kat? Elle habite bien encore ici?

Huit ans, pensa Sara, désespérée. Après huit ans, tu reviens et tu t'attends à ce que tout soit comme avant!

– Entre d'abord, dit-elle en ouvrant la porte.

Le télégramme trouva Felicia à Skollna, en pleine discussion avec Benjamin. Sara lui annonçait sèchement que Phillip était revenu de France, qu'il fallait attribuer sa longue disparition à un sévère choc psychologique et qu'après une courte entrevue avec Kat, il avait quitté Munich sans donner d'adresse.

Le télégramme lui glissa des mains. Elle semblait si défaite que Benjamin s'inquiéta :

– De mauvaises nouvelles?

Felicia ne répondit pas. Elle s'approcha de la fenêtre et contempla le givre argenté de décembre. Elle avait froid et se sentait seule. Elle se battait dans un monde où elle devait prendre de gros risques, mais aucun de ses amis ne la comprenait. Frissonnante, elle regarda le ciel gris, songeant avec nostalgie à la chaleur des jours enfuis et aux cris des oies sauvages dont le retour annonçait le printemps.

LIVRE IV

27

Vingt-quatre jeunes filles avec des jupettes dévoilant leurs jambes interminables, les lèvres rouge foncé et des faux cils argentés, martelaient la scène de leurs bottes rouges. Avec un dernier mouvement de hanches, elles levèrent les bras, exhibant ainsi leurs corps superbes, et se figèrent au garde-à-vous à la dernière note de musique. Le directeur, en habit et haut-de-forme, s'avança et hurla :

– Les Tiller-Girls !

Le public du Palais des Amiraux sur la Friedrichstrasse se déchaîna : les applaudissements, les sifflets et les vivats fusèrent. À l'arrière de la salle, des hommes ivres entonnèrent la chanson préférée des Berlinois : *La nuit, quand l'amour se réveille...*

L'air était saturé de fumée de cigarette, d'effluves d'alcool et de parfums. Les bijoux, vrais ou faux, scintillaient, les bras et les jambes nus luisaient dans la pénombre, des jeunes gens en costumes blancs coiffés de petits chapeaux ronds se balançaient sur leurs chaises, d'autres sirotaient d'un air mélancolique leurs cocktails au champagne. Il régnait une ambiance de jouissance enivrée, presque provocante.

Désormais, il fallait goûter chaque jour et chaque nuit jusqu'à l'extrême, car le lendemain, tout pouvait basculer. On n'était plus romantique, ni sentimental, ni contemplatif, mais sauvage, cynique et frivole. Berlin brillait de mille feux. Les années 20, songea Maksim, quelle drôle d'époque!

Il termina son cocktail – quelque chose avec de la menthe – se leva, enfonça son chapeau sur la tête et chancela légèrement. Il avait avalé quelques verres de trop ce soir-là. Après avoir vu un film avec Greta Garbo, il s'était retrouvé dans une revue de second ordre, puis dans un cabaret où il avait dû boire beaucoup de champagne pour pouvoir sourire aux blagues du comédien, avant de supporter, pour la troisième fois de la semaine, le spectacle des Tiller-Girls. Il était presque deux heures du matin et il avait envie de se coucher. Le lendemain, à huit heures, il avait rendez-vous au journal local.

Il sortit sur la Friedrichstrasse où il fut interpellé par une prostituée qui s'agrippa à lui, déclarant qu'elle était tombée sous son charme. Maksim remonta le col de son manteau et lui expliqua qu'elle n'était pas son genre. Alors qu'il se remettait en marche, il heurta une femme.

– Pardon, s'excusa-t-il.

– Ce n'est rien, répondit-elle.

C'était Felicia. On était le 30 novembre 1925.

Plus tard, ils calculèrent que huit ans s'étaient écoulés, presque jour pour jour, depuis leur dernière rencontre. Ils se reconnurent aussitôt et furent à la fois troublés et amusés de se croiser après toutes ces années, à deux heures du matin, à Berlin, parmi une demi-douzaine de prostituées. La fille était toujours pendue au bras de Maksim et Felicia était accompagnée d'un homme distingué qui possédait une maison de couture et portait une écharpe en soie blanche. Il détailla Maksim d'un air hostile.

– Maksim Marakov, Harry Morten, annonça Felicia, sans quitter Maksim des yeux.

Maksim la regardait, tout aussi fasciné. Avec ses cheveux courts, ses boucles sur le front, elle était devenue une autre femme. Malgré son maquillage, elle semblait fatiguée. Elle avait presque trente ans.

– J'ai quitté l'Union soviétique, commença-t-il.

– Vous êtes russe ? s'étonna Harry Morten.

Agacé, Maksim répliqua :

– Bolchevique.

La prostituée recula de trois pas.

– Oh…, fit Harry d'une voix traînante.

Harry Morten avait fini par partir avec la prostituée, sans bien comprendre ce qui lui arrivait. Maksim et Felicia se retrouvèrent dans un estaminet à siroter un alcool doux tandis qu'un chanteur à la voix rauque fredonnait des rengaines sentimentales.

Maksim avait toujours son fin visage pâle, mais Felicia y décela les signes qu'il buvait trop. Il avait des cernes sous les yeux, ses traits s'étaient avachis. L'ombre d'une barbe effleurait ses joues. Plus encore qu'en Estonie, un sentiment de désillusion émanait de tout son être. Il lui raconta l'arrestation de Macha, le procès, cette période pendant laquelle il avait pensé que vivre ou mourir revenait au même.

– Je n'avais pas d'autre solution que de quitter l'Union soviétique, expliqua-t-il. Ici, je me débrouille. Je suis critique de livres ou de théâtre, j'écris des nouvelles…

– La Russie, c'est fini ?

– Tout a changé. Lénine est mort… et qui sait ce qu'il adviendra…

Il héla le serveur et commanda encore deux liqueurs. Felicia parla ouvertement de sa vie. Elle devinait que Maksim avait changé et qu'il comprendrait mieux qu'avant. Elle évoqua sa vie, ses voyages, ses contrats, son argent.

– Mais l'air se raréfie vers les sommets. J'ai perdu mes amis. À vrai dire, je n'ai plus personne.

– Ton mari ?

– J'ai divorcé d'Alex il y a sept ans. Je n'ai plus jamais eu de ses nouvelles. Mon mari actuel, je le vois peu. Les enfants rarement.

– Tu as des enfants ?

– Deux filles. Belle et Susanne.

Un court instant, elle pensa lui avouer que Belle était son enfant, mais elle rejeta aussitôt l'idée.

Pas maintenant, se dit-elle. Plus tard… peut-être…

Ils parlèrent longtemps. Cette rencontre ressemblait à toutes les autres : ils étaient troublés que les années fussent passées sans que la vie les eût épargnés, mais retrouvaient rapidement leur ancienne complicité.

– J'ai l'impression que je ne pourrai jamais m'arrêter et souffler un peu, murmura Felicia.

– Je ressens la même chose, assura Maksim.

Une serveuse s'approcha de la table en bâillant.

– Vous êtes les derniers et il est presque trois heures et demie, ronchonna-t-elle. Nous fermons.

Maksim et Felicia sortirent en même temps leur portefeuille. Il y eut un bref différend pour savoir qui allait payer ; un combat remporté par Felicia quand la serveuse lui tendit la main dans l'espoir d'un pourboire plus important.

Dans la rue, quelques lumières brillaient encore et des silhouettes glissaient le long des maisons. La nuit s'achevait. Felicia pensa à une phrase qu'elle avait lue ou entendue : « Il y a toujours un autre matin, et il est gris et solitaire. »

Brusquement saisie de panique, elle serra le bras de Maksim. Elle ne pouvait rester seule. Elle désirait rester avec lui, non pas comme autrefois, mais à cause de cette peur si profondément enfouie en elle et qui la taraudait depuis la guerre, la rendant vulnérable.

– Est-ce que tu habites chez ta mère? demanda-t-il.

– Non, à l'Adlon. Et toi?

– Dans une maison sur le Kaiserdamm.

– J'aimerais bien voir ton appartement.

– Maintenant?

– Oui. Vraiment… Seulement pour voir.

À quatre heures du matin, ils franchirent la porte co-chère, traversèrent une cour sale, remplie de poubelles et d'ordures. Felicia marchait prudemment avec ses escarpins en daim rouge, évitant les détritus, se demandant ce que dirait le raffiné Harry Morten s'il la voyait.

Ils gravirent un étroit escalier en bois, jusqu'au premier étage.

– Mon appartement! annonça Maksim.

Pauvrement arrangé, il comportait deux pièces, une petite cuisine et une minuscule salle de bains. Dans l'une des pièces se trouvaient une vieille table, deux chaises et des étagères pleines de livres, dans l'autre, un matelas et un portrait de Lénine au mur. Par la fenêtre, on voyait le mur de la maison voisine.

Maksim disparut dans la cuisine et revint les mains vides.

– Il n'y a rien à boire, mais aimerais-tu une cigarette?

Felicia accepta. Ils s'assirent l'un à côté de l'autre sur le matelas et fumèrent en silence. Maksim avait trouvé deux bougies qu'il fixa sur le plancher avec la cire fondue. Les lueurs vacillantes donnaient un peu de chaleur.

Felicia frissonna et replia ses jambes.

– Chacun à sa manière, on est plutôt mal en point tous les deux, constata Maksim. Nous avons perdu nos rêves. Toi aussi, même si l'argent est devenu ton dieu et que ta richesse t'étouffe. Nous sommes vides, Felicia. Vides et froids. (Il lâcha une bouffée de fumée en direction de Lénine.) Quel malheur que les dieux se détrônent toujours eux-mêmes, conclut-il d'un ton amer.

— D'un autre côté, nous n'avons plus rien à perdre, répliqua Felicia, sans la moindre émotion.

Maksim éteignit sa cigarette et se tourna vers elle. À la lumière trouble, il semblait vulnérable. Quoi qu'il arrive maintenant, pensa Felicia, cela n'aura rien à voir avec l'amour ou la nostalgie, ni avec un quelconque sentiment que l'on croit si essentiel lorsqu'on est jeune.

Felicia trompa Benjamin comme elle avait trompé Alex, mais elle leur resta fidèle en un point : en dehors de Maksim il n'existait aucun autre homme pour elle. Il ne lui serait jamais venu à l'esprit de se donner à Harry Morten ou à un autre. Elle dormait avec son époux ou avec Maksim.

La chambre nue dans la maison délabrée fut le lieu de leurs rendez-vous secrets, et bientôt ces rencontres leur devinrent indispensables. Alors que Maksim était occupé toute la journée à regarder de nouveaux films et à en rédiger les critiques, Felicia rencontrait les Harry Morten de la ville et luttait avec les dessins de mode. Parfois, ils se retrouvaient tous deux installés à la table de travail de Maksim; lui tapant sur sa machine, elle étudiant des contrats. Souvent, elle sortait téléphoner de chez le concierge et commandait le dîner à la taverne d'Habel : salade de crabe, cocktail de homard, œufs durs au caviar, tartelettes au rhum, champagne. Jamais elle n'oubliait le gâteau au chocolat nappé de copeaux dont Maksim raffolait.

Maksim conservait les bouteilles de champagne vides qu'il disposait sous le portrait de Lénine. Cette image le faisait rire, mais cette gaieté masquait un désespoir aux aguets. Parfois, il envoyait le fastueux repas au diable et prenait Felicia par la main.

– Viens, j'en ai assez! On va sortir!

Il s'amusait à l'entraîner dans les bouges les plus dépravés, des bars d'arrière-cour empestant le poisson où des voyous de troisième ordre se donnaient rendez-vous, puis ils allaient voir une revue étincelante sur la Friedrichstrasse ou un spectacle plus sérieux sur le Kurfürstendamm.

Cependant, la plupart du temps, ils s'enfermaient dans le petit appartement comme des naufragés sur une île déserte et ne le quittaient plus jusqu'au lendemain. Ils renonçaient alors au homard et au caviar et mangeaient des tartines beurrées en buvant le beaujolais bon marché que Maksim avalait depuis des années. Nus, ils restaient allongés sur le matelas et luttaient contre le froid en faisant l'amour pendant des heures, non pas avec la tendresse romantique et émerveillée qu'ils avaient partagée en Russie, mais avec une avidité presque brutale. Ils étaient jeunes, ils pouvaient supporter ces nuits frénétiques. Épuisés, à bout de souffle, trempés de sueur, ils restaient longtemps pressés l'un contre l'autre, à fumer des cigarettes et à boire du mauvais vin. Puis, ils s'endormaient, avant d'être réveillés par le bruit des voisins et la lumière blafarde du matin qui se glissait par la fenêtre, dévoilant mégots, bouteilles vides et les reliefs du dîner. Felicia ouvrait les yeux la première. Elle aimait contempler Maksim endormi, le visage enfoui dans les oreillers, la couverture enroulée autour des jambes, les cheveux en bataille, rassasié d'amour, de vin rouge et de cigarettes. Puis elle se levait, enfilait ses chaussures, enfilait le veston de Maksim, tâtonnait jusqu'à la salle de bains pour se laver dans le minuscule lavabo rouillé où coulait un filet d'eau froide. La lumière du jour et le miroir piqué lui donnaient alors un teint cireux qu'elle arrangeait sans peine. C'était toujours une femme belle, reposée et élégante qui rejoignait Maksim dans la chambre et se ruait sur le café qu'il avait préparé en l'attendant. Parfois, Felicia repensait à la jeune fille de 1914 et aux rêves qui l'avaient unie à Maksim. Des sottises, se disait-elle, alors que Maksim se penchait en avant et demandait :

– Quand as-tu cessé d'être une petite fille capricieuse?

– Je ne sais pas... Il y a longtemps... (Elle se levait et prenait son sac à main.) Pardonne-moi, je dois partir. J'ai un rendez-vous important.

De temps à autre, elle se rendait à Munich, car il lui semblait raisonnable de garder Tom Wolff à l'œil. Lors de ces voyages, elle redoutait toujours de rencontrer Kat, mais Wolff, qui n'était pas dépourvu de fair-play, se débrouillait pour que les deux jeunes femmes ne se croisent jamais.

– As-tu un nouvel amant? demanda-t-il à Felicia, peu de temps avant Noël. À te regarder, c'est plutôt évident, ricana-t-il. Ne me demande pas pourquoi, mais cela se voit!

Felicia souffrait d'être séparée de Maksim. Elle arpentait la maison de la Prinzregentenstrasse, priant pour que le téléphone sonne. Il ne l'appelait jamais. Il ne venait pas non plus la chercher à la gare à son retour à Berlin, mais l'attendait chez lui. Dès qu'elle apparaissait, ils faisaient l'amour.

Felicia décida de passer Noël à Lulinn. La vieille demeure familiale l'accueillit avec sa douceur rassurante.

Les clôtures étaient coiffées de neige et, dans le salon, se dressait un immense sapin. Benjamin, Belle et Susanne vinrent de Skollna en traîneaux tirés par des poneys.

Ils étaient tous réunis : tante Gertrud avec sa grosse broche en grenats qu'elle portait à chaque Noël, oncle Victor, replet et éméché, s'enthousiasmant pour le génie d'Adolf Hitler, Modeste avec son éternel fiancé qui chantait si faux que même les chats quittaient la pièce. Soucieuse, Laetitia étudiait Felicia, si élégante dans sa tenue de lainage bleu marine égayée d'un collier de saphirs. Elsa retenait ses larmes lorsqu'en fin de soirée Victor fit un long discours émouvant sur les morts de la famille. Jo, diplômé et associé depuis six mois dans une étude renommée de Berlin, serrait la main de Linda sous la table, pendant que Paul jouait autour de l'arbre avec Belle et Susanne. Avec désespoir, Benjamin dévisageait Felicia et en renversa son verre de vin. Même Sara et Martin étaient venus de Munich. Le visage serein de Sara avait apaisé Felicia qui avait été bouleversée de s'apercevoir que Jo avait amené son ami Phillip.

– Comment as-tu pu faire une chose pareille ? avait-elle demandé à son frère, tard dans la nuit, alors qu'ils faisaient quelques pas dans la cour enneigée. Tu sais bien… À cause de Kat…

– Phillip m'a raconté, en effet. Kat lui a tout avoué. Comme il n'avait personne avec qui passer Noël, je l'ai amené ici. Par ailleurs, je sais que tu n'as jamais été lâche.

Felicia inspira profondément, puis releva le menton :

– Non, je ne suis pas lâche, affirma-t-elle. Mais je regrette tellement ce qui s'est passé. J'étais convaincue que Phillip était mort. Nous l'étions tous.

– Tu n'as pas besoin de te défendre. Je ne t'ai pas accusée, répondit Jo.

– Tu penses que je vais devoir vivre avec ça toute ma vie et que c'est une punition suffisante. Tu as raison. Quand je vois Phillip avec sa jambe de bois et son visage torturé, quand je pense à Kat et à son expression lorsqu'elle a épousé Wolff... Ne crois pas que j'oublie un seul de mes péchés. Malheureusement pour moi, je n'oublie jamais rien!

Jo prit sa main glacée.

– Tu devrais être plus indulgente avec toi-même. Et prendre soin de toi. Je suis conscient de ce que la famille te doit. C'est grâce à toi que nous avons conservé Lulinn, c'est toi qui nous as soutenus et qui a payé mes études. Quoi qu'il arrive, je serai toujours de ton côté.

– Tais-toi, sinon je vais me mettre à pleurer! (Elle l'enlaça.) Je crois que tu es la seule chose durable de ma vie.

Il la regarda avec sérieux.

– Quel que soit l'enjeu, ne sacrifie pas ton bonheur, ta santé, ni ta sérénité.

Felicia acquiesça, décidée à suivre son conseil. Ces derniers temps, elle avait vécu de manière trop outrancière.

Elle décida de faire de longues promenades à travers les forêts et les champs enneigés et organisa des excursions à cheval avec Jo et Nicola. Avec ses enfants, elle fit de la luge, leur apprit à monter à cheval et les emmena à un théâtre pour enfants à Insterburg. Elle fut métamorphosée. Le matin, elle descendait prendre le petit-déjeuner en pantalon, avec un chandail épais, sans maquillage, encore pâle de sommeil, mais débordante d'idées pour la journée.

«Aujourd'hui, nous allons faire cuire des gâteaux», disait-elle à Belle et à Susanne, ou encore : «Aujourd'hui, nous allons faire une bataille de boules de neige dans la cour. Demandez à Paul s'il veut jouer avec nous!»

À la fin de la première semaine de janvier, Jo et sa famille repartirent, puis vint le tour d'Elsa et de Nicola, et enfin celui de Martin et Sara. L'inquiétude s'empara peu à peu de Felicia. Elle recommença à fumer et resta des heures à regarder par la fenêtre. Elle avait la nostalgie de Maksim et de Berlin. De la chambre en désordre du Kaiserdamm, des cabarets crasseux de la Friedrichstrasse, des spectacles colorés, des paillettes. Tout cela lui manquait.

Un jour plus tôt que prévu, elle s'en alla aux premières heures de la matinée. Elle laissa une lettre pour Benjamin, le priant de pardonner son départ précipité. On venait de lui proposer une fantastique affaire et elle devait rentrer sans plus tarder à Berlin.

28

Par une chaude soirée d'été, Felicia et Maksim arrivèrent au Romanischen Café. Ils étaient tous deux de mauvaise humeur. Le matin, ils s'étaient rendus à une exposition consacrée aux loisirs, et la colère de Maksim n'avait fait que croître lorsqu'on lui avait commandé un article sur les parasols, les canoës et les chaises de jardin.

— Je deviens fou, s'était-il exclamé, furieux. On s'en va !

Ils avaient alors loué une voiture pour aller au Wannsee, mais Maksim n'avait pas supporté la foule et l'agitation des enfants. Exaspérée, Felicia l'avait prié de ne pas passer sa mauvaise humeur sur elle, ce qui avait définitivement gâché l'ambiance. Ils avaient pris le chemin du retour, en silence, Maksim conduisant à toute allure. À l'ouest, le soleil couchant baignait le ciel d'une lumière rouge sang, les merles gazouillaient et les roses exhalaient un parfum sucré. Sans demander son avis à Felicia, Maksim s'arrêta devant le Romanischen Café. Folle de rage, elle le suivit dans la salle bondée et enfumée.

La première personne qu'elle vit, assise à une table près de la porte, fut Phillip. Sa jambe de bois étendue devant lui, un verre de champagne à la main, il était accompagné d'une femme brune, vêtue comme une bohémienne avec des bijoux en argent qui tintaient. Elle ressemblait à une artiste.

Felicia voulut aussitôt faire demi-tour, mais Phillip l'avait déjà aperçue et lui faisait signe. Après ce qu'il s'était passé, elle avait pensé qu'il la haïrait, mais lors des fêtes de Noël à Lulinn, il n'avait rien laissé paraître.

De toute façon, je ne pourrai pas l'éviter toute ma vie, songea-t-elle en se forçant à lui sourire aussi naturellement qu'autrefois.

Phillip avait perdu son air désinvolte et chaleureux, son visage figé ne trahissait rien de ses pensées. Felicia savait qu'il avait eu des regrets à cause de Kat, mais elle devinait aussi qu'il avait perdu une partie de lui-même en France, au cours de cette maudite guerre.

— Assieds-toi, lui dit-il. Tu es ravissante.

— Merci.

L'autre femme lui adressa un sourire distrait. Phillip lui commanda un Martini et se mit à raconter des anecdotes au sujet d'une promenade à la voile sur le Wannsee. Il portait un costume élégant. Felicia savait par Jo qu'il travaillait avec un agent de change renommé; visiblement, ses affaires marchaient bien. Quand elle l'interrogea sur son travail, il en parla volontiers, mais toujours avec cet étrange regard distant. Puis, Felicia évoqua à son tour ses activités.

— Je vais bientôt partir pour Paris assister à un défilé de Coco Chanel, et Tom Wolff va…

Effrayée, elle s'interrompit. En présence de Phillip, ce nom lui brûlait les lèvres. Elle avala quelques gorgées de Martini, souhaitant se trouver à mille lieues de là.

— Qu'y a-t-il avec Wolff? demanda doucement Phillip.

Felicia repoussa sa chaise et se leva.

— Il va m'accompagner, bredouilla-t-elle. Si tu veux bien m'excuser…

Au même moment, Maksim s'approcha et l'enlaça.

431

– Je voudrais te présenter à des amis, murmura-t-il.

Phillip observa le geste affectueux avec une légère irritation. Maksim et lui se connaissaient vaguement pour avoir tous deux été invités autrefois à Lulinn. Ils se saluèrent.

– Pardonnez-moi si je ne me lève pas, dit Phillip en montrant sa jambe de bois. Un souvenir des derniers jours de guerre. Alors que tout était déjà perdu, l'état-major a tenu à ce que nous continuions à nous battre.

Maksim haussa les sourcils.

– Le feld-maréchal von Hindenburg est notre président désormais. Un peu de respect, je vous prie!

Les deux hommes se sourirent et Phillip tendit sa carte de visite à Felicia.

– Nous devrions nous voir plus souvent, Felicia. Appelle-moi.

– Oui, marmonna-t-elle.

Elle suivit Maksim jusqu'à une table où se trouvaient quelques intellectuels à la dérive, parmi lesquels d'anciens spartakistes de l'entourage de Karl Liebknecht et de Rosa Luxemburg. Ils contemplèrent Felicia avec intérêt.

– C'est ta petite amie bourgeoise, Maksim? s'enquit l'un d'eux.

– Celle qui gagne tellement d'argent? renchérit un autre.

Maksim éclata de rire, mais Felicia n'était pas d'humeur à écouter des allusions désobligeantes. Elle ne s'était pas remise de sa rencontre avec Phillip, ni de cet interminable et déplaisant après-midi. Pour la première fois depuis longtemps, elle eut envie de se retrouver seule.

– Si vous préférez que je m'en aille…, répliqua-t-elle.

L'un des hommes lui saisit la main.

– Restez! ordonna-t-il. Nous sommes une société sans classes. Nous vous acceptons.

Les hommes buvaient et fumaient, en parlant de l'ancien temps. Dehors, le soleil se couchait. Les douces lueurs de la nuit remplirent la pièce, estompant les contours, atténuant les rires et rendant les voix mystérieuses. On alluma des bougies. Felicia, perdue dans ses pensées, chercha une cigarette. Son voisin, un certain Rudolfo, lui offrit la sienne, à peine entamée.

– Prends ça. Tu te sentiras mieux après.

– Arrête avec ces bêtises! s'irrita Maksim.

– Qu'est-ce que c'est? demanda aussitôt Felicia.

– Ce type sans scrupule essaie de te refiler de la marijuana, expliqua Maksim.

– Tu en as déjà pris, non? l'interrogea Rudolfo. Dans ton milieu aussi c'est à la mode.

Felicia en avait entendu parler, mais n'y avait jamais goûté. Elle eut envie d'essayer, surtout pour provoquer Maksim. Elle aspira quelques bouffées rapides et fut immédiatement prise de vertige; elle s'agrippa à la table. La salle et les gens tournoyaient autour d'elle, les éclats de voix prirent soudain de l'ampleur avant de ne devenir qu'un léger murmure.

– Oh là là, gémit-elle, désorientée.

Le vertige disparut au bout de quelques minutes, faisant place à une impression d'incroyable légèreté. Felicia avait l'impression de pouvoir s'envoler, elle écarta les bras en riant.

– Maksim, tu dois essayer! C'est fantastique!

– Je sais, dit-il, en lui prenant la cigarette.

Ils la fumèrent tous les deux. Rudolfo les regardait de ses yeux vitreux.

– Ce soir, pour vous, ce sera la nuit de toutes les nuits! prédit-il. Ce truc fait des merveilles.

Felicia ne trouva pas sa remarque déplaisante. Elle ne ressentait plus aucune contrariété. Elle tenait la main calme et chaude de Maksim, et comprenait, à ses yeux, qu'il ressentait la même chose.

— On y va? demanda-t-il.

Sa voix était douce et tendre, très jeune, comme s'ils étaient remontés dans le temps.

Felicia se leva. Ses yeux pétillaient de bonheur. Il faisait nuit, les lumières de Berlin s'allumaient, et elle se trouvait au cœur du monde.

— Allons-y, acquiesça-t-elle.

Le matin de son départ pour Paris, Tom Wolff trouva sa femme ivre morte. Il savait qu'elle buvait parfois, par ennui, mais jusqu'à ce jour elle avait toujours réussi à regagner son lit. Il respira les vapeurs d'alcool.

— Seigneur, Kat!

Effrayé, il scruta son visage. Elle respirait à peine. Il la souleva et la déposa sur le canapé de la bibliothèque. Puis, il téléphona au médecin.

Le médecin diagnostiqua une intoxication à l'alcool. Il lui administra un vomitif, et conseilla à Wolff de veiller à ce qu'elle boive beaucoup d'eau pendant la journée.

— Votre épouse a-t-elle des problèmes? demanda-t-il.

— Non, répondit Wolff en secouant la tête. Elle a seulement fait la fête toute la nuit. Cela arrive à tout le monde.

Dubitatif, le médecin prit congé. Wolff s'agenouilla près du sofa et observa le visage blême de Kat. À présent, elle respirait plus calmement. Il remarqua les petites rides autour de la bouche, les ombres bleues sous les yeux, les pommettes saillantes du visage amaigri qui avait perdu tout son charme.

– J'ai besoin de toi, Kat, murmura-t-il. Tu es peut-être la seule personne dont j'aie jamais eu besoin. La seule qui compte pour moi.

Si elle avait été consciente, il ne lui aurait jamais parlé ainsi. Il déposa un baiser sur ses lèvres, se releva et quitta la pièce.

À Paris, il retrouva une Felicia d'excellente humeur. Elle avait encore minci, portait les cheveux courts à la garçonne et un bandeau bleu autour du front, retenu par des perles sur le côté. Ses sourcils dessinés au khôl formaient un arc presque invisible au-dessus de ses yeux. Elle semblait heureuse et pleine d'énergie. Paris l'enchantait, et elle passait ses nuits chez Maxim's ou dans les gargotes enfumées de Montmartre dans lesquelles se retrouvaient les artistes. Les petites robes du soir noires de Coco Chanel, ses bijoux fantaisie et ses tailleurs stricts l'enthousiasmaient, et elle s'était découvert une véritable passion pour les cafés, les commerçants des boulevards, le pittoresque des rues et l'élégance opulente des Champs-Élysées. Elle visita Versailles, se promena aux Tuileries, s'émerveilla au Louvre et devant l'Arc de Triomphe. Le long de la Seine, elle offrait son visage au soleil et respirait le parfum de l'été et de Paris.

L'esprit ailleurs, Wolff la suivait comme son ombre. Un jour, Felicia lui demanda ce qui n'allait pas, et, dans un élan de confiance, il lui parla de Kat. À son grand étonnement, Felicia ne sembla pas particulièrement choquée.

– Je suis désolée, répondit-elle poliment, comme si Kat n'avait été qu'une vague connaissance.

Elle ne parvenait pas à cacher l'étincelle dans son regard. Elle se sentait libre et invincible. Wolff, qui ignorait que Felicia ne vivait plus sans l'aide de la marijuana, la regarda presque avec haine.

435

– Qu'est-ce qui te rend si fichtrement heureuse?

Il était tôt. Ils prenaient leur petit-déjeuner. Felicia avait maquillé ses lèvres d'un rouge orangé qu'il trouvait hideux.

– Peut-être mes bonnes affaires, rétorqua-t-elle.

– Celles de Paris?

– Celles-là aussi. Mais je suis surtout plongée jusqu'au cou dans la finance internationale, ajouta-t-elle d'un air triomphal. Phillip Rath, tu sais, l'homme qui…

Wolff plissa les yeux.

– Oui?

– Il est agent de change à Berlin. Il s'occupe de mes investissements. Il achète des actions, tu comprends? Pas seulement ici, mais aussi en Amérique, à Wall Street. Les cours grimpent, grimpent. Je gagne une fortune. Et sans rien faire, qui plus est.

Wolff sembla soudain intéressé.

– Ce… (Il détestait prononcer son nom.) Ce Phillip Rath, il s'y connaît?

– Il est extraordinaire! Dans les milieux de la finance, il a la réputation d'être l'un des meilleurs. Tu lui donnes quelques billets et, en un tour de main, il double leur valeur!

– Je vais me renseigner à son sujet. S'il est vraiment aussi fort, peut-être pourrait-on aussi investir mes parts de l'entreprise?

– J'allais justement te le proposer.

– Les investissements sont toujours un risque.

– La vie est un risque perpétuel.

– Comme tu as raison!

Wolff repoussa sa tasse de café.

La pensée d'une bonne affaire l'avait stimulé, transformant son abattement en agressivité. En confiant son inquiétude pour Kat, il avait le sentiment d'avoir révélé une faille à Felicia, et il s'en voulait. Mais il était intuitif et devinait ses blessures les plus profondes.

– Puisque nous sommes en France, nous devrions nous rendre sur les champs de bataille de Verdun. Ton frère Christian y est enterré, n'est-ce pas? Depuis dix ans...

Cette fois, Wolff vainquit la marijuana. La flèche trouva sa cible et s'y planta profondément. Felicia blêmit.

– Non! répliqua-t-elle violemment. Pas Verdun! Quelle drôle d'idée!

Bouleversée, elle s'empressa de quitter le café. Brusquement, elle eut l'impression que l'automne et les nuages n'étaient pas loin, que tout était devenu gris – le gris des cheminées d'usines et des uniformes de soldats.

Wolff la suivit des yeux en souriant. Il paya et la rejoignit.

– Viens, allons faire de nouvelles affaires! déclara-t-il en lui prenant le bras.

Lentement, ils descendirent la rue.

Jack Callaghan repoussa les rideaux de la fenêtre de son bureau et examina la rue sombre. La Cadillac bleu foncé d'Alex Lombard se gara devant la maison, Alex descendit, puis ouvrit la portière à Patty Callaghan.

Callaghan laissa retomba le rideau en souriant. Il était ravi de voir Patty sortir avec Alex. À peine âgée de dix-sept ans, sa fille unique était une enfant naïve et exubérante à qui un homme plus âgé convenait parfaitement. Lombard était intelligent, séduisant, réaliste, et, sans être pour autant un saint, il devait avoir connu assez de femmes pour ne plus être attiré par leur seule

437

féminité. Callaghan ne s'opposerait pas à leur mariage, au contraire. Devenu son gendre, Alex serait à jamais lié à la maison d'édition et Callaghan pourrait se retirer l'esprit tranquille dans sa propriété en Californie. Il sortit à leur rencontre.

— Venez prendre un dernier verre, Lombard, proposa-t-il à Alex.

— *Hello, dad!* s'exclama la jeune fille. Nous sommes allés voir une comédie musicale, puis nous avons dîné sur un bateau dans le port. C'était magique!

Callaghan repoussa tendrement les cheveux qui tombaient sur le front de sa fille et sourit à Alex. «N'est-elle pas charmante?» semblait dire son regard. Alex hocha la tête. Bien sûr qu'elle était ravissante. Et sa jeunesse, fascinante. Cela l'amusait de sortir avec elle, de contempler son visage passionné, de la sentir se presser contre lui, levant son visage pour que leurs lèvres se frôlent. Il savait ce que voulait Callaghan.

— Patty, tu as l'air fatigué, va te coucher, déclara son père. Alex, venez donc dans la bibliothèque.

Patty déposa un baiser sur la joue d'Alex avant de s'éclipser. Callaghan ferma la porte derrière son invité et leur versa deux whisky.

— Patty vous apprécie beaucoup, commença-t-il d'un ton dégagé.

— Moi aussi, je l'apprécie beaucoup. C'est une jeune fille merveilleuse.

Callaghan patienta, mais Alex sirotait son alcool.

— Depuis quelque temps, vous vous êtes assagi, Alex. Quelque chose vous trotte dans la tête.

— J'ai eu quarante-sept ans cette année, avoua-t-il en riant. D'un seul coup, j'ai compris que je vieillissais, et, dans ces moments-là, on commence toujours à réfléchir sur sa vie.

– Douteriez-vous de vous-même? C'est à peine croyable.

– Un peu, en effet. Je me demande si j'ai mené ma vie comme il le fallait.

– Mon cher, je vous en prie! Vous êtes un homme riche. Vous possédez tout ce que vous pouvez souhaiter. De l'influence, de l'argent, des amis, une belle maison sur Riverside Park, des voitures de luxe, et les femmes se jettent à vos pieds! Où est le problème?

Pour éviter de répondre, Alex changea de sujet :

– Puisque nous parlons d'argent… J'ai eu une conversation avec notre département financier. Continuons-nous à acheter des actions?

Callaghan fixait le feu de cheminée.

– Au contraire, Alex, au contraire, dit-il posément. Avec beaucoup de précautions et dans la plus grande discrétion, nous commençons à nous défaire de nos actions.

– Mais le monde entier en achète!

– Justement. C'est bien ce qui me fait réfléchir. Je suis un vieux renard et, si j'ai appris une chose durant ma longue vie, c'est qu'après un boom aussi important que celui que nous vivons, il ne peut y avoir qu'une chute vertigineuse. C'est la loi de l'ascension et de la chute. Tout le monde achète des actions? Il n'y a rien de plus facile. Dix, vingt pour cent lors du premier versement, le reste à crédit. Merveilleux! Et c'est ainsi que ce miracle se poursuit. Mais que va-t-il se passer?

Alex écoutait attentivement.

– Je comprends… Vous vous demandez ce qui arrivera si les agents de change commencent à exiger le remboursement des crédits?

– Ce qu'ils vont bientôt faire. Depuis 1923, les cours ont triplé, mais à un moment donné, la limite est franchie. Dès que les gens en prennent conscience, les cours chutent aussitôt, les agents de change affolés réclament leur argent, les débiteurs doivent vendre leurs actions pour rembourser leurs engagements. Et quand on est contraint de vendre, cela signifie toujours qu'il faut brader. Les cours continuent de chuter, le dollar s'effondre… Mon Dieu, mieux vaut ne pas y penser! Je suis d'une nature prudente, Alex. À mon avis, on joue trop gros en ce moment, tout cela me paraît dangereux. Je crois en des montées spectaculaires, mais je crois aussi au grand krach. Et je ne veux pas en être la victime. Mon ordre pour le moment est le suivant : vendons les actions! Il vaut mieux investir dans des biens fonciers. C'est compris?

— Absolument, dit Alex.

— Après cette digression, revenons-en à vous, sourit Callaghan. Vous devriez fonder une famille. Vous savez que je serais heureux que vous épousiez Patty. Vous devez vous stabiliser… en vous-même, je veux dire.

— Laissez-moi un peu de temps, Callaghan.

— Mais enfin, Alex, vous venez de dire que vous vous sentez vieillir! La vie ne nous accorde que peu de temps, ne le savez-vous pas?

— Sûrement pas assez, en effet.

— Il y a une certaine mélancolie chez vous que je ne comprends pas. À mon avis, vous avez le mal du pays. L'Allemagne vous manque.

— Voyons! J'ai dit adieu à l'Allemagne, pour toujours.

— Mais quelque chose ou quelqu'un, là-bas, vous retient prisonnier. Tellement prisonnier que vous ne parvenez pas à profiter de vos millions ici.

— Personne ne m'avait encore reproché de ne pas profiter de la vie. Au contraire.

— Parce que vous parvenez à les tromper. Pas moi. Vous conduisez des voitures exceptionnelles, fréquentez les boîtes de nuit les plus chères, et vous promenez avec les femmes les plus belles à votre bras, mais cela vous laisse indifférent. Quoi que vous ayez cherché dans votre vie, vous ne l'avez pas trouvé.

— Et vous, avez-vous trouvé ce que vous cherchiez?

— Vous esquivez ma question, Alex.

— Oui.

— Bon, j'abandonne, soupira Callaghan. Revenons à nos investissements. Il y a un hôtel à San Francisco dont j'aimerais vous parler. Je pense que nous devrions l'acheter...

Benjamin Lavergne était assis dans le salon de Laetitia à Lulinn. Il semblait si désespéré que la vieille dame avait presque pitié de lui.

— Prends encore un peu de thé, Benjamin. Tu te sentiras mieux.

— Le thé ne m'aide pas. Plus rien ne m'aide. Je ne pense qu'à Felicia. Jour et nuit. Je ne dors même plus. Elle n'a pas donné signe de vie depuis quinze jours. À Berlin, à l'Adlon, on me dit chaque fois qu'elle vient de sortir. Je n'arrive plus à la joindre.

— De quand datent ses dernières nouvelles?

— De cet été. Elle a envoyé une caisse de jouets de Paris pour les enfants. Et une longue lettre. Mais...

— Mais ce n'est pas la même chose que si elle était ici, poursuivit Laetitia, d'un air compréhensif.

Benjamin acquiesça. Laetitia s'approcha de la fenêtre. Le vent d'automne soulevait les feuilles dans la cour, des nuages gris gorgés de pluie arrivaient par l'ouest.

— Tu devrais essayer d'être plus distant, Benjamin. Felicia n'est pas une femme qui s'attache. Elle donne, puis elle s'en va. Elle ne peut pas trouver la paix et, crois-moi, c'est pire pour elle que pour toi.

— Pourquoi est-elle devenue comme ça?

— Je ne crois pas qu'elle le soit devenue. Elle a toujours été ainsi. Elle éprouve le besoin de se faire valoir, elle possède aussi une grande soif de pouvoir et une immense force. Et elle a tendance à être malheureuse en amour. Son désir idéaliste d'être bonne se heurte à son pragmatisme, à son amour-propre et à son ironie. C'est une femme contradictoire qui ne peut pas mener une vie normale.

— Ce sont les autres qui en souffrent, Laetitia!

Le visage de Laetitia se ferma. Elle comprenait le chagrin de Benjamin mais sa voix brisée l'exaspérait. Comme sa façon de rester assis là, éploré et soumis.

Ne sois pas injuste, Laetitia! se reprocha-t-elle, songeant que Felicia était véritablement le drame de ce malheureux garçon.

— Au détriment des autres, dis-tu? reprit-elle sèchement. C'est vrai, parfois. Mais c'est peut-être pour pouvoir les protéger. Dois-je te rappeler ce que cette femme – égoïste, je te l'accorde – a déjà accompli? Outre qu'elle a sauvé Lulinn des mains de cet incapable de Victor, nous assurant, à sa mère et à moi, une vie tranquille, outre qu'elle a financé les études de son frère Jo et l'école de sa cousine Nicola, elle a acheminé ma fille mourante à travers une Russie en flammes, déchirée par la révolution, alors que les bolcheviques étaient à leurs trousses, au risque d'être prise pour espionne allemande… Elle aurait pu s'enfuir, mais elle est restée auprès de Belle jusqu'à son dernier souffle. Et, en 1914, lorsque les Russes ont envahi la Prusse-Orientale et que j'étais retenue ici à cause de mon mari malade, tous ont pris la fuite, terrorisés, excepté Felicia. Et pendant que son grand-père mourait, elle est descendue affronter seule les soldats russes. Tu peux la trouver égocentrique, originale, têtue et sans scrupule, mais sois certain d'une chose : c'est une personne profondément loyale, et si les enfants ou toi aviez vraiment besoin d'elle, Felicia apparaîtrait aussitôt. Et que Dieu protège vos ennemis! Les yeux de Laetitia lançaient des éclairs. À force de parler, le souffle de sa jeunesse avait réveillé son corps vieillissant et l'enflammait tel un brasier. Mais pas une étincelle n'atteignit Benjamin. Il était bon et limpide comme de l'eau de source, l'esprit contradictoire et sauvage de femmes comme Felicia et Laetitia lui était étranger. Il aimait le calme, la tendresse et la sécurité, l'éclat du soleil couchant sur les pins de Skollna, le parfum des foins, le chant des grillons. Felicia menaçait de détruire son univers, car elle l'obligeait à en découvrir un autre qu'il ne comprenait pas et qu'il refusait de connaître.

– Laetitia, je dois savoir la vérité. Y a-t-il un autre homme dans la vie de Felicia?

Laetitia en était persuadée, mais elle devinait que Benjamin voulait qu'on lui mente.

– Elle ne vit que pour son travail. En dehors de cela, rien ne compte pour elle.

Les nuages assombrissaient le ciel. La pluie glissait sur les vitres. Benjamin se leva. Il savait que Laetitia avait menti. Un sentiment d'horreur le submergea, comparable à celui qu'il avait éprouvé quand, en 1915, lors d'un corps à corps, il n'avait eu d'autre solution que d'enfoncer sa baïonnette dans le ventre d'un soldat russe. Il avait eu l'impression que le métal transperçait son propre corps, que c'était lui qui se vidait de son sang sur la terre détrempée. Mais à l'époque il s'était raccroché à la certitude qu'il rentrerait à la maison et que le monde chaleureux d'antan l'accueillerait à bras ouverts. Désormais, ce monde avait disparu, ne restaient que des ténèbres hostiles et incertaines.

– Je dois rentrer à la maison voir les enfants, murmura-t-il.

Laetitia le regarda partir d'un air irrité. Puis, elle décrocha le téléphone et demanda l'hôtel Adlon à Berlin. À la réception, on lui apprit que Mme Lavergne était partie en voyage.

Le visage luisant de sueur, Felicia secouait la tête de droite à gauche sur l'oreiller. Elle tendit le cou en arrière et sa respiration s'accéléra. Sa main droite serrait le bras de Maksim et elle sentait sa peau moite sous ses doigts. De l'autre, elle agrippait le drap, l'arrachant au matelas. Ses jambes s'enroulèrent autour de celles de Maksim. Elle haletait, se pressait contre lui puis le repoussait. Comme en colère, furieux, ils atteignirent la jouissance, et se séparèrent, tremblants et fiévreux, épuisés par ce combat où chacun voulait se prouver qu'il était aussi fort et indépendant que l'autre.

Ils restèrent allongés de longues minutes sans bouger, puis ils ouvrirent les yeux et virent les premières lueurs matinales se glisser entre les rideaux, laissant apparaître un ciel bleu foncé. Le vent chassait les nuages. Ils savaient que la pluie pouvait se mettre à tomber d'un moment à l'autre, mais que le soleil reviendrait vite. Ils pensèrent au vent dans leurs cheveux, au sable sous leurs pieds, au goût salé de la mer, et ils eurent envie d'aller à la plage.

C'était Felicia qui avait eu l'idée d'aller à Sylt. Elle commençait à s'inquiéter d'elle-même; elle pensait pouvoir se débarrasser de sa dépendance à la marijuana dans la solitude de la nature, quelque part entre les vagues et les dunes blanches.

– Le retour à la nature, avait ironisé Maksim.

– Nous nous détruisons, ne t'en rends-tu pas compte? avait-elle rétorqué.

– Oh que si. Mais je préfère encore ça à des mondanités dans une fichue maison de vacances.

– Nous ne partons tout de même pas pour Travemünde!

– Je n'y mettrais même pas les pieds!

Il se laissa convaincre, non sans se moquer de lui-même. Quand il découvrit la maison de style frison que Felicia avait louée à Kampen, il fit la grimace. Pourtant, en dépit de leurs nombreuses disputes, Sylt leur fit du bien. Leur impatience, leur nervosité s'estompèrent peu à peu. L'automne était clair, sec et ensoleillé, l'air frais et revigorant.

Ils aimaient courir le long de la mer, sentir le vent sur leurs visages et crier quand les vagues venaient lécher leurs pieds. Ils marchaient de Kampen à List et revenaient, épuisés mais si légers qu'ils auraient pu marcher jusqu'au bout du monde. Ils regardaient le soleil plonger dans la mer, une boule ronde et rouge, tandis que le ciel s'assombrissait. Sur le chemin du retour, la lune éclairait les dunes et le bruit de la mer résonnait plus fort. Ils avançaient en silence, pressés l'un contre l'autre. On se croirait seuls au monde, songeait Felicia. Elle était triste, car elle savait que cet intermède pouvait se terminer à tout moment.

Parfois, ils se levaient tôt et partaient se promener le long des digues des lagunes brumeuses, escortés par les mouettes. Dans une petite auberge isolée, ils buvaient un schnaps aux herbes, échangeaient quelques mots avec les hommes accoudés au comptoir, puis poursuivaient leur chemin, loin de la réalité, n'étant plus que deux êtres sans passé ni avenir. Le soir, ils buvaient du vin et mangeaient du poisson dans de petits restaurants, devant un feu de cheminée.

– Qu'en penses-tu? demanda un soir Felicia. Quand nous aurons tous les deux les cheveux blancs, reviendrons-nous ici pour nous isoler du monde?

– Probablement, répondit Maksim avec un sourire. Nous ne nous disons jamais que nous nous aimons, ni que nous avons besoin l'un de l'autre, mais dans les moments difficiles, quelque chose nous rapproche. Et comme vivre la fin de sa vie est probablement la chose la plus difficile qui soit, nous risquons de la passer ensemble.

– Et, en attendant...

– En attendant, nous continuerons à nous désirer de façon impudique et sauvage.

Sous les regards réprobateurs des autres clients, il se pencha au-dessus de la table et embrassa Felicia.

Sara aimait la maison de la Prinzregentenstrasse et elle ne partagea pas l'enthousiasme de Martin, quand celui-ci lui apprit qu'il avait enfin trouvé du travail et qu'ils pouvaient désormais s'offrir un appartement.

– Un éditeur m'a engagé! N'est-ce pas merveilleux? Nous n'avons plus besoin de vivre aux crochets de Felicia.

– Nous avons vécu de mon salaire, le corrigea Sara. Felicia nous a seulement permis d'habiter ici gracieusement, car elle ne voulait pas que la maison reste vide.

– Maintenant, nous sommes indépendants. Tu ne t'en réjouis pas ?

– Tu voulais écrire. Que deviendra ton roman ?

– J'y ai déjà réfléchi. Je vais écrire la nuit et le week-end. J'espère que la machine à écrire ne te dérangera pas trop ?

– Non, mais j'ai peur que tu te fatigues.

– Sûrement pas.

Martin avait trouvé un appartement dans la Hohenzollernstrasse : deux chambres, une salle de bains et un petit balcon qui donnait sur la cour arrière où des enfants jouaient à côté des poubelles. La maison était en bon état, bien qu'elle fût étroite et sombre. Alors qu'ils grimpaient le petit escalier obscur, Sara fut saisie par l'une de ses prémonitions.

– Martin, je ne peux pas l'expliquer, mais j'ai le sentiment que cette maison est un piège. Il n'y a pas d'autre issue, n'est-ce pas ? Seulement la porte d'entrée par laquelle nous sommes passés ?

– Sara, la plupart des maisons n'ont qu'une porte.

– Non. Normalement, il y en a une deuxième qui donne sur la cour.

– Eh bien, ici, tu dois sortir par devant puis revenir par le passage dans la cour. Où est le problème ?

– Il n'y en a pas, répondit Sara, un peu honteuse.

– Alors, qu'en dis-tu ? Il te plaît ? insista Martin.

Sara comprit qu'il y tenait beaucoup.

– Il me plaît. Nous devrions le prendre.

Elle s'approcha de la fenêtre. Les rayons du soleil dessinaient des taches claires sur les rideaux défraîchis.

– « Meurs et deviens », dit Maksim d'un air songeur.

447

Contemplant la bruyère violette qui dégageait un parfum sucré de mûres, il jouait avec un brin d'herbe et laissait des grains de sable couler de sa main. C'était une journée lumineuse et fraîche, mais, au creux des dunes, le soleil était encore chaud. Blottie dans le sable, Felicia avait ramené ses jambes sous elle. Elle n'avait pas brossé ses cheveux, elle n'était pas maquillée et ses yeux gris, dépourvus de fards, semblaient enfantins et vulnérables.

– «Meurs et deviens», répéta-t-elle, essayant de se rappeler ce qu'elle avait appris à l'école à ce sujet. Tu veux dire…

– Je veux dire qu'en partant d'ici, nous ne serons pas les mêmes qu'à notre arrivée. Nous étions en train de nous détruire à Berlin. Je ne parle pas de la marijuana. Nous avions perdu de vue tout ce qui avait été important pour nous. Nous vivions, sans savoir pour qui, ni pour quoi, et, le plus dangereux, c'est que nous célébrions en grande pompe notre descente aux enfers.

– Ce fut la plus belle descente aux enfers que deux personnes eussent jamais connue.

Maksim éclata de rire.

– Tellement fantastique qu'on ne voulait plus s'arrêter.

– Mais nous allons arrêter?

Il l'observa d'un air songeur.

– Ce serait peut-être mieux.

Felicia se pencha en arrière. Le soleil réchauffa son visage et elle respira les senteurs épicées de la bruyère.

– Je crois que je ne cesserai jamais de courir après l'argent, murmura-t-elle.

– Tu ne peux pas préjuger de l'avenir.

Il laissait encore le sable fuir entre ses doigts. Felicia songea alors qu'il était étrange de ne pas ressentir de tristesse en entendant ses paroles.

– Pour la première fois depuis la révolution, je me sens à nouveau fort. La lassitude et le désespoir se sont envolés. Quelque chose revient que j'avais cru perdu à jamais. Felicia, ajouta-t-il, soudain troublé, crois-tu qu'il soit possible de recommencer à zéro, malgré les expériences et les déceptions, tout en sachant qu'on est bien peu de chose dans l'existence?

Elle se redressa et posa une main sur son bras.

– Bien sûr que c'est possible. Bien sûr.

29

« Le Rhin, un fleuve d'Allemagne, non pas sa frontière. » C'était le sujet d'allemand à l'écrit du baccalauréat
avec lequel Nicola dut batailler pendant cinq heures. Elle
mâchouillait désespérément son porte-plume. En cette
période de Pâques 1928, l'été semblait avoir déjà commencé. Un soleil généreux régnait sur Berlin, dans les
jardins fleurissaient tulipes, narcisses et violettes, et les
abeilles voletaient dans l'air velouté. Le soleil pénétrait
dans la classe par les hautes fenêtres. Nicola poussa un
long soupir. Comme elle aurait aimé être dehors !

Quel sujet imbécile, songea-t-elle, je n'ai jamais vu le
Rhin et je me fiche de savoir où se trouvent les fron-
tières de l'Allemagne !

Ses pensées vagabondaient. Elle songea à Serguei, son
nouveau petit ami, un Russe blanc avec qui elle avait
dansé la veille au Rio Rita sur le Kurfürstendamm. Bien
sûr, Elsa s'y était opposée, mais la jeune fille avait protesté :

— Je serai bien meilleure demain si je ne passe pas
toute la soirée ici à m'ennuyer !

Elsa l'avait laissée partir, vêtue de l'une de ses robes
excentriques en mousseline de soie, une résille en lamé
argent serré autour de la tête. Elle était rentrée à trois
heures du matin, et lorsqu'on était venu la réveiller à
sept heures, elle était si fatiguée qu'elle avait décidé de

renoncer à son baccalauréat. Mais, cette fois, Elsa était passée à l'attaque. Il y avait eu une longue et violente discussion qui avait au moins servi à réveiller Nicola.

– Pourquoi ai-je besoin de ce stupide baccalauréat? Je vais épouser Serguei et mener une vie sans soucis.

– Je n'ai jamais entendu de telles sottises! Avant la guerre, on pouvait encore parler comme ça, mais les temps ont changé. Que sais-tu de l'avenir et s'il y aura toujours un homme pour s'occuper de toi? Quand la guerre a éclaté, ma génération s'est retrouvée impuissante devant les décombres. Les jeunes femmes d'aujourd'hui devraient retenir la leçon!

– Je ne veux pas étudier. Je veux vivre.

– Pour cela, il faudra que tu sois indépendante.

À contrecœur, Nicola s'était levée, se consolant à l'idée que l'école serait bientôt terminée.

À treize heures, Serguei l'attendait devant le portail de l'école. C'était un jeune homme élancé au regard de velours qui s'exprimait avec un accent russe ensorceleur que les amies de Nicola trouvaient d'une sensualité absolue. Il se rendait rarement à son travail – il s'occupait d'immobilier – et il était très épris de lui-même. Il portait des chaussures pointues, des cravates voyantes et des chapeaux de dandy. Pour fêter l'occasion, il avait apporté à Nicola un grand bouquet de fleurs.

– Comment ça s'est passé, petite? demanda-t-il tendrement.

– Terrible! Un sujet réactionnaire à mourir d'ennui. Je crains que mon devoir ne soit pas à la hauteur.

– Ne t'en fais pas. Oublie-le. Nous allons jouer au tennis!

Serguei se rendait au moins trois fois par semaine au bord du lac de Hundekehlen, dans le Grunewald, où se trouvait le célèbre club de tennis Rouge-Blanc.

– Je ne sais pas…, hésita Nicola. Demain, j'ai latin et…

Serguei fit une grimace.

– Comment peut-on penser au latin par une aussi belle journée de printemps?

– Alors ce soir il faudra que je…

– Ce soir, continua Serguei en la serrant contre lui, nous allons au Barberina.

Le Barberina était l'un des cabarets les plus chers et les plus en vogue de la ville. Nicola l'adorait. Alors qu'elle luttait avec sa conscience, elle s'entendit soudain appeler.

– Nicola von Bergstrom?

Elle se retourna. Derrière elle se tenait Benjamin Lavergne.

Il portait un costume gris mal coupé, un chapeau démodé et des chaussettes de couleurs différentes. Son visage chiffonné était livide. Nicola ne l'avait vu que trois ou quatre fois dans sa vie, mais elle fut choquée par son apparence. À côté de Serguei, il paraissait venir d'un autre monde.

– Qui est-ce? l'interrogea Serguei en russe, fronçant les sourcils.

– Le mari de ma cousine, répondit Nicola, toujours en russe. Je me demande ce qu'il veut.

– Nicola, j'ai attendu toute la matinée devant l'école, dit Benjamin d'une voix tremblante. Tu… tu es sortie très tard.

– Le baccalauréat, répliqua-t-elle d'un air laconique, rejetant en arrière ses cheveux noirs. Que puis-je faire pour toi, Benjamin? Que fais-tu à Berlin?

– Je dois absolument parler à Felicia.

– Tu aurais pu téléphoner.

– C'est important. Et puis, je n'arrive jamais à la joindre. Il s'agit de Belle, la fille de Felicia…

– Qu'est-ce qu'elle a?

– Je t'en prie, Nicola. Où est Felicia?

Ces dernières années, Nicola avait croisé au moins deux fois par semaine Felicia et Maksim dans un bar ou une boîte de nuit. Elle savait où habitait Maksim, car l'été précédent Felicia et elle étaient allées le chercher en taxi pour aller se promener autour du Wannsee. Au fond, Nicola connaissait cette liaison tout en ne sachant rien, mais elle était certaine que Benjamin ne devait pas être informé.

– Nicola, au nom du ciel, dis-moi où je peux la trouver, je t'en prie!

– Écoute, je...

Le visage de Benjamin devint encore plus gris, ses lèvres se pincèrent.

– Nicola, tu n'as pas besoin... Je veux dire... je suis au courant pour cet autre homme...

Comment le sait-il? s'étonna-t-elle alors que Benjamin semblait sur le point de s'évanouir. Cela dit, s'il était arrivé un malheur à Belle, Felicia devait être prévenue.

– Est-ce qu'on ne pourrait pas y aller? grommela Serguei.

– Tout de suite. Si c'est vraiment aussi important...

Des gouttes de sueur perlaient sur le front de Benjamin. Nicola lui donna l'adresse de Maksim.

– Merci, Nicola, dit-il avant de se détourner brusquement et de monter dans un taxi qui l'attendait.

– J'espère que je n'ai pas commis une erreur, s'inquiéta-t-elle d'un air songeur.

– Alors, tu viens ou non?

– Il ne va tout de même pas tuer Maksim?

– Sûrement pas, affirma Serguei. Il n'a pas de sang russe. Au pis, il se tuera lui-même, et il se loupera avec ça!

Nicola éclata de rire. Ils montèrent dans le cabriolet blanc et Serguei démarra sur les chapeaux de roue.

Benjamin ne trouva pas tout de suite le nom de Maksim Marakov dans l'immeuble, il pensa alors que cette vipère de Nicola lui avait menti et il recommença à transpirer. Puis, il découvrit qu'il habitait dans un autre bâtiment. Il traversa la cour crasseuse avec le sentiment de vivre le pire des cauchemars. Maksim Marakov... Le nom évoquait un fantôme familier qui ne cesse de vous hanter. Le rival d'avant-guerre et le rival d'aujourd'hui. Le vainqueur.

Heureusement, Nicola n'avait pas deviné ses véritables intentions. Cela avait été un coup de maître de feindre d'être au courant de tout et de s'inquiéter pour Belle. Comme lorsqu'il avait intercepté les lettres de Kat, sa duplicité ne lui inspirait aucun sentiment de triomphe. Il passa une main tremblante sur son front. Doux Jésus, si seulement cette journée était finie !

Une grosse femme qui nettoyait la cage d'escalier l'examina d'un air méfiant.

– Où vous allez ? demanda-t-elle en regardant ses chaussettes dépareillées.

– Chez Maksim Marakov, répondit-il d'une voix rauque.

Il ne contrôlait ni ses mains, ni sa voix.

– Il est pas là.

– Dans ce cas... je vais l'attendre, si vous le permettez.

– Je vous en prie !

Elle le laissa enjamber son seau et son balai-brosse.

– Troisième étage, deuxième porte à gauche ! ajouta-t-elle.

Il n'y avait pas de nom sur la porte, mais Benjamin eut la certitude de l'avoir trouvée. Il s'assit sur les marches de l'escalier et contempla le bois éraflé de la porte, le papier peint déchiré du corridor. Il se sentait transi et désarmé.

Il resta ainsi pendant des heures. Des enfants, en passant, le regardèrent d'un drôle d'air, et une jeune fille, riant sous cape avec une amie, lui tira les cheveux. Leurs vêtements, imprégnés des senteurs du printemps, lui rappelèrent que, dehors, la vie suivait son cours.

En début de soirée Maksim apparut. Benjamin se replia à l'étage supérieur pour l'épier par-dessus la rampe. Il reconnut aussitôt Maksim, alors qu'ils ne s'étaient pas vus depuis plusieurs années. Sous un bras, il tenait une pile de documents, ses cheveux sombres étaient ébouriffés, sa cravate, dénouée. Que diable lui trouve-t-elle ? songea Benjamin, désespéré, tandis que son imagination faisait défiler des images impitoyables : Maksim et Felicia en pleine étreinte passionnée, Maksim et Felicia au lit… Il eut un haut-le-cœur et porta sa main à sa bouche.

Peu de temps après, arriva Felicia. Benjamin reconnut son pas de loin et son cœur se mit à battre la chamade. Il avait allumé la lumière dans la cage d'escalier, l'ampoule nue diffusait une lumière crue. Retenant son souffle, il observa Felicia sortir un miroir de son sac et se repoudrer. Elle portait une robe d'été à fleurs vertes et un manteau en mohair marron. Elle n'avait pas de chapeau, ses cheveux avaient repoussé et lui arrivaient aux épaules. On y décelait des reflets roux qu'elle n'avait pas auparavant. Elle se teint les cheveux, pensa Benjamin, choqué. Sa mère avait toujours affiché le plus profond mépris pour les femmes qui se prêtaient à ce genre d'artifices. Fasciné, il la regarda se mettre du rouge à lèvres.

Brusquement, il comprit qu'elle était devenue une étrangère, et surtout qu'elle l'avait toujours été.

Quand elle frappa à la porte, il crut mourir. Mais ce ne fut rien comparé à ce qu'il ressentit quand Maksim ouvrit et que les deux amants se retrouvèrent face à face. Tout l'après-midi il avait essayé d'imaginer cette scène, il l'avait rêvée orageuse, amoureuse, dramatique, comme dans les livres ou au cinéma. Ce fut bien pire : pas d'étreinte, pas de tumulte, juste des regards, intimes et tendres, calmes et limpides comme une journée de printemps. Felicia caressa doucement la joue de Maksim, il murmura quelque chose en souriant et recula pour la laisser entrer. La porte se referma derrière eux.

Benjamin se leva lentement. Les yeux brûlants, il scruta la porte. Sans forces, il trébucha en descendant les marches, incapable de se mettre en colère, se sentant faible et malade. La femme qui avait nettoyé à l'heure du déjeuner était assise sur la dernière marche. Devant elle se tenait une autre femme, un nourrisson dans les bras, une cigarette à la main. Elles interrompirent leurs commérages en apercevant le regard à moitié fou de Benjamin.

– Hé, jeune homme! appela la femme à la cigarette. Ça va pas?

Benjamin la dévisagea avec des yeux fiévreux avant de poursuivre son chemin.

– Lui, il a perdu l'esprit, déclara l'autre femme en secouant la tête d'un air désolé.

Allongée sur le dos, Felicia fumait une cigarette. Maksim lui caressait les cheveux. De la cour leur parvenaient des voix d'enfants qui jouaient.

– Je retourne en Union soviétique, dit-il doucement.

Felicia aspira une longue bouffée, qu'elle expira, perdue dans ses pensées.

– Je m'en doutais.

– Dans moins d'un an, Macha reviendra de Sibérie. J'aimerais être là. Elle aura sûrement des problèmes, et elle aura besoin de quelqu'un pour contacter son avocat.

– Je comprends.

Maksim lui prit la cigarette des doigts et tira quelques bouffées.

– Et toi? Que vas-tu faire?

– Je ne sais pas. Tout va continuer comme avant. Munich, Berlin et, de temps à autre, Insterburg. (Elle fit une grimace.) Je vais redevenir une épouse fidèle.

– Tu es sérieuse?

– Bien sûr. Dès que tu seras parti.

– Crois-tu qu'un être humain ne connaisse qu'un seul véritable amour dans sa vie?

Elle reprit sa cigarette.

– Tu veux que je te confie quelque chose, Maksim? J'ai trente-deux ans et je suis incapable de répondre par oui ou par non à cette question. Je n'en ai aucune idée!

– Alors tu n'y croiras jamais.

– Probablement.

– Mais tu croiras toujours en toi. Pas en l'amour, ni en Dieu, ni en la vie éternelle, ni au purgatoire. Simplement en toi.

Felicia soupira.

– Je ne crois pas que quelque chose puisse durer. Je crois que tout passe et que seuls les souvenirs de quelques courts instants demeurent.

– À nous, il restera ceux des années 20, dit-il en effleurant d'un doigt le nez de Felicia. Tu as toujours su que ça pouvait s'arrêter d'un jour à l'autre, n'est-ce pas?

– Oui. Quand pars-tu?

– Je ne sais pas… En automne…

– Et tu crois à nouveau en Lénine! s'amusa Felicia en regardant le portrait accroché au mur qui, trois ans durant, avait été le témoin silencieux de leurs rencontres intimes.

Les bouteilles de champagne vides avaient en revanche disparu. Maksim avait renoncé à ces plaisirs.

– Je crois à Lénine. Différemment, mais je crois toujours en son enseignement.

Le crépuscule cédait la place à la nuit, l'obscurité envahissait la chambre. Felicia éteignit sa cigarette et s'enfouit sous les couvertures.

– Maksim, est-ce que tu regrettes ce temps passé avec moi? Est-ce que tu t'en veux d'avoir été faible?

Il sourit.

– Je peux vivre avec mes faiblesses.

– Moi aussi.

Elle l'embrassa et sut alors qu'elle ne lui parlerait jamais de sa fille, Belle. Jamais.

Benjamin descendit du train à Insterburg. Une femme lui tendit sa sacoche par la fenêtre ouverte.

– Vous avez failli l'oublier.

– Merci, répondit Benjamin avec indifférence.

Il traversa le quai tel un aveugle. Une vendeuse de fleurs lui tendit un bouquet de tulipes, mais il ne s'arrêta pas. Il héla un taxi.

– À Skollna, dit-il en se laissant tomber sur la banquette arrière.

– C'est peut-être l'affaire de ta vie, déclara Phillip. Il faut un peu de courage, bien sûr, mais il n'y a pratiquement aucun risque, sinon je ne te l'aurais pas conseillé.

– Je te crois, fit Felicia, bien qu'incertaine.

Elle dînait avec Phillip, Jo et Linda dans le restaurant de l'Adlon pour fêter le dernier contrat qu'elle venait de conclure avec Phillip. Strictement parlant, Felicia n'avait pas tout compris, hormis qu'il s'agissait d'importants achats d'actions et qu'elle avait dû prendre un crédit qui grevait lourdement l'entreprise. Deux facteurs l'avaient décidée : Phillip lui avait toujours porté chance et, si tout se déroulait comme prévu, elle pourrait tripler sa fortune. Par ailleurs, Wolff participait à la transaction, ce qui la libérait au moins du désagréable sentiment d'être l'unique responsable.

– Je dois seulement m'habituer à ne vivre pratiquement qu'à crédit, déclara-t-elle avant de lever son verre. À tout l'argent du monde!

Linda pouffa, Jo esquissa un sourire forcé.

– Moi, je ne l'aurais pas fait, dit-il. Ne m'en veux pas, Phillip, mais je trouve ça trop risqué. D'un autre côté, je n'y comprends rien.

– C'est parce que tu es juriste, rétorqua Phillip. On ne pourra jamais convaincre un juriste de réaliser une bonne affaire. Vous connaissez trop bien le mauvais côté des gens.

– N'en parlons plus, sinon je ne pourrai pas fermer l'œil de la nuit, décréta Felicia. Ce soir, il faut nous amuser.

Ils prenaient leur dessert quand un maître d'hôtel s'approcha de Felicia.

– Un appel pour vous, madame. La dame a dit que c'était urgent.

Felicia se leva. Dans le foyer, elle croisa Nicola et Serguei. Tous deux se dirigeaient vers le bar.

– Alors, Nicola, où en sont les affaires ? demanda Felicia, encore préoccupée par sa conversation avec Phillip.

Nicola répondit d'un air sombre :

– Pire que tout. Aujourd'hui, j'ai eu latin et je crois n'avoir qu'une seule phrase de juste.

– Tu y arriveras, la consola sa cousine, distraite et par trop optimiste.

Le visage de Nicola s'éclaira.

– Devine ce qu'on est venu fêter, Felicia !

– Aucune idée. La vie ?

– Non. Nos fiançailles. Serguei et moi, nous allons nous marier.

Serguei sourit bêtement et Felicia se demanda si la famille parviendrait encore à dissuader Nicola.

– C'est… merveilleux. Mes félicitations, Serguei. Nous en reparlerons, d'accord ? Je dois téléphoner.

Soucieuse, elle prit l'écouteur.

– Felicia Lavergne.

– Felicia ?

C'était la voix de Laetitia.

– Grand-mère ! Je suis heureuse de t'entendre. Mais tu as une drôle de voix.

– Felicia, tu dois venir tout de suite. Tout de suite, c'est compris ? Il s'agit de Benjamin…

– Au nom du ciel, qu'est-ce qu'il se passe ?

– Je suis vraiment désolée, ma chérie, nous venons à peine de l'apprendre… Benjamin s'est suicidé. Il s'est tiré une balle dans la tête.

Felicia regarda l'écouteur sans comprendre. Les voix bourdonnaient autour d'elle, des bribes de phrases, des rires, des appels résonnèrent dans sa tête. Les vêtements en soie, les parfums, les cliquetis de verres – son univers dansait derrière elle et lui échappait.

– Felicia! Tu es toujours là?

– Oui, grand-mère. J'ai bien compris. J'arriverai aussi vite que possible.

Elle reposa le combiné et se tourna lentement, découvrant le visage radieux de Nicola.

– Des nouvelles de Benjamin, Felicia? J'ai complètement oublié de te demander s'il t'avait trouvée hier.

Felicia articula avec peine.

– Que veux-tu dire?

– Il était à Berlin. À cause de... Oh mon Dieu, Felicia, Belle n'est tout de même pas malade? Je lui ai donné l'adresse de Maksim Marakov parce que... Serguei, retiens-la! Je crois qu'elle va s'évanouir!

Pour la première fois de sa vie, elle était brisée, à bout de forces. Ses rêves, ses projets, ses pensées venaient mourir sur la tombe de Benjamin, dans le cimetière familial de Skollna.

Elsa pleurait doucement et Victor reniflait. Gertrud portait un chapeau en laine et ne cessait de présenter ses condoléances à Felicia. Avec sa suffisance habituelle. Modeste rayonnait, serrant la main de son fiancé et toisant sa cousine avec commisération.

En fin de journée, Belle et Susanne, désorientées, les yeux gonflés de larmes, regagnèrent leurs chambres et Felicia put enfin se retirer à son tour, la retenue distante qui lui avait permis de surmonter cette journée de cauchemar cédant au désarroi. Elle se rendit dans la chambre de feu Susanne Lavergne, où Benjamin avait aussi mis fin à ses jours. D'une main ferme elle tira la porte derrière elle. Si quelqu'un venait maintenant lui parler, elle hurlerait. Surtout s'il s'agissait de Minerva qui décrivait inlassablement le terrible moment où elle avait découvert le corps de Benjamin. «Imaginez, c'est le soir, je suis en bas, j'arrose les fleurs, je ne pense à rien de mal, n'est-ce pas? Et, soudain, le coup retentit. J'ai tellement peur que je laisse tomber l'arrosoir. Je pense tout de suite que le coup de feu vient de la chambre de cette bienheureuse madame, et quand j'entre… Doux Jésus, quelle frayeur! Monsieur est étendu par terre, son pistolet à côté de lui, celui de la guerre, vous savez, monsieur a combattu sur le front de l'est, et autour de sa tête, c'est plein de sang…»

Les servantes avaient nettoyé la chambre, il ne restait aucune trace de l'événement. Blottie sur le sofa, Felicia frissonnait dans cette chambre glacée hantée par le fantôme de la défunte et le souvenir du drame récent. D'une certaine façon, ils allaient bien ensemble, Susanne, sa chambre et Benjamin.

Comme si le destin de Benjamin avait été irrémédiablement lié à cette pièce.

Mais il avait été aussi lié à moi, pensa-t-elle avec honnêteté.

Les minutes s'écoulaient et, pour la première fois, elle essayait de comprendre l'homme qu'elle avait épousé dix ans auparavant.

La porte s'ouvrit doucement, Laetitia se faufila dans la pièce.

– Grand-mère? Tu es toujours là? Pourquoi n'es-tu pas repartie avec les autres?

– J'ai pensé que tu pouvais avoir besoin de moi.

Elle s'assit à côté de sa petite-fille qui posa la tête sur son épaule.

– Si je ne t'avais pas! Tu es tellement merveilleuse... Tu comprends toujours tout.

– C'est parce que nous nous ressemblons beaucoup, Felicia.

– Je suis bien plus mauvaise que toi. J'ai...

– Non, non. Ne compte pas tes méfaits maintenant, sinon tu vas me donner le vertige!

– Grand-mère! (Les yeux de Felicia s'assombrirent.) Ces dernières années, je me suis toujours dit que je ne devais pas m'arrêter et regarder de trop près, parce que je ne le supporterais pas. Je savais que, si je me mettais à réfléchir, je serais obligée de pleurer, pour papa et Christian, pour tante Belle et Leo, parce que rien de ce que j'attendais de la vie ne s'est réalisé. Je ne me suis jamais arrêtée. Mais, maintenant, je ne peux plus continuer. C'est fini. Benjamin est mort, à cause de moi, et qui pourra jamais m'absoudre?

– Personne. Mais tu dois te rappeler deux choses : un suicidé n'est pas poussé à commettre son acte seulement à cause des fautes de son entourage. Il le porte en lui, depuis le début. Quel trait de caractère permet à une personne d'endurer, alors que l'autre capitule? La solution se trouve dans la personne elle-même, nulle part ailleurs. Et, avant de te flageller, tu devrais vérifier la sincérité de ta peine. Après tout ce qui s'est passé, agirais-tu autrement? Renoncerais-tu à tes affaires, à tes voyages, à la ville brillante et tapageuse de Berlin? À Maksim Marakov et à vos nuits passionnées?

– Grand-mère, je t'en prie...

– Tu ne ferais pas autrement. Tu prendrais ce à quoi tu aspires, comme tu l'as fait auparavant. Si tu tiens compte de tout cela, tu peux cesser de te lamenter.

– Tu es... impitoyable.

– Non. J'essaie seulement d'être réaliste.

– J'étais la plus forte. J'aurais dû…

– Tu aurais pu être plus généreuse, bien sûr. Mais j'en ai assez qu'on tienne toujours les personnes solides pour responsables des tragédies en ce bas monde, uniquement parce qu'elles omettent parfois de prendre les faibles par la main.

– Je l'ai maltraité, insista Felicia, mais les paroles de Laetitia apaisaient son âme bouleversée.

– Est-ce qu'il t'a rendue heureuse ? demanda la vieille dame qui poursuivit quand Felicia secoua la tête. Justement. Tu étais aussi malheureuse que lui, mais tu l'as surmonté. Il y a quelque temps, il est venu me voir à Lulinn, il se lamentait et voulait savoir s'il y avait un autre homme dans ta vie et j'ai soudain pensé : mon pauvre garçon, ma Felicia est ton drame. Mais j'avais tort. Sa tragédie avait commencé bien avant toi, elle prend racine ici, dans cette chambre, dans laquelle il a mis fin à ses jours. (Laetitia regarda autour d'elle et son regard s'arrêta sur le portrait de Susanne.) Il n'était pas apte à la vie. Il était comme un oisillon dont les ailes ne se sont jamais développées.

Felicia soupira. Les paroles de Laetitia semblaient intelligentes et raisonnables mais, dans un coin de son cœur, elle continuait de douter. Si elle n'avait jamais compris Benjamin, il n'en demeurait pas moins une personne qui s'était attachée à elle, et qui n'avait trouvé d'autre solution que de mettre fin à ses jours.

– Désormais, je vais devoir vivre avec cela, murmura-t-elle d'un air désespéré.

Laetitia la dévisagea.

– Tu y arriveras. Alors, tu retournes auprès de Marakov ?

– Maksim quitte l'Allemagne. Il part pour l'Union soviétique. L'année prochaine, Macha sera libérée.

Dans le regard avisé de Laetitia une lueur brilla, celle d'une expérience forgée dans la douleur. Elle prit la main de Felicia entre ses doigts rugueux.

– Tu vois, il est inutile de te torturer, ma chérie, la vie s'en chargera. Tu devras payer pour vivre à ta guise, et crois-moi, ma chère enfant, le prix sera suffisamment élevé.

30

Vingt-neuf octobre 1929. Wall Street bouillonnait. La foule se pressait au pied des banques qui tutoyaient le ciel, les voitures klaxonnaient, les chevaux de la police montée s'ébrouaient et les cris retentissaient. Une hystérie collective emplissait les rues étroites où les luxueuses voitures des gros actionnaires se frayaient difficilement un passage. De plus en plus de policiers apparaissaient.

Le dollar s'effondrait.

Il chutait depuis le jeudi de la semaine précédente. Les banques avaient réagi aux premières ventes paniquées à la Bourse, en créant un fonds d'assistance et en envoyant un agent de la banque J. P. Morgan Jr acheter pour deux cent quarante millions de dollars une énorme quantité d'actions à l'ancien cours. Ils avaient ainsi obtenu une stabilité factice, qui s'était effondrée le lundi. Ce mardi-là, les cours chutaient à une telle vitesse que les tableaux d'affichage de la Bourse n'arrivaient plus à suivre. Le tourbillon fatal s'emballait de minute en minute. Dans les commissariats de New York, on apprenait les premiers suicides.

– Nous assistons à l'effondrement d'une décennie dorée, constata Jack Callaghan. C'est la fin du monde, pour la seconde fois depuis la guerre.

Il s'était rendu à Wall Street, avec Alex et Patty, pour assister aux drames dont la radio parlait depuis le matin dans des émissions spéciales. Il ne s'en réjouissait pas, mais il ne pouvait s'empêcher d'éprouver une certaine sérénité. Sa stratégie avait été la bonne; aucune perte sérieuse ne le menaçait.

– C'est affreux, *daddy*, dit Patty qui portait un foulard en mousseline blanche autour de la tête et contemplait la foule de ses grands yeux de poupée. Les pauvres gens… Là-bas, une femme vient de s'évanouir.

– Des vies s'effondrent, ajouta Alex. Ce n'est pas une vision très exaltante. Et il ne s'agit pas seulement de New York. Le monde entier va vaciller.

– Je suis curieux de voir ce que vont apporter les années 30, dit Jack. Au fond, elles débutent maintenant. Je prévois des catastrophes, Alex, et mes pressentiments ne m'ont jamais trompé.

– Arrête, *dad*! Je veux rentrer! C'est trop horrible!

Callaghan n'avait pas envie de partir, mais Alex plaida en faveur de Patty.

– Nous allons aussi y laisser des plumes. On doit essayer de nous joindre au téléphone.

Callaghan acquiesça. Sur le chemin du retour, il fredonna doucement.

Lorsqu'ils entrèrent dans la maison, la secrétaire, nerveuse, s'approcha d'eux.

– Monsieur Callaghan, un appel pour vous de San Francisco. Le directeur de votre grand hôtel.

Callaghan saisit le combiné. Il écouta un moment, le front plissé, puis grommela :

– Oui, affreux, mais je ne peux rien faire non plus. Veillez à ce que cela ne se reproduise pas. Étudiez attentivement les nouveaux clients et ne donnez qu'une chambre au premier étage aux personnes suspectes.

Il raccrocha et se tourna vers Patty et Alex.

– Ça commence. Trois clients ont loué des appartements au douzième étage de notre hôtel afin de se jeter par la fenêtre. D'autres hôtels signalent des cas semblables. C'est horrible! Ces aventuriers de la finance dépensent leur dernier sou pour se suicider.

– Nom de Dieu, avez-vous perdu la tête? hurla Tom Wolff dans l'écouteur.

Il était blanc comme un linge, ses lèvres tremblaient, et il transpirait à grosses gouttes. Toute la journée, il avait essayé de joindre Phillip Rath à Berlin, n'obtenant de l'opératrice que la réponse banale : «Désolé, la ligne est occupée.»

Vidant verre après verre, Wolff avait fulminé, et si grossièrement injurié sa secrétaire qu'elle avait donné sa démission, en larmes.

Il était presque dix-huit heures trente lorsqu'il obtint la communication. Il était à bout de nerfs.

– Qu'est-ce que ça veut dire, les banques veulent immédiatement qu'on leur rende leur argent? Je n'ai pas d'argent. Mon entreprise est hypothéquée et... (Il écouta, haletant, les mains moites.) Une saisie? Qu'est-ce que ça signifie? On veut me ruiner? Je ne permettrai pas que...

Sa voix se brisa. Il eut un éblouissement. Il chercha éperdument un siège des yeux.

– Que Dieu vous pardonne, Phillip! Vous êtes responsable et vous allez me tirer de là, vous m'entendez? Vous allez régler cette histoire, ou vous ne serez plus qu'une saleté d'ivrogne, un criminel corrompu, qui ne m'a jamais pardonné de lui avoir soufflé une femme sous le nez, aussi pourri que des ordures, des déchets, un rebut intellectuel...

– Bip, bip, bip…

Il fallut un instant à Wolff pour comprendre que la communication avait été coupée. Il laissa tomber l'écouteur, fit quelques pas chancelants, et s'affala dans un fauteuil. Sur le sol reposait son veston froissé, il se pencha afin de prendre ses pilules pour le cœur.

– Excédent de poids et hypertension, avait annoncé le médecin. Évitez de vous énerver. À votre âge, il faut être prudent.

Éviter de s'énerver! Le malheureux inconscient! Wolff avala une pilule sans eau. Il respirait de plus en plus difficilement. Il regarda autour de lui les boiseries en chêne, les tapis persans, les gravures sur cuivre accrochées derrière le bureau. Tous ces symboles de sa réussite, de sa fortune, de son énergie et de son inébranlable confiance en soi.

– Ce n'est pas vrai! dit Felicia. Ce n'est pas vrai.

Ses lèvres répétaient ces mots, toujours les mêmes, fiévreusement, telle une supplique… Le verre de cognac lui glissa entre les doigts et se brisa sur le sol. Elle fixa les éclats de verre, comme s'ils étaient la seule chose perceptible dans un monde qui tournait trop vite.

– Je suis désolée… Je suis si maladroite aujourd'hui… Elle s'accroupit pour ramasser les débris.

– Laisse donc, dit Phillip d'une voix rauque. Je t'en prie, Felicia, la femme de chambre s'en occupera demain.

Elle gémit doucement. Des gouttes de sang s'écoulaient de sa main droite.

– Et maintenant je me suis coupée. C'est vraiment…

Phillip s'agenouilla auprès d'elle et pansa son doigt avec son mouchoir. Le tissu se colora en quelques secondes. Felicia blêmit.

– Regarde. Comment peut-on saigner autant à cause d'une petit coupure? Comment peut-on saigner autant!

Elle était au bord de l'hystérie. Phillip sortit un second mouchoir qu'il enroula autour du premier.

– Ne t'affole pas. Ça va s'arrêter tout de suite.

Dans le bureau de Phillip ne brûlait qu'une seule lampe et la lumière tamisée rendait la pièce chaleureuse. Felicia sentait les battements de son cœur se répercuter dans son doigt, et, contemplant le visage tendu de Phillip, elle remarqua ses premiers cheveux gris. À lui aussi, tout filait entre les doigts, la tragédie de Wall Street était aussi la sienne, comme celle de Felicia et de milliers de personnes. Elle avait tout investi. Tout ce qu'elle possédait était hypothéqué. Elle allait tout perdre. Sa fortune entière. Et elle ne pouvait rien empêcher.

– Maintenant, c'est fini, déclara-t-elle.

Phillip leva la tête. Il était si tendu qu'une ligne blanche cernait ses lèvres.

– C'est ta faute, Phillip. Tu m'as sur la conscience. Tu as…

– Ne nous disputons pas pour savoir qui de nous deux a quelqu'un sur la conscience! s'emporta-t-il. Il vaut mieux éviter de parler de conscience.

Oubliant sa blessure, Felicia sortit ses griffes.

– Tu m'as toujours détestée! Depuis ton retour de France, tu m'as détestée. Tu as tout fait pour m'amener là où j'en suis aujourd'hui.

Phillip blêmit. Pour la première fois, son masque se fissura. Son visage apparut défait, blessé, torturé.

– Oui, je t'ai haïe! Peut-être te hais-je encore aujourd'hui, peut-être le ferai-je toute ma vie. Mais je n'ai pas prémédité ta chute. S'il s'agit d'une vengeance, alors c'est celle du destin et non la mienne, conclut-il d'une voix douce.

Désarmée, elle eut honte de ses accusations et lui effleura le bras.

– Pardonne-moi. J'ai été très injuste. Je me sens si seule et impuissante depuis la mort de Benjamin. C'est curieux, non? Je n'ai pratiquement pas vécu avec lui, mais je savais qu'il était là, et, même s'il était un homme faible, il se trouvait toujours de mon côté. Après sa mort, il ne me restait personne, excepté mon argent, et maintenant... (Elle éclata de rire pour ne pas pleurer.) Même ça, je l'ai perdu.

– Maksim Marakov est retourné à Leningrad?

– Oui. Auprès de Macha Laskin.

Tous deux poussèrent un soupir, repensant à une époque où ils étaient si jeunes qu'ils n'envisageaient même pas l'échec.

– Tu continues à diriger le bureau? demanda Felicia.

Phillip secoua la tête.

– Je suis ruiné. J'espère parvenir à régler mes dettes. Ensuite, je quitterai l'Allemagne.

– Pour aller où?

– En France. Curieuse ironie du sort quand on pense que j'y ai connu les tranchées et perdu une jambe. Mais j'aurais dû rester là-bas. (Il examina le doigt de Felicia.) Il ne saigne plus.

Felicia aida Phillip à se relever. Il lui tint la main.

– Que vas-tu faire maintenant, Felicia?

– Je pars pour Munich. Je dois parler à Wolff et l'empêcher de se jeter dans l'Isar. (Elle se força à sourire.) Ne t'inquiète pas pour moi. D'une manière ou d'une autre, je retomberai sur mes pieds.

Elsa semblait désemparée.

– J'ai bien peur de ne pas pouvoir vous aider. Vous pouvez avoir mes économies, mais elles ne vous serviront pas à grand-chose.

– En effet, s'agaça Serguei.

Son costume blanc était froissé, son sourire enjôleur avait disparu. Sans son éclat habituel, ses traits avaient perdu leur relief et il était devenu antipathique.

Nicola était son épouse depuis trois mois, et, depuis quatre semaines, la mère d'une petite fille. Elle lui prit la main.

– Nous nous en sortirons, le consola-t-elle.

Serguei retira vivement sa main.

– Ne raconte pas de sottises! Tu n'y comprends rien!

– Mais, Serguei, je…

– La ferme! Je ne sais pas où je vais trouver l'argent pour vous nourrir, toi et ton bébé, et, au lieu de m'aider, tu parles à tort et à travers.

– Anastasia est aussi ton enfant, rétorqua Nicola, choquée.

– Pourquoi as-tu spéculé à la Bourse, Serguei? demanda Elsa avec reproche. On n'en retire jamais rien de bien.

Serguei se maîtrisait avec peine.

– Si vous cessiez de pleurnicher toutes les deux, nous pourrions réfléchir à ce que je dois faire. J'ai l'impression que vous n'avez aucune idée de ce qui se passe là dehors. Le monde s'écroule, vous comprenez? Et je suis dans la merde jusqu'au cou!

– Et si on demandait à Felicia…, proposa Nicola d'un air timide.

Serguei se laissa tomber avec un geste théâtral dans un fauteuil.

– Seigneur, que tu es naïve! Notre chère Felicia dérape encore plus vite que les autres! Si tu fourrais parfois ton petit nez dans autre chose que des magazines de mode, tu saurais que Wolff et Lavergne sont au bord de la faillite. Pour eux, c'est fini, terminé, finito! Felicia peut devenir vendeuse de saucisses ou femme de ménage...

– Ça suffit, Serguei! lança Elsa en se redressant. En ma présence, personne ne parle de ma fille sur ce ton!

– Pardonnez-moi, grommela Serguei avec un regard haineux pour les deux femmes.

– Tante Elsa, que devons-nous faire? se lamenta Nicola.

– Je l'ignore, mon enfant. Peut-être pourrais-tu chercher un travail?

– Excellente idée! ironisa Serguei. Il faut seulement découvrir où se cachent les talents de madame. Pour le moment, ses aptitudes m'ont échappé.

Nicola éclata en sanglots.

– Tu es si méchant! Autrefois, tu te moquais bien de savoir si j'étais aussi maligne que toi. Mais maintenant...

Elle chercha un mouchoir. Elsa l'entoura affectueusement d'un bras.

– Tu es très intelligente, Nicola. Tu t'es seulement un peu trop amusée. Nous allons prendre un café, puis... Qu'y a-t-il? ajouta-t-elle en remarquant que Serguei faisait des signes à Nicola.

– Nous voulions te demander autre chose, tante Elsa, hésita la jeune femme. C'est que... tu comprends... Serguei ne va pas pouvoir garder son appartement, et nous voulions savoir si nous pouvions venir vivre quelque temps chez toi, Serguei, Anastasia et moi... gratuitement...

– Nous formons une famille, Nicola. Bien sûr que vous pouvez habiter ici. Et nous arriverons bien à manger à notre faim. Nous avons encore Lulinn.

Nicola serra sa tante dans ses bras. Dans le regard de Serguei brilla une lueur mauvaise. Humilié de devoir implorer l'aide d'Elsa, il eut envie de se venger.

– Ne soyez pas si sûre en ce qui concerne Lulinn. On raconte dans les milieux d'affaires que Felicia Lavergne a spéculé à la Bourse dans des proportions bien plus importantes que ce que l'on croyait. Lulinn est hypothéqué. (Serguei bondit sur ses pieds; il se sentait déjà beaucoup mieux.) Alors, si vous ne trouvez pas rapidement une solution, la banque saisira chaque brin d'herbe de votre domaine familial, vous pouvez en mettre votre main à couper!

– Veux-tu entrer un moment? proposa Patty, souriante, devant la porte de la maison. Mon père est absent.

Alex hésita un instant avant de la suivre. Patty laissa tomber son manteau par terre et courut en fredonnant dans le salon.

– Qu'aimerais-tu boire?

Alex s'arrêta dans l'embrasure de la porte.

– Un Martini, s'il te plaît.

Il la regarda s'affairer derrière le bar. Elle portait une robe en dentelle coquille d'œuf et ses doux cheveux blonds brillaient dans la lumière. C'était une ravissante enfant, enjouée…

– Pourquoi me regardes-tu comme ça?

– Tu le sais bien, non?

Elle lui tendit le verre.

– Tu as été très silencieux ce soir, Alex.

Il ne répondit rien, mais avala l'alcool d'un trait. Il avait accompagné Patty à l'une de ces fêtes conventionnelles qui se déroulaient au Village avec champagne, musique et bavardages futiles. Bien sûr, on avait aussi parlé de Wall Street et des victimes du grand krach. Le vendredi noir avait décimé les rangs de l'élite new-yorkaise.

— Avez-vous vu Sam ? s'était enquis quelqu'un.

— Tu ne savais pas ? Sa fortune est partie en fumée. Il se demande probablement s'il doit se tirer une balle dans la tête ou filer en douce à l'étranger !

— La pauvre Maggie Sullivan ! Comme elle s'est prévalue de ses fourrures, de ses bijoux et de son riche mari ! Maintenant, elle porte ses vêtements au mont-de-piété et on ne la voit plus chez le coiffeur — du moins pas sur la Cinquième Avenue !

De tous côtés circulaient les mêmes réflexions. Alex n'avait pu les éviter. Brusquement, le champagne lui avait paru insipide, les visages ridicules et ennuyeux. Bande de misérables ! avait-il pensé. Toujours à chercher la belle vie, les meilleurs amis du monde, mais malheur à celui qui ne peut plus suivre ! Vous le laissez tomber sans coup férir !

Pendant plus de dix ans, il avait partagé la vie de ces gens. Et soudain il s'était senti dégoûté.

— À quoi penses-tu ? lui demanda soudain Patty.

Elle avait mis le gramophone. Une chanson d'amour grésillait. Elle lui enserra le cou avec ses bras.

— Et si nous montions ?

Alex reposa son verre. Ses mains restèrent posées sur le corps de Patty. Il devinait sa peau chaude, douce et satinée. Mi-naïve, mi-provocante, elle se blottit contre lui. Elle leva la tête et entrouvrit les lèvres. Alex effleura doucement sa bouche, puis la goûta jusqu'à ce que Patty s'abandonne entre ses bras. Ses lèvres se firent plus tendres. Il s'écarta, gardant les mains posés sur ses hanches. Patty le contemplait, enchantée :

– Oh, Alex, c'était…

Il se pencha, l'embrassa une dernière fois, légèrement, comme pour lui dire adieu. Il regrettait ce qui venait de se passer, y ayant trouvé une certaine routine alors que Patty semblait bouleversée.

– Monte avec moi, répéta-t-elle.

Alex se détacha d'elle.

– Je ne crois pas que ton père verrait cela d'un très bon œil.

– Il n'est pas là.

– Malgré cela, ou peut-être justement à cause de son absence, il s'y opposerait sûrement.

– Bah! s'exclama Patty, agacée. Je ne suis plus une enfant. Je terminerai vieille fille à cause des poltrons qui craignent de décevoir mon père!

– Patty, *darling*, en d'autres circonstances, ton père me serait indifférent, mais les choses étant ce qu'elles sont… Écoute, j'ai pris une décision… Je quitte l'Amérique. Je retourne en Europe.

– Pardon?

– Depuis quelque temps, je souffre d'un mal du pays, stupide et sentimental. J'aimerais revoir l'Allemagne, ma famille, du moins ce qu'il en reste…

– Et une femme sûrement, aussi, n'est-ce pas? attaqua Patty.

Il voulut lui prendre la main, mais elle se détourna et quitta la pièce en courant. Il entendit ses pas dans l'escalier. Après une courte hésitation, il la suivit jusqu'au premier et la trouva allongée sur son lit. Au-dessus d'elle se trouvait un baldaquin tendu de soie jaune festonnée; des rideaux bleu nuit, parsemés d'étoiles dorées, encadraient les fenêtres, et sur des coussins blancs reposaient des poupées en porcelaine. La chambre ressemblait à

Patty, et Patty ressemblait à la chambre. Alex regarda autour de lui d'un air amusé, puis il s'assit au bord du lit.

– Ne pleure pas, Patty. Nous resterons amis pour toujours, d'accord?

Elle se redressa, l'entoura de ses bras, et se mit à pleurer sur son épaule. Il attendit que le flot de larmes se tarisse.

– Qui est cette femme? Qu'a-t-elle de si particulier pour que tu n'aies cessé de penser à elle pendant dix ans?

– Il n'y a pas de femme, répliqua fermement Alex, mais malgré lui, il revit deux yeux gris impassibles – le contraire de cette chambre décorée d'étoiles et de sa jeune habitante blonde.

– Ce qui me fait fuir, c'est un sentiment de lassitude – trop d'argent, trop de champagne, trop de belles voitures et trop de gens superficiels. À l'époque, j'ai quitté l'Allemagne pour fuir la destruction de mon univers, les souvenirs de la guerre, la misère, la débâcle… Mais, de temps à autre, on a besoin de retrouver ses racines.

Patty le fixait, sans comprendre.

– Mais, ici, tu as tout ce que tu veux! De l'argent, de l'influence, des amis, une belle vie. Tu as l'Amérique! Pourquoi veux-tu retourner dans la misérable petite Allemagne qui a déclenché une grande guerre, si lamentablement perdue? Tu as dit toi-même un jour que tu ne comprenais pas les Allemands, et que tu ne te sentais pas allemand. Qu'est-ce qui t'attache encore à ce pays?

Il sourit, se moquant de lui-même.

– Rien… Mais c'est ma patrie.

– C'est absurde!

– Tu n'as peut-être pas tort. (Il se leva.) Mais je dois aller voir qui est encore de ce monde.

Il s'approcha de la porte. Patty lui courut après et le regarda descendre l'escalier.

— Mon père ne te laissera jamais partir! cria-t-elle, tandis qu'il attrapait son chapeau.

— Petite, crois-tu vraiment que j'aie besoin de lui demander la permission?

La porte d'entrée se referma derrière lui.

Tu reviendras, pensa Patty, la gorge nouée. Tu ne trouveras aucune paix là-bas, pas plus qu'ici. Cette femme t'a chassé une fois, elle recommencera. Tu reviendras!

Martin se tenait à la fenêtre du triste appartement de la Hohenzollernstrasse. Il était tard. Sous la pluie fine, quelques passants se hâtaient de rentrer chez eux.

— Qu'y a-t-il? s'enquit Sara. Pourquoi restes-tu dans le noir?

Elle était entrée sans bruit dans la pièce. Martin la devinait plus qu'il ne la voyait. Sa silhouette osseuse, sa robe en coton imprimé, ses cheveux bruns, lisses. Il chercha sa main.

— J'ai terminé mon roman il y a une demi-heure, annonça-t-il.

— Vraiment?

Sara savait qu'il avait travaillé comme un forcené, martelant des nuits entières les touches de sa vieille machine à écrire. Parfois, il ne dormait même pas du vendredi soir au dimanche. Alors, Sara se levait pour le contempler, penché au-dessus de sa table de travail.

— Ne devrais-tu pas te reposer un peu? demandait-elle.

Sans lever les yeux, il répondait :

– Je viens. Quelle heure est-il ?

– Quatre heures du matin.

– Alors, ce n'est plus la peine. Prépare-moi un café, s'il te plaît.

Et maintenant, c'était terminé. Bien qu'elle respectât les ambitions artistiques de son mari, Sara ne put s'empêcher de penser : Dieu merci, désormais il écrira peut-être à nouveau pour un journal, et nous aurons un peu d'argent !

Elle n'avait pas voulu l'ennuyer ; les soucis d'argent tuaient la créativité, mais les problèmes commençaient à l'épuiser. La plus grosse partie de son salaire servait à payer le loyer, et, chaque fin de mois, elle devait s'endetter auprès des commerçants. Sans l'aide de sa mère, ils n'auraient pu survivre.

– Tu n'as pas l'air heureux, Martin. Tu devrais te sentir soulagé.

– Je me sens à la fois vide et tourmenté. On m'a arraché quelque chose qui faisait partie de ma vie depuis des mois. C'est comme s'il ne me restait plus rien.

– Tu devrais manger un peu, proposa Sara.

Martin éclata de rire.

– Bonne idée ! Mais, à part mon livre, je pensais à Wall Street.

– Wall Street ? En quoi cela nous concerne-t-il ?

– Le monde entier est concerné. Des temps très difficiles se préparent. Des secteurs entiers s'écroulent, des milliers d'entreprises font faillite, il y aura du chômage, peut-être de l'inflation, la famine, une crise du logement… Toutes ces charmantes tragédies qui peu à peu détruisent un peuple, le rendent malade et vulnérable…

– Vulnérable à quoi ?

– Aux nazis, lâcha Martin, avec haine. À chaque coup qu'encaisse la république, les nazis engrangent des points.

– Pas suffisamment.

– Oh que si! Ils ont une propagande extraordinaire, et tu peux être sûre qu'ils se serviront de tout. Ils me font peur. Ils devinent les faiblesses des gens et les utilisent. Par ailleurs, le président du Reich est l'un de leurs sympathisants.

– Hindenburg ne soutiendra pas les nazis!

– Tu en es certaine? Et si cela devient un combat acharné? Tu ne peux pas nier que le vainqueur de Tannenberg a des penchants pour la droite.

– Malgré tout… les nazis ne réussiront jamais. Ils se ridiculisent sans arrêt. Imagines-tu une seule personne sensée qui ne secoue pas la tête en croisant ces bandes de SA ou de SS?

– Je sais seulement qu'une propagande habile peut influencer des personnes très raisonnables, insista Martin d'un air sombre.

Quelques rues plus loin, ils entendirent des bottes marteler les pavés. L'hymne des SA retentit alors sourdement entre les maisons : *«Die Fahne hoch…»* Sara retint son souffle. Martin ricana.

– Alors, Sara la prophétesse, scrute ton âme juive et dis-moi : ceux-là, iront-ils en enfer ou monteront-ils au ciel?

Sara ne cilla pas.

– Bien sûr qu'ils iront droit en enfer. Tout ce qui est mauvais y termine un jour.

Martin eut un sourire tendre et attristé.

– Un jour, reprit-il. Un jour, sûrement…

480

Tom Wolff rentra la veille de Noël, peu avant vingt-trois heures, bien que Kat eût invité des gens à dîner en le priant d'être ponctuel. Il entra prudemment dans le salon. Il n'y avait plus personne. Devant la cheminée se dressait l'arbre de Noël, un immense sapin qui ployait sous les guirlandes argentées, les cheveux d'ange et les boules dorées. Accrochée à la cime scintillait une grosse étoile à cinq branches.

– C'est stupide, grommela-t-il. Nous faisons faillite mais il faut un arbre. Comme aux jours heureux!

Il s'assit dans un fauteuil et étendit ses jambes. Les dernières semaines avaient été difficiles, il avait beaucoup maigri et il semblait las et résigné. Il ne fumait même plus.

La porte s'ouvrit. Kat portait une robe longue en lamé argent et une rose assortie piquée dans ses cheveux courts.

– Je me demandais si tu allais rentrer. J'ai renvoyé nos invités, car j'ai pensé que tu ne voudrais pas les voir. Où étais-tu?

– Chez Felicia. Nous avons étudié une nouvelle fois les livres de compte, discuté de toutes les solutions possibles. Rien n'y fait. Nous sommes finis.

– Felicia est revenue? Prinzregentenstrasse?

– Oui. Elle est seule dans cette immense maison. Elle perdra probablement aussi sa propriété en Prusse-Orientale. Je dois reconnaître que cette femme a de la classe. Elle n'a pas versé une larme, ni ne s'est plainte. «Chacun de nous doit essayer de s'en sortir par ses propres moyens», a-t-elle dit.

– Comment est-elle?

481

– Sa situation est plutôt désespérée. Elle est veuve, elle a deux enfants en bas âge… Cela dit, à l'heure qu'il est, elle ne se trouve pas encore dans une situation désespérée ! La mienne en tout cas… Et puis, merde !

Il enfouit son visage entre ses mains. Kat s'assit sur l'accoudoir du fauteuil. Il s'aperçut qu'elle ne sentait pas l'alcool et réalisa qu'elle n'avait plus bu depuis ces dramatiques journées d'octobre. Il releva lentement la tête.

– Oh Kat ! s'écria-t-il. Que dois-je faire ?

Elle l'entoura de ses bras et il posa la tête sur son épaule. Brusquement, ce qui l'oppressait depuis toujours, ce qui était enseveli au plus profond de son âme, refit surface : l'enfance sans espoir, l'extrême pauvreté, le souvenir d'avoir dû mendier pour s'acheter une simple paire de chaussures, les humiliations des riches, les moqueries de ses camarades de classe, sa mère poitrinaire, son père qu'une vie misérable avait transformé en infirme psychique, sa fuite en pleine nuit, sa rage impuissante…

– Je comprends, murmura-t-elle.

Il s'était battu, encore et toujours, pour les vaincre, ces soi-disant aristocrates fanfarons et leurs bonnes manières, leurs maudits grands airs et leurs mots grandiloquents…

– Je sais comment ils étaient, je les connais.

Il la dévisagea.

– Tu es l'un d'eux. Tu m'as raillé comme les autres. Je suis un moins que rien pour Kassandra Lombard, je l'ai toujours été et je le resterai, avoue-le !

– Je ne me suis pas moquée de toi. Je ne t'ai jamais aimé, c'est tout.

– En effet ! Et moi qui pensais parvenir à me faire aimer. Je t'ai couverte de bijoux, de voyages et de voitures, je t'ai offert une vie magnifique, de l'argent autant que tu en voulais… mais, durant toutes ces années, tu m'as regardé sans me voir, tu n'as jamais oublié ton baron russe, ni cet ancien officier qui nous a mis dans cette situation. Quelle ironie du sort! (Il éclata d'un rire aigu.) Felicia Lavergne et Tom Wolff ruinés par Phillip Rath! Et moi qui espérais n'avoir à payer pour mes péchés que dans l'au-delà… Quoi qu'il en soit, madame, nos belles années sont révolues. Il ne nous reste plus beaucoup de temps jusqu'à ce que nous perdions cette maison. Je ne trouverai probablement pas de travail et je n'aurai plus de toit. Il faudra alors tout de même que je m'intéresse à mon héritage.

Il eut à nouveau ce rire désespéré que Kat ne lui connaissait pas.

– Joli coup du destin, tu ne trouves pas? Pour finir, Tom Wolff retournera d'où il est venu. Dans cette maudite ferme, quelque part près de la frontière tchèque où les gens vivent comme au siècle dernier. C'est la morale de mon histoire : n'essaie jamais de t'élever dans la société, tu retourneras toujours là d'où tu viens!

– Nous nous en sortirons, affirma Kat tranquillement.

– Toi, oui. Tout comme Felicia. Même si l'on vous prend tout ce que vous possédez, vous ne tomberez jamais plus bas que moi. Pourquoi? Parce que vous serez toujours des aristocrates. Felicia et toi, même en haillons, vous serez toujours ces filles du monde qui n'oublient pas les leçons de leurs gouvernantes. Alors que moi – c'est curieux, mais c'est seulement aujourd'hui que je le comprends –, même si je deviens l'homme le plus riche de la terre, je resterai toujours Tom Wolff, celui qui est sorti du ruisseau!

Il lâcha Kat à qui il s'était agrippé pendant tout ce temps, et se leva.

— Si tu le désires, Kat, nous pouvons divorcer. Je voulais faire de toi une reine, mais le rêve est brisé, et je ne peux pas t'infliger ce qui va arriver maintenant. Je ne te créerai aucune difficulté. (Il fit un geste ironique en direction de la porte.) Tu es libre!

Kat resta immobile. Un court instant, le visage de Wolff retrouva son arrogance.

— Qu'y a-t-il? Le fauteuil sur lequel tu es assise appartient pour ainsi dire déjà à la banque. Retourne dans la maison de ton père, sinon tu risques de terminer dans ma vieille ferme!

— Je reste, déclara Kat.

— Quoi?

— Nous sommes mariés, il est normal que nous soyons ensemble, alors je reste.

— Et qu'en est-il de Phillip Rath?

— C'est de l'histoire ancienne. Nous ne pouvons rattraper le temps perdu. Phillip fait partie du passé, tout comme Andreas. Cela ne devait pas être, dès le commencement. Je crois que je serais même déçue si j'essayais de redonner vie à mon passé.

Tom Wolff examina le visage de sa femme. Le chagrin, les épreuves et l'alcool lui avaient volé son charme et l'avaient rendu plus sévère.

— Je ne veux pas de ta pitié, s'impatienta-t-il.

— Je n'éprouve pas de pitié pour toi, répliqua-t-elle avec une nuance de sarcasme dans la voix. Et je ne t'aime pas. Mais je crois toujours en toi.

31

La veille, après le départ de Wolff, Felicia avait avalé un somnifère avant de se coucher.

Le jour de Noël, Jolanta la réveilla avec un plateau de petit-déjeuner de fête, sur lequel elle avait posé une petite branche de sapin et une bougie.

Felicia pressa ses mains sur ses tempes douloureuses.

– Merci, Jolanta. Quelle heure est-il?

– Huit heures et demie. Si vous le permettez, je vais maintenant aller à la messe.

– Bien sûr.

– Si vous voulez m'accompagner…

– Non. Cette année, je n'en ai vraiment pas envie.

Elle but un peu de café et goûta la brioche de Noël avant de s'habiller. Solitaire, nerveuse, elle erra dans la maison vide. Tous les domestiques étaient partis à l'église.

Dehors, il neigeait, d'épais nuages gris pesaient sur la ville. De la bibliothèque, elle pouvait apercevoir la maison des voisins. Ils avaient allumé les bougies du sapin dans le salon. Frissonnante, elle serra son châle autour de ses épaules. Je devrais me trouver à Lulinn, pensa-t-elle, auprès de mes enfants.

Mais elle n'avait pas réussi à y demeurer. Elle avait fui les visages décomposés de sa famille, les reproches silencieux, et surtout cet affreux sentiment de perdre pied.

Rester assise à Lulinn en attendant que le temps passe, non, c'était intenable. Quelque chose, elle ne savait quoi, la retenait à Munich, l'empêchait de retourner dans la solitude de la Prusse-Orientale pour y panser ses plaies. Une voix intérieure lui intimait de ne pas baisser les bras. Mais pourquoi demeurer dans cette maison ? Son silence l'étouffait. Elle ne s'y était jamais sentie chez elle, depuis le jour de son arrivée avec Alex. Mais, au fond, ce n'était pas tant la maison, mais Alex qui, entre ces murs, hantait son esprit. Alex, cet élément éternellement contradictoire de sa vie.

L'amour et la haine qu'il lui inspirait avaient été le point de départ de ses choix, de ses luttes intérieures, entre sa bonté et son égoïsme, sa tendresse et sa froideur, son envie de réconfort et son désir d'argent.

Bon sang, je ne veux pas penser à lui maintenant, songea-t-elle, excédée. Si je reste ici, je vais devenir folle !

Elle décida d'aller rendre visite à Martin et à Sara. Sara était la seule amie qui lui restait. Elle eut terrible- ment envie de se confier. Elle se regarda dans le miroir : elle avait le teint blafard, les cheveux poisseux. Elle les attacha, se mit du rose à joues et du rouge à lèvres et enfila son vieux manteau de fourrure noir. Quand elle sortit de la maison, la neige lui fouetta le visage et la glace crissa sous ses pas.

Jolanta eut un coup au cœur : Alex Lombard, qu'on croyait perdu, était revenu ! Il se tenait devant la porte, vieilli certes, mais sans aucun doute le fils de la maison.

– Dieu du ciel, ce n'est pas possible ! C'est incroyable ! Monsieur Lombard… Le jeune monsieur est revenu !

– Puis-je entrer ?

– Je vous en prie, bien sûr! Pardonnez-moi. Quelle surprise de Noël! Qui aurait pu penser... Après plus de dix ans...

Fanny, la bonne, poussa un cri.

Alex leva les mains dans un geste d'apaisement.

– Ne tombez pas toutes dans les pommes! Je menais une vie agréable à New York quand j'ai soudain pensé qu'il serait amusant de revoir la Prinzregentenstrasse. Et me voilà!

Il accrocha son manteau à une patère. Une légère tension crispait son visage.

– Et maintenant, j'aimerais voir la famille. Tous ceux que j'aime et que j'ai autrefois honteusement abandonnés!

Jolanta et Fanny se regardèrent, anxieuses.

– C'est que... personne n'est là.

– Comment cela? Il doit bien y avoir quelqu'un.

– Non. On est seules ici, depuis des années. Nous avons toujours été bien payées par Mme Lavergne, il faut le reconnaître. Mais, puisque Mlle Sara est partie elle aussi...

– Attendez, l'interrompit Alex. Qui est cette Mme Lavergne?

Fanny hésita. Jolanta se ressaisit.

– Votre... votre épouse divorcée. Elle s'est...

– Je vois.

– Oui, mais son nouveau mari s'est suicidé il y a deux ans. Il s'est tiré une balle dans la tête, vous vous rendez compte!

Alex eut un sourire méchant.

– La pauvre Felicia, elle n'a pas de chance avec les hommes...

– Il s'est passé tellement de choses, poursuivit la domestique. On ne savait pas où vous joindre. Monsieur votre père est décédé peu de temps après la fin de la guerre. Et Mlle Kassandra…

La voix de Jolanta se brisa. Inquiet, Alex lui saisit la main.

– Qu'est-il arrivé à Kat?

– Elle est malheureuse, la pauvre petite. Elle a épousé M. Wolff, et ça, Mme Lavergne l'a sur la conscience! Elle l'a convaincue que le commandant Phillip Rath était mort en France, et qu'il ne lui restait personne excepté ce Wolff, mais peu de temps après le mariage, le commandant est venu demander des nouvelles de Mlle Kat. Son visage, quand je lui ai appris la nouvelle! (Sa voix frémit d'un effroi délicieux.) Mme Lavergne voulait l'argent de Wolff ou les parts de la fabrique ou je ne sais quoi. Depuis, Mlle Kat ne lui adresse plus la parole. De toute façon, tout est fini maintenant parce que Wolff et Mme Lavergne ont tout perdu. C'est à cause du krach boursier, celui dont on parle dans les journaux. Ils n'ont plus un sou!

– Je suppose que Felicia… Mme Lavergne est chez elle, en Prusse-Orientale?

Jolanta secoua la tête.

– Non. Elle est ici, à Munich. Elle habite cette maison. Mais quand je suis revenue de l'église ce matin, elle avait disparu. J'espère qu'elle ne va pas faire de bêtises… On entend tellement de choses en ce moment!

Alex remit son chapeau.

– Où habite Tom Wolff? J'aimerais voir Kassandra.

– En toute sincérité, je ne crois jamais avoir été lâche dans ma vie, dit Felicia, mais, cette fois-ci… Si je le pouvais, je ne quitterais plus cet appartement jusqu'à la fin de mes jours.

Elle était assise avec Martin et Sara dans la cuisine et buvait du thé. Dehors, il neigeait toujours. Cela faisait trois jours que Felicia habitait chez Sara. Elle n'avait pas voulu retourner dans la maison vide. « Tu peux rester ici aussi longtemps que tu le désires, lui avait dit Sara. Je suis contente de pouvoir enfin te rendre la pareille. »

Mais Felicia avait le sentiment que Martin n'était pas très heureux de cet arrangement. Il avalait son thé en silence.

— Tu n'es pas lâche, Felicia, répliqua Sara. Seulement épuisée. Ici, tu reprendras des forces.

On sonna à la porte. Martin alla ouvrir.

— C'est la femme du concierge. Un téléphone pour vous, Felicia.

Felicia se leva et suivit la vieille dame. Dans l'entrée de son petit logement, un téléphone était accroché au mur.

— Que ça devienne pas une habitude, grommela la femme. Vous avez qu'à vous faire installer l'appareil !

Felicia prit l'écouteur.

— Allô ?

— Felicia ?

C'était la voix de Kat. Felicia mit quelques secondes à la reconnaître.

— Kat ? C'est vraiment toi ?

Sa voix se brisa comme un sanglot.

— Oui, répondit froidement Kat. J'ai eu du mal à te trouver. Jolanta s'est fait beaucoup de soucis. Puis, j'ai pensé que tu pouvais être chez Sara.

— Oui, je…

— Alex est à Munich, dit-elle.

— Quoi ?

— Il est arrivé avant-hier. Une vraie surprise. Il s'est installé Prinzregentenstrasse.

– C'est incroyable!

– Si tu veux le voir, tu ferais bien de rentrer à la maison.

– A-t-il… demandé de mes nouvelles?

– Oui. Mais il ne partira pas à ta recherche.

– Kat…

– Je voulais seulement te prévenir.

– Combien de temps allez-vous rester là à bavarder? demanda la concierge, agacée.

– J'ai fini, lui dit Felicia, avant de remercier Kat. C'était très gentil à toi. Je ne sais pas pourquoi tu l'as fait, mais je te remercie.

– C'est inutile. En dépit de nos différends, je te dois beaucoup. Au revoir.

– Au revoir, Kat.

Felicia gravit l'escalier comme une somnambule. Elle s'arrêta dans l'embrasure de la porte. Sara et Martin levèrent la tête, curieux.

– C'était Kat. Alex est revenu. Il est ici, à Munich.

Elle s'était rarement sentie aussi prisonnière. Couverte de neige, elle se tenait sur le pas de la porte, dans sa fourrure noire, et quand elle entendit les pas de Jolanta, elle eut envie de partir en courant. Reprends-toi! s'ordonna-t-elle. C'est idiot d'avoir peur d'Alex!

Jolanta avait l'air de vouloir se lamenter, alors Felicia lui coupa la parole.

– M. Lombard est-il à la maison? demanda-t-elle d'un air aussi dégagé que possible.

– Oui, c'est à peine croyable, n'est-ce pas? Il…

– Je sais.

Jolanta était surexcitée.

– Il est dans la bibliothèque… Je n'arrive pas à croire que…

Felicia s'y dirigea, lentement. *Mon Dieu, j'ai été mariée à cet homme. Il n'est pas un étranger, en dépit des douze années écoulées.*

Or, il était bien devenu un étranger et les souvenirs qui se bousculaient dans la tête de Felicia rendaient la situation encore plus pénible. Pourtant, en ouvrant la porte de la bibliothèque, elle comprit que c'était cela qu'elle avait attendu en restant à Munich.

Alex se tenait debout, au milieu de la pièce, un verre de cognac à la main, examinant les livres. Il se tourna et, apercevant Felicia, il murmura :

– Ah…

Elle referma la porte, certaine que Jolanta souhaitait tout écouter. Elle secoua la tête, faisant voler les gouttelettes de ses cheveux.

Elle se sentait nue et démunie. Elle ne voulait surtout pas retirer son ultime protection, sa fourrure, bien qu'un feu flambât dans la cheminée. Ils s'étudièrent longuement.

Il a de l'argent, pensa Felicia à l'instant même où Alex rompait le silence :

– Veux-tu savoir le prix de mon costume en dollars ou en marks ? Cela facilitera peut-être tes calculs ?

– Que veux-tu dire ?

– Ton beau regard glacial vient de m'étudier sur toutes les coutures. N'hésite pas à me demander l'estimation de mon compte en banque.

– Pourquoi penses-tu que… ?

– Je sais tout de toi. Pardon, j'ai peut-être été indiscret, mais j'ai laissé Kat me raconter ta vie depuis douze ans. En ce moment, tu es quelque peu… *out of business*, non ?

– En quoi cela te regarde-t-il?

Il sourit.

– En rien. Pardonne-moi.

Felicia enfonça ses mains dans les larges poches de son manteau, dont le col doux effleura son visage. On dirait un chaton abandonné, songea Alex. Ses cheveux roux et humides avaient quelque chose d'émouvant.

– Nous ne nous sommes pas vus depuis plus de dix ans, continua-t-elle, et il suffit qu'on soit face à face, pour reprendre là où nous nous sommes quittés – en nous disputant!

– Il faut croire que c'est notre destin.

– Pourquoi es-tu revenu à Munich?

– Et toi?

– Moi? Pour faire faillite, tu le sais bien.

– Je sais, en effet, fit-il en faisant tournoyer le cognac dans son verre. Toi et Wolff… Quand on pense que vous avez fait des affaires ensemble et que vous vous êtes ruinés ensemble… Ceux qui se ressemblent s'assemblent.

– Nous n'avons rien en commun, Wolff et moi!

– Non? lâcha-t-il, froidement. Vous aimez l'argent, vous redoutez la pauvreté et vous n'avez aucun scrupule. Dois-je poursuivre?

– Non.

– Tu as joué un mauvais tour à ma sœur. On pourrait presque dire que tu lui as gâché la vie. Bien sûr, tu vas me rétorquer que tu ne l'as pas forcée. Mais, comme tu es honnête, tu seras obligée d'admettre que tu ne lui as pas dit toute la vérité à l'époque, et que tu as utilisé sa fragilité à tes propres fins. Je ne me trompe pas, n'est-ce pas?

– Tu n'as aucune idée de ce que…

– Je sais que Wolff voulait Kat ou la fabrique. Il te fallait lui céder l'une ou l'autre. Je ne doute pas que tu as

492

bataillé des nuits entières avec ta conscience, se moqua-t-il, et que tu as pris la décision que tu estimais être la meilleure pour tout le monde – et surtout pour toi!

Elle se mit en colère. *Que s'imaginait-il? Il revient d'un seul coup à la maison et me demande des comptes! Il n'a pas rajeuni. Désormais notre différence d'âge est plus apparente. J'ai une petite trentaine d'années, il en a presque cinquante. En fin de compte, j'ai les meilleures cartes en main, le temps joue en ma faveur.*

Elle passa à l'attaque.

– C'est facile, après coup, de me faire des reproches, alors que toi, quand les affaires se sont gâtées, tu as disparu dans la nature!

– Les déserteurs devraient se taire, acquiesça-t-il avec une amabilité suspecte. Les personnes sans honneur ne sont pas des prêcheurs convaincants.

– En effet! (Peu à peu, elle reprenait de l'assurance.) Et puisque nous avons le rare privilège d'être d'accord sur un point, pourrais-tu maintenant me dire pourquoi tu es revenu?

Le voyant hésiter, Felicia se sentit mal à l'aise. Elle ne lui connaissait pas ce visage. Désormais, il ne cachait plus son hostilité, et pourtant elle s'étonnait d'y déceler une vulnérabilité nouvelle.

– Peut-être suis-je seulement revenu te tordre le cou, murmura-t-il.

Kat avait l'impression qu'un peu de la magie d'autrefois était revenue, cette magie qui avait bercé sa jeunesse, lorsqu'elle était une jeune fille insouciante et quelque peu exaltée. Ces dernières années, ces souvenirs teintés du triste parfum de l'irréparable lui avaient semblé bien amers.

Une étincelle s'était allumée en elle, elle retrouvait un cœur léger. Certes, un chemin laborieux s'ouvrait devant elle, mais quand elle avait tenu dans ses bras un Wolff démasqué, en proie au désespoir, elle avait été submergée par un sentiment de puissance. Un homme cherchait un soutien auprès d'elle, c'était un véritable défi! Et puis Alex était revenu. On aurait dit que le destin avait décidé de lui rendre l'énergie qu'il lui avait volée ces dernières années.

– Tu es la seule personne en qui j'ai confiance, Kat. La seule personne à qui j'ai toujours pu tout raconter.

– Je suis ta sœur. Rien ne pourra jamais nous séparer.

Elle lui avait tenu la main pendant qu'il parlait, tour à tour calme et agité, se faisant des reproches, expliquant sa nostalgie du pays et celle, inguérissable et éternelle, qu'il éprouvait pour Felicia.

Dès la première seconde, Felicia l'avait attiré tout en lui déplaisant. Il avait deviné chez elle la force, l'amour, la loyauté, et un formidable appétit de vie. Il avait été fasciné par la dualité absolue de son être, sans deviner que c'était ce qui la rendait inaccessible. Elle lui avait paru superficielle, maniérée, immature, avide de plaisirs, parfois même cruelle. Mais cela n'avait été qu'une facette de son personnage.

– Tu comprends, Kat, c'était la facette qu'elle montrait, parce que cela lui rendait la vie plus facile, moins grave. Elle ne voulait pas devenir adulte. Mais ce qui était bon et admirable chez elle s'est peu à peu révélé.

Alex avait découvert en lui un amour dépourvu de cynisme, mais il aurait dû deviner que celui-ci mènerait au drame.

– C'était à cause de son portrait. Elle était la plus belle jeune fille au monde à mes yeux, et j'ai compris d'emblée tout ce que contenait son être − son courage boule-versant, sa fierté, son intelligence et son éclat. J'ai compris que sa raillerie pouvait être aussi venimeuse qu'une morsure de serpent, mais qu'elle protégeait de manière absolue ceux qu'elle aimait. Je l'ai devinée obstinée et indépendante... mais j'ai pensé que le peintre ne l'aimait pas. Ce regard froid et distant, qui contrastait de façon troublante avec le tendre sourire de ses lèvres. Je me suis trompé. Le peintre n'avait rien contre elle. C'était son oncle Leo, il l'aimait, et la connaissait par cœur. Il l'avait peinte telle qu'elle était, comme s'il avait voulu m'avertir : méfiez-vous, vous pouvez faire ce qu'il vous plaira, mais elle ne se donnera jamais à vous. Vous l'aimerez, vous aurez besoin d'elle, elle ne vous aban-donnera pas, mais elle n'appartiendra jamais à quiconque, car elle a besoin d'être libre pour survivre à ses propres contradictions.

Alex avait serré la main de sa sœur.

− Je l'aime, Kat, je l'aimerai toujours, mais je jure que je ne le lui dirai jamais.

Elle avait retiré son manteau de fourrure, l'avait laissé glisser à terre. Elle était assise devant la cheminée, les jambes repliées, et elle présentait ses cheveux mouillés au feu, peignant les mèches avec ses doigts. Alex était assis auprès d'elle, dans un fauteuil, un verre de cognac à la main. Il fixait les flammes et Felicia l'observait à la dérobée. Dehors, le crépuscule tombait, tandis que le feu diffusait une faible lumière. Les contours du visage d'Alex paraissaient plus doux, les ombres révélaient sa nouvelle fragilité.

Autrefois, Felicia s'était arrêtée à l'image d'un homme élégant, plein d'assurance, capable d'avoir d'excellentes manières ou de se comporter comme un rustre, qui l'avait traitée tour à tour avec tendresse ou sans égards. Elle comprit qu'elle ne s'était jamais donné la peine de le découvrir. Tout comme Benjamin. Le seul que j'ai toujours voulu comprendre, c'est Maksim, pensa-t-elle, alors que je lisais en lui comme dans un livre ouvert. Alex, en revanche, reste une énigme. Si seulement j'avais essayé plus tôt de... Puis elle se demanda, étonnée, si elle le désirait encore.

– Ce n'est pas possible, marmonna-t-elle.

– Qu'y a-t-il?

– Je me demandais si, pendant toutes ces années, je n'avais pas aimé sincèrement deux hommes.

– Qui donc, en dehors de Maksim Marakov?

– Toi, répondit-elle d'un ton ironique.

Le sarcasme l'emportait sur le soupçon de romantisme qui avait tenté de se faufiler en elle.

Alex ricana.

– C'est possible. Sinon, toutes tes relations n'auraient pas été des échecs. Tu n'as jamais voulu l'admettre, car tu étais encore la petite fille de bonne famille, à qui l'on avait appris qu'il n'existait qu'un seul amour. Crois-en mon expérience, dans la plupart des cas, l'amour s'accompagne des sentiments très matérialistes, comme la convoitise, l'envie de pouvoir ou l'assurance de soi... et, comme tu les éprouves tous, il te faut au moins deux hommes pour les assouvir!

– Ne vois-tu aucune trace de bonté chez moi?

– L'homme qui croyait en ta bonté s'est tué, n'est-ce pas? répliqua-t-il d'un air dégagé. Non, je suis trop attaché à ma vie et à ma tranquillité. Je te vois telle que tu te montres, et cela m'amuse, car tu seras toujours la victime de tes excès. C'est justement ton avidité qui t'empêche d'obtenir ce que tu veux. Je ne peux pas te contester un certain courage. Il est fascinant de voir comment, par principe, tu risques gros avant de tout perdre. Qu'il s'agisse des hommes ou de l'argent, tu veux tout et tu tentes tout.

– En premier lieu, je risque aussi ma peau.

– Comme je le disais, j'ai toujours admiré ton courage.

Sa placidité la mit en colère.

– Je divague! C'est à cause de Noël et du feu de cheminée. Comment ai-je pu croire un instant que j'avais pu vous aimer, Maksim et toi, au même...

– Ce n'est pas faux. Ton cher Maksim et moi, nous nous ressemblons. Nous t'irritons, car tu n'arrives pas à nous dominer. Dans le cœur de Maksim, c'est Lénine qui a toujours occupé la première place. Et moi, je ne me suis jamais agenouillé devant toi. Les hommes qui t'adorent, tu leur renvoies leurs sentiments à la figure, mais tu te tuerais pour les autres.

– Je ne me tuerais certainement pas pour toi! Si je ne m'étais pas sentie un peu seule et fatiguée, je n'aurais jamais dit de telles bêtises.

– Seule et fatiguée!

Le rire d'Alex était froid, mais on y décelait de la tendresse.

– Je te crois volontiers, ma chérie. Maksim t'a visiblement quittée. Ton mari repose sous terre. Ton argent s'est envolé. Je comprends que je sois intéressant pour toi. Tu es très habile, Felicia. Les temps deviennent difficiles, alors tu cherches du secours.

Son ironie la brûlait, comme aucune blessure ne l'avait jamais brûlée. Elle ignorait pourquoi il pouvait tant la faire souffrir. Elle voulait seulement qu'il reste, qu'il ne parte pas comme tous les autres, comme Maksim, son père, Christian, tante Belle et Benjamin.

– Je t'aime, Alex.

Elle songea alors qu'à trente-trois ans, c'était la première fois qu'elle disait ces mots à un homme. C'était comme une délivrance. Alex savait désormais à quoi s'en tenir. Le prochain pas, c'était à lui de le faire.

Au même moment, Macha Ivanovna se tenait immobile, à l'entrée du baraquement dans lequel elle avait passé plusieurs années de sa vie. Elle portait une sacoche qui contenait toutes ses affaires.

La surveillante lui avait donné l'ordre d'attendre debout, près de la porte ouverte, une dernière vexation qui lui procurait visiblement une grande satisfaction. Le froid de l'hiver sibérien lui brûlait la peau et lui transperçait les os. Macha regarda le ciel lourd de neige et les champs immaculés et infinis se rejoindre sur l'horizon, créant ce terrible sentiment de solitude qui pouvait être plus mortel que la faim, le froid, la maladie, le travail pénible ou le manque de sommeil. Des corneilles piaillaient au-dessus de l'étendue déserte, mais, aujourd'hui, leurs cris ne renvoyaient pas le désespoir. Aujourd'hui, Macha y percevait le triomphe de ceux qui survivent malgré tout. Je vais être libérée, pensa-t-elle. Je vais être libérée.

Elle n'y croyait presque plus. Après sept ans d'exil, qui se rappellerait d'elle, qui connaîtrait encore son nom ? Elle avait demandé la permission de reprendre contact avec son avocat, mais on lui avait répliqué avec ironie : « Croyez-vous qu'il va faire un voyage de plusieurs milliers de kilomètres pour vous parler ? »

La nouvelle époque avait besoin de bras. Staline, l'homme du Kremlin, le saint, le dirigeant, le révolutionnaire, avait amorcé la seconde révolution – la transformation d'un pays agricole en un État industriel moderne. Les wagons à bestiaux qui arrivaient de l'ouest jusqu'en Oural et en Sibérie transportaient des êtres humains. Encore et toujours. Dans l'immensité de la steppe, sur la terre froide et inhospitalière croissaient des villes, des maisons, des fabriques. Dans le sud s'érigeaient des lacs de retenue, des centrales électriques.

La grande ville industrielle sur la Volga luttait pour avoir sa place – Zaritzyn, rebaptisée Stalingrad en hommage au grand chef.

Quand les trains repartaient vers l'ouest, ils étaient vides, ils n'emportaient pas d'êtres humains, ce matériel si précieux. La nuit, Macha restait éveillée, écoutant le hurlement du vent qui soufflait sur la steppe glacée. Ils ne me laisseront pas partir, pensait-elle. Ils ont trop besoin de nous. Je vais rester ici enterrée vivante.

Mais quelqu'un s'était occupé de son dossier, quelqu'un s'était battu pour elle, loin de là, à Leningrad... Une voix intérieure lui soufflait que c'était Maksim. Il lui était resté fidèle, comme elle était restée fidèle à elle-même. Leur volonté à tous les deux leur avait permis de survivre et, désormais, elle croyait même à nouveau en l'avenir. Il y avait tant de choses à faire.

– Prisonnière Ivanovna, prenez vos affaires et suivez-moi !

Elle sortit dans la neige. La force de ses jeunes années la submergea et la fit sourire. Tous ses sens en éveil, elle accueillit les promesses de la liberté.

La vieille femme était à genoux dans un coin de la chambre. Son regard empli de respect ne quittait pas l'image du dictateur. Staline, dans un cadre en métal, trônait là où quelques années auparavant se trouvait l'icône de la Vierge. Maksim secoua la tête. Il s'était installé chez son ancienne logeuse à Leningrad et, chaque jour depuis son arrivée, il s'étonnait des changements dans la vie de cette femme simple. Staline à la place de la Vierge Marie. Staline, le sauveur. Staline, l'avenir de l'humanité, la lumière à l'horizon.

La vieille se releva, épousseta sa jupe.

– Je l'ai remercié pour le retour de votre amie, expliqua-t-elle.

– C'était inutile. Elle avait été condamnée à sept ans, mais presque huit se sont écoulés. Ce nouveau messie lui a volé une année, voilà tout ce qu'il a fait pour elle.

– Pourtant, vous-même vous êtes battu pour la révolution…

– C'était il y a longtemps. Beaucoup de choses ont changé. Je me suis battu pour la liberté, mais aujourd'hui, je ne la trouve plus dans ce pays.

Ce ne sont que des paroles en l'air, pensa la vieille. Des gens comme ce Marakov parlaient souvent avec emphase et personne ne savait ce qu'ils voulaient vraiment dire. La liberté, est-ce qu'elle vous nourrissait ? Non, pas du tout, et c'est pourquoi elle préférait le grand Joseph Staline qui promettait pain et travail. Ça, c'était du concret, et pas du verbiage. Il ferait mieux de se réjouir du retour de sa Macha !

– Je vais préparer du thé. Avec un doigt de vodka, n'est-ce pas ? Ces derniers mois avec les avocats et les juges vous ont épuisé, Maksim. Vous êtes tout pâle !

Maksim resta seul dans la pièce, les mains dans les poches, le veston posé sur les épaules. Dehors, il neigeait toujours, et le crépuscule tombait sur les maisons. Saint-Pétersbourg. Petrograd. Leningrad. Il pensa aux années de lutte qui avaient transformé cette ville, au mélange bariolé de rêves, de sang, de larmes, d'espoirs qui avait précédé ce changement. On les percevait encore dans les rues et sur les places, mais il pouvait y réfléchir sans le goût amer de la déception et de la résignation. Les blessures du passé ne saignaient plus. Seuls comptaient l'instant et l'espoir. L'instant, c'était le feu pétillant dans le poêle, la douceur du soir et la vieille femme qui faisait tinter les tasses dans la cuisine. Et l'espoir... Il s'approcha de la fenêtre, sans voir les rues ni les maisons. Son regard cherchait au-delà, vers la steppe sibérienne, il allait au-devant du train, tiré par une locomotive poussive, qui s'approchait irrésistiblement, kilomètre après kilomètre, à travers la glace et la neige, les forêts, les marais, les lacs et les champs, traversant les grands fleuves asiatiques et le monde inhospitalier de l'Oural. Il allait au-devant du train qui ramenait Macha.

Felicia avait deviné d'emblée comment se termineraient ses retrouvailles avec Alex devant la cheminée. Chaque scène, qui réclamait leur présence à tous les deux, devait se conclure de façon magistrale. Ils ne pouvaient se séparer normalement. Lors de leur dernière rencontre, ils s'étaient envoyés au diable et avaient divorcé. Cette fois, ils s'aimèrent avec avidité, comme s'ils n'avaient attendu que ce moment pendant toutes ces années. Ce fut beau, grandiose, inoubliable, mais cela ne lui apporta pas la victoire espérée.

Dès qu'ils se séparèrent et que les mains de Felicia glissèrent du dos d'Alex, elle sut qu'il ne resterait pas.

C'était à cause des douze années. On pouvait les oublier un court instant, mais elles vous revenaient sans pitié, telle une gifle. Douze longues années et bien trop de déchirures.

— L'amour l'après-midi..., fit Alex. Et avec une dame de la haute société.

Felicia ouvrit les yeux.

— La dame est tombée de l'arc-en-ciel, lança-t-elle.

Surpris, Alex éclata de rire.

— Tu te rappelles encore l'arc-en-ciel?

— Je ne l'ai jamais oublié.

— C'est typique. Alors que je parie que tu ne te souviens d'aucune de mes déclarations d'amour enflammées.

— À quoi bon? Comme tu les as oubliées toi-même, elles ne me servent plus à rien.

— Mon oubli est l'enfant de ton oubli, répliqua Alex d'un air mystérieux.

Il tâtonna sur la table de chevet à la recherche d'une cigarette et l'alluma.

— Je vais acheter Lulinn, déclara-t-il soudain.

— Comment? s'écria Felicia en se redressant. (Ses yeux gris, encore voilés de la passion, le scrutaient d'un air méfiant.) Que veux-tu faire avec Lulinn?

— Rien. Je ne peux pas l'emmener à New York, répondit-il d'un air désinvolte, sachant qu'il n'avait jamais été aussi impitoyable avec Felicia qu'en cet instant.

Il égratignait son essence même. Les deux choses sacrées de sa vie – Lulinn et sa famille – étaient son talon d'Achille. Elle le dévisageait comme s'il avait tenté de l'assassiner.

— Tu auras les mains libres, poursuivit-il. Le domaine m'appartiendra, mais tu pourras en faire ce que tu veux. Qu'en dis-tu?

Le visage de Felicia se détendit. Il plaisantait, elle aurait dû le savoir. Il voulait la mettre en colère et il avait presque réussi à lui faire perdre contenance.

– Ne raconte pas de sottises, dit-elle.

– Ce ne sont pas des sottises. Je te fais une proposition. Et tu vas l'accepter.

Elle l'examina, effrayée et agacée à la fois. La méfiance de son regard le fit rire.

– Petite, je suis sincère. Je sais par Kat que tu es en train de perdre tout ce que tu possèdes, même l'héritage de ton défunt mari. Mon Dieu! plaisanta-t-il. J'ai des frissons quand je pense avec quel manque de scrupules et quel appât du gain tu as dû mener tes affaires. Seul celui qui grimpe très haut peut tomber aussi bas!

– Je n'accepterai rien de toi.

– Je ne te donne rien. J'achète une propriété dont je n'ai pas le temps de m'occuper, et toi, mon épouse divorcée, tu y résides. Même si cela ne te convient pas, il existe encore des liens juridiques entre nous.

– Pourquoi fais-tu cela?

– Par reconnaissance. À l'époque, je t'ai abandonnée dans une situation quasi désespérée, et tu as tout de même réussi à redonner vie à la fabrique… avec des méthodes particulières, je te l'accorde. Mon père et ma sœur ont vécu de toi. Je te dois seulement cela. C'est une affaire comme une autre, et tu t'y connais en affaires.

Elle le regardait de ses yeux intelligents et méfiants.

– Quelle est la vraie raison, Alex?

Il répondit à son regard, brusquement attendri.

Maintenant, pensa Felicia. Maintenant il va me dire…

– Je veux garder une emprise sur ta vie, expliqua-t-il d'une voix impassible. De temps à autre, quand j'en aurai assez de l'Amérique, des femmes sucrées et de leurs battements de cils, je reviendrai te voir. Tout comme revient ton Maksim adoré, quand il se met à douter de la révolution du prolétariat. Il doit penser comme moi : retournons au pays tirer de nouvelles forces d'une terre familière. Mais en vérité, c'est toi que nous cherchons, parce que tu es forte et vivante. Quant à moi… Bah, ce n'est rien.

À cet instant, ce fut comme si la vérité éclatait. Ils s'aimaient mais ils n'en parleraient plus jamais, parce qu'ils ne savaient pas comment faire avec un amour véritable.

– Alors tu vas repartir, lâcha Felicia, car elle devait dire quelque chose pour ne pas succomber à la fièvre qui la parcourait.

– Oui. Peut-être d'abord en Amérique du Sud. Je rêve d'une plantation de café et d'une existence agréable dans une maison blanche à colonnes.

Dehors, il continuait de neiger. L'obscurité était tombée depuis longtemps. Ils restèrent allongés l'un à côté de l'autre dans le lit, silencieux, fumant leurs cigarettes, suivant des yeux les volutes grises qui s'élevaient et se perdaient dans la pénombre.

Le matin était lumineux. Une clarté dorée avait surgi à l'horizon et s'était lentement étendue dans le ciel, jusqu'à faire scintiller les cristaux de l'épaisse couche de neige. Une nouvelle journée débutait à Lulinn.

C'était le 1er janvier 1930, l'aube d'une nouvelle année et d'une nouvelle décennie. L'année précédente s'était éclipsée avec le grand krach boursier, la nouvelle commençait sous le signe d'une crise économique mondiale, mais les gens gardaient espoir. Parfois, tourmentés par de sombres pressentiments, ils disaient : «Attendez voir, dans dix ans tout sera à nouveau rose, et nous aurons oublié toutes ces contrariétés. »

Felicia sortit dans la véranda qui donnait à l'arrière de la maison. Un domestique avait déblayé la neige. Elle s'appuya à la balustrade et contempla le ciel éclatant, les champs immaculés, les arbres dépouillés et la barrière de sapins à l'horizon. Comme toujours à Lulinn, elle avait l'impression que l'air était salé. Elle embrassa le paysage du regard, tendrement et avec confiance, comme une amoureuse. Puis, après cette salutation muette, elle retourna dans la maison.

Toute la famille était réunie. Modeste trônait avec son fiancé sur le sofa et racontait une blague, dont elle avait déjà par trois fois manqué la chute. Dans un coin, Linda écoutait avec un air de victime les souvenirs d'enfance de tante Gertrud. Nicola, qui se demandait si le mariage et la grossesse ne lui avaient pas déjà dérobé l'éclat de sa jeunesse, faisait la coquette devant un miroir, tandis que Serguei agaçait tout le monde parce qu'il tenait absolument à savoir comment allait se dérouler ce jour de l'an.

– Si j'étais à Berlin…, répétait-il avec une expression qui laissait clairement entendre qu'il jugeait Lulinn très provincial.

Oncle Victor interrompit les bavardages avec sa grâce toute particulière. Il portait la chemise brune des SA et se déplaçait d'un pas saccadé.

– Il y a une réunion de nouvelle année des SA à Insterburg, annonça-t-il d'une voix autoritaire. Puis-je éveiller l'intérêt des jeunes gens ici présents ?

Serguei, qui ne trouvait pas l'uniforme des SA très élégant et qui n'aurait donc jamais songé à entrer dans leurs rangs, se détourna en haussant les sourcils. Oncle Victor repéra Jo et vint lui taper fermement sur l'épaule.

– Alors, neveu, qu'en dis-tu? N'as-tu pas aussi envie de devenir un homme?

– Je ne t'arriverai jamais à la cheville, oncle Victor, répliqua Jo en souriant.

Méfiant, Victor se demanda s'il n'y avait pas de la moquerie dans la réponse de son neveu.

– Oncle Victor, est-ce que tu chantes aussi des chansons stupides? demanda Belle qui avait onze ans.

Victor se retourna et aperçut le nuage de cheveux bruns foncés et les yeux gris provocants des femmes de Lulinn.

– Felicia! cria-t-il. J'exige des excuses de ta fille!

Felicia le dévisagea froidement.

– Pourquoi? Elle a parfaitement raison. Et ce serait une bonne chose que davantage de personnes en Allemagne vous disent combien vous êtes ridicules!

Victor en eut le souffle coupé, mais Felicia s'était déjà approchée d'Elsa qui, assise dans un coin, feuilletait le grand livre de famille. Son regard était tourmenté.

– Ah, Felicia, murmura-t-elle. Il n'y aura plus jamais personne pour les remplacer.

Felicia lut les inscriptions sur la page : «Christian Degnelly, tombé le 20 mars 1916 près de Verdun. Docteur Rudolf Degnelly, tombé le 12 août 1916 en Galicie. Leopold Degnelly, décédé en 1916 en France.» Oncle Victor, en défenseur de l'honneur allemand, s'était fâché. Leo et sa tentative de désertion entachaient la famille.

«Johanna Isabelle von Bergstrom, décédée en novembre 1917 en Estonie, fuyant les bolcheviques.» Il avait semblé indispensable à Victor de le préciser.

Même Benjamin avait trouvé sa place dans le livre sacré : « Benjamin Lavergne, époux de Felicia Lavergne, née Degnelly, divorcée Lombard, décédé de mort volontaire le 23 avril 1927. »

Le suicide et le divorce étaient considérés comme une honte, et Victor avait longtemps hésité à mentionner ces désagréments. Il s'y était finalement résolu, pensant ainsi faire souffrir Felicia. Mais Felicia n'était pas le moins du monde touchée par la malveillance de son oncle. Elle retrouvait, par-delà les années, l'époque où ces morts vivaient encore. Dans son souvenir, ils se tenaient par la main : Christian, presque encore un enfant, une disparition dont elle ne se consolerait jamais ; son père et son regard avant de mourir, en ce brûlant après-midi ; Leo et sa rose en papier à la boutonnière, son insatiable joie de vivre ; tante Belle et son sourire éclatant, tournoyant sur de périlleux talons dans la salle de bal du Palais d'hiver à Petrograd. Et enfin Benjamin, le bon Benjamin ! Qu'avait dit Laetitia ? Un oiseau qui n'avait jamais appris à voler… Elle repensa à ses propres paroles : « Désormais, je vais devoir vivre avec cela. »

— Personne ne pourra jamais les remplacer, répéta Elsa dans un murmure.

Felicia mit un bras autour de ses épaules.

— Ne pleure pas, supplia-t-elle. Je t'en prie ! Tu ne dois pas regarder en arrière.

Elle venait de comprendre que les morts ne réclamaient pas de larmes, mais qu'ils espéraient un avenir meilleur pour tous ceux qui leur avaient survécu. Felicia promena un regard aigu autour d'elle, et à l'ironie dont elle avait usé avec son oncle Victor se mêla la peur. Le danger venait d'hommes comme lui. Elle n'était pas une mère très attentive, mais elle était toujours prête à protéger ses enfants, or les adultes présents dans ce salon étaient responsables de la sécurité et de la vie de leurs enfants. Ils devaient empêcher quiconque de les mettre en péril.

Un cliquetis la tira de ses pensées.

Derrière elle, Laetitia portait un plateau avec des verres en cristal.

– Cette journée si particulière se doit d'être commencée au champagne!

Felicia prit un verre. Elsa se leva. Le bruit des conversations s'apaisa, même les enfants, émerveillés, se turent. Victor se racla la gorge, mais sa mère prit la parole avant qu'il ait le temps de se lancer dans l'un de ses habituels discours pompeux et redoutés.

– Suffisamment de belles paroles ont été prononcées la nuit dernière, dit-elle avec un sourire implacable. Levons simplement notre verre à cette nouvelle année, dont nous ignorons ce qu'elle nous apportera, mais que nous commençons ici, dans notre Lulinn tant aimé. Et c'est davantage que nous aurions pu espérer par le passé. Nous avons survécu à la guerre mondiale, à la révolution, à l'inflation, et au krach de Wall Street. Nous continuerons à vivre…

Elle leva son verre. Elsa, qui ne pouvait détacher ses yeux du livre de famille, ajouta :

– Il faut aussi lever notre verre à nos morts.

En un instant, la matinée rayonnante avait perdu tout son éclat. Felicia savait qu'elle blesserait sa mère si elle lui volait ce dernier mot, mais elle savait aussi qu'elle devait lui faire mal, car les blessures qui cicatrisent font toujours mal.

Une nouvelle fois, les morts lui sourirent, mais, toujours aussi pragmatique, elle repensa à Alex Lombard qui lui avait dit en riant : «Lulinn, par la grâce d'un Lombard, ne l'oublie pas!» Et, secrètement, elle but à sa santé, ayant juré de ne jamais l'oublier, jusqu'au jour où cette terre redeviendrait la sienne. Ses pensées s'envolèrent vers l'avenir, et elle sut que c'était là le dernier mot qui importait : l'avenir.

Elle échangea un regard de connivence avec Laetitia, et déclara :

– Levons notre verre à la prochaine génération!

Ce volume a été achevé
d'imprimer au Canada
en août 2004.